Für Bärbel

Danke, dass du immer an mich geglaubt hast.

… und wenn es dann gut ist, sitzen wir alle wieder am Meer.

Der Roman spielt hauptsächlich in bekannten Regionen, doch bleiben die Geschehnisse reine Fiktion. Sämtliche Handlungen und Charaktere sind frei erfunden.

FSC
www.fsc.org
MIX
Papier aus verantwortungsvollen Quellen
FSC® C104608

Der CO_2-Ausstoß dieses Druckproduktes wurde mit ClimateCalc berechnet und kompensiert:
www.climatecalc.eu
Cert. no. CC-000094/DK

Bibliografische Information der Deutschen Nationalbibliothek
Die Deutsche Nationalbibliothek verzeichnet diese Publikation in der Deutschen Nationalbibliografie; detaillierte bibliografische Daten sind im Internet abrufbar über http://dnb.ddb.de

www.niemeyer-buch.de

Umschlaggestaltung: C. Riethmüller
Der Umschlag verwendet Motiv(e) von 123rf.com
Druck und Bindung: Nørhaven, Viborg
Printed in Denmark
ISBN 978-3-8271-9347-6

Micha Krämer

Sommer, Sand und Campingterror

CW Niemeyer

Prolog

Ostfriesland im Frühsommer 2023

Wie sollte man in diesem Irrenhaus bloß auch nur ein Auge zumachen können?

„Seemann, lass das Träumen … Denk nicht an daheim“, grölte Frieder Hansen sturzbetrunken direkt den nächsten Klassiker seines Lieblingssängers Freddy Quinn in die Nacht.

Wütend zog er sein Kopfkissen unter seinem Kopf hervor und presste es sich über Gesicht und Ohren.

„Lieber Gott, mach, dass dieser Idiot aufhört … sonst muss ich ihn umbringen … das willst du doch bestimmt nicht …, oder?“, schickte er ein Stoßgebet zum Himmel.

Doch anstatt der Stimme des Herrn hörte er nur wieder dumpf die von Frieder Hansen.

„Deine Heimat ist das Meer. Deine Freunde sind die Sterne. Über Rio und Shanghai. Über Bali und Hawaiiiiii“, krächzte der vollkommen schief aus seiner rauen Kehle.

„Jetzt reicht’s“, schimpfte er, warf wütend das Kissen von sich fort und schwang sich aus der Koje.

„Deine Liebe ist dein Schiff … Deine Sehnsucht ist die Ferne“, vernahm er das nächtliche Katzengejammer, als er die Türe aufriss, noch deutlicher.

„Frieder … verdammt noch mal. Wenn da draußen jetzt nicht endlich Ruhe ist, dann klatscht das hier … aber bestimmt keinen Beifall", schrie er so laut er konnte in die Dunkelheit. Er war es so leid mit diesem Ignoranten. Beinahe jede Nacht dasselbe Spektakel. Immer und immer wieder. Und da fragten sich diese studierten Psychologen in ihren Universitäten, wie es sein konnte, dass Menschen zu Mördern und Amokläufern wurden. Die sollten mal eine Nacht hier bei diesem Sammelsurium der Narretei verbringen. Dann bräuchten die das mit dem Amoklauf gar nicht mehr studieren. Dann konnten die das in echt miterleben.

Im Schein der Notbeleuchtung erkannte er Frieders schwankende Gestalt zwischen zwei Wohnwagen hindurchtorkeln. Eieiei, was hatte der wieder getankt.

„Deine Freunde ist das Meer. Deine Heimat ist die Sterne", schallte es ziemlich schief und so gar nicht textsicher zurück.

„Ruuuuhhhhheeee", schrie er nun noch einmal so laut er konnte und bemerkte, wie in einem der anderen Wohnwagen ebenfalls das Licht angeschaltet wurde. Frieder Hansen hatte seinen Camper nun erreicht und sang immer noch aus voller Kehle. Der Kerl schien ihn überhaupt nicht zu hören und würdigte ihn noch nicht einmal eines Blickes. Aber nu war Schluss. Das Fass lief gerade über. Aber so richtig. Er drehte sich um und schlüpfte in seine Birkenstocklatschen. Als er aus seinem Wohnwagen stieg, hatte Frieder den seinigen gerade erreicht und öffnete die Türe. Wütend stapfte er los. Jede Nacht dasselbe Theater. Doch damit war nun Schluss. Morgen würde er sich einen neuen Stellplatz suchen, weit weg von Frieder Hansen und dessen Campingplatz. Nur weil diesem alten Suffkopp der Platz gehörte, konnte der doch hier nicht machen, was er wollte, und alle anderen terrorisieren. Frieder hatte die Wohnwagentüre nun hinter sich zugezogen. Sein Gesinge klang nun etwas gedämpfter.

Dann mit einem Mal war es taghell. Ein Blitz, ein Donner, gefolgt von einer Wahnsinnsdruckwelle, die ihn, im wahrsten Sinne des Wortes, aus den Latschen haute. Er spürte, wie er von den Füßen gerissen wurde, um dann unsanft zwischen Werner Koschinskis Gartenzwergen zu landen. Als er sich wieder einigermaßen gefangen hatte und aufrichtete, sah er es. Da, wo eben noch Frieders alter Wohnwagen gestanden hatte, loderten die Flammen aus einem Haufen von Trümmern. Die Wände des Campers sahen aus wie nach außen geklappt. Vom Dach fehlte jede Spur. Frieders Gesang war verstummt. Das Einzige, was er noch hörte, war ein hochfrequentes Pfeifen. Er blickte zum Himmel. Dass der liebe Gott zu solch drastischen Maßnahmen greifen würde – das hätte er jetzt auch nicht zu hoffen gewagt. Aber nu war wenigstens Ruhe!

„Jo … dann hat sich das wohl mit der Stellplatzsuche erledigt“, flüsterte er, erhob sich und ging zurück zu seinem Wohnwagen. Irgendwer würde schon die Feuerwehr rufen.

Kapitel 1

Montag, 19. Juni 2023
Strand Insel Langeoog

Endlich war der Sommer da. Nach all dem Schmuddelwetter, welches das Frühjahr mit sich gebracht hatte, ging es täglich und stetig mit den Temperaturen aufwärts. Selbst die Wetterleute im Internet hatten für die nächsten Tage und Wochen ein stabiles Hoch gemeldet. Was immer das auch heißen mochte.

So genau kannte Martin von Schlechtinger sich mit diesen Fachbegriffen der Meteorologen nicht mehr aus. Früher hatte er immer geglaubt, dass ein Hoch unbedingt gutes und ein Tief schlechtes Wetter bedeutete. Doch mittlerweile hatte er da ein wenig den Überblick verloren. Weil, auch bei einem Hoch konnte es mal regnen, während es bei einem Tief auch nicht unbedingt schlecht sein musste. Egal wie es war, er verstand es nicht. Was aber auch eigentlich nicht schlimm war, da er derzeit ganz andere Probleme hatte.

Übel war derzeit nämlich lediglich das Tief im Hause Hansen und von Schlechtinger.

Ja, bei ihm und Annemarie war derzeit tatsächlich irgendwie der Wurm drin. Weshalb Martins Laune auf einem absoluten Tiefpunkt angelangt war.

Er liebte seine Frau Annemarie und die liebte ihn. Das war schon mal eine Basis.

Wie hatte der Mann vom Standesamt noch gesagt? In guten wie in schlechten Tagen. Seit beinahe zwei Monaten waren sie beide nun verheiratet. Ein Paar waren sie ja bereits seit Jahren.

An Weihnachten, genauer gesagt am Heiligabend, war es Martin dann spontan in den Sinn gekommen, endlich Nägel mit Köpfen zu machen. Er hatte ihr, wie es sich gehörte, einen Antrag gemacht und sie auch prompt Ja gesagt. Nun gut, damit hatte er eigentlich nicht gerechnet, da Annemarie einen Trauschein bisher immer als Firlefanz bezeichnete.

An Ostern hatten sie sich an Bord der ANNE II, nur im Kreis ihrer engsten Freunde, das Jawort gegeben. Onkel Piet, der Käpt'n leitete in Anwesenheit eines Standesbeamten die kleine, aber feine Zeremonie nach altem Seemannsbrauch. Sehr schön! Der anwesende Beamte musste dies dann nur noch schriftlich festhalten.

Viel reden hatte der nämlich gar nicht gekonnt, da der Herr so gar nicht seefest gewesen war und die meiste Zeit mit einem kalkweißen Gesicht an der Reling saß. Was aber auch jetzt mal egal war.

Alles war gut so, wie es war. Bis vor einigen Tagen.

Annemarie verlangte von ihm nun allen Ernstes, er solle die Insel auf unbestimmte Zeit verlassen. Eine absolute Katastrophe. Alles, was Martin liebte und schätzte, war hier auf Langeoog. Seine Freunde, seine Kinder, sein Hund und auch seine Frau. Er brauchte sein morgendliches Bad im Meer, den Strand, die Dünen und den Wind.

Ja, er, der gebürtige Kölner, hatte hier seine Heimat gefunden. Sogar seine demente Mama lebte seit einem Dreivierteljahr im Seniorenheim hier auf der Insel. Nun gut, die würde ihn nicht vermissen, da sie ihn schon länger nicht mehr als ihren Sohn erkannte. Stattdessen dachte sie zumeist, er sei der Herr Pfarrer. Wie auch immer sie darauf kam. Aber mal egal.

Angefangen hatte das häusliche Drama mit einem Brief von Herrn Notar Bilerbeck aus Esens. Dass Frieder Hansen, der Bruder von Annemaries schon lange verstorbenem Gatten Heiner, das Zeitliche gesegnet hatte, war ihnen ja bereits bekannt. Sie waren sogar alle auf seiner Beerdigung gewesen, obgleich Martin den Mann noch nicht einmal gekannt hatte.

„Da hast du auch nix verpasst, bei dem ollen Suffkopp", hatte Käpt'n Piet auf Martins Bedenken diesbezüglich geäußert.

Wenn Martin damals geahnt hätte, welche Unruhe der Tod Frieders in sein Leben bringen würde … ja … dann hätte er es auch nicht mehr ändern können, da die Tinte unter Frieders letztem Willen zu der Zeit schon lange getrocknet war.

Frieder Hansen hinterließ seinen kompletten Besitz nämlich ausdrücklich seinem Bruder Heiner und dessen Ehefrau Annemarie. Dass der Heiner zwischenzeitlich verstorben und dessen Frau mittlerweile neu vermählt war, galt nicht, da Annemarie ausdrücklich und namentlich als Erbin erwähnt worden war. Zumindest behauptete dies der Notar, dessen Vater das Schreiben vor über zwanzig Jahren aufgesetzt hatte.

Warum Frieder nach dem Tod seines Bruders sein Testament nicht geändert habe, das wisse nur der Teufel. Bei dem in der Hölle würde der Frieder, zumindest laut Onkel Piet, nämlich gerade schmorren.

Aber es war jetzt, wie es war. Seine Annemarie war nun die Erbin eines angeblich baufälligen Resthofes mit angrenzendem Campingplatz drüben auf dem Festland. Was im Grunde auch nichts Schlimmes war. Erben war zumeist ja eine wunderbare Sache, außer natürlich für den, der dafür ins Gras beißen musste.

Martin war in den letzten Tagen mehrfach der Gedanke gekommen, dass seine Gemahlin den Hals nicht vollbekam. Sie hätte das Erbe nämlich auch einfach ausschlagen können. Dann hätte sich irgendwer anderes damit herumschlagen können.

Annemarie war von Haus aus nicht arm. Seiner besseren Hälfte gehörten einige sehr kostspielige Immobilien auf der Insel. Auch der Notgroschen seiner Gattin war, das wusste er aus sicherer Quelle, nicht zu verachten. Martin selbst hatte vor der Hochzeit ausdrücklich auf einen Ehevertrag bestanden. Sollte ihre Ehe einmal scheitern, wovon er nicht ausging, würde er selbst im Anschluss wieder genauso arm sein wie zuvor. Auch für den Fall ihres Ablebens war alles geklärt. Annemarie hatte alles geregelt und festgelegt. Martin würde lediglich ein lebenslanges Wohnrecht in Annemaries Friesenhaus erhalten. Mehr brauchte er auch nicht. Die Geschäftsführung und sogar einen Teil der Firma sollte Martins Tochter Gina Marie bekommen. Der große Rest ging an Annemaries Ziehsohn Krischan.

Martin stellte sich seit Tagen die Frage, weshalb seine Annemarie das Erbe ihres ehemaligen Schwagers Frieder Hansen angenommen hatte? Was in drei Teufels Namen wollte sie mit einem Campingplatz, der sich, wie man hörte, in einem desolaten Zustand befand?

An diesem Punkt kam Martin nämlich ins Spiel. Annemarie hatte es sich in den Kopf gesetzt, dass er eben diesen Platz wieder instandsetzen sollte. Sie würde sich dann um einen Pächter bemühen, damit der das Objekt profitabel in ihrem Sinne führte. So, wie der Platz im Moment aussah wolle da vermutlich niemand seine Ferien verbringen oder ihn gar haben wollen. Zumindest niemand außer seiner Annemarie.

„Nä Lumpi. Wat is dat ein Elend. Dat Frau Annemarie lässt aber auch nit mit sich schwätzen tun. Ich sag dir dat. Wenn die Weibsleut sich wat in den Kopp gesetzt haben, dann muss der arme Mann springen tun. Ob der will oder nit", erklärte er Lumpi noch einmal die Ausweglosigkeit seiner Lage.

Heute nach dem Frühstück sollte es losgehen. Annemarie hatte bereits seine Koffer gepackt. Das Werkzeug aus dem Schuppen war verstaut und gestern von einem Lastkarren abgeholt worden, der es zur Fähre brachte.

Im Gegensatz zu Annemarie kannte Martin bisher nur Fotos von dem Gelände und dem Haus.

Hätte er sie mal nicht alleine aufs Festland zu diesem Notar fahren lassen. Wenn er bei der Besichtigung dabei gewesen wäre, hätte er vermutlich zig Gründe gefunden, um ihr das Erbe auszureden. Doch jetzt war es zu spät.

Martin zog seine Latzhose und das T-Shirt mit dem Geißbocklogo des 1. FC Köln aus und legte die Sachen, wie er es immer tat, ordentlich zusammen. Dann ging er schwimmen. Wer wusste schon, wann er dazu noch einmal die Gelegenheit haben würde.

Annemarie Hansen ließ sich auf die Bank vor dem Haus sinken, atmete mehrmals tief ein und aus und streifte dann erst einmal die Laufschuhe von ihren Füßen. Es wurde wahrlich Zeit, sich noch einmal nach neuen Schuhen umzuschauen. Bei diesen waren die Gelpolster in den Sohlen, so wie ihre Füße gerade schmerzten, ziemlich am Ende.

Annemarie joggte täglich. Bei jedem Wetter und zu jeder Jahreszeit drehte sie ihre allmorgendliche Runde über die Insel. Das Laufen hielt sie nicht nur körperlich fit, sondern machte auch den Kopf frei.

Zugegeben, heute hatte es nicht wirklich funktioniert. Ohne Unterlass waren ihre Gedanken bei Martin und dem neuen Projekt gewesen. Nein, bereut hatte sie es noch nicht, das Erbe angenommen zu haben. Dennoch kamen ihr Bedenken, ob es nicht doch eine zu große Belastung für sie und vor allem für Martin war. Begeistert war ihr Gatte nicht, sich die nächsten paar Wochen um den Platz zu kümmern. Und ja, sie hatte sogar ein schlechtes Gewissen, dass sie ihm diese Arbeit aufbürdete. Ihr Plan war es, dass Martin sich vorerst alleine um das alte Hofgebäude und den Campingplatz kümmerte, während sie selbst hin- und herpendelte. Derzeit war Hauptsaison. Da hatte sie alle Hände voll zu tun. Wobei es in ihrer Ferienhausvermietung bei Weitem nicht mehr so hektisch war wie noch vor einigen Jahren. Annemarie hatte es tatsächlich geschafft, sich ein wenig aus dem Alltagsgeschäft zurückzuziehen.

Gina Marie, Martins Tochter aus erster Ehe, konnte den Laden zumindest stunden- oder tageweise bereits wunderbar alleine schmeißen. Die junge Frau war wahrlich ein Segen. Dank Gina Marie würde Annemarie in den nächsten Wochen immer drei Tage am Stück zum Festland fahren können, um Martin zu helfen. Der sollte im ersten Schritt eine Übernachtungsmöglichkeit für sie beide schaffen. Der Wohnwagen, in dem ihr Schwager Frieder gehaust hatte, war ja explodiert und das Haus derzeit nicht bewohnbar.

An den Wochenenden, dann wenn die meisten Gäste wieder abreisten und neue Urlauber ankamen, musste sie dann wieder auf der Insel sein, um Gina Marie im Geschäft zu unterstützen. So weit der Plan.

Annemarie erhob sich, ging ins Haus und setzte Wasser für Martins Kaffee und ihren Tee an. Dann flitzte sie nach oben, um zu duschen und sich zurechtzumachen.

Als sie zurück nach unten kam, war Martin gerade dabei, den Frühstückstisch auf der Terrasse einzudecken.

Ja, das würde sie in den nächsten Tagen wahrlich vermissen.

Dass die Laune ihres Gatten immer noch auf einem Tiefpunkt war, war nicht zu übersehen. Männer machten aber auch aus allem immer so ein Drama. Martin tat ja fast, als würde sie ihn auf ewig verbannen. Was sollten denn die Seeleute sagen. Die armen Kerls waren oft monatelang von ihrer Familie getrennt.

Martin mochte die Überfahrten mit der Fähre zwischen dem Festland und der Insel. Wie zumeist setzte er sich auf das Oberdeck auf einen Platz in der Sonne und entzündete seine Meerschaumpfeife. Dabei waren seine Gedanken bei der Baustelle und was ihn dort wohl erwarten würde.

Nicht genug, dass er dort Instandhaltungsarbeiten durchführen sollte. Nein, er war darüber hinaus auch der Platzwart und würde sich um die Buchungen und Wehwehchen der Gäste kümmern müssen. Falls es da überhaupt Gäste gab. Mit Sicherheit wusste er das nicht. Sein Gefühl sagte ihm, dass das ganze Projekt Campingplatz nur in einer Katastrophe enden konnte.

Zum Glück gehörte der Campingplatz mit derzeit etwa zwanzig Stellplätzen nur zu den eher kleineren seiner Art. Da würde die Katastrophe dann wenigstens nicht so schlimm wie bei einem der großen Plätze, die es überall an der Küste gab, werden.

Vor dem Fährterminal in Bensersiel wartete bereits sein Sohn Kevin auf Martin. Sie hatten ausgemacht, dass der Bube ihn abholen und zu dem etwas abseits gelegenen Resthof bringen sollte.

„Moin Papa, alles paletti?“, erkundigte sich Kevin.

„Na, wie man dat nimmt. Paletti is eigentlich wat anderes“, erwiderte er schon gar nicht mehr so missmutig, da er sich gerade tatsächlich freute, seinen Jungen zu sehen.

Nachdem sie gemeinsam alles Gepäck und Werkzeug in Martins altem Ford Capri verstaut hatten, ging es los.

„Also, wenn du magst, kann ich dir gelegentlich zur Hand gehen“, schlug Kevin irgendwann vor, nachdem Martin ihm zumindest in Ansätzen sein Leid geklagt hatte.

„Nä ... Kevin. Dat musst du nit. Du und dat Paulina, ihr habt doch auf eurem Biohof auch genug zu tun“, wehrte Martin ab.

„Ja ... Nee ... im Moment geht es. Wir haben das Heu schon fertig eingefahren, und bis zu den Kartoffeln sind es noch ein paar Wochen. Außerdem haben wir derzeit gleich zwei Praktikantinnen“, erklärte sein Junge.

„Praktikantinnen? Tun die für umsonst arbeiten tun?“, war Martin erstaunt.

„Ja, so in etwa. Die studieren beide Agrarwissenschaften. Die helfen uns auf dem Hof, lernen etwas dabei und haben dafür Kost und Logis frei“, meinte Kevin.

Martin nickte anerkennend. Leute, die nur für Essen und einen Schlafplatz arbeiteten, konnte man nie genug haben. Von denen bräuchte er eigentlich eine ganze Horde auf dem Campingplatz. Nur wollte da bestimmt kein Student für lau malochen.

Einige Kilometer hinter Dornumersiel, irgendwo im Nirgendwo, drosselte Kevin die Geschwindigkeit und blickte mit zusammengekniffenen Augen auf sein Mobiltelefon, das er mit einer Halterung in der Lüftung des Oldies befestigt hatte.

„Is wat?", erkundigte sich Martin.

„Laut der Naviapp geht es hier rechts ab. Dann noch zwei Kilometer und wir sind da ... also eigentlich", sagte er und blickte sich um.

„Jo, wie Sie sehen ... sehen Sie nix ..., Herr von Schlechtinger Junior", erwiderte Martin, da er außer einer Menge Gegend nichts entdeckte, was auf einen Campingplatz hindeutete.

„Da vorne geht ein Feldweg ab", meinte Kevin und deutete auf einen geschotterten Weg zu seiner Rechten.

Martin kniff die Augen zusammen. Tatsächlich war da ein Weg, der aussah, als sei da seit Jahren keiner mehr hergefahren. Auf dem Mittelstreifen zwischen zwei ausgefahrenen Spuren wuchs üppiges Grün.

„Halt mal an", gab er seinem Sprössling Anweisung und stieg aus.

Obgleich es noch immer früher Vormittag war, stach die Sonne bereits heftig von dem wolkenlosen Himmel. Martin watschelte zum Wegesrand und hob dort einen hölzernen Pfosten auf, an dessen Ende ein verbogenes rostiges Blechschild pappte.

„Frieders Camping achtern Diek", las er die eindeutig handgemalte verwitterte Aufschrift. Ein Versuch Martins, den Pfosten wieder zurück ins trockene Erdreich zu rammen, scheiterte an der morschen Konsistenz des Holzes. Na, das fing ja schon mal super an.

„Den erneuern wir am besten heute noch", rief Kevin ihm aus dem Wagen her zu.

„Nä besser nit. Nachher tut den Campingplatz noch einer finden tun. Dat fehlt mir noch, wenn da Leut kommen", knurrte er und meinte es auch genauso. Je mehr Menschen auf dem Platz auftauchten, umso mehr musste er sich kümmern und umso länger würde sein Aufenthalt dort dauern.

Nach etwa zwei Kilometern und gefühlten eintausend Schlaglöchern stoppte Kevin den Wagen vor einer rot-weißen Schranke. Dahinter waren zwischen einigen Bäumen und Sträuchern mehrere Campingwagen zu sehen. Rechter Hand befand sich das Hofgebäude. Martin musste schlucken, als er den windschiefen Kasten erblickte.

„Eieieieieieiei … huihuihui …", entfuhr es ihm.

„Wow! Das sieht nach viel Arbeit aus", untertrieb Kevin noch.

„Nä ming Jung. Dat sieht nach Abriss us. Da hilft nur noch ein großer Bagger oder ein Kanister Benzin und Streichhölzer", schätzte Martin die Lage ein.

„Guck mal. Da wachsen sogar kleine Bäume aus den Mauern und dem Dach", staunte Kevin.

Martin hatte mit nichts Gutem gerechnet. Dennoch musste er zugeben, dass der Hof auf den Fotos, die Annemarie mit ihrem Mobiltelefon geschossen hatte, wesentlich besser aussahen, als es live tatsächlich war.

Kevin stellte den Motor ab und stieg aus. Martin folgte ihm zögerlich. Das Erste, was er wahrnahm, war leise Schlagermusik, die aus Richtung der Campingwagen zu ihnen herüberschallte. Waren da etwa Menschen? War der Platz schon bewohnt? Davon hatte Annemarie ihm gar nichts erzählt. Wobei er aber auch nicht nachgefragt hatte. Er war einfach davon ausgegangen, dass der Platz verlassen war.

Aber nun gut, derzeit war Hauptsaison, und Frieder Hansen war ja erst vor drei Wochen verschieden. Da war es nur logisch, dass der noch Buchungen gehabt hatte. Irgendwem mussten die Campingwagen ja auch gehören. Die Dinger standen hier ja bestimmt nicht herrenlos herum.

Martin folgte Kevin um die Schranke herum und blieb dann wenige Meter dahinter vor einem Wegweiser stehen.

„Sanitäre Anlagen, Kiosk, Anmeldung, Bar, Deich, Badestrand, Streichelzoo“, las er die Pfeilschilder daran, die in alle Himmelsrichtungen deuteten.

„Sogar einen Streichelzoo gibt es“, staunte Kevin.

Martin schluckte und war sich nicht sicher, ob er wirklich wissen wollte, welche Tiere es da wohl zu streicheln gab.

„Moin, kann ich Ihnen helfen?“, quakte die hohe Stimme eines Mannes.

„Moin moin, Martin von Schlechtinger, und dat ist mein Sohn, der Kevin. Ebenfalls von Schlechtinger“, erwiderte Martin den Gruß und stellte sich dem Mann auch gleich einmal vor. Dabei taxierte er ihn genau.

Zugegeben, der Typ hatte etwas Merkwürdiges an sich. Er trug einen vorne offenen blau-weiß gestreiften Bademantel. Die Enden des Gürtels reichten bis zum Boden. Dazu geblümte Boxershorts. Die unbehaarte Brust und der etwas vorstehende Bauch des ansonsten eher dürren Kerls leuchteten weiß in der Sonne. Martin streckte ihm, wie es sich gehörte, die Hand hin. Dabei ruhte sein Blick auf den Füßen des etwa Dreißigjährigen, die in braunen Cowboystiefeln steckten.

„Billy the Kid … also eigentlich Wilhelm Waldbach … aber alle nennen mich hier nur Billy", stellte auch der Bursche sich nun vor, ergriff Martins Hand und schüttelte sie.

Martin behauptete von sich, eine gute Menschenkenntnis zu besitzen. Er konnte seine Mitmenschen immer schnell in Kategorien einteilen und hatte sich dabei bisher nur selten geirrt. Billy gehörte eindeutig in die Schublade „total bekloppt, aber vermutlich harmlos".

„Jo, Billy …, ich bin der Maddin", bot er dem Kerl nun auch mal direkt das Du an.

Billy nickte und strahlte dabei.

„Angenehm, Maddin. Was sagtet ihr beiden noch mal, was ihr hier wollt?", erkundigte er sich.

„Wir …, also ich bin der neue Platzwart?", stellte Martin klar. Billy verzog verwundert das Gesicht.

„Du? Ich hatte gehört, dass das so ein oller Drachen von der Insel sei", erwiderte Billy und nickte mit dem Kopf in Richtung Deich, hinter dem sich irgendwo weit draußen Langeoog befinden musste.

Martin glaubte sich indes verhört zu haben. Er merkte, wie sein Hals anschwoll. Was erlaubte sich dieser kleine Spinner mit dem Morgenmantel!

„Janz dünnes Eis, ming Fründ. Janz dünnes Eis. Dat Frau Annemarie, dat is eine sehr liebenswerte Person. Also pass uff, wat du sagen tust“, stellte Martin klar.

Wenn jemand behaupten durfte, dass Annemarie ein Drache sei, dann war das er selbst und sonst niemand. Auf seine Annemarie würde Martin nichts kommen lassen. Schon gar nicht von so einem dahergelaufenen Sonntagscowboy im Bademantel.

„Ähm sorry. Das is mir nur so rausgerutscht. Ich muss dann aber auch mal los. Termine. Sie verstehen?“, stotterte er, machte auf dem Absatz seiner Cowboystiefel kehrt und suchte das Weite.

Martin sah zu Kevin, der grinste wie ein Honigkuchenpferd.

„Also wenn ich eins nit leiden tun kann, dann is dat, wenn einer wat gegen dat Frau Annemarie sagen tut“, zischte Martin seinem Sohn zu.

„Da hast du vollkommen recht, Papa. Lass dir hier nix gefallen. Immerhin bist du hier jetzt der Platzwart. Da musst du knallhart durchgreifen. Sonst tanzen dir die Camper auf der Nase rum“, sagte Kevin, und Martin war sich gerade nicht sicher, ob sein Junior dies ernst meinte oder ob der ihn auf den Arm nahm.

Aber wo er recht hatte, da hatte er recht. Martin war nun hier der Chef. Und wie ein Chef sich zu benehmen hatte, wusste er nur zu genau. Immerhin hatte er zwanzig Jahre lang einen Sanitär- und Heizungsfachbetrieb geleitet.

„Genau, Kevin. Und sujet wie dat da vorne, dat geht auf meinem Platz schon mal gar nit", erwiderte er und deutete auf eine der Wohnwagenparzellen.

Hinter einem weiß getünchten Gartenzaun hatte der Camper einen Fahnenmast errichtet, an dem eine Flagge im Wind knatterte. Martin hatte nichts gegen Fahnen. Nein, er fand Fahnen und Windspiele, die sich bewegten, sogar toll. Je bunter, umso besser. Aber eine mit dem Logo des 1. FC Bayern auf seinem Campingplatz. Nein! So etwas ging überhaupt nicht.

Bis auf wenige Stellplätze war der Platz tatsächlich belegt. Zwischen den teils sehr heruntergekommenen Campingwagen verlief ein Kiesweg zu dem langgezogenen Gulfhof.

Diese Höfe, die Wohnhaus, Stall und Scheune unter einem Dach vereinten, waren typisch für den Norden.

„Du, das Dach sieht gar nicht mal so übel aus", fand Kevin.

„Jo, da häst du recht. Am besten, mir reißen die Bude untenherum ab und lassen nur dat Dach stehen", unkte Martin und ging schnurgerade auf eine der Campingparzellen zu.

„Ach du meine Güte. Was ist denn hier passiert?", erkundigte sich Kevin beim Anblick der verkohlten Trümmer, die wohl einmal ein Wohnwagen gewesen waren.

„Hier is et wohl passiert", antwortete Martin.

Auch von diesem Schandfleck hatte er bereits Fotos gesehen.

„Was passiert?", hakte Kevin nach.

„Hier hät der Frieder Hansen quasi seinen letzten Furz gelassen. Angeblich hat der vergessen, dat Gas abzudrehen. Als der dann nachts besoffen in seinen Wagen ist und dat Licht angemacht hat, da hat dat dann Bumm gemacht“, fasste Martin die Ereignisse der Unglücksnacht zusammen.

„Der Vorbesitzer des Platzes ist bei einer Gasexplosion ums Leben gekommen? Wie kann denn so etwas passieren? Diese Gaskocher und Geräte schalten sich doch ab, sobald keine Flamme mehr brennt“, war Kevin fassungslos.

Martin klopfte seinem Junior auf die Schulter.

„Richtig, mein Junge. Du wärst bestimmt ein guter Klempner geworden. Von Schlechtinger und Sohn. Mir zwei im Außendienst und dat Mariechen im Büro“, sinnierte Martin. Ja, es war tatsächlich immer sein Traum gewesen, dass der Junge einmal in seine Fußstapfen treten und zusammen mit seiner Schwester den Betrieb übernehmen würde. Doch wie so oft im Leben war alles anders gekommen.

„Nee, Papa, lass mal. Das wäre nichts für mich gewesen. So wie es jetzt ist, ist alles okay“, winkte Kevin ab und stieg über einige Trümmerteile näher an den Explosionsherd.

Ja, wenn Martin es recht überlegte, hatte der Bursche recht. Es wäre tatsächlich alles gut, wenn er nicht noch diesen verflixten Campingplatz an der Backe hätte.

Kapitel 2

Montag. 19. Juni 2023
Kriminalinspektion Friedrichstraße / Betzdorf, Westerwald

Kriminaloberkommissar Thomas Kübler war das, was man gemeinhin als ziemlich durch oder reif für die Insel bezeichnete. Die letzten Wochen waren wirklich stressig gewesen. Sowohl dienstlich als auch privat. Ständig war irgendein Kollege krank, im Urlaub oder auf Fortbildung. Da das Arbeitsaufkommen derzeit eh ziemlich heftig war, hatte es sich halt ziemlich geknubbelt.

Zu Hause das gleiche Spiel. Wobei da keiner auf Fortbildung oder in Urlaub war. Nein, die letzten Monate hatten ganz im Zeichen von Alexandras Erbe gestanden. Ihre Oma Fini hatte sie zur Alleinerbin ihres Hauses bei Münster bestimmt. Seinen Plan, die Bude zu verscherbeln, hatte Alexandra bereits verworfen, bevor Thomas ihn zu Ende formulieren konnte.

Nein, seine Frau wollte das Haus erhalten. Als eine Wertanlage, wie sie stets betonte. Vermieten statt verkaufen. Im Grunde keine blöde Idee. Doch dank der Wertanlage waren sie beide nun ziemlich pleite, mit den Nerven runter und vollkommen urlaubsreif.

Die Renovierungen hatten Thomas handwerklich und finanziell alles abverlangt. Doch am Ende hatten sie es geschafft. Ab dem nächsten Ersten war die Hütte an ein junges Paar mit drei Kindern vermietet. Die beiden waren, das hatte Thomas gründlich gecheckt, seriös, liquide und nicht vorbestraft. Die Schlüssel waren bereits übergeben und die Kaution gezahlt.

Er sah zum Kalender an der Wand. Heute war Montag der neunzehnte Juni. Rechnete man den heutigen Tag mit ein, waren es exakt noch fünf Tage bis zu seinem Urlaubsantritt. Freitag um Punkt vier fiel hier der Hammer. Komme, was da wolle!

Dies alles sollte eigentlich ein Grund zur Freude sein. Zwei Wochen lang dem Alltag den Rücken kehren und einfach einmal ausspannen. Ein Urlaub im Liegestuhl auf Balkonien, mit einem Buch neben dem Planschbecken der Kinder und in der Nähe des Eiswürfelspenders könnte ein absoluter Traum werden.

Doch wie so oft würde es wieder einmal anders kommen. Seine Frau wollte in Urlaub fahren. Dem Haus mit den bequemen Betten und den klimatisierten Schlafräumen den Rücken kehren und an die See verreisen.

„Wir fahren einfach los und schauen, wo das Schicksal uns hinführt. Da schlagen wir dann unser Zelt auf und genießen die Freiheit", hatte sie gemeint. Wobei die Sache mit dem Zelt beinahe wörtlich zu verstehen war. Campingurlaub sei voll im Trend, hatte sie ihm allen Ernstes erklärt. Thomas sah dies vollkommen anders. Warum sollte er freiwillig mitten in der Pampa in einem über fünfzig Jahre altem VW Bus pennen? Was war daran Freiheit, wenn man mit zwei Erwachsenen, zwei Kindern und zwei Hunden auf nicht einmal sechs Quadratmetern hauste? Nichts!

Dennoch würde ihm des lieben Friedens wegen wohl nichts anderes übrig bleiben, als mitzufahren.

Wobei es überhaupt fraglich war, ob der fahrbare Untersatz es überhaupt bis zur Autobahnauffahrt schaffte, bevor er liegen blieb.

Den Hühnerstall, wie sie alle den alten Bulli gerne zu nennen pflegten, hatten sie in einem Schuppen hinter dem Haus von Alexandras Oma gefunden.

Die erste Idee seiner Frau war es tatsächlich gewesen, das Ding als Deko und Hühnerbehausung in den heimischen Garten zu stellen. Daher auch der passende Name für das Vehikel.

Nachdem ein Freund gemeint hatte, das Teil sähe für sein Alter noch gar nicht mal so übel aus, hatte sich Alex dann in den Kopf gesetzt, den Bulli wieder fahrtüchtig zu machen.

Da weder sie noch er Ahnung von solchen Dingen besaßen, hatte dies eine Fachwerkstatt erledigen müssen. Als die Rechnung über die technische Instandsetzung ins Haus flatterte, musste Thomas sich dann erst einmal für einige Minuten hinsetzen und tief mehrmals ein- und ausatmen. Für die Kohle hätten sie locker zu viert für zwei Wochen in den Süden fliegen können. Fünf Sterne all inclusive, versteht sich!

Dem verwitterten und angerosteten Lack des Oldies war Alexandra dann selbst mit Schmirgelpapier und Dutzenden von Sprühdosen zu Leibe gerückt. Die neuen Bezüge für die Polster nähte ihr eine Bekannte aus Stoffresten.

Das Ergebnis war ein kunterbunter Hippiebus, wie man ihn aus Dokumentaraufnahmen des Woodstock-Festivals kannte. Nur dass dieser Bulli niemals in Woodstock gewesen war. Vergammelte Flugblätter und Plakate unter dem Klappbett zeugten von einer bewegten Vergangenheit an der Frankfurter Startbahn West und der atomaren Wiederaufarbeitungsanlage im bayrischen Wackersdorf. Sogar ein originales Fahndungsplakat nach den Terroristen der RAF war beim Ausräumen unter der Klappbank zum Vorschein gekommen.

Thomas seufzte und griff nach einer Akte von dem noch viel zu großen Stapel auf seinem Schreibtisch. Er war gewiss kein Spießer. Doch diese Ferien widersprachen all den Dingen, für die er einstand. Aber was tat man nicht alles für den lieben Familienfrieden.

Martin von Schlechtinger stand an der Schranke und sah dem kanariengelben Ford Capri mit seinem Sohn am Steuer noch eine Weile hinterher. Gemeinsam hatten sie noch das Werkzeug und Martins Gepäck vor dem Kiosk ausgeräumt.

Kevin würde morgen früh wiederkommen, um ihm ein wenig zur Hand zu gehen. Was Martin nun brauchte, war ein Plan. Er musste das Ganze systematisch angehen. Als Erstes musste er sich eine Übernachtungsmöglichkeit schaffen. Das Haus schied definitiv aus. In dem Zustand, in dem sich der alte Hof befand, konnten da vielleicht Ratten und Mäuse nächtigen. Aber kein Martin von Schlechtinger. Es hatte schon einen Grund gehabt, warum Frieder Hansen in dem Wohnwagen wohnte und nicht im Haus.

Auf den ersten Blick schien der Kiosk im alten Kuhstall der einzig nicht vollkommen verwahrloste Raum zu sein. Den würde er sich gleich als Erstes ansehen. Vielleicht fand er ja irgendwo noch eine Matratze oder ein altes Sofa, auf dem er schlafen könnte.

Martin ging den Kiesweg zurück und besah sich die Wohnwagen. Da war nicht ein einziger dabei, der in den letzten Jahren einmal bewegt worden war. Nein, die alten Vehikel waren vermutlich schon mit dem Boden, auf dem sie standen, verwachsen.

Außer dem Spinner mit dem Bademantel, diesem Billy, war er bisher auch noch keiner Menschenseele begegnet.

Vor einem rosa angemalten Wagen mit einem roten, aus Pappe ausgeschnittenen Herz in der Scheibe blieb er stehen. Zwar war ihm der bunte Camper vorhin schon aufgefallen, doch hatte da der obere Teil der Türe noch nicht aufgestanden. Er reckte die Nase in die Luft. Es roch eindeutig nach frisch aufgebrühtem Kaffee, und das am Mittag.

„Hallo?“, rief er.

In dem Wagen polterte es, dann lugte eine junge Dame mit blaugrünblonden total verwuschelten Haaren aus der Türe.

„Du bist zu früh. Ick bin noch nich so weit. Komm noch mal in zwei, drei Stunden wieder“, beschied sie ihn eindeutig in Berliner Dialekt.

Martin kratzte sich am Kopf. Verwechselte die ihn mit jemand anderem? Könnte schon sein.

„Ähm … Hüren Sie, Fräulein. Ich wollte mich nur kurz vorstellen tun. Ich bin der neue Platzwart“, erklärte er sich daher.

„Ach so … du bist der Neue“, lächelte sie, öffnete auch die untere Hälfte der teilbaren Eingangstüre und trat hinaus. Tatsächlich schien sie auch untenherum nichts anzuhaben. Zum Glück reichte aber das T-Shirt wenigstens bis über ihren Popo. Eieiei, da wusste Mann ja gar nicht, wo man hinsehen sollte. Hübsch war die kesse Berlinerin allemal. Obwohl sie vom Alter her seine Tochter sein könnte, machte die Martin gerade total nervös. Wenn er es sich recht überlegte, würde er sie ungefähr auf Kevins Alter schätzen.

„Martin von Schlechtinger, aber du kannst ruhig Maddin zu mir sagen tun“, bot er ihr nun das Du an.

„Hallo Maddin, ick bin die Trixi“, antwortete sie und griff seine Hand.

„Und wie weiter? Also ich mein, du hast doch bestimmt auch einen Nachnamen“, erkundigte er sich, da er als Platzwart solche Informationen schließlich benötigte. Zumindest glaubt er dies.

„Einfach nur Trixi. Det reicht vollkommen. Magst du einen Kaffee?“, fragte sie und deutete auf einen kleinen schiefen Campingtisch, um den vier Stühle gruppiert waren.

Martin musste nicht lange überlegen. Bei einem guten Kaffee war er immer dabei.

Während Trixi im Wagen verschwand, ließ Martin sich nieder und blickte sich um.

Schräg gegenüber befand sich der Wohnwagen mit dem Fahnenmast, an dem die Bayernflagge im Wind knatterte.

„Magst du Milch oder Zucker?“, rief Trixi aus dem Wageninneren.

„Wenn dat keine Umstände machen tut, dann bitte beides“, erwiderte er und betrachtete den nächsten Wagen in der gegenüberliegenden Reihe. Die Parzelle war eindeutig die ordentlichste auf dem Platz. Die Beete hinter dem kniehohen Zäunchen mit den bunten blühenden Blumen waren sehr gepflegt. Hübsch fand er auch die Schar von Gartenzwergen, die überall verteilt dazwischen weilten.

„So, bitte schön“, meinte Trixi und stellte einen großen Pott mit Kaffee vor ihn auf den Tisch.

„Danke. Dat tut jut“, meinte er, nachdem er kurz an der heißen Tasse genippt hatte.

Trixi trug nun ein eng anliegendes T-Shirt und eine wirklich sehr kurze Jeanshose, die mehr enthüllte, als sie verbarg.

„Tust du hier länger Urlaub machen tun?“, erkundigte sich Martin, da Trixis Wohnwagen auf ihn den Eindruck machte, als könne der nicht mehr gezogen werden, ohne dabei auseinanderzubrechen.

„Ja, so ungefähr“, antwortete sie wieder ausweichend, setzte sich ihm gegenüber auf einen Stuhl und nippte ebenfalls an ihrem Kaffee.

„Sag nit, du tust hier fest wohnen tun?“, kam ihm ein Gedanke.

„Nee, nee. Dat is quasi mehr so übergangsweise“, beschied sie ihn und lächelte.

„Aha … und wie lang tut dat schon so übergangsweise gehen?", blieb Martin hartnäckig.

Trixi sah zum Himmel und überlegte.

„Noch nicht so lang", wich sie ihm wieder aus.

Nun gut. Das Mädchen würde schon seine Gründe haben, warum es Martin nicht vertraute. Er selbst hatte seiner Tochter Gina Marie immer eingetrichtert, dass sie bei fremden Kerlen vorsichtig sein solle. Bestimmt hatten das die Eltern von Trixi ebenfalls getan.

„Hör mal, Trixi, wat tun hier denn derzeit sonst noch so für Leute wohnen oder campen tun? Wat ist dat zum Beispiel für einer mit der Fahne da vorne? Kommt der aus Bayern?", änderte Martin jetzt erst einmal die Taktik.

„Das sind Hans Werner und Heidi Paschulke. Keine Ahnung, wo die herkommen. Die sind aber auch meist nur am Wochenende da", wusste sie.

„Und der mit den Gartenzwergen?", erkundigte er sich.

„Das ist der Werner Koschinski, der kommt ursprünglich aus dem Kohlenpott. Der war früher mal Bergmann. Also so unter der Erde und so. Der wohnt hier wegen der guten Seeluft", erklärte sie, beugte sich dann näher zu Martin über den Tisch und flüsterte, „und weil der im Pott keine Kohle mehr hatte, um die Miete zu zahlen. Tagsüber is er oft unterwegs und sammelt Pfandflaschen."

„Wie, der wohnt hier, weil die Rente zu knapp is? Dat is ja schlimm", erschrak Martin förmlich. So etwas hörte man ja immer öfter. Er selbst hatte auch als selbstständiger Handwerker immer brav in die Kasse eingezahlt und hoffte irgendwann später nicht einmal so wie dieser Herr Werner Koschinski dazustehen.

„Na ja. Ick sag mal. Der wohnt hier ja nicht schlecht. In Berlin, wo ick herkomme, da gibt det auch genug, die unter der Brücke pennen müssen", fand Trixi.

„Jo, dat tut natürlich stimmen tun. Besser wie unter der Brück ist dat hier allemal", meinte er, obgleich er es dennoch schlimm fand, dass ein alter Mann in einem Camper leben und leere Flaschen sammeln musste.

„Da vorne in dem silbernen Wagen wohnt E.T.", meinte sie und grinste.

Auch dieser Camper war Martin bereits aufgefallen, da er komplett mit Alufolie beklebt worden war und in der Sonne glitzerte wie ein Diamant.

„E.T. Du meinst der kleine Außerirdische aus dem Film", erkundigte er sich vorsichtig, da es ja auch sein könnte, er habe sich verhört.

„Genau der. Wobei unser E.T. jetzt nicht wirklich klein ist, sondern groß wie ein Bär."

„Also ist der eher wie der Wuki bei Sternen Krieg oder wie dat heißen tut", amüsierte sich Martin.

„Ja, das würde vielleicht eher passen. Nee … mal Spaß beiseite", winkte sie ab und beugte sich zu ihm herüber. „Der heißt eigentlich Ewald. Ick glaub mit Nachnamen Tappert oder so ähnlich. Auf alle Fälle was mit T am Anfang. Deshalb nennen den alle nur E.T.", klärte sie Martin auf.

„Aha. Und weil die Leute den so nennen tun, hat der sein Vehikel silber beklebt wie ein Ufo", kombinierte Martin.

„Nee, det is wegen der Strahlung. Der verlässt die Bude meist auch nur, wenn det schon dunkel ist. Und dann nur mit Regenschirm. Den hat er auch mit Folie beklebt … von wegen der Strahlung", flüsterte Trixi und machte an ihrer Schläfe eine kreisende Bewegung mit dem Finger.

„Ach … du meinst, der ist bekloppt", brachte Martin es auf den Punkt.

Trixi nickte und schlürfte an ihrem Kaffee bevor sie weitererzählte.

„Ja, und dann ist da noch Billy, der wohnt in dem großen Wagen da drüben. Evi und Ralle, denen ist der Camper mit dem orangenen Vorzelt", wusste sie und zählte noch einige weitere Platzbewohner auf.

Da Martin sich eh keine Namen merken konnte, zählte er lediglich die Anzahl der genannten Personen mit. Wenn er sich nicht verzählt hatte, kam er, als Trixi endete, auf dreizehn Bewohner des Platzes.

„Aber von denen macht hier keiner Ferien? Dat sind quasi alles Dauercamper?", fragte er noch einmal nach.

Trixi nickte.

„Ja! Aber wie gesagt, einige von denen sind meist nur am Wochenende da. Dann is hier manchmal richtig Halligalli. Det sind alles Einwohner von Frieder City."

„Frieder Wat?", fragte Martin, da er glaubte, sich verhört zu haben.

„Frieder City. So hat er selbst den Platz immer genannt", bestätigte sie ihm, dass er sich nicht verhört hatte.

„Ach so. Und er selbst war der Herr Oberbürgermeister von der City", schloss Martin darauf.

Trixi kicherte.

„Quatsch, Maddin. Der Frieder war schon echt knorke. Auf den konnte ick mir immer verlassen. Der war für seine Freunde da. Außer wenn der mal wieder getrunken hat. Dann konntest den nicht gebrauchen", fand sie.

„Häst du dat eigentlich mitbekommen? Den Unfall mein ich", interessierte es ihn.

„Icke? Ja klar. Det war ja nüch zu überhören. Mordsknall, sag ick dir", beschied sie ihn und beugte sich dann wieder über den Tisch. „Aber ob det ein Unfall war ... da bin icke mir nüch so sicher", flüsterte sie erneut.

„Ja, aber wat soll dat denn sonst gewesen sein? Meinst du, der hät sich selbst dat Licht ausgeknipst", kam ihm ein schlimmer Verdacht.

Trixi schüttelte den Kopf, sah sich kurz um, ob niemand zuhörte, und zischte dann: „Ick wette mit dir, den hat einer abgemurkst."

„Nä?", erschrak Martin.

„Doch!", schien sie sich sicher.

„Und wie kommst du da drauf?", wollte er wissen.

„Na, ganz einfach. Wie soll denn da Gas explodieren, wenn der gar kein Gas in seinem Wagen benutzt hat. Der Frieder hat mit Strom geheizt. Der hatte da so eine elektrische Heizung", beschwor sie ihn.

„Aber der hatte doch bestimmt auch einen Gasherd in dem Wagen. Sujet han die Vehikel doch all?", wandte Martin ein.

„Klar. Aber der Frieder hatte seinen nicht angeschlossen. Der hat nie in seinem Wohnwagen gekocht, sondern immer nur auf dem Elektroherd im Kiosk", war Trixi tatsächlich bestens informiert.

Martin lehnte sich zurück, sah zu den verbrannten Überresten, die sich schräg gegenüber der Parzelle mit den Gartenzwergen befanden, und dachte nach.

„Aber wer sollte den armen Mann dann umbringen tun?“, fragte er nach einer Weile.

Trixi zuckte mit den Schultern.

„Wat sagt denn die Polizei dazu? Häst du denen von deinem Verdacht erzählt?“, erkundigte er sich.

So verlegen, wie Trixi gerade schaute und sich hinter dem Pott Kaffee versteckte, schien sie dies nicht getan zu haben. Zögerlich schüttelte sie den Kopf.

„Ja, Mädchen. Warum dat dann nit? Wenn man sujet wissen tut, dann muss man dat doch sagen tun“, belehrte er sie.

„Die Bullen haben mich aber auch nicht gefragt. Die waren hier, haben mit der Feuerwehr gequatscht, und eine halbe Stunde später sind sie wieder weg“, antwortete sie.

Martin trank den letzten Schluck Kaffee aus, bedankte sich dafür und erhob sich. Diese Trixi war ihm überaus sympathisch. Dennoch wurde er das Gefühl nicht los, dass die ihm noch mehr verheimlichte außer ihrem Nachnamen. Nein, mit dem Mädchen war irgendetwas faul. Sie direkt darauf anzusprechen würde nur Sinn ergeben, wenn er darauf aus war, von ihr belogen zu werden. Er würde es schon noch herausfinden, was sie verheimlichte. Jetzt musste er sich erst einmal um ein Nachtlager kümmern. Auf seinem Weg zum Haus blieb er noch einmal vor den Trümmern des Wohnwagens stehen. Die würde er als Erstes beseitigen müssen und sich dann um das Haus kümmern. So einen Schandfleck konnte er als Chef hier nicht dulden.

„Rezeption und Kiosk", las er das Schild an der Hauswand oberhalb eines Fensters und einer Türe. Aus seiner Latztasche kramte er den Schlüsselbund heraus, den Annemarie ihm ausgehändigt hatte, und probierte die verschiedenen Schlüssel durch. Es war einer der letzten an dem Bund, der sich endlich in dem Schloss drehte. Er schob die Türe auf und betrat den kleinen Laden, der gar nicht so schlimm aussah, wie er ihn erwartet hatte. Hinter einer Theke gab es einen Schreibtisch, auf dem sich sogar ein Computer befand. Auch mit so etwas hatte er nicht gerechnet. An den Wänden ringsherum Regale mit Konserven, Zeitschriften und auch allerlei Nippes und Souvenirs.

Martin trat an einen Postkartenständer, der auf der Ecke der Theke sein Dasein fristete, und drehte ihn. Nicht eine Karte zeigte den Campingplatz. Nein, zu den Motiven gehörten Aufnahmen von Seehunden, Möwen, Meer und Strand. Der ganz normale Wahnsinn wie in jedem der anderen Büdchen an der Küste. Als Nächstes inspizierte er die beiden Kühlschränke mit den gläsernen Türen. Es gab Limo, Cola, Wasser, Eistee, Bier und andere Kaltgetränke. Kölsch suchte er vergeblich. Doch das würde er ändern. In einem Nebenraum hinter dem Schreibtisch entdeckte er eine kleine Küchenzeile. Auch dort öffnete er den Kühlschrank und schloss ihn bei dem Anblick und dem Geruch, der ihm entgegenschlug, schnell wieder. Nun gut, es waren ja auch schon ein paar Wochen vergangen seit Frieders plötzlichem Ableben.

Ob an dem, was Trixi vorhin erzählt hatte, tatsächlich etwas dran sein könnte?, kam es ihm in den Sinn.

Martin besaß ein großes Vertrauen in die ostfriesische Polizei. Er konnte sich nicht vorstellen, dass es den Beamten verborgen geblieben wäre, wenn Frieder Hansen tatsächlich durch einen Mordanschlag ums Leben gekommen war. Nein, das konnte einfach nicht sein.

Dennoch hatten Trixis Worte ihn ein wenig verunsichert. Immerhin war er, Martin von Schlechtinger, quasi Frieders Nachfolger. Was, wenn jemand den alten Campingplatzbesitzer getötet und es nun auf Martin abgesehen hatte? Vielleicht wurde er hier gerade, ohne es zu merken, zur Zielscheibe eines Bekloppten?

Dass es auf dem Platz einige ziemlich gestörte Individuen, wie zum Beispiel diesen Herrn E.T. oder Billy the Kid gab, war nicht von der Hand zu weisen.

Nein, dieser Gedanke behagte ihm überhaupt nicht. Das Beste würde sein, dass er sich selbst des Falles annahm und eigene Ermittlungen anstellte. Er hatte auch schon so eine Ahnung, wer ihm dabei helfe könnte.

Polizeihauptmeister Onno Feddersen saß an seinem Schreibtisch in der Polizeiamtsstube Langeoog und schrieb mit seinem bewährten Zwei-Finger-Suchsystem das Protokoll der morgendlichen Fahrradkarambolage. An der Einmündung der Barkhausenstraße in die Hauptstraße hatte es wieder einmal dermaßen gescheppert, dass man es kaum glauben konnte. Gerade als er wieder einmal das ß auf der Tastatur suchte, schellte das Telefon. In diesem Tollhaus hatte man niemals seine Ruhe, um ordentlich arbeiten zu können.

„Lotta, würdest du das bitte noch übernehmen?", bat er die Kollegin Lotta Dönges, deren Hand bereits auf der Klinke der Ausgangstüre lag.

Lotta schnaufte.

„Mensch Onno, ich hab' schon seit zwanzig Minuten Feierabend. Ich muss Eike an der Kita abholen", stöhnte die Halbtagskollegin, ging dann aber doch zurück zu ihrem Schreibtisch und ließ sich schwerfällig auf ihren Stuhl sinken.

Ja, seine Lieblingskollegin Lotta hatte in den letzten Monaten wahrlich heftig zugelegt. Wobei dies im achten Monat der Schwangerschaft auch so sein musste. In nicht einmal mehr zwei Monaten sollte der dann bereits sechsjährige Eike endlich ein Geschwisterchen bekommen. Ob Junge oder Mädchen verriet Lotta nicht, obwohl Onno sie schon mehrfach danach gefragt hatte.

„Moin. Inselpolizei Langeoog. Sie sprechen mit Polizeimeisterin Lotta Dönges", meldete sie sich freundlich. „Ach du bist das, Martin. Du, ich hab' echt keine Zeit … Ach so, du willst eh den Onno. Okay, dann verbinde ich dich. Tschüss", sagte sie und drückte dann auf mehrere Tasten, bis es wieder bei Onno auf dem Schreibtisch klingelte.

„Das ist Martin. Er müsse dringend etwas mit dir bequatschen. Scheint wohl eher privat zu sein", meinte sie, klopfte Onno im Vorbeigehen auf die Schulter und verließ die Wache.

Onno blickte auf das Telefon, das munter weiter Radau schlug.

Was Martin wohl von ihm wollte? Seiner Kenntnis nach weilte der Freund doch seit heute auf dem Festland.

„Inselpolizei Langeoog. Polizeihauptmeister Onno Feddersen", meldete er sich erst einmal förmlich. Man konnte ja nie wissen, wer da bei Martin saß und mithörte. Im Dienst immer schön Haltung bewahren.

„Moin Onno. Ich bin dat. Der Maddin", hörte er die vertraute Stimme seines zugegebenermaßen besten Freundes Martin von Schlechtinger.

„Moin, mein lieber Martin. Wie ist denn die Lage auf dem Festland?", erkundigte sich Onno.

„Et is noch immer jot jejange. Beschissen, aber nit hoffnungslos. Wie man bei uns in Kölle sagen tut", erwiderte der Kölner.

„Na, das klingt aber gar nicht gut", fand Onno.

„Is dat auch nit. Aber dat tu ich dir irgendwann mal in Ruhe verzählen tun", meinte Martin.

„Genau, bei einem leckeren Kölsch und einer Bratwurst vom Grill", bestätigte er. An dieses Bier aus Köln, das es bei Martin öfter gab, hatte Onno sich mittlerweile sehr gut gewöhnt, obgleich das Zeug tückisch war. Da es nicht so herb, sondern eher sehr mild schmeckte, konnte man das trinken wie Wasser, wurde aber davon genauso betrunken wie von den einheimischen friesischen Bieren.

„Dat tun wir machen. Wobei ich dich eigentlich mal zu mir hier auf den Platz einladen wollte“, meinte Martin.

„Ja natürlich, Martin. Da komme ich doch gerne mal vorbei. Aber momentan ist ja Hochsaison, da kann ich hier nicht so einfach weg. Das muss also noch Zeit haben“, erwiderte er.

„Ja, nä. Zick hat dat, wat mir klären müssten, eigentlich nit. Et geht sozusagen um Leben und Tod. Wobei? Nä! Eigentlich geht dat nur um Tod. Genauer gesagt um Mord“, meinte Martin und flüsterte nun beinahe in seinen Hörer.

„Um Mord? Ist denn jemand umgebracht worden?“, hakte Onno erstaunt nach.

„Ja, nä. Nix Genaues weiß man nit. Ich hab’ dir doch von dem Frieder Hansen erzählt“, meinte Martin.

„Du meinst den Herrn, der sich mit seinem Campingwagen selbst in die Luft gesprengt hat“, wusste Onno sofort, um wen es sich handelte.

„Genau der! Nur dat der sich nit selbst in die Luft gesprengt hat, sondern gesprengt worden ist“, behauptete Martin.

„Ui, na das ist ja nun ein Ding“, war Onno erstaunt.

„Dat kannst du laut sagen tun, mein Fründ“, schnaufte Martin in sein Telefon und klang dabei irgendwie missmutig. Was ja nicht ungewöhnlich war, wenn ein Familienangehöriger gemeuchelt worden war. Auch wenn man diesen nicht persönlich gekannt hatte.

„Was sagen denn die Kollegen von der Kripo? Haben sie schon eine Spur?“, erkundigte Onno sich, da ihn die Ermittlungen in dem Fall doch interessierten.

„Nä, da liegt nämlich dat Problem. Deine Kollegen, die tun da gar nit mehr ermitteln tun. Die waren ein paar Minütchen hier, haben wohl gemeint, dat wäre ein Unfall, und sind dann wieder hoppigaloppi abgedampft“, schimpfte Martin.

„Aber wenn die Polizei nicht ermittelt, wer behauptet denn dann, dass es sich um einen Mord handelt?“, verstand Onno gerade überhaupt nicht.

„Dat Tri … mein Informant tut dat sagen tun“, tat Martin geheimnisvoll.

„Und wer ist dein Informant?“, hakte Onno nach, da er das, was Martin gerade tat, sehr albern fand. Unter Freunden vertraute man sich doch.

„Dat Mädchen tust du eh nit kennen tun, Onno. Die wohnt in einem der Camper im näheren Umkreis von dem explodierten Wagen. Und die hat gesagt, dat der Frieder Hansen in seinem Wohnwagen überhaupt kein Gas drinnen hatte, wat explodieren hätte tun können“, wurde Martin konkreter.

„Hat sie Beweise?“, fragte er weiter.

„Nä. Soweit ich weiß nit“, antwortete Martin das, was Onno bereits vermutete. Außer der ominösen Behauptung gab es bestimmt nichts, was auf einen Mord hindeutete. Die Kollegen vor Ort würden bestimmt ihre Gründe haben, warum sie nicht aktiv geworden waren.

„Gibt es noch weitere Befürworter dieser These, oder ist die Nachbarin die Einzige, die behauptet, der Herr wäre ermordet worden?“, fragte Onno und wusste bereits im Voraus, was Martin ihm nun antworten würde.

„Also bisher noch nit. Deshalb sollst du ja kommen und mit mir hier ermitteln tun“, flehte Martin nun fast.

„Mein lieber Maddin, du weißt doch genauso gut wie ich, dass ich hier nicht alles stehen und liegen lassen kann, um mit dir in einem Mordfall zu ermitteln, der eigentlich gar keiner ist“, stellte Onno klar. Natürlich wusste er, welch ein hohes Gut eine Freundschaft wie die zwischen ihnen beiden war. Und ja, er würde tatsächlich sofort kommen und Martin bei weiß der Kuckuck was helfen, wenn es Sinn ergab.

„Dann eben nit“, meinte Martin nun lediglich noch und legte dann einfach auf.

Onno blickte auf den Telefonhörer in seiner Hand. War sein Kumpel Martin jetzt tatsächlich wegen dieser blöden Geschichte eingeschnappt? Ja, es schien wohl so zu sein.

Kapitel 3

Montag, 19. Juni 2023
Frieders Camping achtern Diek

Martin war enttäuscht von Onno. Der hatte ihm kein Wort geglaubt. Nun gut, ganz sicher war er sich ebenfalls nicht, dass Frieder tatsächlich ermordet worden war. Doch es könnte immerhin sein. War es denn nicht die Aufgabe der Polizei, solchen Hinweisen aus der Bevölkerung nachzugehen? Doch, war es!

„Hilf dir selbst, dann hilft dir Gott", hatte schon seine Mama immer gesagt. Und wer wusste besser als Martin, dass dem tatsächlich so war. Er war ganz unten gewesen, als seine Firma damals den Bach beziehungsweise den Rhein herunterging. Und jetzt war er wieder da. Seine finanzielle Lage hatte sich merklich gebessert, und er schwamm auf einer Welle der Glückseligkeit. Wenn man mal von dieser Sache mit dem Campingplatz absah.

Nun gut, das Erste, was er für seine Ermittlungen benötigte, war eine Art Kommandozentrale. Einen Platz, wo er sein Lager aufschlug. Der Kiosk erschien ihm als ein geeigneter Ort. Hier gab es ein Telefon, einen Schreibtisch samt Computer, ein Faxgerät und einen Kühlschrank. Er schritt die Regale mit den Souvenirs und den Strand- und Badespaßartikeln ab. Zwischen einem aufblasbaren

Krokodil und einem Minischlauchboot entdeckte er eine Luftmatratze samt Luftpumpe. Diese rollte er in der an den Ladenraum angrenzenden Teeküche aus und pumpte sie auf. Bis er etwas anderes fand, würde dies so gehen. Es war allemal besser als damals nach seiner Pleite. Da hatte er wochenlang in seinem Ford Capri geschlafen. Eine üble Zeit. Wenn er daran zurückdachte, tat ihm noch heute der Rücken weh.

Nachdem er sein Nachtlager aufgebaut hatte, kümmerte er sich um den Schreibtisch. Um zu sehen, dass Frieder Hansen ein Chaot gewesen war, brauchte es nicht viel. Die Arbeitsplatte war mit Briefen und Unrat übersät. Zwischen Rechnungen, Mahnungen, Werbung und Briefen vom Amt befand sich auch jede Menge Abfall, Zigarettenkippen und Asche. Auch hier würde er systematisch vorgehen müssen. Er schnappte sich einen großen Karton und einen Müllsack und sortierte erst einmal nur nach Müll und eventuell wichtig. Den Müll in den Sack. Sämtliche Post und Zettelwirtschaft in die Kiste. Die Feinsortierung des Kartons sollte mal lieber Annemarie machen, wenn sie zum Helfen kam. Solche Dinge waren einfach nicht sein Ding.

Nachdem er den Tisch mit einem feuchten Tuch gewischt hatte, kümmerte er sich um den Computer. Obgleich Martin nicht viel Ahnung von solchen Dingen hatte, glaubte er zu wissen, dass der Kasten mit dem dicken Monitor schon einige Jahrzehnte auf dem Buckel hatte.

Er schaltete den Rechner an und wartete ab, bis sich etwas tat. Nach einer gefühlten Ewigkeit erschien auf dem Bildschirm ein Feld mit einem blinkenden Cursor. Na super! Jetzt wollte der alte Kasten auch noch ein Passwort wissen. Martin blickte sich suchend um. Dummerweise konnte er nirgends eine Notiz finden, die irgendwie aussah, als könnte es sich dabei um ein Passwort handeln.

Sein Blick fiel auf den Karton mit den Papieren. Nein, die würde er jetzt nicht alle noch einmal durchschauen.

„Dann eben nit!“, flüsterte er zu sich selbst und schaltete das Gerät einfach wieder aus.

Er lehnte sich in Frieder Hansens doch sehr bequemem Chefsessel zurück und dachte nach. Was würden ein Detektiv oder die Fernsehkommissare vom Sonntagstatort jetzt tun?

Vermutlich sahen die sich erst einmal den Ort des Geschehens, sprich den Tatort an.

Martin erhob sich, verließ den Kiosk und wäre beinahe direkt vor dem Lädchen mit einem älteren Herrn zusammengestoßen.

„Hoppla“, erschrak er beim Anblick des Alten, der ihn irgendwie an Onkel Piet erinnerte, obgleich die beiden sich nicht wirklich ähnlich sahen.

„Moin der Herr. Ist wieder geöffnet?“, erkundigte der Alte sich und deutete auf den Kiosk.

„Ja schon. Also irgendwie … glaub ich“, stammelte Martin.

„Ich wollte nämlich mal wieder Pfand abgeben und Tabak kaufen“, meinte der Senior und hob einen blauen löchrigen Müllsack ein Stück empor.

In Martins Kopf überschlugen sich die Gedanken. So, wie er es verstanden hatte, gehörte es zu seinen Aufgaben, hier Getränke zu verkaufen. Wenn er Getränke vertrieb, musste er logischerweise auch das Leergut entgegennehmen.

„Na jod, lieber Mann, dann erledigen mir dat mal flott", beschloss er und ging gefolgt von dem älteren Herrn zurück in den Laden.

„Du bist aber auch nicht von hier von der Küste", meinte der Alte.

„Nä, ich bin aus der schönsten Stadt Deutschlands", erwiderte Martin. Der Alte sah ihn mit großen Augen an und schüttelte dann den Kopf.

„Nein, du bist doch nie und nimmer aus Wanne-Eickel", stellte er fest.

Martin hielt in seiner Bewegung inne. Wollte der Kerl ihn gerade verschaukeln? Wenn, dann verzog er dabei keine Miene. Vielleicht war der ein bisschen plemplem? Wobei es auf einen Irren mehr oder weniger auf diesem Campingplatz nun auch nicht mehr ankam.

„Nein, ich bin aus dem schönen Köln am Rinn", verbesserte er ihn daher freundlich.

„Aus Köln. Ach, deshalb hast du die Ziege auf deinem Bauch", meinte er und deutete auf Martins FC-Köln-T-Shirt.

„Juter Mann. Dat is keine Ziege. Sondern der Hennes. Und der Hennes, der is ein Geißbock", stellte Martin klar.

„Ach so. Ja. Ich bin übrigens der Werner. Werner Koschinski", schien er es begriffen zu haben.

„Maddin von Schlechtinger. Dann bist du der Bergmann mit den Gartenzwergen", wusste Martin nun endlich, wen er da vor sich hatte. Werner nickte und hielt Martin den Sack hin.

„Das macht sieben Euro und fünfundzwanzig Cent."

Martin überlegte kurz. Eigentlich müsste er die Flaschen ja jetzt nachzählen. Andererseits hatte er Besseres zu tun, als sich mit solchem Gedöns aufzuhalten. Er nahm den Sack, stellte ihn neben den Schreibtisch und zog seinen Geldbeutel aus der Latztasche seiner Arbeitshose.

„Nee, nee … das passt immer genau für ein Päckchen Tabak", meinte Werner und deutete auf das Regal hinter der Theke oberhalb des Schreibtisches.

Martin steckte die Geldbörse zurück, griff ein Päckchen der Rauchwaren und suchte nach einem Preisschild. Doch leider vergebens. Seltsam, da, wo sich ansonsten der Steueraufkleber mit dem Preis befand, gab es bei diesem Tabak nur ein Papierschild mit chinesischen Schriftzeichen.

„Und du bist dir sicher, dat du dat seltsame Zeug rauchen tun willst?", fragte er Werner und reichte ihm das Päckchen, welches mit Sicherheit aus fernöstlicher Produktion stammte.

Der nickte und ließ den Tabak in der Hosentasche verschwinden.

„So, dann bist du also der neue Pächter?", fragte Werner und musterte Martin.

„Nä, Gott bewahre. Ich soll hier nur aufräumen und renovieren tun. Danach muss ich wieder rüber nach Langeoog", beschied er den ehemaligen Bergmann.

„Ach so. Na ja, dann mal Tschüss bis später", war Werner mit der Antwort zufrieden, drehte sich um und machte Anstalten zu gehen.

„Ach Werner, ich hätte da noch eine klitzekleine Frage", fiel es Martin ein. Wenn er schon einmal mit einem der Bewohner im Gespräch war, musste er die Gunst der Stunde nutzen und gleich einmal seine Ermittlungen vorantreiben.

„Ja, was denn?“, erkundigte Werner sich irgendwie skeptisch.

„Et is wegen dem Frieder Hansen. Et gibt da nämlich so ein Gerücht, dat wäre gar kein Unfall gewesen, als der Wohnwagen explodiert ist“, konfrontierte Martin Werner mit dem, was er von Trixi wusste.

Werner winkte ab.

„Sagt das das kleine Luder? Da darfst du nix drauf geben, was die sagt. Die ist nämlich so ein bisschen ballaballa. Der Rest hier übrigens auch. Die haben alle einen an der Klatsche. Außer mir hat hier keiner mehr alle Tassen im Schrank“, winkte Werner ab. Martin war sich gerade nicht so sicher, was er von Werners Aussage halten sollte. Leute, die behaupteten, alle anderen wären verrückt, hatten meist eher selbst eine gestörte Wahrnehmung. Das war wie bei diesen Leuten, die glaubten, ihnen kämen auf der Autobahn Hunderte von Geisterfahren entgegen, obwohl der Mann im Radio nur vor einem gewarnt hatte.

„Also meinst du, da ist nichts dran?“, hakte Martin dennoch einmal nach.

„Keine Ahnung. Und wenn, ändert das ja sowieso nichts mehr. Deshalb kommt der Frieder auch nicht wieder“, fand der Alte und watschelte davon.

Martin blicke ihm hinterher, bis er zwischen den Wohnwagen verschwunden war. Dann schloss er den Kiosk ab und schnappte sich aus dem Berg mit seinem

Werkzeug und dem Gepäck, das immer noch draußen vor dem Haus stand, ein paar Arbeitshandschuhe.

Um den Tatort, oder vielmehr um die Trümmer herum, hatte jemand ein Absperrband gespannt. Martin stieg darüber und ging langsam zwischen den verkohlten Wohnwagenresten umher. Wenn hier etwas faul war, dann würde er es herausfinden. Zwar war er kein studierter Sachverständiger. Dafür aber ein Handwerksmeister mit jahrzehntelanger Erfahrung. Wenn er, Martin, als gelernter Installateur einen Wohnwagen in die Luft fliegen lassen wollte, würde er dies auch ohne Weiteres bewerkstelligt bekommen. Er wusste, wie man Gasleitungen manipulieren konnte, obwohl er dies natürlich noch nie getan hatte. Schließlich war er ja kein Gauner.

„Also Maddin, wat würdest du tun, wenn du ein Attentäter wärst?“, fragte er sich leise.

Trixi hatte gemeint, Frieder hätte keine Gasflasche im Wagen gehabt. Dennoch war der Camper explodiert. Wo also war das Gas hergekommen? Martin brauchte keine fünf Minuten, bis er das, wonach er suchte, fand. Die dicke rote Gasflasche war äußerlich unversehrt. Lediglich die Farbe war etwas angekokelt. Beim Überprüfen des Ventils am Flaschenhals stellte er fest, dass dieses aufgedreht war. Das Gewinde war unbeschädigt und verfügte über keinerlei angebaute Druckminderer oder Schläuche. Für ihn als Gas-, Wasser- und Heizungsspezialist war nun vollkommen klar, was passiert war. Jemand hatte die Gasflasche in den Wohnwagen gestellt und sie einfach aufgedreht. Das Propan war ausgeströmt und hatte sich mit der Luft in dem Camper zu einem explosionsfähigen Gemisch vermischt. Frieder war nachts zum Wagen gekommen, hatte das Licht angeschaltet, und bereits der Funke im Lichtschalter hätte ausgereicht, um das Gas zu entzünden. Ein Profi, wie auch Martin einer war, würde sich natürlich nicht darauf verlassen, dass der Funke vielleicht in einem Schalter übersprang. Nein, um auf Nummer sicher zu gehen, würde er auch noch hergehen und eine oder mehrere Glühbirnen manipulieren. Dazu entfernte man einfach das Glas um den Leuchtfaden herum. Das ging in der Not mit einem kleinen Hammer. Man musste nur aufpassen, dass man den Faden und das Gebilde, welches ihn hielt, nicht zerstörte.

Martin blickte sich um. Ob der Attentäter in diesem Moment in einem der Wohnwagen hockte und ihn beobachtete? Sein Blick fiel auf den silbrig glänzenden Camper von E.T. Bewegte sich da hinter einem der Fenster etwas?

Ein Motorengeräusch an der Schranke zur Straße ließ Martin aufhorchen. Er würde wetten, dass es sich um ein Motorrad handelte, dessen Motor nun verstummte. Gebannt sah er in die Richtung. Nach etwa einer Minute erkannte er einen Mann in etwa seinem Alter in schwarzer Lederkleidung, der sich suchend umblickte und dann zu Trixis rosafarbenem Wohnwagen stapfte. Der Kerl klopfte. Trixi öffnete, wechselte einige Worte mit ihm, ließ ihn herein und zog die Türe wieder zu.

„Was machst du da?“, hörte er hinter sich jemanden sagen. Martin fuhr herum und erblickte Billy, der in seinem Morgenmantel mit einem Handtuch und einem altmodischen Kulturbeutel unter dem Arm an der Absperrung vor dem Trümmerfeld stand.

„Ich? Ja, dat tut man doch wohl sehen. Ich räume auf. Einer muss den Müll ja wegmachen tun", konterte Martin.

Über das, was er hier tatsächlich tat, würde er gegenüber den Bewohnern von Frieder City Stillschweigen bewahren. Immerhin waren alle, die hier hausten, ja potenzielle Täter.

Dieser Billy mochte auf den ersten Blick zwar ein harmloser Irrer sein, doch konnte man bei solchen Leuten nie sicher sein, wann denen im Oberstübchen eine Sicherung durchknallte.

„Wenn du ja jetzt der neue Platzwart bist, kannst du dann auch mal bei den Duschen gucken. Da ist schon wieder nur kaltes Wasser", meinte Billy, grüßte und schlurfte ab.

Martin ließ die Schultern sinken. Er kam sich gerade vor wie dieser Ritter, der gegen Windmühlen anstürmte. Wie um Himmels willen sollte er hier gleichzeitig renovieren, den Kiosk managen, aufräumen und auch noch einen Mörder finden. Es half alles nichts. Er brauchte Unterstützung.

Nachdem er die leere Gasflasche im Hinterzimmer des Kiosks deponiert hatte, besichtigte er die Sanitäranlagen. Die Räume, die sich direkt neben dem Kiosk befanden, kannte er ebenfalls schon von Annemaries Fotos. Auch hier wichen die Aufnahmen von dem tatsächlichen Zustand erheblich ab.

„Eieieieieiei", fiel ihm dazu wieder nur ein.

Den Grund für das fehlende warme Wasser hatte Martin schnell gefunden. Nachdem er die Sicherung am Durchlauferhitzer ausgetauscht hatte, funktionierte es wieder tadellos.

Zurück im Kiosk telefonierte er erst einmal mit Annemarie und schilderte ihr seine Eindrücke.

„Gut, Martin, ich hatte schon befürchtet, dass es ein wenig viel für dich sein könnte, und habe heute Morgen bereits mit den beiden polnischen Handwerkern telefoniert, die uns im Winter geholfen haben, die Wohnungen im Süderdünenring zu sanieren. Die beiden hätten ab nächste Woche Zeit, dir zu helfen."

„Der Olek und der Bolek", wusste er natürlich sofort, wen sie meinte.

„Martin, du sollst sie nicht immer so nennen. Die Brüder haben ordentliche Namen. Jakup und Mojciech Wójcik. Außerdem hießen die Comicfiguren, die du meinst, Lolek und Bolek", empörte sie sich.

Martin verdrehte die Augen. Er hatte ja schon seine liebe Mühe damit, sich deutsche Namen zu merken. Wie sollte er sich denn da auch noch an die polnischen erinnern. Den beiden Jungs aus Polen hatte es nichts ausgemacht, wenn Martin sie mit Olek und Bolek ansprach. Im Gegenteil, die hatten gelacht und ihn immer nur „dicker Chef", genannt. Auf alle Fälle verstanden die es anzupacken und waren, was ihre Talente betraf, sehr vielseitig. Solche Jungs brauchte er hier.

„Gibt es sonst noch etwas?", erkundigte Annemarie sich. Martin überlegte, ob er Annemarie von seinen Ermittlungen bezüglich des Mordes an Frieder Hansen erzählen sollte, entschied sich dann aber dagegen. Stattdessen berichtete er von Billy, Trixi, E.T. und Werner mit den Gartenzwergen.

Auf Annemaries Frage, ob, wann und wie die Bewohner des Platzes ihre Pacht und Gebühren zahlten, hatte Martin keine Antwort gewusst.

„Nun gut, darum werde ich mich kümmern, sobald ich vor Ort bin“, meinte sie und legte dann nach einer recht knappen Verabschiedung auf.

Martin betrachtete den Hörer einen Moment und seufzte. Er war noch keine acht Stunden auf dem Festland und verspürte doch schon ein wenig Heimweh. Das Allerschlimmste war, dass er vor lauter Gequassel über Arbeit gar nicht gefragt hatte wie es Lumpi ging. Ob die Hündin ihn genauso vermisste wie er sie?

Wenigstens hatte er jetzt einen Bautrupp. Was ihm nun noch fehlte, waren ein Ermittler und eine Aushilfskraft, die sich um die Reinigung der Sanitärräume und den Kiosk kümmerte.

Den Gedanken, Kriminalhauptkommissar Willi Bogner anzurufen, verwarf er schnell wieder. Der Polizist hatte es im letzten Jahr allen Ernstes in Betracht gezogen, dass Martin und Annemarie etwas mit dem Mord an einem jungen Dänen zu tun gehabt hatten. Martin war weiß Gott nicht nachtragend. Außerdem hatte Willi sich entschuldigt. Aber dennoch war da ein unschöner Beigeschmack geblieben.

Bereits während seiner Untersuchungen in den Trümmern von Frieder Hansens Wohnwagen hatte Martin sich überlegt, wen er stattdessen fragen könnte. Inselpolizistin Lotta Dönges schied wegen ihrer fortgeschrittenen Schwangerschaft aus. Martin wollte nicht schuld sein, wenn dem Baby oder der werdenden Mutter etwas passierte. Außer Lotta, Onno und Willi kannte Martin nur noch eine Polizistin, der er vertraute und der er es auch zutraute, einen solchen Fall zu lösen, und die würde er jetzt einfach mal kontaktieren.

Endlich Feierabend, dachte sich Kriminalhauptkommissarin Nina Moretti, als sie nach einem langen Tag im Büro die Türe ihres betagten VW Käfers zuzog und den Motor startete. Gerade als sie den Rückwärtsgang einlegte, um aus der Parkbucht hinter dem Kommissariat auszuparken, läutete ihr Mobiltelefon. Genervt stellte sie den Wagen wieder ab, fischte das Telefon aus der hinteren Tasche ihrer Jeans und sah auf das Display. Verwundert las sie den Namen. Was wollte Martin von Schlechtinger denn von ihr? Sollte etwas mit Lotta sein? Der Entbindungstermin war doch erst in sieben Wochen.

Sie nahm das Gespräch an und meldete sich, da es vermutlich ja rein privat war, nur mit ihrem Namen.

„Moin, liebe Nina“, hörte sie die Stimme des Kölners, den sie zum ersten Mal bei einer Reifenpanne auf der Autobahn getroffen hatte. Dass sie beide einmal ihre Telefonnummern austauschen würden und sich so etwas wie eine Freundschaft entwickeln könnte, hätte Nina damals auch nicht geglaubt.

„Das ist ja eine Überraschung, dass du mich mal anrufst“, musste sie ihm jetzt mal sagen.

„Jo. Und wie dat so is, wenn der Onkel Maddin anrufen tut, hätt der auch ein Anliegen an dich“, quatschte Martin nicht lange um den heißen Brei herum. Nina gefiel es, wenn Menschen sofort zur Sache kamen.

„Okay, Martin. Schieß los. Was kann ich für dich tun?“, erkundigte sie sich und hörte dann zu, was er zu sagen hatte.

„Puh. Das hört sich tatsächlich nicht gut an. Dennoch würde ich dir raten, die Kollegen vor Ort zu verständigen und ihnen von deinem Verdacht zu erzählen“, sagte auch sie geradeheraus, was sie dachte.

„Und wat mach ich, wenn die mir auch nit glauben tun?“, fragte er und klang irgendwie besorgt.

„Hmm, also offiziell kann ich da gar nichts machen, Martin“, überlegte Nina, wie sie dem Kölner helfen könnte. Wenn sie jetzt zum Hörer griff und den Kollegen in Wittmund einen Tipp gab, würden die Nina mit Recht fragen, was sie das anging. Umgekehrt wäre es ähnlich. Wie würde eine Nina Moretti reagieren, wenn bei ihr ein norddeutscher Kollege anrief, um ihr, aufgrund eines Hinweises aus der Bevölkerung, zu sagen, dass sie ihre Arbeit nicht ordentlich machen würde. Nein, das fände sie sicherlich nicht lustig.

„Ich hätte vielleicht eine Idee“, kam ihr plötzlich ein Gedanke.

„Du kommst einfach hoch und machst hier mit dem Klaus Urlaub“, riet Martin begeistert, aber ziemlich falsch.

„Nein, das geht leider nicht. Klaus und ich reisen die letzten beiden Ferienwochen nach Italien zur Hochzeit von Sarika und Marcello. Das kann ich nicht absagen, und derzeit bekomme ich auch keinen Urlaub“, gestand sie.

Nina hätte persönlich nichts gegen Ferien an der Nordsee. Doch was nicht ging, ging nicht. Wenn nichts dazwischenkam, würden sie, Klaus und die Zwillinge in den Herbstferien wieder nach Langeoog reisen.

„Schade. Ich hätt euch ansonsten vollkommen kostenlos einen wunderbaren Platz mit Blick direkt auf den Deich anbieten können“, meinte er enttäuscht.

„Pass auf, Martin. Ich kann es dir noch nicht versprechen. Aber ich rede mit meinem besten Mitarbeiter und werde ihn bitten, sich der Sache anzunehmen. Das mit dem kostenlosen Stellplatz würde doch bestimmt auch für ihn und seine Familie gelten. Oder?“, fragte sie.

„Selbstnatürlich, liebe Nina. Dat wird dein Kollege nit bereuen tun. Und für die Kinder haben wir hier einen eigenen Streichelzoo und sogar einen platzeigenen Badestrand mit kostenlosem Strandkorb“, freute sich Martin.

„Okay, Martin. Dann klär ich das mit dem Kollegen und melde mich wieder“, sagte sie und verabschiedete sich dann von ihm.

Nach dem Telefonat mit Nina Moretti machte sich Martin auf die Suche nach dem Streichelzoo. Er hatte der Westerwälder Kommissarin vorhin den Campingplatz so angepriesen, wie es auf dem Flyer beschrieben war, von dem einige vergilbte Exemplare auf der Theke im Kiosk auslagen.

Dabei hatte er keine Ahnung, in welchem Zustand sich der Strand und die Strandkörbe befanden. Auch ob es diesen ominösen Streichelzoo überhaupt gab, wusste er nicht. Wenn es ihn jedoch tatsächlich gab, würde er sich auch um die Tiere kümmern müssen. Natürlich nur für den Fall, dass diese in den letzten Wochen nach Frieders Ableben nicht bereits verhungert waren. Was natürlich auch schlimm wäre. Martin mochte Tiere. Es tat ihm weh, wenn Menschen sie quälten oder vernachlässigten.

Um den Zoo zu finden, folgte er den Hinweisschildern, die er bereits am Morgen entdeckt hatte. Das Gelände, welches Frieder Hansen seiner ehemaligen Schwägerin Annemarie Hansen hinterlassen hatte, würde Martin, jetzt wo er vor Ort war, nicht als klein bezeichnen. Es gab exakt zweiundzwanzig Stellplätze, die jeder über einen eigenen Stromanschluss verfügten. Auf siebzehn der Plätze parkten Wohnwagen, von denen allerdings einige aussahen, als würden sie schon lange nicht mehr benutzt. Vermutlich hatten deren Besitzer die Vehikel längst vergessen oder waren gar verstorben. Eine von Annemaries ersten Aufgaben würde es deshalb sein, herauszufinden, welche da herrenlos waren, welche von diesen auf den Schrott mussten oder wieder hergerichtet werden könnten. Immerhin brauchte er ab nächste Woche eine Bleibe für seine Mitarbeiter Olek und Bolek. Ein leer stehender Wohnwagen wäre da bestimmt optimal.

Hinter dem Haus gab es ein kleines Wäldchen, durch das ein Trampelpfad führte, über den man zu einem Holzgatter kam, an welches jemand ein Schild mit der Aufschrift ‚Streichelzoo' genagelt hatte.

Hinter dem hölzernen Zaun entdeckte er Trixi.

„Ahh, dat Fräulein Trixi. Is der liebe Besuch wieder weg?", begrüßte er das Berliner Mädchen.

„Welcher … ach der Besuch. Ja, ja, der ist wieder weg", meinte sie, schniefte und streichelte dabei die Nase eines Esels.

Mit dem Grauohr hatte Martin genauso wenig gerechnet wie mit der Berlinerin, die eindeutig geweint hatte.

„Is wat nit in Ordnung?", erkundigte sich Martin.

Trixi wischte sich mit dem Ärmel einer dünnen Joggingjacke die Tränen von der Wange und schüttelte den Kopf.

„Nee, alles jut. Ick hab nur wat ins Auge gekriegt. Scheiß Wind", log sie ziemlich eindeutig.

Martin überlegte, ob er nachfragen sollte, unterließ es dann aber.

„Sag mal, Trixi. Häst du eine Ahnung, wat dat hier alles für Viecher in dem Zoo gibt?", erkundigte er sich und entdeckte auf der Weide noch zwei Schafe und einen Ziegenbock.

„Det ist der Rudi. Da drüben die beiden Schafe heißen Heidi und Helga, und der alte Bock ist der Hennes. Vor dem solltest du dich aber in Acht nehmen. Mit dem ist nicht gut Kirschen essen", wusste sie.

„Wie, der Bock heißt tatsächlich Hennes. Genau wie dat Maskottchen vom FC“, wunderte sich Martin.

Trixi zuckte mit den Schultern.

„FC? Kenn ick nich. Wat soll denn det sein?“

„Dat is die beste Fußballmannschaft, die es gibt“, erklärte Martin ihr.

Trixi nickte wissend.

„So wie Bayern München“, zog sie allerdings vollkommen falsche Schlüsse.

Martin ging darauf nicht ein.

„Wer kümmert sich denn hier um die Tiere?“, interessierte es Martin vielmehr.

„Seit der Frieder nicht mehr ist, schau ich ab und an, ob alles okay ist. Momentan haben sie ja auch genug zu fressen, und da drüben im Graben ist immer ausreichend Wasser“, wusste Trixi.

Martin war beruhigt. Da hatte er nun direkt eine Sorge weniger. Doch auch wenn die Tiere sich alleine versorgten, hieß das noch nicht, dass man sich gar nicht kümmern musste.

„Ick mach mir ein bisschen Sorgen um den Rudi“, meinte Trixi und strich dem Esel über die Nase.

„Warum? Ist der etwa krank?“, erkundigte sich Martin.

Trixi schüttelte den Kopf.

„Nee, im Winter ist die Emma, seine Frau gestorben. Zwar hat der noch die beiden Schafe, aber ick glaube ja, der ist total einsam“, sagte sie und begann erneut zu schluchzen.

„Och Mädche, da musst du doch nit weinen tun. Mojen früh, wenn der Kevin kommt, dann tun wir den fragen tun, ob der da nit eine Lösung weiß“, meinte Martin und hätte Trixi am liebsten einmal in den Arm genommen. Was ja aber wegen des Zaunes zwischen ihnen nicht ging. Stattdessen umarmte das Mädchen den Kopf des Esels.

Doch, Martin war sich nun sicher. Wer sich so um das Wohl eines Tieres sorgte wie Trixi, der war ein guter Mensch.

Kapitel 4

Dienstag, 20. Juni 2023
Frieders Camping achtern Diek

Martin von Schlechtingers innere Uhr funktionierte tadellos. Um Punkt fünf Uhr am Morgen war er, auch ohne dass er dazu einen Wecker benötigte, wach geworden. Durch das kleine Fenster des Kiosks hatten bereits die ersten Sonnenstrahlen gelugt, als er mit oder eher gesagt wegen der Mordsrückenschmerzen aufgewacht war. Vielleicht war die Luftmatratze doch keine so gute Idee gewesen. Er musste sich heute unbedingt um eine andere Schlafgelegenheit kümmern. So wie es war, konnte es nicht bleiben.

Wie jeden Morgen hatte er sich angekleidet und war, da er hier auf dem Festland noch kein Fahrrad sein Eigen nannte, zu Fuß in Richtung des ausgeschilderten Strandes aufgebrochen. Diese Vorgehensweise hatte ja gestern bei der Erkundung des Streichelzoos schon wunderbar funktioniert.

Hätte er jedoch vorher gewusst, was ihn hundert Meter hinter dem Campingplatz erwartete, wäre er vermutlich einfach auf der schäbigen unkomfortablen Luftmatratze liegen geblieben.

Der Badestrand hatte ungefähr die Größe einer Kölner Innenstadt-Parklücke und befand sich nicht direkt am

Meer, sondern an einem Teich, umgeben von hohem Gras und Schilf. Auf dem Tümpel dümpelten einige Enten. Ein ziemlich heruntergekommener Strandkorb mit einer verwitterten aufgepinselten Sechsundsechzig fristete ein einsames Dasein. Direkt daneben ein Steg, auf dem einige Bretter fehlten, während die restlichen ebenfalls bereits sehr, sehr morsch wirkten.

„Dat gibt et doch nit", entfuhr es ihm anscheinend so laut, dass sich das Federvieh auf dem Ententeich laut quakend in die Höhe hob und Richtung des Deiches fortflog. Fassungslos starrte er zwischen dem vermutlich irgendwo an der Küste geklauten Strandkorb und dem Ententümpel hin und her. Nein, so hatte er sich das hier nach der Lektüre des Prospekts im Kiosk nicht vorgestellt. Der platzeigene Sandstrand mit kostenlosem Strandkorb hatte in Martins Vorstellung ganz anders ausgesehen.

Nach kurzer Überlegung entschied er, dass ein Martin von Schlechtinger so schnell nicht aufgeben würde. Als er gestern bei seinem ersten Rundgang das Haus inspizierte, hatte er aus einem Fenster unter dem Dach das Meer direkt hinter dem Deich ausmachen können.

Entschlossen folgte Martin daher einem Trampelpfad durch das Schilf, der augenscheinlich zum Deich führte. Dahinter würden dann bestimmt der richtige Strand und seine geliebte Nordsee sein.

Nachdem er eine geteerte Straße überquert und einen Maschendrahtzaun überstiegen hatte, erreichte er den hohen Seedeich. Er lauschte, doch außer dem Wind, dem Blöken der Schafe und dem Gezeter der Möwen konnte er nichts hören. Das Meer schien heute extrem ruhig zu sein.

„Moin die Herrschaften“, grüßte er brav die unzähligen weidenden Wollknäuel, die ihn ansahen, als käme er von einem weit entfernten Planeten.

Mehr als ein enttäuschtes, „Nä, wat is dat dann jetzt für ein Driss“, fiel ihm bei dem Anblick, der ihn auf der Deichkrone erwartete, aber nicht mehr ein.

Am Fuße des Deiches, da, wo er seeseitig einen Strand vermutet hatte, ging der Rasen in Betonsteine über, die dann direkt im Schlick des Watts endeten. Vom Meer war weit und breit nichts zu sehen. Martin ließ seinen Blick einmal rundherum schweifen. Nun gut, die Gegend war nicht eben hässlich. Für einen Naturfreund, der gerne wanderte und seine Ruhe suchte, war dieser Fleck Erde ein Traum. Selbst das Watt hatte seinen Reiz. Doch es war eben nicht das, was er an diesem Morgen suchte. Nachdem er sich einmal im Kreis gedreht hatte, blieb sein Blick an einem Punkt am Horizont förmlich kleben. Da war seine Insel. Sein Langeoog. Wo Annemarie vermutlich gerade zum Joggen aufbrach. Wie jeden Morgen würde sie am Strand entlanglaufen und dann am Pirolatal nach rechts abbiegen und durch die herrliche Dünenlandschaft nach Hause rennen. Bestimmt würde Lumpi, jetzt, wo Martin nicht zu Hause war, mit Annemarie mitlaufen. Martin seufzte. Was wäre er jetzt gerne daheim auf seiner Insel.

Mit dem Handtuch unter dem Arm machte er sich wieder auf den Rückweg. Am Ententümpel entkleidete er sich und schwamm eine Runde. Allemal besser als gar nichts. Außerdem war das Wasser sogar ein wenig wärmer als die Nordsee.

Was er nun brauchte, war ein Plan. Er musste dieses Projekt hier möglichst schnell und effizient abschließen. Jeder Tag, den er länger hierbleiben musste, war ein Tag vertaner Lebenszeit. Olek und Bolek würden ihn nach dem Wochenende unterstützen. Zeit genug, um bis dahin Material heranzuschaffen, damit den beiden nicht langweilig wurde. Mit ein bisschen Glück würde zum Wochenende auch die kriminalistische Unterstützung kommen. Bisher hatte Nina Moretti sich allerdings noch nicht wieder gemeldet.

Nachdem er sich abgetrocknet hatte, setzte er sich in den alten Strandkorb, nahm sein Mobiltelefon und rief Kevin an.

„Moin Papa", ging der nach zweimal Läuten ran. Im Hintergrund war das Grunzen von Schweinen zu hören. Wie es schien, war Kevin gerade bei der Fütterung der Sauen.

„Moin moin Kevin. Sach ma, Jung, tust du einen kennen tun, der einen Bagger oder einen Radlader hät? Mir brauchen hier schweres Jerät!"

Als Annemarie Hansen heute von ihrer allmorgendlichen Laufrunde zurückkam, lag Lumpi immer noch auf der Fußmatte hinter der Haustüre und schaute drein wie drei

Tage Regenwetter. Nein, so konnte das mit dem armen Tier nicht weitergehen. Mehrfach war die Hündin heute Nacht durch die nur angelehnte Schlafzimmertüre getapst, hatte an Martins leerem Bett nachgeschaut, gefiept und sich dann wieder mit einem lauten Hundeseufzer auf besagte Fußmatte hinter der Haustüre gelegt. Gefressen hatte Lumpi auch nichts. Annemarie benötigte keine Expertise eines Tierarztes, um zu sehen, was dem armen Tier fehlte. Nein, dem Hund ging es nämlich ähnlich wie ihr selbst. Martin war noch keinen Tag auf dem Festland, und er fehlte ihnen, als sei er bereits seit Wochen unterwegs. Wenn sie nicht wollte, dass Lumpi ihr vor Kummer einging, würde sie wohl etwas unternehmen müssen.

Sie zog ihr Mobiltelefon aus der Tasche und rief Gina Marie an. Wie erwartet hatte ihre Stieftochter kein Problem damit, wenn Annemarie heute einmal der Arbeit fernbleiben würde. Als Nächstes klingelte sie bei Martins Sohn Kevin an und schilderte auch ihm ihr Anliegen. Dann ging sie nach oben, um ihre Tasche zu packen. Martin würde Augen machen.

Als sie drei Stunden später den Platz vor dem Fährhaus in Bensersiel betrat, staunte sie nicht schlecht. Es war nicht ihr Schwiegersohn Kevin, der sie abholte, sondern seine Lebensgefährtin Paulina.

„Moin Annemarie“, begrüßte die junge Frau mit der viel zu weiten Latzhose und den Gummistiefeln sie mit einer Umarmung.

„Wo ist denn Kevin?“, interessierte es Annemarie nun aber doch.

„Der ist schon mit unserem neuen Fendt-Traktor zum Campingplatz. Maddin hat heute Morgen nämlich schweres Gerät angefordert. Unser Fendt besitzt so einen großen Frontlader mit Schaufel. Vierhundert Pferdestärken. Damit reißt du jede Mauer ein", schwärmte sie.

„Ach so. Schweres Gerät. Mauer einreißen", wiederholte Annemarie und hatte gerade gar kein gutes Gefühl dabei. Letztens hatte Martin bereits einmal vorgeschlagen, Frieders Hof mit einem Kanister Benzin und Streichhölzern warm zu sanieren. Zuerst hatte sie gar nicht begriffen, wie er das meinte.

Während Paulina Annemaries Gepäck verstaute, versuchte sie selbst, Lumpi davon zu überzeugen, auf den Rücksitz von Martins altem Ford Capri zu steigen. Das Tier schien dem seltsamen Ding mit den vier Rädern jedoch nicht wirklich über den Weg zu trauen. Was bestimmt damit zusammenhing, dass es auf der Insel keine Autos gab und der Hund, seit er bei ihnen war, Langeoog noch nie verlassen hatte. Erst als Annemarie es Lumpi vormachte und sich selbst auf die hintere Bank zwängte, folgte die Hündin ihr.

Martin staunte nicht schlecht, als sein Sohn Kevin um kurz nach acht den riesigen neuen Traktor vor dem Kiosk stoppte. Vorne besaß das wahrhaftig sehr schwere Gerät eine große Schaufel und hinten einen Anhänger, in den auch ein kompletter Wohnwagen in einem Stück hineinpassen würde.

Nachdem sie den Anhänger abgehängt hatten, begann sein Sohn damit, die Teile des explodierten Wohnwagens zusammenzuschieben und auf den Anhänger zu hieven.

Mehrmals musste Martin eingreifen, um sperrige Teile passend in der Schaufel zu positionieren, damit diese nicht wieder herausfielen. Doch die meiste Zeit konnte er aus sicherer Entfernung einfach nur zusehen. Er war so fasziniert von dem Geschick seines Sohnes, dass er den gelben Ford Capri, der hinter ihm auf dem Kiesweg parkte, erst bemerkte, als dieser laut hupte.

Martin zuckte zusammen und wirbelte herum. Augenblicklich stellte auch Kevin die Maschine ab und kletterte aus der Fahrerkabine.

Die Erste, die ihn freudig springend begrüßte, war Lumpi. Nein, was hatte er das treue Tier in den letzten vierundzwanzig Stunden vermisst.

„Moin ihr zwei. Das geht hier ja ordentlich voran", grüßte Annemarie sie und nickte anerkennend.

„Moin Annemarie, ich denke, dass wir hier gleich schon fertig sind und der Schandfleck verschwunden ist", meinte Kevin und umarmte Annemarie zur Begrüßung, wie es die Franzosen und Südländer immer taten. Ja, der Junge hatte sich wahrlich verändert.

„Jo, ich denke, wenn wir hiermit fertig sind, dann reißen wir direkt noch den Rest vom Haus ab, und gut is", musste Martin jetzt mal sagen.

Annemarie verdrehte die Augen.

„Was du immer hast, Martin. Das Haus wird ein Juwel, wenn wir damit fertig sind“, rügte sie ihn.

„Anne-Schatz. Et gibt da eine alte kölsche Weisheit. Man kann aus Scheiße kein Gold machen und schon gar keine Juwelen“, stellte er klar.

„Was haltet ihr davon, wenn wir erst einmal gemeinsam frühstücken“, schlug Paulina vor und hob einen großen Korb mit allerlei Leckereien aus ihrem Bioladen aus dem Kofferraum.

Während sie hinüber zum Haus gingen, musste er seinen Junior dann aber doch noch etwas fragen.

„Sag mal, Kevin. Ich mag dat Paulina ja sehr gern. Aber bist du dir sicher, dat man der den juten alten Capri anvertrauen kann? Man weiß ja, wie die Weibsleute fahren tun. Dat is ein sensibler alter Autowagen“, erkundigte er sich besorgt um seinen Wagen. Den hatte er Kevin als Dauerleihgabe überlassen, da das gute Stück vom Stehen in der Garage auch nicht besser wurde. Martin selbst hatte einfach keine Gelegenheit, damit zu fahren. Wie auch auf einer autofreien Insel.

Kevin blieb abrupt stehen, blickte ihn mit großen Augen an und begann dann schallend zu lachen. Was Martin jetzt überhaupt nicht verstand. Hatte er gerade irgendetwas Dummes gesagt?

„Und du bist dir ganz sicher, dass es da einen Campingplatz gibt? Im Netz kann ich da nichts finden. Dieser angebliche Platz besitzt weder eine Website noch einen Eintrag bei Google", meckerte Thomas Kübler wie so oft.

„Natürlich gibt es da einen Campingplatz. Aber das ist halt ein Geheimtipp. Wenn es im Netz stände, dann wäre er ja nicht mehr geheim", erwiderte Nina und kam um den Schreibtisch herum, um auf Küblers Monitor zu schauen.

„Mach mal auf Satellitenaufnahme und gib den Ort dann noch einmal ein", bat sie ihn.

Thomas tat, wie ihm geheißen.

„Guck, da kannst du die Wohnwagen entdecken. Das liegt direkt hinter dem Deich, keine hundert Meter von der Nordsee entfernt. Die haben einen Privatstrand mit kostenlosen Strandkörben und sogar einen richtigen Streichelzoo", berichtete sie ihm das, was Martin ihr gestern erzählt hatte.

„Und da können wir für ganz umsonst campen?", fragte Kübler misstrauisch.

„Ja. Da hast du mein und Martins Wort", bestätigte sie.

„Und was ist da mit dieser Mordgeschichte, bei der ich ihn beraten soll?"

„Da ist nix. Ich hab' extra gestern noch mit unserer Kollegin Lotta Dönges gesprochen. Der ehemalige Besitzer des Platzes hat wohl vergessen, in seinem Wohnwagen das Gas abzustellen. Als er dann nachts im volltrunkenen Zustand das Licht anschaltete, gab es einen Wumm und er war nicht mehr. Ein Sachverständiger der Feuerwehr hat zusammen mit den Kollegen vor Ort einwandfrei festgestellt, dass es ein Unfall war. Du fährst hin, guckst dir das noch mal an, beruhigst den Martin, und die Sache ist erledigt. Kein großes Ding", sprach sie ihrem Lieblingskollegen gut zu.

„Und was, wenn ich rausfinde, dass es doch Mord war?", hielt Kübler einfach keine Ruhe. Nina stöhnte. Warum nur war der Typ immer so kompliziert.

„Wenn der unwahrscheinliche Fall eintreten sollte und Martin mit seiner fixen Idee recht hat, dann rufst du einfach bei den friesischen Kollegen an, gibst denen einen Hinweis und fertig", argumentierte sie.

„Okay. Dann sag ihm, dass wir am Samstag anrücken … also … falls der Hühnerstall nicht auf der Autobahn vorher liegen bleibt", gab er endlich klein bei.

„Mann Kübler …, wenn du nicht willst, dass euer Bullibus euch im Stich lässt, solltest du ihn, wenn er es hören kann, nicht ständig als Hühnerstall bezeichnen. Diese Autos haben eine sehr empfindliche Seele", belehrte sie ihn und ging zurück zu ihrem Schreibtisch.

Thomas starrte sie mit offenem Mund an.

„Das glaubst du jetzt nicht wirklich", lachte er dann.

„Doch. Schon mal Herbie, Dudu oder Christine von Steven King gesehen?", sagte sie, konnte aber dann doch nicht mehr ernst bleiben.

Martin war zufrieden. Es lief doch alles wie am Schnürchen.

Nach dem Frühstück hatte Annemarie den Schreibtisch im Kiosk übernommen und damit begonnen, die Unterlagen zu sortieren und zu bearbeiten.

Auch Kevin und Martin waren gut vorangekommen. Der Platz, auf dem Frieder Hansens Wohnwagen gestanden hatte, war geräumt und bereits wieder mit Wiesen- und Wildblumensamen eingesät. Nichts erinnerte mehr an das Unglück.

Zwischenzeitlich hatte Nina Moretti sich gemeldet und mitgeteilt, dass im Laufe des Samstags ihr Kollege Kriminaloberkommissar Kübler samt Gattin, zwei Kindern und zwei Hunden eintreffen würde.

Martin kannte den Polizisten sogar. Er und Annemarie hatten ihn schon zweimal getroffen, als sie zum Karneval die Freunde im Westerwald besuchten. Wenn Martin sich recht erinnerte, war der eine echte Spaßbremse gewesen, während seine Frau so eine total Ausgeflippte mit bunten Haaren war.

„Also, wenn du tatsächlich glaubst, dieser Frieder wäre ermordet worden, war es dann nicht ziemlich unklug, den Tatort aufzuräumen, bevor der Polizist ihn sich ansehen konnte", fand Kevin, als Martin ihm von seinem Verdacht berichtete.

„Nä, Kevin, dat passt schon. Ich hab' nämlich bereits gestern sämtliche Beweise gesichert und alles fotografiert", erklärte er seinem Junior und reichte ihm eine Flasche Kölsch aus der Kühltasche, die Paulina mitgebracht hatte.

Kevin, der irgendwie skeptisch dreinschaute, nahm die Flasche und trank einen Schluck.

„Wie kommst du eigentlich auf die Idee, dass er ermordet worden sein könnte?“, wollte Kevin wissen.

„Dat hat mir dat Fräulein Trixi verzählt“, gab er seine Quelle preis und deutete mit einer Kopfbewegung in Richtung des rosafarbenen Wohnwagens, an dem nun am Mittag wie auch gestern die Türe weit offen stand.

„Die Bordsteinschwalbe?“, erkundigte Kevin sich überrascht.

„Die wat? Kevin! Sujet sät man aber nit über eine junge Dame. Dat Trixi ist eine freundliche und sehr nette Person“, stellte Martin jetzt einmal klar.

„Papa, die ist eine … Na wenn du meinst“, brach er den Satz ab und schüttelte grinsend den Kopf.

Martin blickte zu Lumpi, die in der Sonne lag und döste. Dahinter erkannte er Annemarie, die vom Hof herkam und einige Zettel in der Hand hielt.

„Anne-Schatz, wie sieht et aus?“, erkundigte er sich, als sie nahe genug herangekommen war.

„Katastrophe, Martin. Da blickt niemand durch. Wie kann man so, wie Frieder es getan hat, einen Campingplatz betreiben? Einfach unfassbar!“, schimpfte sie und wandte sich dann an seinen Sohn.

„Sag mal, Kevin, du kennst dich doch mit Computern aus?“

„Ja nee, was heißt jetzt auskennen. Ich kann ihn benutzen. Mehr aber auch nicht. Um was geht es denn?“, antwortete der Angesprochene.

„Frieder hat den Computer des Campingplatzes mit einem Passwort geschützt. Da sind vermutlich sämtliche Daten über die Camper, sowie das Buchungssystem und die Buchhaltung darauf", berichtete sie Martin nichts Neues.

„Sorry, Annemarie, aber in Sachen Computer hacken bin ich der falsche Ansprechpartner. Ich kann da einen Brief darauf schreiben und etwas im Internet kaufen. Aber mehr nicht", erwiderte er.

Annemarie war sich nicht mehr so sicher, ob es tatsächlich eine gute Idee gewesen war, Frieders Erbe anzunehmen. Ja, tatsächlich waren ihr heute erste Zweifel gekommen. Es bestand die Gefahr, dass dieser Campingplatz sich zu einem Fass ohne Boden entwickeln könnte. Der Stapel an Mahnungen und offenen Rechnungen war monströs. Sogar zwei Inkasso-Schreiben waren darunter.

Da der Computer in Frieders Büro nicht zu gebrauchen war, würde sie die Unterlagen mit hinüber auf die Insel nehmen und erst einmal sämtliche ausstehenden Zahlungen begleichen. Da kam ganz schön was zusammen.

„Sag mal, Anne-Schatz, wie kommst du eigentlich gleich zur Fähre? Zu Fuß ist dat nämlich ein gutes Stück", meinte Martin, der ziemlich geschafft mit Lumpi draußen vor dem Kiosk auf einer Bank saß und ein Eis am Stiel aß, welches er in der Eistruhe des Kiosks gefunden hatte.

„Ach ja, wir haben ja gar kein Auto", fiel es ihr nun ein.

Sie ließ sich neben Martin auf die Bank sinken und sah an dem großen Baum empor, in dessen Schatten sie nun verweilten.

„So schlimm find ich es hier gar nicht", musste sie jetzt einmal sagen.

„Jo. Schön ist dat hier schon. Aber der Strand fehlt mir", fand Martin.

Annemarie erwiderte nichts. Den als Badestrand deklarierten Fleck Erde neben dem Ententeich kannte sie noch von einem früheren Besuch auf dem Hof. Damals hatte ihr Mann Heiner, Frieders Bruder, noch gelebt. Ja, zu der Zeit waren sie öfters auf dem Hof gewesen. Vielleicht waren es diese Erinnerungen, die sie dazu bewogen hatten, sich dem Projekt Campingplatz zu widmen. Sie hatte von Anfang an sogar darüber nachgedacht, dieses hübsche Fleckchen Erde zu behalten. Nicht um hier zu wohnen. Nein, keine zehn Pferde würden sie dazu bringen Langeoog zu verlassen. Annemaries eigentlicher Plan war es, den Platz zu modernisieren und dann einen Pächter zu finden. Höfe und solche Grundstücke direkt am Meer waren derzeit teilweise noch relativ günstig zu haben. Doch die Preise zogen immer weiter an. Die Menschen wollten ans Meer, und die Nachfrage regelte den Preis. Bereits in zehn Jahren konnte der Hof mit dem Campinggelände ein Vielfaches wert sein, weshalb es dumm wäre, ihn jetzt zu verkaufen. Am liebsten wäre es ihr, das Haus wieder in den Originalzustand zu versetzen. Im Obergeschoss eine Wohnung für den Pächter und im Untergeschoss Ferienwohnungen. Auch die Scheune könnte man wunderschön ausbauen und dann vermieten. So etwas ging immer. Die Menschen wollten Urlaub an der Küste machen. Dummerweise hatte Annemarie Martin immer noch nicht vollständig in diese Pläne eingeweiht. Er wusste bisher nur, dass er den Platz und die dazu notwendigen Einrichtungen instand setzen sollte. Von Ferienwohnungen war noch nicht die Rede gewesen.

„Damals. Als ich öfter mit Heiner hier war, hatte Frieder immer noch ein Auto“, fiel ihr ein.

Martin neben ihr sah sich um.

„Vielleicht da vorne in dem Schuppen“, meinte er und deutete auf den Holzverschlag, der etwas abseits zwischen den Bäumen ein ebenfalls eher trostloses Dasein fristete und entfernt an eine Garage erinnerte.

„Na, dann mal los“, beschloss Annemarie und zog ihn mit sich. Sie musste jetzt wissen, was sich in der Hütte befand. So etwas war immer spannend.

Martin und Lumpi folgten ihr.

An dem hölzernen Verschlag angekommen, zog sie den schweren rostigen Riegel beiseite und öffnete das Tor ein Stück, um einen Blick hinein zu wagen.

„Hab' ich es doch gewusst“, strahlte sie beim Anblick des knallroten Vehikels.

„Nä, Annemariechen. Dat is kein Auto, dat is eine Ente. So ein französischer Driss kütt mir nit ins Haus“, seufzte

Martin, machte auf der Stelle kehrt und trottete zurück zum Kiosk.

„Du stellst dich aber auch immer an", schimpfte Annemarie und zog auch den zweiten Torflügel auf. Dann ging sie zur Fahrertür und öffnete sie.

„Du Martin, der Schlüssel steckt", rief sie ihm zu.

„Dat is schön, Anne-Schatz, dann lass den stecken und gut is. Vielleicht han mir Glück, und einer tut den klauen. Dann muss man dat schon nit entsorgen tun. Aber dat Dingen springt vermutlich eh nit an", antwortete er und nahm wieder auf der Bank neben dem Eingang zum Kiosk Platz.

Dies war wieder einer der wenigen Momente, in denen sie ihren neu Angetrauten am liebsten erwürgen würde. Martin konnte manchmal ein solcher Ignorant sein.

Entschlossen stieg Annemarie ein. Zugegeben, sie war noch nie in ihrem Leben selbst Auto gefahren. Einen Führerschein besaß sie ebenfalls nicht. Das einzige motorisierte Fahrzeug, welches sie gelegentlich lenkte, war der Traktor ihrer Freundin Tilde Schmilke.

Annemarie trat, so wie Tildes Vater ihr es als junges Mädchen beigebracht hatte, die Kupplung, drehte den Schlüssel und wippte mit dem Fuß auf dem Gaspedal. Bei dem alten Traktor auf Schmilkes Pferdehof hatte das immer Wunder gewirkt.

Der betagte Citroën begann sich zu rütteln und zu schütteln und erwachte nach etwa fünf Sekunden Orgeln zum Leben. Annemarie griff nach dem seltsamen Schalthebel und bewegte das Ding so lange hin und her, vor und zurück, bis sie das Gefühl hatte, der Gang könne drinnen sein. Ihre Hände begannen leicht zu schwitzen. Sie ließ die Kupplung kommen, und mit einem Mal schoss der Wagen nicht nach vorne, sondern nach hinten weiter in den Schuppen hinein. Mit einem Mordsgetöse durchbrach das Entlein die hintere Schuppenwand und krachte gegen irgendetwas Undefinierbares. Eine Wolke Staub lag in der Luft und verdunkelte die Sonne. Der Motor war bei dem Aufprall abgestorben. Annemarie war wie gelähmt. Ihr Nacken schmerze höllisch, während ihre Hände sich immer noch um das Lenkrad krampften. Die Fahrertüre wurde aufgerissen.

„Annemariechen, wat tust du denn für Sachen machen", hörte sie Martins aufgeregte Stimme.

Langsam stieg sie aus und hielt sich dabei an Martin fest. Nie wieder würde sie sich an das Steuer eines Autos setzen. Nie wieder!

„Auf jeden Fall wissen wir jetzt auch, wo sich der Gemüsegarten befindet", meinte Martin und deutete auf die Pflanzen rund um das knallrote Entlein.

Annemarie griff nach den gezackten Blättern der seltsamen Blumen und betrachtet sie. Sie wusste aus dem Fernseher, wie Hanf aussah.

„Das sind ja Drogen", stammelte sie.

„Viel wichtiger ist, ob mit dir alles in Ordnung ist", fragte Martin besorgt.

Annemarie nickte und sah von den Hanfpflanzen zu dem Loch in der Rückwand des Schuppens.

Konnte es sein, dass die Hütte sich langsam zur Seite neigte, oder war sie selbst es, die gerade den Halt verlor? Sie vernahm ein Knirschen, das lauter wurde, und sah dann mit an, wie der Schuppen in einer noch größeren Staubwolke in sich zusammenbrach.

Danach lag eine Totenstille über dem Hof.

Als Erstes fand Martin seine Sprache wieder.

„Jo Annemariechen. Dann tät ich mal sagen, ich ruf den Kevin an und frag den, ob der morgen noch mal dat schwere Gerät mitbringen kann."

Kapitel 5

Dienstag, 20. Juni 2023
Fährhafen Bensersiel

Martin hatte sich tatsächlich gefreut, als Annemarie und Lumpi am Morgen plötzlich auf dem Campingplatz aufgetaucht waren. Er hatte sie beide vermisst. Dennoch war er froh gewesen, als er seine ihm Angetraute am späten Nachmittag wieder an der Fähre absetzte. Annemarie konnte gelegentlich schon mal sehr anstrengend sein. Mit ihr zu leben war schön. Mit ihr als Chefin zu arbeiten ein Martyrium. Immer musste alles sofort und auf der Stelle sein.

Was dabei herauskam, hatte man ja heute wieder einmal gesehen. Anstatt die Ruhe zu bewahren und ihn als Fachmann dabei schauen zu lassen, war sie einfach in die Ente gesprungen und hatte das Ding gestartet. Mit dem Ergebnis, dass Martin sich nun auch noch um diese ver dammte eingestürzte Hütte kümmern konnte.

Nein, es war, so schwer es ihm fiel, das Beste, sie würde erst einmal auf der Insel bleiben und ihn in Ruhe seine Arbeit machen lassen. Gesagt hatte er dies so natürlich nicht.

Immer noch ein wenig blass um die Nase entdeckte er Annemarie auf dem Oberdeck der Langeoog III. Sie winkte ihm zu, während die Fähre sich langsam vom Anleger löste.

Martin winkte zurück und blickte dem Schiff dann noch eine Weile hinterher. Wie gerne wäre er jetzt mit ihr nach Langeoog gefahren.

„Lumpi, et hilft nix, mir müssen weiter. Wir haben nämlich noch viel zu tun", sagte er schließlich zu der Hündin, die brav neben ihm saß und ihn mit ihrem treuen Hundeblick anschmachtete.

Martin mochte alte Autos. Im Gegensatz zu modernen besaßen diese Oldtimer noch so etwas wie eine Seele. Ob er und Frieder Hansens roter Citroën 2CV jemals Freunde werden würden, stand hingegen auf einem anderen Blatt. Nun gut, das Vehikel fuhr, hatte TÜV und besaß obendrein eine Menge Platz und Stauraum. Im Gegensatz zu den Entlein auf vier Rädern, die man gemeinhin kannte, besaß dieses nämlich, ähnlich einem Lieferwagen, einen Kombiaufbau. Eine Kastenente sozusagen. Auf alle Fälle war das Teil robuster, als es im ersten Moment den Anschein gehabt hatte. Im Gegensatz zu dem eingestürzten Holzschuppen hatte das hässliche Entlein nur ein paar Kratzer abbekommen.

Da Martin in den nächsten Tagen einiges an Baumaterial zu transportieren hatte, war das Auftauchen des Entleins also gar nicht mal so übel.

Was ihn an dem roten Kastenwagen gerade allerdings ein wenig irritierte, war der Kerl, der daneben stand, durch die Seitenscheibe ins Innere schaute und dann an der Türklinke zog.

„Hey du! Wat gibt dat dann? Ohne Schlüssel tut dat eh nit funktionieren", rief Martin und hielt diesen demonstrativ in die Höhe. Der junge Mann um die zwanzig starrte ihn an, als sei er ein Geist. Dann nahm er die Beine in die Hand und machte sich ohne ein Wort aus dem Staub.

„Nä Lumpi, wat tut dat arme Irre geben tun. Hier stehen Hunderte von teuren neuen Autowagen, und der will ausgerechnet die letzte Gurke klauen", fand Martin und ließ dann erst einmal Lumpi in das Entlein einsteigen. Mit einem Sprung nahm die Hundedame auf dem Beifahrersitz Platz, während Martin sich hinter das Steuer quetschte. So ein unbequemes Vehikel war ihm ja noch nie untergekommen. Als er vorhin mit ein wenig Schwung von der Hauptstraße abgebogen war, hatte er für einen Moment befürchtet, das Entlein würde umkippen. War es dann aber zum Glück doch nicht. Nein, er und diese schwankende Konservendose auf Rädern würden definitiv keine Freunde werden.

Zurück auf dem Campingplatz parkte er direkt vor dem Kiosk.

Die Frau mit den feuerroten, vermutlich gefärbten Haaren auf der Bank neben der Kiosktüre war nicht zu übersehen. Bestimmt gehörte ihr das BMW Cabriolet, welches Martin draußen auf dem kleinen Parkplatz vor der Schranke bereits aufgefallen war.

„Moin Gnädigste", grüßte er freundlich durch das geöffnete Seitenfenster.

Als er die Fahrertüre öffnete sprang Lumpi wie ein geölter Blitz vom Beifahrersitz aus über seinen Schoß aus dem Wagen, flitzte zu der Fremden und begann laut zu bellen.

Die Menschenkenntnis des Vierbeiners würde Martin als hervorragend bezeichnen. Lumpi besaß in diesen Dingen so etwas wie einen siebten Sinn. Wenn die Hündin so wie gerade reagierte, konnte man davon ausgehen, dass die Besucherin nichts taugte oder etwas Böses im Schilde führte. Auf alle Fälle war klar, dass die in ihrem schicken mausgrauen Businessfummel nicht hier war, um zu campen.

Panisch blickte die Rothaarige auf den Hund und hielt, als wolle sie sich damit schützen, eine Mappe vor sich, wie Martin sie von Vertretern und Hausieren kannte. Das Kunstlederding würde natürlich nichts bringen, wenn Lumpi es tatsächlich auf sie abgesehen hätte. Nein, so etwas hielt die zornige Border-Collie-Hündin nicht auf.

„Lumpi, aus“, rief Martin das aufgebrachte Fellknäuel erst einmal zur Räson. Wie zumeist gehorchte die Hündin auch dieses Mal aufs Wort.

„Nehmen Sie den Hund weg. Das Tier ist ja gemeingefährlich“, keifte sie.

„Der tut nix. Der will nur spielen. Außerdem gehört der im Gegensatz zu Ihnen hierhin. Wobei mir bei der Frage wären, wat Sie hier machen? Sie sehen mir nit su aus, als wollten Sie hier zelten“, stellte Martin fest.

„Mein Name ist Ilse Flott, von der Makleragentur Flott und Partner“, säuselte sie und schielte dabei zu dem immer noch knurrenden Hund neben Martin.

„Von Schlechtinger, Maddin von Schlechtinger“, stellte Martin sich vor, machte aber keine Anstalten, die sonnengebräunte Hand zu drücken, die die flotte Ilse ihm entgegenstreckte.

„Dürfte ich auch fragen, welche Funktion Sie hier auf dem Platze innehaben?“, erkundigte sie sich.

„Sicher dat. Ich bin hier quasi der Chef“, gab er Auskunft.

„Ach, mir wurde gesagt, das sei eine Frau Hansen“, kam es prompt in einem Besserwisser-Ton zurück, dass es Martin beinahe übel wurde.

Wenn er nicht so neugierig wäre, was Frau Flott hier wollte, hätte er sie auch längst gebeten, ganz flott die Kurve zu kratzen. Lumpi wäre ihm bestimmt behilflich, der Dame Beine zu machen.

„Meine Gattin, die Frau Hansen, ist drüben auf der Insel. Hier bin ich der Chef. Also sagen Sie, wat Sie wollen, jute Frau. Zick is Jeld, wie man nit nur bei uns in Köln sagen tut“, erwiderte er.

„Ach … ich hatte gehört, Frau Hansen wäre heute zugegen. Aber nun gut. Dann muss ich eben mit Ihnen reden. Ich bin hier wegen des Kaufvertrages, den wir mit Herrn Frieder Hansen vor dessen tragischem Unfall abgeschlossen haben. Ich wollte mich erkundigen, bis wann Sie und diese anderen Leute hier verschwunden sind?“, sagte sie und reichte Martin ein Dokument aus der Aktenmappe.

Martin glaubte sich verhört zu haben. Hatte der Frieder den Hof mit dem Campingplatz tatsächlich vor seinem Ableben verkauft? Er nahm den Kaufvertrag, schlug ihn auf und überflog ihn. Als er die Kaufsumme las, war ihm alles klar. Dachte die Dame tatsächlich, er und Annemarie wären so dumm?

„Entschuldigen Sie, Gnädigste. Dat is leider nit mein Problem, wenn Sie mit dem Herrn Hansen ohne einen Notar einen Vorvertrag machen und der dann sterben tut. Aber mit dem Papier da können Sie sich höchstens Ihren Popo abwischen tun. Mehr nit. Und seien Sie froh, dat die Frau Annemarie jetzt nit hier ist. Spätestens wenn die den Preis jesehen hätte, dann wär' hier aber Tabuladingens", stellte Martin klar und reichte ihr den Vertrag zurück.

„Auch ein Vorvertrag ist bindend. Außerdem ist der Preis mehr als gerechtfertigt. Laut unserem Gutachten gehen der Abriss sowie die Kosten für die Räumung des Geländes in die Hunderttausende", keifte die Flotte wütend.

„Stimmt, Gnädigste. Aber nur wenn da auch ein Notar dabei war, der dat mit seinem Stempel und Autogramm bestätigen tut. Und jetzt würde ich Ihnen raten tun, sich vom Acker zu machen, bevor dat Lumpi bei der Räumung nachhelfen muss", stellte Martin klar.

Deutlich war zu sehen, wie der Dame der ledrig braune Hals schwoll. Martin würde wetten, dass die dunkle Haut dem langjährigen und regelmäßigen Besuch der Sonnenbank geschuldet war. So braun gebrannt und mit den feuerroten Haaren erinnerte die ihn gerade an eine Maggi-Flasche.

„Sie und Ihre Frau werden von unserem Anwalt hören!", schrie sie nun und stapfte davon.

Martin sah ihr hinterher. In seinem Kopf wirbelten die Gedanken. Frieder Hansen sollte seinen Hof für zwanzigtausend Euro verkauft haben? Das Datum neben der Unterschrift war der Tag gewesen, an dem er abends gestorben war. Allein dieser Umstand machte Martin bereits stutzig.

Vor einer gerichtlichen Auseinandersetzung oder den Anwälten dieser Frau Flott hatte er keine Angst. Martin selbst war zwar kein Jurist, doch aus seinen langen Jahren als Chef seines eigenen Unternehmens wusste er, wann Verträge verbindlich und wann sie Unsinn waren. Der Vertrag zwischen Frieder und dem Maklerbüro war noch nicht einmal das Papier wert, auf dem er gedruckt war. Mehr Angst machte ihm die Tatsache, dass Frieder just an dem Abend, als er angeblich den Wisch unterschrieb, ums Leben kam.

Vielleicht hatte er sogar deshalb sterben müssen? Irgendwer hatte verhindern wollen, dass Frieder den Campingplatz verkaufte. Oder es war genau andersherum. Frieder wollte gar nicht verkaufen. Diese Immobilienleute hatten die Unterschrift Frieders irgendwie erschlichen oder gar gefälscht und den armen Kerl dann umgebracht, bevor der Betrug auffiel. Vielleicht dachten sie, dass der neue Besitzer eher kooperieren würde und so dumm wäre, auf den Handel einzugehen? Wenn Martin in den Jahren an der Küste eines gelernt hatte, dann war es das, dass Häuser und Grundstücke, die nahe am Wasser lagen, eine Menge Geld kosteten. Je weiter man dann ins Landesinnere kam, desto günstiger wurde das Land wieder.

Aber mal egal.

Auf alle Fälle musste Martin mehr über diese Frau Flott und ihre Hintermänner in Erfahrungen bringen. Sie hatte davon gesprochen, den Platz räumen zu lassen und das Haus abzureißen. Zumindest hatte er dies so verstanden.

Doch was hatte sie dann mit dem Gelände vor? Diese Immobilienhaie waren doch alle nur auf das große Geld aus. Die würden das Grundstück nicht kaufen und alles platt machen, um hier im Anschluss Wiese auszusäen, auf welcher Kinder kostenlos Fußball spielen durften. Nein, vermutlich würden die hier irgendetwas Großes bauen wollen. Ein Hotel, eine Klinik oder vielleicht einen Golfplatz. Groß genug war das Grundstück ja.

Martin zog sein Mobiltelefon aus der Latztasche und überlegte, ob er Annemarie anrufen und ihr von der flotten Ilse und dem angeblichen Kaufvertrag erzählen sollte.

Nein, seine bessere Hälfte würde sich wieder nur unnötig aufregen. Besser, er behielt dies erst einmal für sich.

„Tja Lumpi, jetzt tät mich nur noch interessieren, woher die flotte Ilse wusste, dat unsere Frau Annemarie heute hier war", sagte er in Gedanken zu der Hündin, die aber wohl auch keine Antwort auf diese Frage wusste.

„So Alex, was machen wir denn heute", erkundigte sich Friseur Markus Büth gut gelaunt und deutete auf den freien Stuhl vor dem großen Spiegel.

In dem Friseursalon in der Kirchener Bahnhofstraße herrschte Hochbetrieb an diesem Nachmittag, und Alexandra Kübler war froh, so kurzfristig vor ihrem Urlaub noch einen Termin bekommen zu haben. Sogar beim Chef höchstpersönlich.

Markus Büth, der Besitzer des Salons „Haarscharf", war ein alter Freund ihres Mannes Thomas. Die beiden waren wohl früher einmal zusammen bei den Pfadfindern gewesen. Wobei sie sich weder den einen noch den anderen als Pfadfinder vorstellen konnte. Thomas fand den Pfad zum Kühlschrank und zurück zum Sofa. Mehr aber eher nicht. Auch Markus Büth konnte sie sich nicht wirklich als Überlebenskünstler in der freien Wildbahn vorstellen.

„Einmal neue Farbe bitte ... und vielleicht einen kleinen Tick kürzer", wies Alexandra Kübler ihren Lieblingsfriseur an.

„Wieder grün und blau?", erkundigte der sich und wirkte so, als würde es ihm nicht passen.

„Ja, sieht doch gut aus ... oder meinst du, wir sollten mal etwas anderes versuchen?", war sie sich nun unsicher.

„Ich weiß nicht, Alex. Du bist doch auch sonst für Neues offen. Was hältst du davon, wenn wir mal was ganz anderes machen?", fand er.

„Aber nichts Langweiliges. Normal ist irgendwie kacke", kicherte sie.

Die paar bunten Strähnen waren das letzte Überbleibsel aus Alexandras bewegter Jugend. Damals, als sie noch als Punk auf der Straße lebte. Eine Zeit, an die sie viele positive, aber auch sehr negative Erinnerungen hatte. Von dem obdachlosen Punkmädchen von einst war nicht mehr viel übrig. Außer eben je eine blaue und eine grüne Strähne.

Heute war sie glücklich mit einem Polizeibeamten verheiratet. Sie hatten zwei Kinder, zwei Hunde, zwei Autos und ein schickes Eigenheim mit Klimaanlage. Gelegentlich fühlte sie sich daher auch bereits alt und spießig.

„Lass mich einfach mal machen. Ich habe da eine Idee", schlug Markus vor und lächelte.

Alexandra zögerte einen Moment.

„Und was ist, wenn es mir nicht gefällt?", fragte sie etwas kleinlaut.

„Es wird dir gefallen", meinte Markus und klang sehr von sich überzeugt.

„Okay …, aber wenn es zu spießig ist, machst du es anschließend wieder, wie es war", gab sie klein bei.

Als Markus Büth Minuten später nach dem Waschen die elektrische Rasiermaschine über ihrem linken Ohr ansetzte und ihre lange blondbunte Haarpracht zu Boden fiel, wurde ihr dann doch ein wenig mulmig. Das würde er nicht mehr rückgängig machen können.

„Wolltet ihr nicht in Urlaub? Ich könnte schwören, dein Mann hätte die Tage so etwas erzählt?", erkundigte der Figaro sich jedoch just in dem Moment, als sie etwas einwenden wollte.

„Ja, wollen wir. Am Samstag geht es los. Camping an der Nordsee. Der Platz ist ein absoluter Geheimtipp und gehört Freunden von Nina und Klaus", berichtete sie.

„Was heißt Geheimtipp?", hakte Markus nach und rasierte immer noch mehr ihrer langen, blondbunten Strähnen ab.

„Na, geheim ist es, weil es keiner kennt. Die haben da weder eine Homepage, noch machen die Werbung. Liegt direkt am Meer mit Privatstrand und kostenlosen Strandkörben. Es gibt sogar einen Streichelzoo. Das Ganze für richtig kleines Geld. Wobei wir, Thomas und ich, Gäste des Platzwartes sind und überhaupt nichts zahlen müssen", erzählte sie ihm begeistert. Alex hatte es selbst kaum glauben können, als Thomas ihr mittags am Telefon davon berichtete.

„Das hört sich super an. Wo ist der Haken an der Sache?", reagierte Markus irgendwie skeptisch.

„Es gibt keinen Haken. Wobei … doch. Aber es ist eigentlich kein richtiger Haken. Nur so ein klitzekleiner. Thomas soll sich vor Ort etwas ansehen und dem Besitzer ein paar Tipps geben", gestand sie.

„Was kann Thomas denn für Tipps geben? Haben die Leute da etwa Computerprobleme?", war Friseur Büth neugierig.

Alex schielte nach rechts und links, ob auch ja keiner zuhörte. Es musste ja nicht jeder mitbekommen, was auf dem Campingplatz Schlimmes geschehen war.

„Nein. Der jetzige Besitzer ist der Auffassung, dass sein Vorgänger ermordet wurde. Aber die Bullen vor Ort glauben ihm nicht. Weil er sich anders nicht zu helfen wusste, hat er Nina angerufen und sie gefragt, ob sie sich des Falles annehmen könnte. Aber die hat ihren gesamten Jahresurlaub bereits verplant. Ihre Stieftochter Sarika und deren Marcello heiraten doch nächsten Monat in Neapel", flüsterte sie.

Die Augen des Friseurs weiteten sich.

„Thomas ermittelt in einem Mordfall? Auf einem Campingplatz an der Nordsee? So richtig undercover?", war er mehr als erstaunt.

„Ja, aber das soll niemand wissen", antwortete sie und blickte sich noch einmal um.

Markus Büth erwiderte nichts. Doch während er schweigend weiterarbeitete und Färbemittel auf ihren Kopf auftrug, erkannte sie an seinem Gesichtsausdruck im Spiegel, dass es mächtig in seinem Denkapparat arbeitete.

„Hast du eine Ahnung, ob auf dem Platz noch ein Plätzchen frei ist?", erkundigte er sich irgendwann wie beiläufig.

„Ähm …, keine Ahnung. Warum?", war sie über seine Frage erstaunt.

Markus beugte sich zu ihr hinab.

„Weil ich dringend mal hier raus muss. Ela und ich waren schon ewig nicht mehr im Urlaub. So ein paar Tage Nordsee mit dem Zelt wären wirklich cool. Außerdem könnte ich Thomas dann bei seiner Mördersuche ein wenig unterstützen", flüsterte er.

„Ähm … keine Ahnung, ob da noch was frei ist. Aber wenn ihr eh nur zelten wollt, kann das ja kein großes Problem sein. Im Zweifelsfalle könntet ihr euer Zelt ja neben unserem Bus aufschlagen. Wir brauchen ja nicht so viel Platz wie diese modernen Wohnmobile", vermutete sie jetzt einfach mal, da sie vom Campen nicht wirklich viel Ahnung hatte. Die Fahrt an die See würde die Jungfernfahrt mit ihrem neuen Uraltbulli Baujahr 1969 werden.

Markus schien indes sichtlich begeistert und klopfte ihr auf die Schulter.

„Dann muss ich jetzt nur noch ein Zelt besorgen und meine Frau begeistern", fand er.

„Und eure Kinder?", erkundigte sie sich.

Markus winkte ab.

„Alex, du glaubst doch nicht, dass die in ihrem Alter noch mit Mama und Papa in Urlaub fahren wollen? Nee, die Zeiten sind lange vorbei", seufzte er.

„Moin", meinte Billy the Kid, als er nachmittags den Kiosk betrat.

„Moin", erwiderte Martin und schaute von seiner Autozeitschrift auf, die er in einem der Regale gefunden hatte und in der sich ein Bericht über die erste Serie des Ford Capri befand. Eine sehr interessante Lektüre. Besonders die Grafik mit der Wertentwicklung. Demnach war sein alter Wagen mittlerweile ein richtiges Sümmchen wert. Vielleicht sollte er Kevin doch noch einmal darauf hinweisen, dass solch ein Wagen nichts für eine junge Frau wie Paulina taugte. Man stelle sich vor, ihr würde ein ähnliches Missgeschick passieren wie seiner Annemarie am Morgen mit der Kastenente. Nein, da wollte er gar nicht darüber nachdenken.

„Du, Maddin, sag mal, was ist denn mit dem Frieder seiner Garage passiert", erkundigte sich Billy und tat, als schaue er sich gelangweilt in dem Verkaufsraum um.

„Die war baufällig und ist zusammengekracht", beschied Martin ihn.

„Aha. Und wie kommen die Reifenspuren in das Beet dahinter?“, bohrte der schmächtige Kerl weiter. Martin betrachtete ihn. Es war das erste Mal, dass er den Burschen einigermaßen ordentlich gekleidet sah. Schwarze Hose, kariertes Hemd und einen Hut, der zu seinen Stiefeln passte. So ein bisschen Cowboy für Arme.

„Welche Reifenspuren?“, stellte Martin sich jetzt mal dumm, obgleich er genau wusste, was Billy meinte. Die Frage, die Martin sich allerdings gerade stellte, war der Grund, weshalb Billy das wissen wollte. Warum war der überhaupt in Frieders Hanfgarten gewesen?

„Da, wo gestern noch die hübschen Blumen waren, sind jetzt Spuren von Reifen auf der Erde“, wurde Billy nun lauter und aufgebrachter.

„Ach, die Spuren. Die sind bestimmt von der Schubkarre“, erwiderte Martin.

Tatsächlich war Annemarie, nachdem Martin das Entlein aus dem Garten entfernt hatte, sofort mit der Schubkarre angerückt, um aufzuräumen. Wie besessen hatte sie die Hanfpflanzen ausgerupft und in die Karre geworfen. Was Martin durchaus nachvollziehen konnte. Nicht auszudenken, wenn irgendwer Frieders Plantage gesehen und die Polizei informiert hätte. Beim Anbau von Drogen verstand die Staatsmacht keinen Spaß.

„Mit der Schubkarre habt ihr die schönen Blumen weggefahren? Wohin denn?“, schien Billy von Annemaries Aktion nun doch sehr entsetzt.

„Dahin, wo man halt dat Unkraut hinbringen tut. Auf den Komposthaufen drüben am Streichelzoo“, erklärte

Martin ihm und hatte mit einem Mal so eine Ahnung, um was es dem Spinner ging.

Das blasse Gesicht von Billy hatte mittlerweile die Farbe einer überreifen Tomate angenommen.

„Auf den Kompost? Nee … ja bist du denn von Sinnen?“, schrie er und flitzte dann wie ein aufgeschrecktes Huhn aus dem Kiosk hinaus.

Martin blickte ihm eine Weile hinterher.

„Komm, Lumpi, jetzt müssen wir zwei doch mal gucken gehen, wo der Vogel hin is“, meinte er irgendwann und erhob sich.

Die Hände in den Taschen schlenderte er um das Haus herum in Richtung Streichelzoo. Dort befand sich eine Art Mist- und Komposthaufen, auf dem Annemarie die Hanfpflanzen entsorgt und mit Eselsmist bedeckt hatte, damit es nicht gleich jedem auffiel, was da vergammelte.

„Alles kaputt, alles im Arsch“, weinte Billy, der auf den Knien liegend im Dung wühlte und die herauslugenden Blätter der von der Junisonne schon arg verdorrten Pflanzen betastete.

Martin lehnte sich an das Gatter, hinter dem der Esel Rudi stand und tatsächlich sehr betrübt schien. Er würde morgen unbedingt daran denken müssen, Kevin zu fragen, ob der niemanden wusste, der eine Eseldame abgeben wollte.

„Sag mal, Billy. Tu ich recht in der Annahme gehen, dat dat deine Pflanzen waren? Häst du die Drogen da angebaut?“, erkundigte sich Martin, während er in aller Seelenruhe seine Meerschaumpfeife zu stopfen begann.

„Ich ... nee“, schaute der Angesprochene erschrocken auf und wischte sich mit seinen dreckigen Händen durch das Gesicht.

„Aber warum tust du denn jetzt weinen tun?“, fragte Martin.

„Ja, nee, weil das ja schon schade um die tollen Blumen ist“, log der dürre Möchtegern-Cowboy, erhob sich und klopfte sich den Schmutz von der Hose.

Martin verdrehte die Augen und schüttelte den Kopf.

„Jetzt pass mo uff. Häst du Vogel eine Ahnung, wie viel Jahr Knast dat geben tut, wenn man mit dem Zeug da erwischt wird? Stell dir mal vor, die Polizei hätte dat Haschgedöns hinter der Garage gefunden. Weißt du, wen die dann eingesperrt hätten? Mich und dat Frau Annemarie“, erklärte Martin und entzündete seine Pfeife.

„Aber das war doch nur so ein bisschen für Eigenbedarf. Da kräht das doch kein Hahn danach“, erwiderte Billy trotzig wie ein kleiner Junge.

Martin betrachtete ihn einen Moment. Ja, wenn er es sich recht überlegte, dann sah dieser Billy nur so aus, als wäre der ein erwachsener Kerl. War er aber nicht. Billys Verstand musste irgendwann, als er um die zehn Jahre alt gewesen war, ein weiteres Wachstum abgelehnt haben. Überhaupt fragte sich Martin, warum Billy in einem Wohnwagen auf einem Campingplatz lebte? Er hatte ihn auch noch nie von hier wegfahren gesehen. Nein, der Bursche verbrachte den kompletten Tag in seinem Wohnwagen oder in dessen direktem Umfeld. Wovon lebte der Bursche? Bezog der Sozialhilfe oder Arbeitslosengeld? Von irgendetwas musste er doch leben. Allerdings fragte er sich das bei

Trixi ebenfalls. Die hockte auch nur den ganzen Tag hier herum.

„Sag mal, Billy, wat tut so ein Bursche wie du eigentlich den ganzen Tag auf so einem Platz hier treiben tun? Dat muss doch für so einen jungen Kerl total langweilig sein. Dat is ja hier nur Einöde", erkundigte Martin sich nun einfach einmal frei heraus.

„Ich?", war Billy sichtlich überrascht von der Frage.

„Ja, wer sonst", erwiderte Martin.

„Joooo. Was man eben so den ganzen Tag tut. Ich guck halt so die Gegend und die frische Luft. Das ist ja gesund", tat Billy ab. Martins Frage schien ihm sichtlich unangenehm zu sein.

„Aber du musst doch auch mal wat arbeiten gehen tun. Zumindest siehst du nit aus, als wärst du schon in Rente", tastete Martin sich weiter vor.

„Jooo, arbeiten tu ich auch. So selbst und ständig. Aber mehr so gelegentlich. Ich brauch ja nich viel zum Leben", wich er Martin schon wieder aus.

Martin hatte als Chef seiner Heizungsbaufirma eine Menge Burschen eingestellt und auch gelegentlich mal einen entlassen müssen. Über die Jahre entwickelte man als Handwerksmeister ein Gespür dafür, welche Burschen man brauchen und welche man in der Pfeife rauchen konnte. Martin war immer gewillt gewesen, jungen Menschen eine Chance zu geben. Er hatte Jungens eine Lehrstelle gegeben, die sonst keiner hatte haben wollen. Doch bei diesem Exemplar wäre selbst er vorsichtig gewesen. Nein, dem Billy hätte und würde er keinen Job anbieten. Das war einer von der Sorte, die einfach nicht wollten. Ein Lebenskünstler, der sich so durchschnorrte. Einer, der heimlich hinter der Garage seines Platzwartes Hanf anbaute, um es irgendwann zu verticken, um von der Kohle noch mal ein paar Monate auf der faulen Haut zu liegen.

Martin hatte keine Ahnung, was man für solch eine Pflanze, wenn sie ausgewachsen und erntereif war, an Geld bekam. Doch billig war so eine Tüte Haschisch bestimmt nicht.

Auf alle Fälle gehörte Billy nun, genau wie die flotte Ilse, zum engeren Kreis der Tatverdächtigen. Immerhin wäre es doch gut möglich, dass Frieder Hansen hatte sterben müssen, weil er hinter Billys Drogenhandel gekommen war. Martin würde dem nachgehen. Zumindest hatte er nun bereits zwei mögliche Spuren und ebenso viele Tatverdächtige.

„Ja, ich muss dann auch mal wieder los", meinte Billy, warf den vertrockneten Stängel der Hanfpflanze zurück auf den Kompost und schlurfte davon.

„Und Lumpi? Wat meinst du? Wäre der Billy fähig, einen umzubringen, oder sollen mir zwei uns lieber auf die flotte Ilse konzentrieren?", erkundigte er sich bei der Hündin. Doch die schien Martin nicht zu hören, wo doch so ein Esel viel interessanter war.

Nachdem Lumpi sich dann endlich von ihrem neuen Freund, dem Esel Rudi, trennen konnte, schlurfte Martin wieder in Richtung des Campingplatzes. Er hatte immer noch keine Ahnung, welcher der Wohnwagen eventuell herrenlos oder zumindest dauerhaft unbewohnt war. Eine weitere Nacht auf der Luftmatratze würde sein Rücken bestimmt nicht schadlos überstehen.

Trixi fiel ihm ein. Die schien sich doch bestens auszukennen. Vielleicht konnte er sie fragen. Ja, das war eine gute Idee.

Als er wenig später an dem rosafarbenen Wohnwagen ankam, war dort von Trixi nichts zu sehen. Doch man konnte sie hören. Wie es schien, war die junge Frau nicht alleine in ihrem Camper, der leicht und rhythmisch wackelte.

„Dat gibt et doch nit. Am helllichten Tag tun die da Schweinkram machen tun“, flüsterte Martin sichtlich entsetzt zu sich selbst und machte auf dem Absatz kehrt.

Ob das wieder der Kerl mit dem Motorrad war, den er gestern bereits gesehen hatte? Wenn ja, hatte das Mädchen einen wahrlich schlechten Geschmack. Der Kerl war doch locker zwanzig bis dreißig Jahre älter als sie gewesen. Auf dem Weg zurück zum Kiosk entdeckte er Billy, wie er um die Ecke seines Campers zu dem Wagen von Trixi gaffte. Ein Spanner war der Kerl also auch noch. Eieieiei!

Noch einmal sah Martin zu dem Wohnwagen, der nun nicht mehr wackelte. Er musste an Kevins Worte denken. Sollte sein Junior tatsächlich recht haben und Trixi eine … Nein. Er wagte es gar nicht, dies zu Ende zu denken. So etwas konnte auch gar nicht sein. So eine Dame war die Trixi nicht.

Kapitel 6

Mittwoch, 21. Juni 2023
Ferienhausvermietung Hansen / Insel Langeoog

Als Annemarie an diesem Morgen ihre Ferienhausvermietung betrat, war ihre Stieftochter Gina Marie bereits anwesend und damit beschäftigt, Kaffee in den Filter der Kaffeemaschine zu schaufeln.

„Moin Chefin", grüßte die junge Frau sie freudig und gut gelaunt.

„Moin Liebes, kochst du mir heute einen mit?", erwiderte Annemarie den Gruß.

Sie würde heute mal keinen Tee, sondern einen Kaffee trinken. Manchmal war ihr einfach danach. Zumeist, wenn sie morgens nach einer unruhigen Nacht schlecht in die Gänge kam. So ganz alleine im Haus war es schon irgendwie komisch. Sie, die sie nie einen Hund hatte haben wollen, vermisste nun sogar Lumpi.

„Klar, Anne, kein Problem", meinte Gina Marie und grinste dabei irgendwie seltsam.

„Ist was?", erkundigte Annemarie sich interessiert, während sie die Kiste mit den Akten vom Campingplatz auf ihren Schreibtisch wuchtete.

„Nein, nein. Es ist nichts", beeilte Gina Marie sich zu sagen und begann nun sogar zu kichern.

„Dieses NICHTS scheint aber doch recht lustig zu sein?“, hakte sie nach.

Gina Marie nickte.

„Du hast mit Martin gesprochen?“, kam Annemarie ein Gedanke.

Erneutes Nicken. Das Kichern wuchs nun langsam zu einem Lachen an.

Annemarie hatte es bereits geahnt. Die Anekdote, dass sie rückwärts durch die morsche Wand dieses alten Schuppens gedonnert war, würde sie sich vermutlich bis an ihr Lebensende anhören müssen.

Wer den Schaden hatte, musste sich um den Spott nicht sorgen.

Nun gut, sie hatte, nachdem der erste Schreck sich gelegt hatte, über ihre eigene Dummheit ebenfalls lachen müssen. Zum Glück war dem Auto außer ein paar Kratzern nichts geschehen.

Der Wagen schien für sein Alter noch ganz gut in Schuss und würde sich, so auffällig wie er war, prima als Werbeträger für den Campingplatz eignen. Um den Schuppen und die Drogenplantage dahinter war es nicht schade. Beides würde Annemarie als rechten Schandfleck bezeichnen. Weshalb sie mit den Drogen kurzen Prozess gemacht hatte. Um die Trümmer würde sich wieder Kevin kümmern.

„Ja, ja, lacht ihr nur. Dein Vater hatte ebenfalls anfängliche Probleme mit dem Auto. So eine Ente hat eine sehr gewöhnungsbedürftige Schaltung“, erwiderte sie und ließ sich in ihren Bürostuhl sinken.

„Stimmt. Das meint Papa tatsächlich ebenfalls“, lachte sie.

„Papa sagt, der Campingplatz wäre ein einziges Desaster“, meinte Gina Marie, als sie Annemarie Minuten später die Tasse mit dem dampfenden Kaffee neben die Computertastatur stellte.

„Ach, meint er das?“, fragte Annemarie.

„Mariechen, dat glaubst du nit, wat hier für Bekloppte unterwegs sin“, äffte sie ihren Papa nach und brachte Annemarie damit erneut zum Lachen.

„Ja, da wohnen schon ein paar sonderbare Menschen“, musste Annemarie zugeben.

„Die wohnen da so richtig, oder wie ist das?“, wunderte sich Gina Marie und nahm nun auch an ihrem Schreibtisch Platz.

„Ja, es scheint so, dass einige da tatsächlich fest wohnen. Ich vermute mal, weil es vielleicht preiswert ist“, äußerte Annemarie ihren Verdacht.

„Was kostetet es denn, in so einem Wohnwagen dauerhaft zu campen?“, erkundigte sich Gina Marie, während sie begann, auf ihrer Tastatur herumzutippen.

„Ich weiß es nicht, Liebes. Ich habe keinen blassen Schimmer, was und ob diese Leute überhaupt etwas zahlen. Es gibt weder eine Preisliste noch eine Buchhaltung“, stöhnte Annemarie.

„Gar nichts?“, war die junge Frau erstaunt.

„Doch schon. Frieder besaß einen alten Computer, auf dem er diese Dinge gespeichert haben könnte. Nur leider kennen wir das Passwort nicht, um ihn zu benutzen“, gab Annemarie zu.

„Oh, das ist schlecht. Und was machst du nun?“, wollte Gina Marie wissen.

Annemarie hob die Schultern.

„Ich denke, ich werde mich heute erst einmal durch den Berg an offenen Rechnungen und Mahnungen durcharbeiten, bevor Martin sich drüben noch mit einem Gerichtsvollzieher herumschlagen kann“, seufzte sie und griff sich den ersten Brief aus dem Karton, bei dem es sich um die letzte Mahnung des Zeitschriften- und Zeitungslieferanten handelte.

„Was meint dein Vater denn sonst noch so?“, erkundigte sie sich, während sie den ersten Stapel mit Unterlagen auf den Schreibtisch hievte. Nur zu gut wusste sie, dass Martin und seine Tochter mittlerweile ein sehr inniges Verhältnis hatten und sich gelegentlich auch über Dinge unterhielten, die er bei ihr nicht ansprach. Was nun nicht hieß, dass Annemarie und er Geheimnisse voreinander hatten.

„Papa ist felsenfest davon überzeugt, dass jemand diesen Frieder in die Luft gejagt hat. Er meint, es wäre eindeutig Mord“, erzählte Gina Marie ihr nichts Neues.

Auch ihr hatte er gestern von seinen abstrusen Verschwörungstheorien erzählt. Annemarie hatte den Verdacht, dass Martin sich da in etwas hineinsteigerte.

„Er hofft ja, dass dieser Kriminalkommissar aus dem Westerwald ihm hilft, den Mörder zu finden. Der reist wohl am Samstag mit Sack und Pack an, um auf dem Platz zu ermitteln“, berichtete Gina Marie weiter.

Annemarie ließ die Rechnung, die sie gerade studierte, sinken und blickte zu ihrer Stieftochter.

„Welcher Kriminalkommissar aus dem Westerwald?“, war sie erstaunt, da sie davon bisher nämlich noch gar nichts vernommen hatte.

„Keine Ahnung. Das muss ein Kollege von Nina Moretti sein. Papa meint, ihr wäret mal mit ihm und seiner Frau in Köln beim Karneval gewesen", antwortete Gina Marie.

„Ach ja. Der Thomas Kübler und seine Frau Alexandra", wusste sie nun sofort, wer gemeint war.

„Ja, kann sein, dass er so hieß", bestätigte Gina Marie.

„Das ist ja interessant. Da bin ich mal gespannt, wann Martin mir davon erzählen wird", schmunzelte sie.

Nein, Annemarie war nicht böse auf Martin. Ihr Liebster nahm diese Mordsgeschichte ernst. Ja, ihr Gatte schien tatsächlich sogar Angst zu haben, dass da ein Mörder auf dem Campingplatz sein Unwesen trieb und er das nächste Opfer sein könnte. Annemarie glaubte diesen Unsinn nicht. Dennoch würde sie Martin, wenn es ihn beruhigte, machen lassen.

Dieser Thomas Kübler machte auf sie einen sehr bodenständigen Eindruck. Der würde ihrem Martin die Flausen schon wieder ausreden und ihn beruhigen. Außerdem freute sie sich auf ein Wiedersehen mit den Küblers.

Zu seiner eigenen Verwunderung hatte Martin die zweite Nacht auf der Luftmatratze ohne größere Probleme überstanden. Wobei bequem noch immer etwas anderes war und er sich daher schnellstens nach einer anderen Bleibe umsehen musste.

Nach dem Aufstehen war er, wie bereits am Vortag, zum Ententeich gegangen, um eine Runde zu schwimmen. Anschließend hatten er und Lumpi einen Kontrollgang über den noch schlafenden Platz gemacht. Sie hatten am Streichelzoo nach dem Rechten gesehen und waren dann an den Wohnwagen vorbei über den Kiesweg bis zur Schranke gegangen, um den Parkplatz davor zu inspizieren, auf dem sich allerdings kein Fahrzeug befand. Weder Werner noch Trixi oder E.T. schienen ein Auto zu besitzen.

Direkt vor Billys Wohnwagen parkte ein Mofa, welches Martin aber noch nie in Betrieb gesehen hatte. Von Werner wusste er, dass dieser ein dreirädriges Lastenfahrrad sein Eigen nannte. Vermutlich klapperte der Rentner mit dem Vehikel auf der Suche nach leeren Flaschen die Papierkörbe der Umgebung ab.

Gestern am Abend hatte Martin zum ersten Mal den Außerirdischen getroffen. Martin hatte sich vor dem Zubettgehen nur noch eben die Zähne putzen wollen, als der hünenhafte Kerl plötzlich an dem Waschbecken neben ihm aufgetaucht war.

Wie der Mann vom Mond oder einem anderen Stern hatte der allerdings nicht ausgesehen. Nein, der etwas kränklich wirkende, blasse Mann um die vierzig hatte ihn freundlich gegrüßt, sich kurz vorgestellt und war dann in einer der Duschkabinen verschwunden.

Überhaupt schienen die Bewohner allesamt Langschläfer zu sein. Abends brannte bis in die Nacht Licht in den

Campingwagen, und bis in den späteren Vormittag hinein wirkte der Platz dann wie ausgestorben.

Auf dem Rückweg zum Kiosk blieb Martin kurz vor dem Camper mit dem Fahnenmast stehen und sah hinauf. Laut Trixi bewohnten diese Leute den Wagen nur am Wochenende. Martin drehte sich einmal um die eigene Achse und blickte sich dabei um. Es war tatsächlich niemand zu sehen. Eine günstige Gelegenheit, um etwas zu erledigen, das ihm schon von Anfang an übel aufgestoßen war. Entschlossen ging er zu dem Fahnenmast, knotete das Seil los, ließ die Bayern-Flagge herunter und knuddelte sie zusammen. Es gab Dinge, die konnte man als echter Kölscher Jung nicht tolerieren.

Das gestrige Telefonat mit seinem Freund Martin von Schlechtinger hatte Polizeihauptmeister Onno Feddersen keine Ruhe gelassen. Nein, er war sogar in der Nacht aufgewacht und hatte darüber nachgedacht, ob es nicht ein Fehler gewesen war, dass er Martins Bedenken einfach so abgetan und ihm keinen Glauben geschenkt hatte.

„Moin Onno", grüßte die Kollegin Lotta Dönges, als sie die Langeooger Polizeiwache an diesem Morgen betrat.

„Moin moin Lotta“, brummelte er zurück und war dann wieder in Gedanken bei Martin.

Nein, Onno musste etwas unternehmen. Er griff entschlossen zum Telefon und wählte die Nummer von Kriminalhauptkommissar Willi Bogner in Wittmund. Wenn jemand weiterhelfen konnte, dann war das Willi.

„Moin Onno, das ist ja mal ein Überraschung. Ist jemand bei euch drüben gestorben?“, erkundigte sich der Kriminale und lachte.

Da war aber einer supergut gelaunt, kam es Onno in den Sinn.

„Willi, über den Tod macht man keine Späße“, rügte er den alten Freund. „Und nein, bei uns hier ist niemand gestorben. Aber bei euch auf dem Festland“, belehrte er Willi Bogner.

„Bei uns? Wer?“, erkundigte der sich.

Onno berichtete ihm von dem gestrigen Telefonat.

„Hm, wenn die Kollegen meinen, es sei ein Unfall gewesen, werden diese dafür sicherlich ihre Gründe gehabt haben“, antwortete Willi, genau das, was auch Onno gestern gedacht hatte.

„Könntest du dir den Fall nicht dennoch einmal ansehen, Martin zuliebe?“, fragte Onno.

Es dauerte einen Moment, bis Willi antwortete.

„Gut. Martin zuliebe werde ich mir das die Tage einmal ansehen. Wobei ich mir aber nicht vorstellen kann, dass unsere Leute da geschlampt hätten“, willigte Willi schließlich ein.

Onno bedankte sich und legte dann auf. Mehr konnte er im Moment auch nicht für Martin tun.

Es hatte keine anderthalb Stunden gedauert, bis Kevin die Überreste des maroden Holzschuppens mit seinem Traktor verladen hatte und der Platz quasi besenrein war.

„Und du bist dir sicher, dass der Hanf hinter der Bude von diesem Billy stammte", erkundigte Kevin sich, als sie nach getaner Arbeit auf der Bank vor dem Kiosk saßen und Kölsch tranken.

„Also direkt zugegeben hat der dat nit. Aber so, wie der geschwätzt und sich benommen hat, besteht da kein Zweifel", bestätigte Martin.

„Ich weiß nicht, Papa. Der Kerl ist zwar ein kleiner Spinner, aber kein Mörder. Der bringt doch nicht den Campingplatzbesitzer um, nur weil dieser seine kleine Hanfplantage entdeckt hat. Dir ist er ja auch nicht gleich an die Gurgel, obwohl du und Annemarie die Pflanzen sogar entsorgt habt", fand Kevin.

„Ja. Aber wat nit is, kann ja noch werden. Nit dat ich heute Abend, wenn ich in mein Bett gehen will, auch in die Luft fliege", wandte Martin ein und musste schlucken.

Nein, dieser Billy war ihm nicht geheuer. Da konnte der noch so einen harmlosen Eindruck auf andere machen. Stille Wasser waren tief und so manch ein lustiger Vogel bekloppter, als man dachte.

„Guck mal da vorne, wenn man vom Teufel spricht", meinte Kevin und deutete mit einem Kopfnicken in Richtung der Wohnwagen. Zwar war der von Billy von hier aus nicht zu sehen, dafür aber der rosa Camper von Trixi.

Vor diesem hüpfte Billy gerade herum wie Rumpelstilzchen und sprach dabei auf die kesse Berlinerin ein. Die beiden schienen zu streiten. Sie schubste ihn weg, als er versuchte, sie an der Schulter zu fassen, worauf er noch zappeliger wurde.

„Gleich fängt er sich eine", lachte Kevin leise.

„Meinst du? Da tät ich jetzt mal gerne Mäuschen spielen tun, wat die zwei da miteinander haben", raunte Martin seinem Junior zu.

„Das kann ich mir schon denken, um was es da geht. Er will was von ihr. Sie will nichts von ihm. Vermutlich weil er keine Kohle hat, um sie dafür zu bezahlen", amüsierte sich Kevin.

Es dauerte eine Weile, bis Martin die Anspielung seines Sohnes verstand.

„Unsinn, Kevin. Dat Trixi is ein anständiges Mädchen. Die tut so wat nit machen. Außerdem hat die einen Freund. Dat hab ich selbst gesehen, wie der die die Tage besucht hat", musste Martin die sympathische Berlinerin nun in Schutz nehmen, obgleich er sich nicht wirklich sicher war, was Trixi betraf.

„Papa, du bist einfach unverbesserlich", lachte Kevin, während Martin beobachtete, wie Trixi Billy eine auf die Wange klatschte und dann wütend in ihrem Camper verschwand.

„Siehst du", meinte sein Sohn.

„Jo, dat heißt aber noch lang nit, dat die Trixi … na du weißt schon wat machen tut", erwiderte er.

Schweigend saßen sie dann eine Weile da. In Martins Kopf rasten die Gedanken. Das, was Kevin da behauptete, war für ihn so abwegig. Nein, das konnte einfach nicht sein. Am Montag hatte er diesen älteren Typen mit dem Motorrad in ihrem Wohnwagen verschwinden sehen. Wer gestern am Nachmittag bei ihr gewesen war, hatte er nicht sehen können. Doch was er gehört hatte, reichte aus, um zu wissen, dass die beiden in dem Camper nicht nur Kaffee getrunken und nett geplaudert hatten.

Noch immer ruhte Martins Blick auf dem rosa Camper. Billy the Kid war mittlerweile verschwunden.

„Weißt du was, Papa. Ich geh mal hin und frag sie", hörte er Kevin sagen.

„Wie … Wat willst du die denn fragen tun?", erschrak Martin, da er so eine Ahnung hatte, um was es gehen würde.

„Ich frag sie einfach mal, was eine schnelle Nummer bei ihr kostet und ob sie jetzt Zeit hat oder ob ich später wiederkommen soll", lachte er und erhob sich.

„Nä! Kevin, dat machst du nit", wandte er ein, doch Kevin marschierte bereits schnurgerade auf Trixis Wohnwagen zu. Der würde doch jetzt nicht wirklich ...? Martin traute sich nicht, den Gedanken zu Ende zu denken.

Er sprang auf und überlegte hinterherzulaufen, blieb allerdings wie angewachsen stehen. Fassungslos sah er zu, wie Kevin an den rosa Campingwagen klopfte, bei dem sich Sekunden später der obere Teil der Türe öffnete.

Die beiden sprachen miteinander. Dann klappte auch der untere Teile der Türe nach außen. Kevin schien nun irgendetwas in seinen Taschen zu suchen. Martin wollte nicht hoffen, dass sein Junior gerade nach Geld suchte. Der würde doch jetzt wohl nicht wirklich mit ihr in dem Wagen verschwinden? Nein, da hätte Martin dann aber noch ein Wörtchen mitzureden. So etwas konnte und wollte er nicht dulden.

Paulina Tiersen parkte den alten Ford Capri von Kevins Papa auf dem Parkplatz vor der Schranke und hob den Frühstückskorb von der Rückbank.

„Nimmst du bitte noch die Box mit den Putzmitteln vom Rücksitz“, wies sie ihre Praktikantin Mika Grethmann an, die es sich nicht hatte nehmen lassen, sie heute zum Campingplatz zu begleiten.

Mika war zweiundzwanzig, studierte Agrarwissenschaften und half bereits seit zwei Monaten mit ihrer Lebensgefährtin Jessica auf dem Hof aus. Während Jessica sich gemeinsam mit Paulinas Mama heute um den Bioladen auf dem Hof kümmerte, hatte sich Mika bereit erklärt, mit Paulina zum Campingplatz zu fahren, um dort Martin und Kevin zu helfen.

Mika und Jessica waren derzeit ein wahrer Segen für den Hof. Die jungen Frauen hatten sich im Hörsaal der Uni kennengelernt und waren seitdem unzertrennlich. Paulina hatte kein Problem damit, dass die beiden eine gleichgeschlechtige Partnerschaft führten. Nein, jeder, wie er es mochte.

Im Gegenteil, sie fand es sogar gut, dass die zwei sich nichts aus Männern machten. Weil gleich zwei hübsche junge Frauen auf dem Hof, die tagein, tagaus um ihren Kevin herumschwirrten und diesem schöne Augen machten. Nein, so etwas konnte sie gar nicht gebrauchen. So, wie es war, bestand wenigstens keine Gefahr, dass da mal etwas aus dem Ruder lief.

Es war nicht so, dass sie Kevin nicht traute. Nein, Paulina glaubte schon zu wissen, dass ihr Liebster eine treue Seele war. Das Problem lag da eher bei ihr. Paulina hatte ein arges Problem mit Eifersucht. Seit ihr erster Freund sie damals mit ihrer besten Freundin betrogen hatte, reagierte sie gelegentlich etwas über.

„Ist schön hier“, fand Mika, während sie beide zwischen den Wohnwagen hindurch in Richtung Kiosk gingen.

Als der pinke Wohnwagen der Berlinerin in Sichtweite kam, bremste Paulina abrupt ab.

„So ein Mistkerl“, fauchte sie bei dem Anblick, der sich ihr dort gerade bot.

Sie knallte den Picknickkorb auf den Boden und stapfte wütend zu Kevin, der sich just in diesem Moment zu ihr umdrehte.

Als Martin Paulina entdeckte, war es bereits zu spät einzuschreiten. Wie eine Furie ging seine zukünftige Schwiegertochter zuerst auf seinen Junior und dann auf Trixi los.

Lumpi, die es überhaupt nicht abkonnte, wenn Menschen sich stritten, preschte los und ging kläffend dazwischen. Laut bellend trieb sie die Kontrahentinnen auseinander. Als Martin den Ort des Geschehens erreichte, war der Streit schon geschlichtet. Wobei geschlichtet jetzt nicht die richtige Umschreibung war. Es handelte sich eher um eine Art Rückzug vom Schlachtfeld, bei der beide Seiten das Weite suchten. Paulina rannte in Richtung des Parkplatzes, und Trixi floh in die andere Richtung.

„Kevin, du Deppes. Jetzt lauf du dem Paulina gefälligst hinterher und tu die Sache erklären tun, du Dollkopp", wies er seinen Sohn an, der wie gelähmt dastand.

Nachdem Kevin sich endlich in Bewegung gesetzt hatte, sah Martin sich suchend nach Trixi um. Erst jetzt entdeckte er das andere Mädchen, das mit einer roten Plastikbox auf dem Kiesweg stand und ihn anstarrte. Martin hatte keine Ahnung, was die hier wollte. Für neue Bekanntschaften hatte er auch gerade überhaupt keine Zeit.

„Moin Fräulein, ich muss mich erst mal um dat Fräulein Trixi kümmern tun. Ich bin gleich für Sie da. Am besten nehmen Sie hier einfach Platz und tun kurz warten", beschied er sie daher und deutete auf den Campingtisch mit den Stühlen, auf denen er an seinem ersten Tag auf dem Platz ebenfalls schon gesessen und Kaffee getrunken hatte.

Dann eilte er gemeinsam mit Lumpi davon. Er hatte so eine Ahnung, wo er Trixi finden würde.

Als er den Streichelzoo erreichte, entdeckte er sie in dem Gatter bei Rudi. Ja, dieser Esel schien es der Berlinerin angetan zu haben. Wie beim letzten Mal, als Martin sie hier fand, weinte sie.

Mühselig kletterte er über den Holzzaun und ging zu ihr.

„Dat Leben is schon manchmal richtig scheiße", glaubte er die derzeitige Situation ziemlich gut einzuschätzen.

„Pah. Was weißt du schon?", erwiderte sie patzig, schniefte und kraulte dabei das Grauohr.

Martin trat zu ihr und strich dem Esel über die Nase.

„Glaub mir, der Onkel Maddin, der weiß, wie dat is, wenn man ganz unten is und nix mi hät außer dem, wat man am Leibe trägt. Der kennt dat Gefühl, wenn man sich selbst am Ende für einen Appel und ein Ei verkaufen muss", erzählte er über die Zeit in seinem Leben, über die er nicht gerne sprach. Damals hatte er tatsächlich nichts gehabt und wäre bereit gewesen, alles zu tun, um wieder auf die Beine zu kommen.

Trixi sah ihn stirnrunzelnd an.

„Weißt du, Trixi, ich hatte mal eine richtig gut laufende Firma und eine Familie. Und eines Tages, da war alles weg. Firma, Haus, Frau, Geld und die Kinder. Wirklich alles futsch bis auf meinen alten Ford. Den wollte meine Ex nit. Ich hab dann in dem Auto sogar gewohnt", erklärte er.

„Aber du musstest dich doch nicht verkaufen", schluchzte sie.

„Doch, musste ich. Der Toni, ein Jugendfreund von mir, der hät mir damals tausend Euro geboten, wenn ich wat mit einer verwitweten Frau anfangen tu. Dat ging damals um ein Millionengeschäft. Der Sauhund wollte die arme Frau mit meiner Hilfe über den Tisch ziehen tun", schimpfte Martin. Noch immer kam ihm die Galle hoch, wenn er an die Geschehnisse von damals dachte.

„Und hast du gemacht, was der Typ wollte?", war Trixi nun neugierig und wischte sich die Tränen mit dem Handrücken von der Wange.

Martin wackelte mit dem Kopf hin und her.

„Na ja. Ich han die Kohle schon genommen und dann sogar versucht, die arme Frau einzuwickeln", gestand er.

„Und dann?", wollte sie wissen.

„Dann han ich mich total in die verknallt. Ich han ihr gestanden, wat Sache is, und sie hät mir in ihrer Wut eine Kugel aus ihrem Revolver verpasst", gab er zu.

Trixis verweinte Augen weiteten sich.

„Sie hat auf dich geschossen?", stieß sie entsetzt aus.

Martin winkte ab.

„Kleine Fleischwunde am Speckgürtel. Hät zwar wehgetan, war aber am End nit so schlimm, wie dat zuerst ausgesehen hat", tat er ab.

„Und was ist aus ihr geworden? Haben die Bullen sie verknackt?", fragte Trixi.

„Nä, die hat mir Arbeit in ihrer Firma gegeben und mich am End sogar geheiratet", gab er grinsend zu und deutete auf den Ehering, den er an einer Kette um den Hals trug, da er Angst hatte, ihn bei der Arbeit zu verlieren oder zu beschädigen.

Dann wurde er sofort wieder ernst.

„So, Trixi, jetzt weißt du schon mehr über mich als ich von dir. Jetzt bist du an der Reihe mit Verzählen. Und et wird nit gelogen, mein liebes Fräulein", ermahnte er sie.

Trixi blickte ihn erstaunt an, wurde rot im Gesicht und sah dann beschämt zum Boden.

„Mädchen. Et is keiner hier außer uns zwei, dem Rudi und dem Lumpi. Und wat mir hier schwätzen tun, dat bleibt unter uns", flüsterte er.

Trixi nickte zögerlich und begann dann zu erzählen. Ihre Geschichte war eine ganz andere als die von Martin, aber nicht minder dramatisch. Nein, mehr als einmal klappte Martins Kinnlade bei ihren Erzählungen herunter. Als sie irgendwann geendet hatte, begann sie wieder zu weinen.

„Trixi, Mädchen, da musst du doch nit weinen tun. Dat kriegen mir alles wieder hin. Dat wär doch gelacht, wenn mir dich nit wieder in die Spur bekommen. Aber als Erstes muss jetzt mit den Kerls Schluss sein. Dat geht ja gar nit", fand Martin.

„Und wovon soll ick essen und wohnen? Ick hab sonst keene Möglichkeit, an Kohle zu kommen. Keine Sau gibt mir ohne Papiere einen Job", jammerte sie.

„Doch. Der Onkel Martin, der gibt dir Arbeit. Ab morgen schaffst du bei mir im Kiosk", beschloss er.

„Im Kiosk?", fragte sie.

„Jepp. Vollzeit zum Tariflohn. Als meine rechte Hand. Mir zwei krempeln den Laden hier komplett um und machen hier einen richtig hübschen Campingplatz draus", beschloss er.

„Aber wie willst du mich einstellen? Ick hab doch noch nücht mal ene Steuernummer", wandte sie ein.

„Mädchen, da kümmern mir uns drum. Sujet regelt dat Frau Annemarie mit links“, antwortete er und war sich gerade gar nicht so sicher, ob Annemarie dies wirklich tun oder ob sie eher ihm den Kopf abreißen würde. Vermutlich beides.

Kapitel 7

Donnerstag, 22. Juni 2023
Frieders Camping achtern Diek

Der Tag heute hatte für Martin eindeutig besser begonnen als die vorherigen. In so einem Wohnwagen schlief es sich doch gleich viel besser als auf der Luftmatratze im Kiosk. Bei seinen gestrigen Recherchen über die Eigner der Camper war Martin auf gleich drei Wohnwagen gestoßen, deren Besitzer diese wohl bereits vor Jahren aufgegeben hatten. Behilflich war ihm dabei Trixi gewesen, die, wie er nun wusste, bereits seit mehr als einem Jahr hier lebte. Das Mädchen kannte sich bestens aus und schien auch nicht auf den Kopf gefallen zu sein. Martin hatte ein gutes Gefühl bei ihr, obgleich er noch nicht genau wusste, wie er ihr helfen konnte, ihr Leben wieder in die richtigen Bahnen zu lenken. Der erste Schritt, ihr eine Arbeit zu geben, damit sie sich nicht mehr mit fremden Kerlen einlassen musste, war schon mal erledigt. Martin war froh, dass das Mädchen sein Jobangebot angenommen und ihm geschworen hatte, dass mit dem Anschaffen ein für alle Mal Schluss sei. Und ja, er glaubte ihr, dass sie es ernst meinte. Dumm war, dass sie keinerlei Papiere besaß und er sie vorerst schwarz und somit in höchstem Maße illegal einstellen musste. Wenn Annemarie davon erfuhr, würde sie ihn in der Luft zerreißen. Die Männer hatte Trixi über eine Art Dating-Portal im Internet kennengelernt. Ihre Seite dort hatte sie gestern im Beisein Martins gelöscht. Das Mobiltelefon, über welches die Herren sie kontaktierten, war abgeschaltet und das Herz aus Pappe an dem Camper entfernt. So weit, so gut.

„Die drei Wagen solltest du instand setzen und an Touristen vermieten, die keinen eigenen Camper besitzen", hatte Kevin vorgeschlagen, nachdem dieser sich wieder mit Paulina vertragen hatte.

Der dumme Kerl wollte, wie Martin es bereits vermutet hatte, Trixi nur auf die Probe stellen, um seine These zu beweisen. Martin mochte solche Hinterhältigkeit nicht und hatte Kevin dementsprechend seine Meinung gegeigt und ihn aufgefordert, sich sofort bei Trixi zu entschuldigen. Was er dann auch getan hatte.

Trixi, die dem Frieden dennoch nicht traute, machte sowohl um Kevin als auch um die beiden anderen jungen Damen einen weiten Bogen. Überhaupt schien sie es Kevin krummzunehmen, dass dieser sie nur so zum Schein angesprochen und einen Preis für ein Schäferstündchen ausgehandelt hatte. Anschließend hatte er dann so getan, als habe er kein Geld dabei. An diesem Punkt war die üble Vorstellung dann von Paulina unterbrochen worden.

Paulina und Mika die Praktikantin, die Martin anfangs gar nicht als solch eine erkannte, hatten einen der der drei alten Wagen ordentlich gereinigt und für Martin hergerichtet. Der Camper roch nach der gründlichen Behandlung sogar recht frisch und auch gar nicht mehr so muffig wie zuvor. Ja, so ließ es sich aushalten.

Wie an den beiden Vortagen war er auch heute direkt nach dem Aufstehen zum Strand am Ententümpel gegangen, um zu baden. Als er um acht Uhr zurück zum Kiosk watschelte, um diesen aufzuschließen, entdeckte er auf halbem Weg auf dem Parkplatz vor der Schranke einen silbergrauen Opel Combi, aus dem ein Herr ausstieg. Dass der nicht zum Campen kam, sah er auf den ersten Blick. Der war eindeutig bei einer Behörde oder einem Amt beschäftigt. Bürokraten und Beamte erkannte Martin sofort, wenn er einen von ihnen vor sich hatte.

„Moin, Martin von Schlechtinger mein Name. Kann ich Ihnen helfen tun?", erkundigte er sich und trat dem Herrn entgegen.

„Ich hätte gerne den Platzwart gesprochen", meinte der, ohne sich vorzustellen. Was Martin als sehr unhöflich empfand. Anstand besaß der Kerl schon mal nicht.

„Dat bin ich. Dürfte ich dann jetzt mal erfahren, wer Sie sind und wat Sie von mir wollen?", antwortete er nun ebenfalls etwas gereizt. Wenn der es nicht nötig hatte, freundlich zu sein, musste Martin es ebenfalls nicht. Typen wie dieser Herr brachten ihn, der er eigentlich die Ruhe in Person war, mächtig auf die Palme. Leute, die nur zur Aufgabe hatten, andere von der Arbeit abzuhalten und zu schikanieren, und selbst nichts zum Wohl der Gesellschaft beibrachten, waren ihm ein Dorn im Auge.

„Willibald Kleinlich, Ordnungsamt. Es gab einen Hinweis auf Ungezieferbefall in Ihren sanitären Anlagen. Dem müssen wir natürlich nachgehen", kam der Kerl nun zur Sache.

Martin glaubte sich verhört zu haben. Zum einen wegen des Namens und zum anderen wegen des Anliegens des Herren.

„Wer tut dann sujet sagen tun?", bellte er den Ordnungshüter an.

„Das kann ich Ihnen leider nicht sagen. Der Hinweisgeber möchte nicht genannt werden", erwiderte Willibald Kleinlich, öffnete seine Aktenmappe, entnahm einige Fotos und reichte sie Martin.

„Dat is ja ekelig", verzog er beim Anblick der Kakerlaken das Gesicht.

„Ist das alles, was Sie dazu zu sagen haben?", fragte Kleinlich.

„Jo! Wat soll ich da sonst zu sagen tun. Hier bei uns gibt dat sujet Viehzeug nit", antwortete er.

„Dann würde ich mir das Corpus Delicti gerne einmal anschauen und mich davon selbst überzeugen. Sollten sich die Fotos bewahrheiten, müssten wir Ihren Platz nämlich mit sofortiger Wirkung schließen."

„Mir han hier nix zu verbergen", meinte Martin und marschierte vor dem Beamten her zu den Sanitärräumen.

Zugegeben, er war wahrlich froh, dass er gemeinsam mit Trixi, Paulina, Kevin und der netten Praktikantin, deren Namen er schon wieder vergessen hatte, gestern bis in den späten Abend alles aufs Ordentlichste gewienert hatte.

Natürlich hatten auch sie keinen Wellnesstempel aus dem schmuddeligen Loch zaubern können. Doch zumindest war nun alles sauber.

Martin stieß die Tür zum Herrenbereich auf und bat den Beamten vorzugehen. Noch immer duftete es angenehm nach dem Reiniger, den Paulina mitgebracht hatte. Herr Kleinlich schaute in jede Ecke. Was er dort nicht sah, schien ihm nicht zu gefallen. Der Kerl war hier, um unbedingt etwas finden zu wollen. Sicherlich würde der sich gleich vor lauter Frust, weil es hier keine Viecher gab, an irgendeiner Kleinigkeit festbeißen. Martin kannte wie gesagt Typen wie diesen Herrn Kleinlich. Die fanden immer ein Haar in der Suppe.

In Martins Kopf arbeitete es indes wieder auf Hochtouren. Wer hatte dem Amt bloß diese Bilder geschickt? Dass die Fotos hier in den Duschen aufgenommen worden waren, war eindeutig. Er hatte die hässlichen grünen Fliesen aus den Siebzigern oder Achtzigern des letzten Jahrhunderts sofort erkannt. Die kleinen Käfer auf den Bildern waren ihm hier jedoch noch nicht begegnet. Der Dreck, der auf den Bildern zu sehen war, hingegen sehr wohl. Wobei der gestern restlos ihrer Putzorgie zum Opfer gefallen war.

„Hm“, meinte Kleinlich missmutig und ging an Martin vorbei nach draußen, wo er direkt die Türe zum Damenbereich aufstieß, den er ohne anzuklopfen betrat. Der Mann hatte tatsächlich keinerlei Manieren. Dabei war doch vorhin deutlich das Prasseln der Dusche von drinnen zu hören gewesen. Irgendeine Dame hatte da bis vor wenigen Sekunden noch geduscht. Da es derzeit nur eine Frau auf dem Platz gab, konnte Martin sich auch denken, um wen es sich handelte.

Ein Schrei ließ Martin zusammenfahren. Hastig eilte er Kleinlich hinterher und bekam gerade noch mit, wie eine splitterfasernackte und klatschnasse Trixi ausholte und dem Anzugträger eine Ohrfeige gab, dass es nur so klatschte.

Anstatt das Weite zu suchen, schien Kleinlich allerdings so überrascht zu sein, dass er einfach wie angewachsen stehen blieb und Trixi anglotzte, als käme die vom Mond. Ein Fehler, den sie mit einem schwungvollen Tritt in die Weichteile des Mannes und den Worten „Du verdammter Spanner" quittierte.

Kleinlich sank in die Knie. Martin trat einen Schritt vor, packte ihn unter den Armen und zog ihn hastig hinaus, während Trixi hinter ihnen her schimpfte und fluchte, als gäbe es kein Morgen mehr.

„Na, dat han Sie ja jetzt super hinbekommen", zischte Martin, als er den Herrn Kleinlich ins Freie manövriert hatte, wo er auf den Boden sank und sich die Hände auf sein bestes Stück presste.

„Dafür wird dieses Luder bezahlen. Haben Sie das gesehen? Dieses Flittchen hat mich angegriffen. Das wird Konsequenzen haben", fühlte Kleinlich sich scheinbar auch noch im Recht.

„Juter Mann, jetzt beruhigen Sie sich erst einmal", versuchte Martin zu deeskalieren.

„Nein. Ich beruhige mich nicht. Ich als Amtsperson verdiene Respekt. Das gibt eine Anzeige, die sich gewaschen hat", presste Kleinlich hervor und trippelte gebeugt zu der Bank vor dem Kiosk, während Lumpi ein Mordsspektakel veranstaltete.

„Eine Anzeige?", wiederholte Martin erstaunt. Da er es kaum fassen konnte, wie verblendet dieser Herr war.

Kleinlich nickte und presste die Zähne aufeinander. „So eine Attacke auf eine Amtsperson werde ich nicht durchgehen lassen", knirschte er.

„Jo. Wenn Sie dat meinen tun, dann ruf ich am besten gleich bei der Polizei an, damit die vorbeikommen tun und dat aufnehmen. Sexuelle Nötigung eines jungen Mädchens durch eine Amtsperson, dat is ja tatsächlich kein Pappenstiel. Dat kann man nit einfach durchgehen lassen tun. Gerade wo Sie doch su eine überkorrekte Amtsperson sind", erwiderte Martin und zog sein Handy aus der Latztasche.

„Wie jetzt?", bellte Kleinlich, dessen Schmerzen wohl schon nachließen.

„Tut mir leid, juter Mann. Ich kann der Polizei nur sagen tun, wat ich gesehen hab. Sie sind einfach da reinmarschiert und wollten der jungen Frau an die nit vorhandene Wäsche", meinte Martin und tat, als würde er telefonieren.

„Moment, Moment. Ich bin hier der Geschädigte", schrie Kleinlich, dessen Gesicht nun die Farbe des feuerroten hässlichen Entleins annahm, das unweit im Schatten unter den Bäumen parkte.

„Die einen sagen su … die anderen su. Stellt sich nur die Frage, wem die Polizei mehr glauben tut. Ihnen oder dem Mädchen und mir. Zwei gegen einen", meinte Martin und fügte dann an: „Vielleicht sollte ich auch meinen Kumpel Krischan von der Zeitung anrufen tun. Die Öffentlichkeit will über sujet ja gerne informiert werden. Immerhin werden unsere Beamten ja von uns allen bezahlt. Da können mir so ein unsittliches Verhalten nit durchgehen lassen“, sinnierte Martin jetzt einfach mal weiter.

„Sie legen sofort auf“, bellte Kleinlich und erhob sich von der Bank.

„Jo. Su machen wir dat. Ich leg auf, und du Vogel tust sehen, dat du Land gewinnen tust. Aber Hoppigaloppi. Und wenn ich hören tu, dat du hier weiter die Leute schikanierst, dann häst du aber Aschermittwoch, ming Fründ. Und zwar schwarz auf weiß in jedem Käsblatt bis Oberammergau und in Farbe im Fernseher. Und jetzt ab dafür“, erwiderte Martin und deutete auf den Weg, der zum Parkplatz führte.

Nachdem der Herr vom Amt zornig das Feld und den Campingplatz geräumt hatte, ließ Martin sich auf die Bank vor dem Kiosk sinken und stopfte erst einmal seine Pfeife. So eine Aufregung am frühen Morgen war überhaupt nicht gut für sein Herz. Außerdem hatte er noch nichts gefrühstückt. Da stießen ihm Leute wie dieser Kleinlich gleich doppelt auf.

„Ist er weg?“, erkundigte sich Trixi irgendwann.

Martin fuhr herum und blickte zu der Berlinerin, die mit nassen Haaren und einer Umhängetasche aus dem Sanitärbereich trat.

„Jo, der ist weg“, bestätigte Martin, rückte ein wenig beiseite und klopfte auf den frei gewordenen Platz neben sich.

„Fuck, hab ick mir erschrocken, als der auf einmal vor mir stand. Meinst du, det gibt jetzt Ärger?“, stöhnte das Mädchen.

„Quatsch, wenn hier einer Ärger bekommt, dann der Onkel vom Amt", antwortete Martin und erzählte Trixi, was der Kerl gewollt hatte und von seiner Drohung mit Polizei und Presse.

„Eh, das geht aber nücht, dass ick in die Zeitung komm. Nachher erkennt mich noch wer", erschrak Trixi.

„Da tu dir mal keine Sorgen machen. Ich kenn in Wahrheit auch gar keinen bei der Zeitung. Mein Kumpel Krischan is nämlich kein Reporter, sondern Kapitän von einem Ausflugskutter. Hauptsache, dieser Herr Kleinlich hät geglaubt, dass ich da jemanden kennen tu."

„Vielleicht war es gar nicht so übel, dass ich ihm einen verpasst hab", meinte Trixi nach einer Weile.

„Jep. Auf alle Fälle hat der dat verdient", fand auch Martin.

„Und was machen wir jetzt, Chef?", fragte sie.

„Jetzt wird erst mal gefrühstückt, und anschließend kümmern wir uns um dat Kiosk. Alles Essbare, wat abgelaufen is, kommt in den Müll. Anschließend machen wir eine Liste, wat fehlen tut, und fahren einkaufen", ließ Martin sie an seinen Gedanken teilhaben.

„Du hast was?", fragte Annemarie Hansen entsetzt, als Martin ihr am späten Nachmittag über die Fortschritte auf dem Campingplatz berichtete.

„Ich hab eingekauft und dat Kiosk wieder mit dem Nötigsten bestückt, wat man so auf einem Campingplatz braucht“, wiederholte Martin sich.

„Das meine ich nicht. Dass du einkaufen warst, ist ja auch in Ordnung. Ich meine diese andere Sache. Die mit der neuen Angestellten. Du kannst doch nicht einfach so Personal einstellen, ohne das mit mir abzustimmen“, schimpfte sie.

„Wieso dat dann nit? Du häst doch gesagt, ich wär der Chef auf dem Platz. Außerdem kann ich nit gleichzeitig renovieren tun, Rasen mähen und mich auch noch um die Gäste und den Kiosk kümmern tun. Dat is für einen Mann viel zu viel“, erwiderte Martin patzig.

„Ja, Martin, das versteh ich. Deshalb hab ich ja auch die Brüder Jakup und Mojciech Wójcik angerufen, damit sie dir helfen. Du kannst doch nicht einfach so eine dir vollkommen unbekannte junge Frau von der Straße einstellen“, schaltete sie einen Gang zurück, bevor das Gespräch noch im Streit endete. Damit war niemandem geholfen.

„Annemariechen. Ich hatte zwanzig Jahre ene jut laufenden Betrieb. Mir han jede Menge junge Leute ausgebildet. Meine Lehrlinge, dat waren alles liebe und fleißige Jungen. Die meisten waren Innungsbeste in ihrem Jahrgang. Denkst du nit, dat ich in der Lage bin zu beurteilen, ob dat Mädchen wat taugt oder nit“, wandte Martin ein und klang nun schon sehr gereizt.

Annemarie dachte kurz nach. Vielleicht hatte Martin recht. Auf diesem Gebiet besaß er vermutlich mehr Erfahrung als sie. Im Gegensatz zu ihm hatte sie noch nie jemanden ausgebildet. Die einzigen Mitarbeiter, mit denen sie regelmäßig zu tun hatte, waren Saisonkräfte, die die Ferienwohnungen reinigten. Sollte Martin sich irren und das Mädchen nichts taugen, konnten sie diese Trixi später ja wieder an die frische Luft setzen. Für so etwas gab es ja eine Probezeit. Überhaupt wäre diese Anstellung ja eh nur auf Zeit, da sie nicht gedachte, den Platz auf Dauer weiter zu betreiben. Sobald sich ein Pächter fand, würde sie an diesen übergeben. Der wäre dann auch für die Angestellten zuständig.

„Gut, Martin, dann bräuchte ich sämtliche Unterlagen von ihr, um sie ordentlich anzumelden. Ich denke, dass ich am nächsten Dienstag für drei Tage rüberkommen kann, um dir zu helfen", gab sie also klein bei, verabschiedete sich von ihm und legte dann auf.

„Papa hat jemanden eingestellt?", erkundigte sich Gina Marie und sah dabei skeptisch um ihren Monitor herum.

„Ja, eine arbeitslose zwanzigjährige Frau namens Trixi, die in einem heruntergekommenen Wohnwagen auf dem Platz lebt", seufzte Annemarie.

„Ohhh. Von der hat Kevin mir gestern am Abend am Telefon erzählt. Wegen dieser Trixi ist Paulina nämlich total ausgeflippt", war Gina Marie zu Annemaries Verwunderung wieder bestens informiert. Wie es schien, funktionierte der Buschfunk innerhalb der Familie von Schlechtinger hervorragend.

„Was hat Kevin denn sonst noch so über sie erzählt?", war Annemarie nun neugierig. Sie selbst hatte die junge Frau bei ihrem Besuch am Dienstag nur einmal ganz kurz gesehen, aber nicht mit ihr gesprochen. Auf den ersten Blick ein recht adrettes Mädchen.

„Kevin ist sich sicher, dass diese Trixi anschaffen geht", meinte Gina Marie.

„Was meinst du mit anschaffen?", hakte Annemarie nach. Zwar kannte sie den Begriff, wollte aber gerade nicht glauben, dass Gina Marie damit das meinte, was Annemarie durch den Kopf ging.

„Sie prostituiert sich", bestätigte Gina Marie Annemaries übelste Befürchtungen.

„Nein", entfuhr es ihr.

„Doch. Kevin ist zu ihr hin und hat getan, als wolle er mit ihr ins Geschäft kommen. Dummerweise kam in dem Moment Paulina vorbei und hat es mitbekommen. Die ist dann erst Kevin und dann dieser Trixi an die Gurgel. Zum Glück sind aber Papa und Lumpi dazwischengegangen", kicherte Gina Marie, die das Ganze auch noch zu amüsieren schien.

Annemarie sah sie mit offenem Mund an. Das wurde ja immer besser. Sodom und Gomorrha in Ostfriesland!

„Sag mal, Gina Marie … meinst du, du kämest morgen noch einmal einen Tag ohne mich aus?", erkundigte sie sich bei ihrer Stieftochter.

„Klar, Annemarie, wegen mir kannst du morgen wieder rüber. Ich bekäme das auch am Wochenende hin. Wegen mir bleib drüben, solange du magst, und kümmere dich um Papa, damit der nicht noch mehr Unsinn anstellt", antwortete die gute Seele ihrer Ferienhausvermietung.

„Gut, Liebes. Ich denke, wenn ich mich spute, erwische ich noch die letzte Fähre aufs Festland", beschloss sie und fuhr ihren Computer herunter.

Ihr Martin alleine mit so einem leichten Mädchen … nein, da hatte sie kein gutes Gefühl dabei.

Es gab doch nichts Schöneres, als nach einem anstrengenden Arbeitstag am Lagerfeuer zu sitzen, eine Bratwurst vom Bioschwein zu essen und dabei ein kaltes Kölsch zu genießen.

Martin hatte ein gutes Gefühl mit Trixi. Das Mädchen konnte ordentlich anpacken und schien auch immer mehr Vertrauen in ihn zu bekommen. Außerdem machte sie einen hervorragenden Nudelsalat.

Nach und nach erfuhr er immer mehr über die Zwanzigjährige und ihr doch bereits sehr bewegtes Leben. Es schien ihr gutzutun, mit Martin zu reden.

„Sag mal, Trixi, wat war dat denn die Tage mit dem Billy? Warum habt ihr euch eigentlich gezankt?", interessierte es ihn, während er dabei zusah, wie die Sonne hinter dem Horizont verschwand.

„Ach das … das war nix", seufzte sie und verdrehte die Augen.

„Sah aber nit so aus, als ob dat nix wäre", sagte er ruhig und lauschte. War da nicht gerade ein Motorengeräusch gewesen? Kamen da etwa noch irgendwelche Leute?

„Der Billy ist verknallt in mich. Stell dir vor, der hat sogar gefragt, ob ick ihn nicht heiraten wollte“, kicherte sie irgendwie verlegen.

„Aber du bist nit verknallt in ihn?“, schlussfolgerte er jetzt einfach mal.

„Nee, Gott bewahre. Ick fang doch nücht mit so einem Freak an. Keene Haare uff'm Kopp, aba 'n Kamm inner Tasche!“, zischte sie und sah zu dem Wagen von Billy the Kid, in dem immer noch Licht brannte.

„Sag mal. Weißt du, wat der komische Vogel den ganzen Tag in seinem Wagen treiben tut?“, interessierte es Martin nun.

„Er hat mir mal gesagt, er wäre ein berühmter Hacker“, antwortete sie.

„Der is wat?“, wusste Martin nichts mit dem Begriff anzufangen.

„Der macht da irgendwas mit Computern. Der sitzt den ganzen Tag in seinem Camper und kiekt auf seine Bildschirme“, erklärte sie ihm.

„Ach, so einer is dat. Und da kann man von leben tun?“, wunderte sich Martin.

„Ja, angeblich hat er sogar Geld wie Heu“, antwortete sie.

„Und war der auch schon mal Kunde bei dir?“, fragte Martin und ärgerte sich, als er Trixis angewiderten Blick bemerkte, dass er die Frage überhaupt gestellt hatte.

„Wo will denn Lumpi hin?“, meinte Trixi ausweichend und blickte der Hündin hinterher, die aufgesprungen war und bellend in Richtung Schranke davonflitzte.

„Ich glaub, da hat eben ein Auto gedreht", erinnerte Martin sich wieder an das Geräusch. Ein Wagen war gekommen, hatte kurz gehalten und sich dann wieder entfernt.

„Hoffentlich niemand, der unangemeldet zu mir will", erschrak Trixi.

Martin war sich nach all dem, was sie ihm bisher erzählt hatte, ziemlich sicher, dass es der jungen Frau nicht leichtgefallen war, sich mit diesen fremden Männern einzulassen. Nein, Trixi war keine von denen, die es sich einfach gemacht hatten. Ein sicheres Indiz dafür sah Martin in der Tatsache, dass sie jedes Mal, nachdem sie Besuch gehabt hatte, zuerst duschen und dann zum Streichelzoo gelatscht war, um dem Esel Rudi ihr Leid zu klagen. So etwas tat niemand, der Spaß an seiner Arbeit hatte.

Die Kontakte zu den Herren hatte sie, wie gesagt, über eine Seite im Internet geknüpft. Jeden Tag maximal einer. Das hätte ihr ausgereicht, um davon zu leben und sogar ein wenig beiseite zu legen. Augen zu und durch. Hatte sie Martin wortwörtlich gesagt. Von dem Geld, das sie ansparte, wollte sie sich dann neue Papiere besorgen, um anderswo mit einem neuen Namen und einer neuen Identität neu anzufangen. Wobei sie sich dies für Martins Geschmack ziemlich einfach und sehr naiv vorstellte. Gefälschte Papiere waren und blieben gefälschte Papiere. Irgendwann würde es immer wieder auffallen.

„Ich geh mal lieber gucken tun, wer dat so spät noch is", beschloss Martin und hatte sich bereits erhoben, als er im Licht der Dämmerung eine ihm sehr vertraute Person erspähte.

„Annemariechen, wo tust du dann jetzt herkommen?“, stieß er verwundert aus und ging seiner Gattin entgegen.

„Mit mir hast du sicher heute Abend nicht mehr gerechnet“, sagte Annemarie und klang dabei irgendwie merkwürdig schnippisch. Nahm die ihm etwa immer noch krumm, dass er Trixi eingestellt hatte, ohne sie zuvor um Erlaubnis zu fragen? Vermutlich ja.

„Nä, mit dir hät ich heute wirklich nit mehr gerechnet. Aber dat Lumpi und ich, mir freuen uns trotzdem. Je später der Abend, umso hübscher die Gäste“, fiel ihm dazu spontan ein. Ja, Martin freute sich tatsächlich, dass Annemarie ihn zu solch später Stunde noch besuchen kam. Da sie einen Koffer bei sich trug, ging er auch stark davon aus, dass sie zumindest bis morgen bleiben würde. Wobei um diese Zeit bestimmt auch keine Fähre mehr zur Insel fuhr.

„Stör ich euch beide irgendwo bei?“, erkundigte sie sich mehr an Trixi gewandt als an ihn.

„Nä, tust du nit. Mir waren gerade am Grillwurst und Nudelsalat essen und dabei ein Feierabendbier zu trinken“, antwortete Martin und schob Annemarie zu einem der Stühle.

„Trixi, darf ich dir vorstellen. Dat is meine Frau Annemarie. Annemarie, dat is dat Trixi“, stellte er die beiden einander vor.

„Guten Abend, Frau Hansen. Möchten Sie auch ein Bier, oder soll ich Ihnen etwas anderes holen?“, fragte Trixi und war schon auf den Beinen.

„Ja gerne, ich nehme heute auch mal ein Bier“, meinte Annemarie, und Trixi setzte sich in Bewegung in Richtung Kiosk.

„Das ist also unsere neue Angestellte", zischte Annemarie, als das Mädchen außer Hörweite war.

„Jo", antwortete Martin. Was sollte er auch sonst sagen.

„Man hört, sie hatte vorher einen sehr kontaktfreudigen Beruf", meinte Annemarie gar nicht nett, und Martin verstand plötzlich, weshalb und warum Annemarie so Hals über Kopf zu ihm gekommen war. Annemarie war eifersüchtig.

„Dat glaub ich jetzt nit. Tust du mir etwa zutrauen, dat ich und dat Trixi ...?", fragte er und traute sich noch nicht einmal, solche Worte in den Mund zu nehmen.

Im Schein der Abendsonne sah er, wie Annemarie errötete.

„Nein, natürlich nicht. Aber wann gedachtest du mir denn davon zu erzählen, dass sie ...", schimpfte sie, brach den Satz aber ab und schielte in Richtung Kiosk, von wo Martin Schritte vernahm.

„Später, Anneschatz. Et is nämlich alles ganz anders, als du denken tust", flüsterte er zurück und musste lächeln. Seine Annemarie war tatsächlich eifersüchtig. Ein Umstand, der ihn herrlich amüsierte. Obwohl er Trixi eigentlich versprochen hatte, ihre Geschichte niemandem weiterzuerzählen, würde er Annemarie später, wenn sie beide allein waren, reinen Wein einschenken müssen. Er hasste es, wenn Menschen, die sich mochten, Geheimnisse voreinander hatten. In einer harmonischen Beziehung wie der ihren durfte es so etwas nicht geben. Außerdem sollte Annemarie ihm ja helfen, Trixis Probleme zu lösen. Wie sollte das gehen, wenn er sie nicht mit ins Boot holte? Trixi würde das bestimmt ebenfalls verstehen.

Kapitel 8

Freitag, 23. Juni 2023
Frieders Camping achtern Diek

„Moin moin, Frau Annemarie“, ließ eine Stimme mit polnischem Akzent Annemarie von ihrer Arbeit im Büro des Kiosks aufhorchen.

„Jakup! Mojciech! Ja, das ist ja eine Überraschung. Mit euch beiden Goldschätzen hatte ich noch gar nicht gerechnet. Wolltet ihr nicht erst am Montag anreisen?“, freute sich Annemarie, als die Brüder Wójcik grinsend am späten Freitagnachmittag den Kiosk des Campingplatzes betraten.

„Baustelle in Hamburg ist schneller gegangen als wir gedacht“, erklärte Mojciech, der ältere der beiden polnischen Handwerker. Im Gegensatz zu seinem um einiges jüngeren Bruder Jakup sprach der etwa vierzigjährige Mojciech zwar gebrochen, aber ansonsten doch ganz passabel Deutsch.

„Habt ihr Hunger? Mögt ihr beiden mit uns zu Abend essen?“, erkundigte sich Annemarie und kam um die Theke herum, um die beiden Jungs jetzt einfach mal freundschaftlich zu umarmen und zu drücken. Eine Geste, mit der sie nicht jeden Handwerker oder Angestellten zu begrüßen pflegte. Nein, wenn sie es sich recht überlegte, tat sie dies für gewöhnlich nie. Die beiden Polen, mit denen sie bereits seit drei Jahren immer wieder zusammenarbeitete, genossen eben Privilegien. Nicht nur, weil die beiden hervorragende Arbeit leisteten, sondern weil sie immerzu nett, freundlich und zuvorkommend waren. Kurzum, Annemarie hatte die beiden Brüder ins Herz geschlossen. Daran, dass die Jungs sie mit Frau Annemarie ansprachen, hatte sie sich mittlerweile auch gewöhnt. Von wem sie das abgekupfert hatten, war ihr schon klar. Außer den beiden nannte nur Martin sie so, wenn er über sie mit anderen sprach.

„Wo ist dicker Chef?“, erkundigte sich Mojciech nun auch prompt und sah sich fragend um.

„Martin ist an unserem Strand und repariert gerade den Badesteg“, beschied Annemarie ihn.

„Ihr habt sogar eigenen Strand?“, war Mojciech erstaunt.

Annemarie winkte ab.

„So nennen wir den Badeplatz am Ententümpel“, lachte sie und schaltete dann wieder in den pragmatischen Modus.

„Ich denke, ich zeige euch beiden erst einmal eure Unterkunft“, erklärte sie und gab ihnen einen Wink, ihr zu folgen. Sie hoffte nun nur, dass der Camper, den sie für die beiden vorgesehen hatte, auch bezugsbereit war. Sicher war sie sich da nicht.

Nach dem Frühstück hatte sie Trixi gebeten, sich im Laufe des Tages um den verlassenen Wagen zu kümmern. Ob sie dies getan hatte oder Martin am Ententeich half, wusste Annemarie nicht. Das Mädchen konnte anpacken und war sich für nichts zu schade. So etwas gefiel Annemarie. Sie war auch froh, dass Trixi sich nebenher um den Streichelzoo kümmerte. Tiere zu versorgen war nicht Annemaries Ding. Trixi hingegen schien es sogar Spaß zu machen.

„Ich hoffe, es ist kein Problem, dass ihr in einem Wohnwagen schlafen müsst?", erkundigte sich Annemarie auf dem Weg über den Platz.

„Nein, kein Problem, Frau Annemarie. Wir haben bestimmt schon schlimmer gewohnt", winkte der große Bauarbeiter ab, während sein Bruder wie immer nur nickte und lächelte. Ob der ein Wort von dem, was sie gerade gesagt hatte, verstand, ging es ihr durch den Kopf. Sicher war sie sich da nicht. Aber seit sie die beiden Brüder kannte, hatte sie noch nicht ein deutsches Wort über Jakups Lippen kommen hören. Wobei der aber auch nicht viel auf Polnisch zu sagen hatte. Der Junge war eben ein ruhiger Vertreter und könnte mit seinen blonden Haaren und der nicht vorhandene Wortgewandtheit glatt als Friese durchgehen.

„So, da wären wir", sagte sie, als sie bei dem Wagen ankamen, dessen Vorzelt weit offen stand. Von drinnen war ein leises Rumpeln und Singen zu hören.

„Wer singt denn da", erkundigte sich Mojciech grinsend.

„Ähm … das ist Trixi, unsere Angestellte. Die sollte den Wagen eigentlich bis Montag sauber machen. Ich hoffe, sie ist bereits so weit fertig, damit ihr euch einrichten könnt", erwiderte Annemarie und trat in das Vorzelt, in dem zwei volle blaue Müllsäcke und ein Eimer mit Putzzeug standen.

„Trixi?“, rief sie die neue Mitarbeiterin, mit der Annemarie tatsächlich sehr zufrieden war. Soweit man dies nach einem Tag überhaupt sagen konnte. Trixis Geschichte, die Martin ihr in der letzten Nacht erzählt hatte, hatte Annemarie sehr nachdenklich und betroffen gemacht. Und ja, sie würden dem Mädchen helfen, wieder auf die Füße zu kommen. Sie wusste zwar noch nicht genau wie, aber einer Annemarie Hansen war bisher noch immer etwas eingefallen. In allen Situationen! Kneifen gab es bei ihr nicht!

„Ja, Frau Hansen“, hörte sie die Stimme des Mädchens, dessen blonder Haarschopf mit den bunten Strähnen Sekunden später aus der offenen Wagentüre lugte.

„Fräulein Trixi, die beiden Handwerker sind überraschend heute schon eingetroffen. Wie weit sind Sie denn mit dem Camper?“, erkundigte sich Annemarie.

„Eigentlich fertig“, erwiderte das Mädchen, stieg aus dem Wagen und warf einen feuchten Putzlappen in einen Wassereimer im Vorzelt.

Annemarie trat an ihr vorbei und lugte um die Ecke in den Wagen. Was sie sah, gefiel ihr. Der Zustand des Campingwagens war im Gegensatz zum heutigen Morgen nun um Welten besser. Sogar die Betten waren frisch bezogen und der muffige Geruch dem nach Fliederduftspray aus der Dose gewichen.

Hinter sich hörte Annemarie, wie Mojciech etwas auf Polnisch sagte und Jakup ihm antwortete. Dann vernahm sie plötzlich eine dritte, weibliche polnische Stimme.

Sie fuhr herum und sah erstaunt zu Trixi, die gerade lächelnd mit dem Älteren der beiden sprach.

„Sie sprechen Polnisch?", fragte Annemarie erstaunt dazwischen.

„Ja … Nee … Nur so ein bisschen. Meine Oma mütterlicherseits kam aus Warschau", beschied Trixi sie und lächelte verlegen.

Es war kurz nach acht an diesem Samstagmorgen als Thomas Kübler den Blinker links setzte und sich zwischen zwei Lastwagen auf der A45 einreihte. Sein Blick fiel auf den Tacho des Bullis, dessen Nadel sich zitternd der neunzig Stundenkilometer näherte.

„Läuft doch super, unser Hühnerstall", fand Alexandra grinsend und schaltete das Radio ein.

Thomas würde dazu nichts sagen. Zumeist war es nämlich so, dass, wenn man den Tag schon vor dem Abend lobte, wieder irgendetwas schieflief. Er würde den Hühnerstall deshalb auch erst loben, wenn sie ihr Ziel erreicht hatten.

„Du solltest den Bulli nicht immer Hühnerstall nennen, wenn er es hören kann. Nachher nimmt er uns das noch übel", hörte er sich selbst den Schwachsinn sagen, den Nina ihm vor ein paar Tagen aufgetischt hatte. Konnte es sein, dass er langsam wunderlich wurde?

Alexandra streichelte über das Armaturenbrett. „Unser lieber Bullibus weiß schon, dass das nur nett gemeint ist", erklärte sie und machte sich nun am Radio zu schaffen.

Aus dem Augenwinkel beobachtete er, wie sie an dem Knopf für die Sendereinstellung drehte, bis klar und deutlich die Stimme von Moderator Steffen Ziegler von Radio Siegen blechern aus dem einzigen Lautsprecher oberhalb des Radios schepperte. Gerade verkündete er, dass es im Sendegebiet Siegen Wittgenstein keinerlei Verkehrsbeeinträchtigungen geben würde.

Dies war zwar im Moment gut, würde Thomas aber über den Tag gesehen nicht weiterhelfen. Dass es hier im Siegerland lief, konnte er selbst sehen, wenn er durch die Windschutzscheibe nach vorne guckte.

Vermutlich ständen sie gleich das erste Mal schon zwischen dem Westhofener und dem Kamener Kreuz. Die Vollsperrung der Autobahn bei Lüdenscheid würde er bereits ab Meinerzhagen umfahren.

Immer wieder sah er kurz zur Seite zu seiner Frau, die nun auf ihrem Handy schrieb. Vermutlich verkündete sie gerade der gesamten Facebook-, Twitter- und Instagram-Welt, dass die Familie Kübler in Urlaub fuhr. Sein Blick erfasste ihre neue Frisur. Auch so eine Sache, an die Mann sich erst gewöhnen musste.

Zugegeben, Thomas war, als er am Dienstag nach Hause kam und er die vermeintlich fremde Frau in der Küche stehen sah, zuerst ein wenig erschrocken gewesen. Doch mittlerweile musste er sich eingestehen, dass ihm der neue Style seiner Gattin doch irgendwie gefiel. Das Platinblond, das er anfänglich frevelhafterweise als grau bezeichnet hatte, stand ihr hervorragend.

Über dem linken Ohr war ihr Schädel rasiert und hatte immer noch etwas von einem Punk. Aber eben sehr modern wie bei einer Geschäftsfrau. Das hatte sein alter Kumpel Markus Büth schon sauber hinbekommen.

„Ist was?“, erkundigte sich Alexandra bei ihm.

„Nein, nein … alles in Ordnung“, erwiderte er und sah wieder nach vorne auf die Straße.

Während aus dem Radiolautsprecher die Band Juli mit Regen und Meer zu hören war, schweiften Thomas' Gedanken zu dem angeblichen Mordfall auf diesem Campingplatz. Was sollte er da bloß ermitteln? Er hatte keine Ahnung, wie er Martin von Schlechtinger so ganz ohne polizeiliche Befugnisse helfen könnte. Er konnte weder Spuren wie Fingerabdrücke oder DNA-Spuren sichern, noch hatte er Zugriff auf irgendwelche Daten von Verdächtigen. Er würde faktisch blind und taub mit gefesselten Händen sein.

Thomas schreckte auf, als es neben ihm plötzlich hupte. Vor Schreck verriss er das Lenkrad und machte einen gehörigen Schlenker in Richtung Seitenstreifen.

„Hey, das sind Ela und Markus“, rief Alexandra begeistert und winkte an Thomas vorbei zum Fahrerfenster hinaus.

„Tatsächlich“, stellte er fest und winkte ebenfalls zurück.

Was für ein merkwürdiger Zufall. Gerade eben hatte er noch an den Friseur gedacht, und jetzt fuhr der plötzlich direkt neben ihm auf der Überholspur. Wo die beiden wohl hinwollten?

Bereits am Freitagnachmittag waren die ersten der Dauercamper auf dem Platz eingeschlagen. Es war nun deutlich mehr Betrieb als an den Wochentagen. Am Abend war Martin noch mit Annemarie eine Runde über den Platz gegangen. Sie hatten sich bei den Neuankömmlingen vorgestellt und waren anschließend noch beim Streichelzoo gewesen um nach dem Rechten zu sehen.

Esel Rudi gefiel Martin überhaupt nicht. Zwar war Martin kein Tierpsychologe, doch er würde wetten, dass Rudi depressiv war. Für so etwas hatte er ein Auge. Hoffentlich fand Kevin bald eine Kameradin für das Grauohr.

Martins Heimweh nach seiner Insel hatte, jetzt wo Annemarie und Lumpi bei ihm waren, merklich nachgelassen. Ja, er betrachtete das Ganze nun als einen Urlaub. Sie würden hier ein paar Tage mit diesen Campern verbringen und dann wieder nach Hause fahren. Andere Menschen taten so etwas ständig.

Er und Annemarie waren bisher noch nie in Urlaub gewesen. Wenn man mal von den wenigen Besuchen in Köln und dem Westerwald absah.

Als er an diesem Samstagmorgen den Kiosk aufschließen wollte, wartete davor schon ein Herr in kurzen Hosen, Badelatschen und einem Hawaii-Hemd. Gesehen hatte er den Mann bisher noch nie. Doch hatte er in Anbetracht der rot-weißen Baseballkappe bereits so eine Ahnung, um wen es sich da handeln könnte. Er sollte recht behalten.

„Nä, guter Mann. Dat hab ich leider nit mitbekommen, dat da jemand Ihre Fahne geklaut hät", log Martin, nachdem der Herr ihm sein Leid geklagt hatte.

„So etwas ist in all den Jahren, seit wir hier auf dem Platz sind, noch nicht vorgekommen", schimpfte der Herr, der sich nicht anhörte, als käme er aus Bayern. Nein, Martin würde wetten, dass der ebenfalls, ähnlich wie der Camper mit den Gartenzwergen, aus dem Ruhrgebiet kam. Vielleicht ein abtrünniger Schalker oder Dortmunder.

„Ja, die Welt ist schlecht. Leute gibt dat heutzutage … unfassbar! Mit so einer Fahne, da kann doch keiner wat mit anfangen tun. Aber wissen Sie wat, juter Mann? Ich besorg Ihnen eine wunderschöne neue Fahne vom 1. FC Köln. Wat halten Sie davon?", testete Martin einmal die Reaktion des Mannes. Der entsetzte Blick des Kerls sprach Bände und gab wieder, was Martin erwartet hatte

„Nein, so etwas kommt mir nicht an den Mast", bellte er, drehte sich um und stapfte davon. Nun gut, jetzt konnte er sich zumindest aber nicht mehr beschweren, dass Martin ihm keine Alternative angeboten hatte.

Als Annemarie an diesem Morgen von ihrer Laufrunde zurückkam, hatte Martin bereits den Kiosk aufgesperrt. Sie ging duschen und deckte dann den Frühstückstisch vor dem Wohnwagen. Dieser Platz, das war ihr nun klar, würde eine Menge Geld verschlingen, bis er Annemaries Ansprüchen genügte. Genau wie bei ihren Ferienwohnungen vertrat sie auch hier die Auffassung, dass es erst in Ordnung war, wenn es ihr gefiel und sie selbst auch hier Urlaub machen würde. Wo sie selbst sich nicht wohlfühlte, da würde sie auch keinem ihrer Gäste einen Aufenthalt zumuten wollen. Wobei der Platz an sich schon ganz in Ordnung war. An und für sich ein wunderschönes Fleckchen Erde. Die alten Bäume, die Wiesen, der Hof. Die Stellplätze waren, nachdem der Rasen gemäht worden war, ganz okay. Ja, selbst der alte Ententümpel hatte etwas sehr Idyllisches. Mit dem restaurierten Steg nun beinahe ein Juwel. Einen neuen Strandkorb hatte sie bereits geordert.

Kopfzerbrechen bereitete ihr die Infrastruktur, sprich die sanitären Einrichtungen, der Kiosk und das alte Bauernhaus. Die Bude war eine totale Katastrophe. Das musste einmal komplett saniert werden.

Als Annemarie zum ersten Mal als junge Frau hier gewesen war, hatte in dem Bauernhaus noch die Tante ihres verstorbenen Mannes Heiner gelebt und sogar Landwirtschaft betrieben. Wenn man eine Kuh und vier Schafe denn als solche bezeichnen wollte. Nach dem Tod der Tante hatte Frieder den Hof geerbt und begonnen, ihn zu einem Campingplatz umzubauen. Im Haus hatte er neben dem Kiosk und den Waschräumen eine Gastronomie eröffnen wollen. Leider war es über den Status des Entkernens nicht hinausgekommen. Da, wo sich früher die gute Stube, Schlafräume und Küche befunden hatten, war nichts mehr außer blankem Mauerwerk. Noch nicht einmal mehr die Innenwände waren an ihrem Platz.

„Guten Morgen, Frau Hansen", meinte Trixi, die über den Kiesweg an ihr vorbei in Richtung Kiosk schlenderte.

„Guten Morgen, Trixi. Würden Sie Martin bitte Bescheid geben, dass es jetzt Frühstück gibt?", bat sie die junge Frau.

Trixi bejahte und ging weiter. Annemarie sah ihr hinterher. Das junge Ding war eine weitere Baustelle auf ihrer Liste. Das Mädchen hatte sich in Berlin mit den falschen Typen eingelassen. Sich in einen Kerl verliebt, der nichts anderes im Sinn gehabt hatte, als sie auszunutzen und auf den Strich zu schicken. Der Mann gehörte, so hatte Martin es Annemarie erklärt, zu einem arabischen Clan und hatte gleich mehreren jungen Frauen die große Liebe vorgegaukelt, um sie dann auszunutzen. Annemarie konnte nicht verstehen, wie intelligente Mädchen, zu denen Trixi ganz bestimmt gehörte, immer wieder auf solche Typen hereinfielen. Die lockten diese jungen Dinger an, versprachen ihnen den Himmel auf Erden und manipulierten sie dann so, dass sie sich sogar für sie prostituierten. Zuerst aus Liebe und um dem Mann, der ihnen irgendetwas vorgelogen hatte, zu helfen. Später dann aus Angst, weil der vermeintlich nette Kerl ihnen drohte, sie totzuschlagen, wenn sie nicht taten, was er wollte.

Trixis Versuche, sich der Polizei anzuvertrauen, waren angeblich furchtbar gescheitert. Zweimal hatte sie den

Kerl anzeigen wollen. Zweimal hatte dieser sie dann bei der Polizei abgeholt und sie anschließend so dermaßen verprügelt, dass sie glaubte, es nicht zu überleben.

Irgendwann war es ihr gelungen, ihrem Bewacher zu entkommen. Sie war zu einem Freier ins Auto gestiegen und hatte diesen gebeten, sie zu einer Polizeidienststelle in einer anderen Stadt zu fahren. Doch auch dieser Versuch war gescheitert. Aus dem Fenster der Wache hatte sie dann nämlich gesehen, wie plötzlich Hassan, so hieß ihr Zuhälter, und zwei seiner Schergen aufgetaucht waren.

Hätte Annemarie nicht bereits einmal hautnah einen ähnlichen Fall erlebt, würde sie den Erzählungen des Mädchens kein Wort glauben. Doch sie wusste aus Erfahrung, dass Kerle wie dieser Hassan sehr gut vernetzt waren. Die hatten ihre Ohren überall. Sogar bei der Polizei.

Offiziell war Trixi immer noch in Berlin bei Hassan gemeldet. Er besaß sämtliche Dokumente von ihr. Wenn Hassan herausbekam, wo Trixi war, würde er sicherlich hier auftauchen, um sie zu holen oder um sie zumindest mundtot zu machen. Diese Gauner konnten niemanden gebrauchen, der der Polizei oder gar einem Richter von deren Gaunereien erzählten.

Annemaries erster Gedanke war es gewesen, dass Trixi einfach aufs Amt gehen könnte, um einen neuen Ausweis zu beantragen. Bis hier in die ostfriesische Provinz würde der Arm dieser Männer nicht reichen. Doch da Trixi noch in Berlin gemeldet war, müsste sie nach Berlin, um dies zu tun. Zumindest offiziell. Vielleicht sollte Annemarie am Nachmittag einmal mit Lotta oder Onno über den Fall reden. Außer vielleicht noch Hauptkommissar Willi

Bogner, waren die beiden die einzigen einheimischen Polizisten zu denen Annemarie vollstes Vertrauen besaß.

„Moin", grüßte ein Herr, Mitte fünfzig mit einer rot-weißen Baseballkappe und einem bunten Hawaii-Hemd, das arg an seinem Kugelbauch spannte. Der Mann kam aus der Richtung des Kiosks. Gesehen hatte sie ihn hier noch nicht, obgleich der eindeutig wie ein Camper aussah. Menschen, die nur kurz zu Besuch waren, trugen zumeist keine Badelatschen.

„Moin moin", antwortete Annemarie und lächelte. Der Fremde nickte, ging vorbei, bremste dann allerdings ab und kam zurück.

„Paschulke, Hans Werner Paschulke", stellte er sich vor und reichte Annemarie die Hand.

„Angenehm, Herr Paschulke. Annemarie Hansen mein Name", erwiderte sie und schüttelte dem Herrn die Hand.

„Sind Sie neu hier, Frau Hansen? Ich hab Sie hier noch nie gesehen", erkundigte er sich.

„Ja, das kann man so sagen. Mir gehört der Platz. Frieder Hansen war mein Schwager", erklärte sie sich.

„Ach so … Sie sind die Frau von der Insel, die das alles hier geerbt hat", verstand er.

„Ja, die bin ich", bestätigte sie.

Paschulke sah sich kurz um und trat dann näher.

„Sie sollten bei der Wahl Ihrer Angestellten ein wenig aufpassen, Frau Hansen", flüsterte er dann.

Annemarie wurde hellhörig und blickte ebenfalls in die Richtung, in die Trixi vorhin verschwunden war.

„Wie kommen Sie darauf?", erkundigte sie sich dann leise.

„Dieser Kerl da hinten im Kiosk. Der dicke Kölner. Mit dem ist irgendetwas faul. Ich war gerade bei ihm, um einen Diebstahl hier auf dem Platz anzuzeigen", zischte Paschulke.

„Und?", war Annemarie nun sehr neugierig, was Martin schon wieder angestellt hatte.

„Ich glaube, der Kerl steckt selbst hinter der Tat!", flüsterte er erneut.

„Welche Tat?", hakte Annemarie weiter nach. Sie fand es unmöglich, wenn man Leuten immer alles aus der Nase herausziehen musste. Konnte dieser Herr Paschulke nicht in ganzen Sätzen berichten, was Sache war?

„Na, was wohl. Der Diebstahl meiner Vereinsfahne", zischte er in einem Ton, als hätte Annemarie dies doch wissen müssen.

„Sie meinen Herr von Schlechtinger hat Ihnen eine Fahne gestohlen", verstand sie zwar nun, was der Mann ihr sagen wollte. Den Sinn der angeblichen Tat begriff sie allerdings nicht. Warum hätte Martin so etwas tun sollen?

„Genau. Meine Frau Heidi und ich sind ja zumeist nur am Wochenende hier. Und als wir gestern am Abend angereist sind, war die Flagge nicht mehr da."

„Und wie kommen Sie darauf, dass Herr von Schlechtinger diese entwendet haben könnte?", bohrte sie weiter.

Hans Werner Paschulke riss die Augen auf und die Arme nach oben.

„Na, das ist doch klar. Der ist doch einer von diesen Kölner Hooligans. Selbst ständig am Abstiegen und uns die Meisterschaft nicht gönnen wollen", sprach Paschulke weiter in Rätseln.

„Gut, Herr Paschulke. Ich werde mich um den Vorfall kümmern und Herrn von Schlechtinger zur Rede stellen", kürzte sie das Ganze jetzt einfach mal ab. Sie würde tatsächlich erst einmal mit Martin reden. Vielleicht konnte der ihr die Angelegenheit ein wenig besser erklären. Wobei sie in Anbetracht der rot-weißen Kappe mit dem Vereinslogo des Mannes schon so eine Ahnung hatte, was da vorgefallen sein könnte. Männer waren manchmal wie kleine Kinder.

„Ich hab es geahnt, dass die Karre uns nicht ohne Panne an die See bringt", stöhnte Kübler und trat gegen den platten Hinterreifen des betagten Volkswagen-Campers.

„Na, da kann der Bus ja nichts dafür, wenn du in einen Nagel fährst", meinte Markus Büth und deutete auf eine Stelle im Profil des Reifens. Thomas bückte sich vor und betrachtete den Schaden.

„Der Nagel ist eine Schraube", knurrte er, da dies ziemlich eindeutig war.

„Ist ja mal egal. Wir wechseln jetzt einfach das Rad, und weiter geht's. Immerhin wollen wir ja heute noch ankommen", fand der Friseur.

Thomas betrachtete Markus Büth von der Seite.

„Sag mal, Meister Büth, wo wollen du und Ela eigentlich genau hin? Fahrt ihr auch an die Nordsee?", musste er nun endlich einmal wissen, da es ihm schon merkwürdig vorkam, dass sein Friseur seit weit über einhundert Kilometern an ihrem Hühnerstall klebte wie eine Klette.

Markus sah ihn verwundert an.

„Hat deine Frau dir nichts gesagt? Wir fahren dahin, wo auch ihr hinfahrt. Zu diesem Geheimtipp-Campingplatz hinterm Deich", erklärte er und grinste. Thomas blickte hinüber zu Alex, die mit Ela im Schatten unter einem Baum hockte und gackerte wie ein betrunkenes Huhn. Ihm war gerade nicht zum Lachen.

„Ähm … nee. Das muss irgendwie an mir vorbeigegangen sein", erklärte er, da er dies zum ersten Mal hörte.

„Alexandra meinte, ich könnte dir da ein wenig zur Hand gehen bei den Ermittlungen in diesem Mordfall. Wir beide … so undercover", flüsterte er verschwörerisch.

„Das hat sie nicht gesagt …, oder?", stieß er aus.

Markus wackelte mit dem Kopf.

„Ja, jetzt nicht direkt … aber so ähnlich … irgendwie schon", gab Markus zu.

Thomas sah ihn mit offenem Mund an.

Als er endlich die Sprache wiederfand und etwas sagen wollte, hupte ein Wagen direkt hinter ihm. Thomas machte einen Satz nach vorne. Sein Herz begann zu rasen. Er wirbelte herum und erblickte einen dunkelroten VW-Bulli, der mit seiner kantigen Karosserie allerdings etwas moderner als der Hühnerstall, aber ebenfalls bereits ein Oldtimer war. Auf der fensterlosen Seite stand in einer geschwungenen Schrift „Alpha Racing Team“, darunter etwas kleiner geschrieben „Alte Schule Natzungen“.

„Braucht ihr Hilfe?“, schrie der Fahrer, ein Kerl wie ein Bär, öffnete die Tür und stieg aus.

„Ähm ja nee … geht schon. Der Reifen ist platt“, erklärte Thomas und bemerkte einen weiteren alten Bullibus hinter dem des Bären. Irgendwo musste hier ein Nest sein.

Kapitel 9

Samstag, 24. Juni 2023
Frieders Camping achtern Diek

„Frau Annemarie …, wenn du mich fragen, dann ist besser abreißen und neu bauen. Dann alles ganz modern machen mit Beton und viel Glas“, fand Mojciech in seinem holprigen Deutsch und klopfte gegen die Außenwand, von der der Putz herunterrieselte.

„Nein, Mojciech, der Hof ist über einhundert Jahre alt, und ich möchte ihn gerne wieder so herrichten, wie er gewesen ist. Es gibt bereits genug hässliche Betonklötze an der Küste, die unser wundervolles Ostfriesland verschandeln“, erklärte Annemarie dem polnischen Bauarbeiter, wie sie sich die Renovierungsarbeiten vorstellte.

„Dat Trixi hat gesagt, dat der Frieder hier ein Restaurant draus machen wollte. Deshalb hät der auch die Wände rausgeklopft“, mischte sich Martin ein und erzählte Annemarie damit ja nichts Neues.

„Papperlapapp, wer soll sich denn noch um ein Restaurant kümmern. Da brauchst du einen Koch, mehrere Küchenhilfen, Kellner und und und“, wandte Annemarie ein.

„Aber, Frau Annemarie. Für Lokal wäre sehr gut. Dann können Leute von Wohnwagen hier essen kommen“, fand nun auch Mojciech.

Annemarie sah zu Martin und dann wieder zu den polnischen Brüdern. Dass Frieder diesen Plan verfolgte, hatte sie ja gewusst, und wirklich schlecht fand sie ihn auch nicht. Um die Finanzierung musste Annemarie sich ebenfalls keine Sorgen machen, da sie die letzten Jahre ordentlich gewirtschaftet hatte und sich ein solches Projekt durchaus leisten konnte. Dennoch hatte sie Bauchweh bei dem Gedanken. Sie war keine Gastronomin.

„Okay. Wir lassen das heute erst einmal. Ich muss da noch einmal drüber schlafen. Morgen ist eh Sonntag, und die Baustoffhändler öffnen erst wieder am Montag“, entschied sie und ging dann wieder zurück in den Kiosk.

Müde ließ sie sich dort an den Schreibtisch sinken und sah auf den schwarzen Monitor des Computers. Wenn sie diesen doofen Kasten wenigstens ans Laufen bekäme. Sie schielte zu Trixi, die an der Kasse stand und eine Dame abkassierte. Annemarie war sich ziemlich sicher, dass es sich bei ihr um Heidi, die Gattin von diesem Herrn Paschulke, handelte. Den Diebstahl der Fahne hatte Martin ihr, nachdem sie ihn beim Frühstück darauf angesprochen hatte, grinsend gestanden.

Annemaries Vorschlag, die Fahne zurückzugeben, hatte Martin jedoch kategorisch abgelehnt. Außerdem ginge dies auch gar nicht, da er die Flagge bereits entsorgt habe. Zumindest behauptete er dies.

Irgendein schlauer Mensch hatte einmal gesagt: Männer würden im Kopf maximal neun Jahre alt, danach nur noch wachsen. Auf Martin traf dies eindeutig zu. Der war und blieb ein Kindskopf. Zumindest wenn es um Fußball ging.

„Sag mal, Trixi. Sie konnten doch gut mit dem Frieder?", erkundigte Annemarie sich, nachdem Frau Paschulke den Kiosk verlassen hatte.

Das Mädchen sah sie mit großen Augen an und nickte dann zögerlich.

„Frieder hat Ihnen nicht zufällig einmal das Passwort von seinem Computer gesagt?", fragte sie.

Trixi schüttelte den Kopf.

„Nee, Chefin. So gut kannte ick ihn dann och nücht", antwortete sie und hob die Schultern. Annemarie erkannte deutlich, dass Trixi dennoch angestrengt nachzudenken schien.

„Haben Sie eventuell Vorschläge, die wir ausprobieren könnten?", versuchte sie es deshalb noch einmal.

„Vielleicht Rudi, Helga, Heidi oder Hennes", antwortete Trixi zu Annemaries Verwunderung. „Det sind die Namen der Tiere im Streichelzoo", fügte sie noch an, als sie Annemaries fragenden Blick bemerkte.

„Ach so. Ja, dann probiere ich die doch gleich einmal aus", fand Annemarie und schaltete das Gerät ein.

„Da scheinen neue Gäste zu kommen", meinte Trixi nach einer Weile und trat durch die offen stehende Kiosktüre einen Schritt nach draußen.

Annemarie erhob sich und ging ans Fenster.

„Ach du meine Güte, das ist ja eine ganze Horde", erschrak sie und fragte sich, ob die alle im Vorfeld gebucht hatten.

„Jepp, det sind einige. Dann wären wir aber erst einmal voll belegt", fand Trixi.

„Wenn die alle mit Campern und Wagen kommen, haben wir zu wenig Platz", befürchtete Annemarie hingegen.

„Dann mähen wir die Obstwiese am Ententümpel. Da ist noch jede Menge Platz. Leider gibt es da aber keine Stromanschlüsse“, kannte Trixi sich wahrhaftig gut aus.

Ja, Annemarie musste zugeben, dass Martin bei ihr den richtigen Riecher gehabt hatte. Diese Trixi konnte man brauchen.

Das alles war ein einziger Albtraum. Von wegen Geheimtipp. Thomas Kübler könnte Nina erwürgen. Die hatte ihm einen riesen Bären aufgebunden. Dieser Campingplatz war das Allerletzte. So etwas sah Thomas auf den ersten Blick.

Aus dem Mauerwerk des alten Hofgebäudes, in dem sich der Kiosk und die Anmeldung befanden, wuchsen kleine Bäume. Der hintere Teil, da wo wohl einmal die Scheune gewesen war, schien bereits teilweise eingestürzt.

Warum der als ein Geheimtipp galt, hatte er allerdings schon herausgefunden. Der Platz lag so versteckt am Arsch der Welt, dass ihn einfach niemand fand. Das Hinweisschild, das Urlaubern den Weg zum Platz zeigen sollte, war weggefault. Drei Mal waren sie an der Einmündung des Feldwegs vorbeigefahren. Markus war es schließlich gewesen, dessen Adleraugen das am Wegesrand liegende Schild entdeckten.

Mit dem Umstand, dass Markus und seine Frau mit ihnen in den Urlaub fuhren, hatte Thomas kein Problem. Sie beide waren schon als Jugendliche gemeinsam mit den Pfadfindern auf Tour gewesen. Nein, er war im ersten Moment nur sehr überrascht gewesen, als Markus ihm die frohe Botschaft auf dem Rastplatz verkündete.

Was er von der restlichen Bagage halten sollte, wusste Thomas hingegen noch nicht. Diese Bulli-Leute waren eine merkwürdige Truppe. Die hielten einfach so an, wenn sie jemanden entdeckten, der liegen geblieben war. Nur weil der andere ebenfalls einen Bulli fuhr.

„Bulli-Fahrer helfen sich untereinander. Wenn du mit einem alten VW Bus unterwegs bist und eine Panne hast, wird dir geholfen", hatte Oemmi der Bär mit dem dunkelroten Bulli des „Alpha Racing Teams" ihm erklärt.

Oemmi war auf den ersten Blick ein lustiger Typ. Wobei Oemmi natürlich nur ein Spitzname war. Im richtigen Leben war der Mann ein Schulleiter und hieß Thomas Küster. Kurioserweise hörte seine Frau genau wie Küblers Gattin auf den Namen Alexandra. Ein wirklich lustiger Zufall. Thomas und Alex trafen bei einer Reifenpanne auf Thomas und Alex.

Da war ihm auch sofort eine lustige Geschichte eingefallen. Der Briefträger, der früher zu Hause ihre Post brachte, hatte Heini geheißen. Genau wie der Briefträger in der Fernsehserie „Neues aus Uhlenbusch". Thomas hatte deshalb als Knirps jahrelang geglaubt, dass alle Briefträger Heini hießen. Mittlerweile wusste er es allerdings besser.

Aber nun mal egal. Fakt war, dass sie nun hier mit fünf VW Bullis und einem Friseurkombi mit Dachzelt vor der

Schranke eines maroden Campingplatzes hielten, den seine Frau den neuen Mitreisenden als absoluten Geheimtipp angepriesen hatte.

Wobei Alex ja nicht hatte ahnen können, dass die ganze Truppe ihnen hierher folgen würde. Die waren spontan einfach mitgefahren, da sie ohne jegliches Ziel einfach so unterwegs waren. Thomas hätte nicht geglaubt, dass es so viele Menschen gab, die ohne irgendeinen Plan einfach auf gut Glück in Urlaub fuhren. Er persönlich mochte es ja eher ein wenig strukturierter und durchgeplant bis ins Detail.

Vor dem Kiosk, wo man sich auch anmelden musste, wartete Annemarie Hansen. Bei ihr war eine hübsche Blondine mit wuscheligen Haaren und einigen bunten Strähnen. Das Mädel könnte glatt als die jüngere Schwester seiner Gattin durchgehen. Wobei Sarah, so hieß Alexandras richtige Schwester, ein verzogenes, spießiges Gör war. Die würde niemals mit bunten Strähnen und Hotpants herumlaufen so wie die junge Frau, die da bei Annemarie stand.

„Moin Annemarie“, quiekte Alex derweil begeistert, noch bevor Thomas etwas sagen konnte, und war mit wenigen Sätzen bei Annemarie, um diese zu begrüßen.

„Alex, Thomas, herzlich willkommen“, freute sich die Bekannte seiner Kollegin Nina, die sie beide vor Jahren bei einem Ausflug zum Kölner Rosenmontagszug kennengelernt hatten, und drückte Alexandra an sich.

Thomas trat vor, gab Annemarie die Hand und bemerkte deren Blick auf die Bulli-Truppe, die sich lachend und feixend hinter ihnen unterhielten.

„Superschön habt ihr es hier“, begeisterte sich Alex, und Thomas war sich ziemlich sicher, dass seine Gattin es gerade tatsächlich so meinte, wie sie es sagte.

„Sind eure Kinder so gewachsen, oder wer sind die alle?“, erkundigte sich Annemarie und machte eine Kopfbewegung in Richtung ihrer neuen Urlaubsbekanntschaften.

„Ähm nee … die Kinder sind mit den Hunden direkt los, um den Streichelzoo zu suchen. Das ist eine Gruppe Camper, die wir unterwegs getroffen haben. Wobei die auch nicht wirklich eine Gruppe sind. Ich glaube, die kannten sich bis heute auch noch nicht untereinander. Ist eine längere Geschichte“, winkte Kübler ab.

Wie sollte er Annemarie das erklären? Er verstand die Beweggründe dieser Menschen ja selbst noch nicht genau.

„Nun ja … mit so vielen Neuankömmlingen hatten wir heute gar nicht gerechnet. Ich weiß nicht, ob wir noch fünf weitere Stellplätze frei haben“, schien Annemarie beim Anblick der Gäste ein wenig überfordert.

„Wie gesagt. Es gibt noch eine Zeltwiese, direkt an unserem Strand. Da müsste nur noch gemäht werden. Strom gibt det dort aber leider nicht“, meinte die junge Blondine, die ursprünglich vermutlich mal aus dem Osten oder direkt aus Berlin stammte. Der Dialekt war unverkennbar.

„Kein Problem. Strom brauchen wir nicht. Habt ihr einen Rasenmäher, dann machen wir das eben schnell selbst“, mischte sich Oemmi ein.

Martin lehnte am Gatter des Streichelzoos und beobachtete Rudi, der friedlich grasend neben Ziegenbock Hennes auf der Weide stand. Seine Gedanken kreisten um den bevorstehenden Ausbau des Hauses, den Mord an Frieder Hansen, den angeblichen am Tage seines Ablebens erfolgten Verkauf an dieses Maklerbüro, um Trixi und um diesen seltsamen Herrn vom Ordnungsamt. Von dem hatte er, genauso wenig wie von der Maklerin, Annemarie noch gar nichts erzählt. Was nicht daran lag, dass sie beide nicht miteinander sprachen oder gar Geheimnisse voreinander hätten. Nein, dem war nicht so. Eigentlich unterhielten sie sich sogar sehr viel. Doch es war eben auch immer eine Menge um sie herum los.

Lumpi, die neben Martin im Gras lag, sprang nun auf und begann zu knurren.

Martin drehte sich um und blickte in die Richtung, in die auch der Hund schaute. Er entdeckte einen Jungen um die zehn und ein etwas jüngeres Mädchen. Bei den Kindern waren zwei Hunde. Der eine weiß, der andere kohlrabenschwarz. Beide ziemlich wuschelig und ähnlich groß wie Lumpi.

„Fräulein Lumpi, dat wird sich aber benommen, wenn die Verwandtschaft zu Besuch kommen tut“, belehrte er die Hündin, die sofort das Knurren einstellte. Blieb also nun nur noch zu hoffen, dass die Hundeverwandtschaft sich ebenfalls zu benehmen wusste.

„Guten Tag", grüßten die beiden Kinder freundlich. Was Martin außerordentlich gefiel. Er mochte Kinder mit Manieren. Dazu gehörte es, freundlich zu grüßen.

„Moin ihr zwei. Wollt ihr auch mal den Rudi und den Hennes besuchen tun?", grüßte Martin zurück. Und war beruhigt, dass auch die Hunde sich untereinander vertrugen. Wobei Lumpi sich eigentlich mit fast allen gut erzogenen Vierbeinern auf Anhieb verstand.

„Wer sind denn der Rudi und der Hennes?", fragte das Mädchen derweil.

„Der Rudi ist der Esel, und der Hennes ist der Geißbock", erklärte Martin ihnen und fragte dann direkt nach, „und wie tut ihr zwei Hübschen heißen tun?"

„Ich bin Linus, das ist meine Schwester Leah und unsere Hunde heißen Alba und Oscar", beschied ihn der Junge. Martin überlegte kurz, wo er die Namen schon einmal gehört hatte. Dann fiel es ihm wieder ein.

„Ach, dann seid ihr zwei die Kinder von dem Thomas und der Alex Kübler", freute er sich.

Wenn Kommissar Thomas Kübler endlich hier war, konnten sie nun ja mit den Ermittlungen im Mordfall Frieder Hansen beginnen.

Fassungslos stand Thomas Kübler vor dem heruntergekommenen Strandkorb am Strand des Ententümpels. Er würde Nina erwürgen. Gleich Montag in zwei Wochen, wenn sie ihm im Büro über den Weg lief, würde er ihr den Hals umdrehen. Von wegen Privatstrand mit kostenlosen Strandkörben.

„Platz da. Das gibt eine Arschbombe", hörte er Oemmi hinter sich rufen, der nun, als sei er auf der Flucht, an ihm vorbei vollständig bekleidet über den Steg raste und mit einem Wahnsinnsklatscher im Teich landete. Zwei der anderen Camper folgten ihm laut johlend in das trübe Nass.

Nein, Thomas musste hier schleunigst wieder weg. Die waren hier nämlich alle bekloppt.

Er blickte zu Alexandra, die gemeinsam mit Ela Büth das Vorzelt vor dem Bus aufstellte. Ihr Mann Markus machte sich derweil am Dachträger seines Kombis zu schaffen, aus dem gerade ein Zelt aufklappte.

„Hättest du das Ding nicht erst auf den Boden stellen sollen?", erkundigte er sich bei dem Freund.

„Nein, mein lieber Thomas. Das Teil heißt nämlich deshalb Dachzelt, weil es auf dem Dach des Autos stehen bleibt", belehrte er ihn und deutete auf eine Aluleiter, die nach oben führte.

„Ihr wollt auf dem Auto schlafen?", fragte er und war über diesen Umstand mehr als erstaunt.

„Klar, da kommen wenigstens keine wilden Tiere hinauf", antwortete Markus.

Thomas runzelte die Stirn.

„Welche wilden Tiere gibt es denn hier?", fragte er vorsichtig nach, da er tatsächlich keine Ahnung hatte, welche

Tiere es hier geben sollte. Man hörte ja die letzte Zeit viel von Wölfen und anderem eingeschlepptem Getier.

Markus gab ihm keine Antwort, sondern begann schallend zu lachen.

Thomas winkte ab und zog von dannen. Nein, er musste sich nicht auch noch veralbern lassen. Er würde jetzt erst einmal mit Martin von Schlechtinger sprechen. Je schneller er mit ihm diesen Fall besprochen hatte, umso schneller waren sie hier wieder weg. Wobei Thomas nicht glaubte, dass es überhaupt einen Fall gab. Nein, wenn es da etwas zu ermitteln gab, dann hätten die Kollegen hier vor Ort dies bestimmt auch getan. Sobald er den Kölner davon überzeugt bekam, konnten sie, ohne ein schlechtes Gewissen zu haben, wieder abdampfen. Das hieß … falls er seine Frau dazu bewegt bekam. Die war nämlich irgendwie total glückselig und vollkommen aus dem Häuschen.

Annemarie Hansen sank nach vorne, bis ihre Stirn die Schreibtischplatte berührte. Sie war kurz vor dem Durchdrehen. Über eine Stunde lang hatte sie nun alles an Passwörtern versucht, was ihr und ihrer neuen Angestellten eingefallen war. Ohne Erfolg! Dieser verdammte Computer trieb sie in den Wahnsinn.

Trixi hatte ihr vorhin noch einmal bestätigt, dass Frieder sämtliche Buchungen mit diesem Rechner getätigt hatte. Ähnlich wie bei ihren Ferienwohnungen gab es ein spezielles Programm darauf, um alles zu verwalten. Inklusive einer Kundendatei, der Buchhaltung und was da sonst noch dazugehörte. Ohne diese Daten kam sie hier nicht weiter.

Es würde Annemarie wohl nichts anderes übrig bleiben, als sich einen neuen Computer zu besorgen und alle Daten neu zu erfassen. Wobei dies schier unmöglich oder zumindest sehr peinlich war. Sie konnte ja schlecht zu den Campern gehen und fragen, wann sie was bezahlt hatten.

„Annemarie, ist dir nicht gut?", ließ die Stimme von Thomas Kübler sie aufschrecken.

Sofort saß sie wieder kerzengerade.

Der Kriminalbeamte aus dem Westerwald stand in der Eingangstüre und blickte sie fragend an.

„Ähm nein, Thomas, alles gut. Ich bin nur gerade ein wenig am Verzweifeln", gab sie zu und deutete auf den schwarzen Monitor.

„Ist er kaputt?", erkundigte er sich und kam nun bis an die Theke.

„Nein, vermutlich nicht. Aber mein Vorgänger, der verstorbene Bruder meines ersten Mannes, hat den alten Kasten mit einem Passwort geschützt, und ich komme nun weder an das Buchungssystem noch an die E-Mails oder sonst irgendetwas", klagte sie ihm ihr Leid.

„Ach, deshalb hast du vorhin die Daten der Bulli-Fahrer alle nur auf einem Schreibblock notiert. Ich hatte mich schon gewundert", meinte er und lächelte.

„Sehr gut beobachtet, Herr Kommissar“, erwiderte sie und versuchte ein Lächeln.

„Darf ich es mal versuchen? Ich kenn mich da so ein kleines bisschen aus“, schlug er vor. Annemarie erhob sich und deutete auf den nun freien Stuhl.

„Bitte, Thomas, tu dir keinen Zwang an“, erklärte sie, obgleich sie wenig Hoffnung besaß, dass der Polizist aus dem Westerwald mehr Glück als sie hatte.

Thomas Kübler kam um die Theke herum, nahm Platz und schaltete das Gerät komplett aus. Dann startete er es wieder und begann bereits nach einigen Sekunden so atemberaubend schnell mit den Fingern über die Tasten zu flitzen, dass Annemarie vom Zuschauen schwindlig wurde.

Nach noch nicht einmal zwei Minuten lehnte er sich zurück und grinste sie an.

„So, der Passwortschutz ist jetzt deaktiviert. Wenn du magst, kann ich ihn dir aber wieder mit einem neuen Passwort einrichten. Sind ja doch sensible Daten auf dem Kasten.“ Annemarie trat näher, sah auf den nun bunten Monitor und ließ die Kinnlade sinken.

„Wie hast du das gemacht?“, stammelte sie beim Anblick der Windows-Bedienoberfläche.

„Sorry, Annemarie, aber das ist ein Betriebsgeheimnis“, lachte er und wollte sich wieder erheben, als er innehielt.

„Ist was?“, erkundigte sie sich.

Thomas antwortete nicht, sondern begann erneut auf der Tastatur zu tippen.

„Ich weiß nicht … Die LED der Webcam ist gerade angegangen“, sagte er ruhig. Annemarie sah zu dem Gebilde oben auf dem Monitor.

„Muss das nicht angehen?", erkundigte sie sich.

„Nein, nur wenn du sie anschaltest", erwiderte er, beugte sich vor und um den Computer herum.

„Was machst du jetzt?", verstand sie nicht, was er da tat.

„Ich trenne erst einmal manuell die Verbindung zum Netz. Ich befürchte, auf dem Kasten befindet sich ein Trojaner. Irgendwo auf der Welt sitzt gerade jemand und späht uns aus. Und bevor ich diesen Trojaner nicht gefunden und restlos beseitigt habe, sperre ich diesen Hacker einfach aus, indem ich das Kabel rausziehe", beschrieb er sein Vorgehen.

Annemarie war sprachlos. Zugegeben, sie hätte der kleinen LED neben der Linse keinerlei Aufmerksamkeit geschenkt.

„Thomas, du bist ein Geschenk des Himmels", musste sie ihn jetzt einfach einmal loben und drückte ihm spontan einen Schmatzer auf die Wange.

Als Thomas Kübler nachdenklich zurück zu der Wiese am Ententeich ging, wehte ihm der Duft von Holzkohle und Gegrilltem entgegen. Die Sonne stand bereits ziemlich tief über dem Deich, und leise Gitarrenmusik lag in der Luft. Irgendwer sang dazu. Eindeutig eine Frau.

„Mausbär, da bist du ja. Wir hatten uns schon Sorgen gemacht", begrüßte Alexandra ihn, als er zwischen die zu einer Art Wagenburg geparkten Vehikel trat. Er hasste es, wenn sie ihn vor Leuten so titulierte, sagte aber nichts, sondern erwiderte ihren Kuss.

Auf dem Platz zwischen den betagten Campern und dem Kombi mit dem Dachzelt stand nun eine große Feuerschale. Flammen züngelten empor bis zu einem Grillrost, welcher mit einer Kette befestigt an einem Dreibein baumelte. Einer der Bulli-Fahrer, dessen Namen Thomas bereits Sekunden, nachdem dieser sich ihm vorgestellt hatte, wieder vergessen hatte, drehte mit einer Zange Grillsteaks und Würstchen.

Aha, es wurde hier also auch im Kollektiv gegrillt und gegessen, kam es ihm in den Sinn. Thomas war müde. Die Fahrt mit dem Hühnerstall, die Menschen um ihn herum und die Gedanken in seinem Kopf nach dem Gespräch mit Martin und Annemarie schlauchten ihn. Am liebsten würde er jetzt einfach nur in sein Bett gehen und schlafen. Wobei so eine Grillwurst zuvor auch nicht schaden würde.

Suchend blickte er sich nach einem der Kübler'schen Campingstühle um. Doch die waren alle besetzt.

„Thommi, was ist los? Du siehst so geschafft aus. Setz dich erst mal hin und nimm dir eine Wurst. Oder magst du erst lieber mal ein Steak?", erkundigte sich Oemmi und schob ihn zu einem freien Stuhl, der aber nicht der seine war. So, wie es aussah, gab es also auch keine Sitzordnung und kein privates Eigentum mehr. Es blieb zu hoffen, dass diese Neuzeithippies nicht auch noch die freie Liebe propagierten. Da wäre bei ihm nämlich Schluss mit lustig.

Er ließ sich in den ihm angebotenen Siebzigerjahre-Campingstuhl sinken und streckte die Beine aus.

Das Mädel mit der Gitarre, Thomas glaubte zu wissen, dass die zu dem Kerl mit der Grillzange gehörte, stimmte nun „San Francisco“ von Scott McKenzie an.

„Und Tom, hast du mit diesem Martin wegen des Mordfalls gesprochen?“, raunte Markus Büth ihm ins Ohr und hielt ihm dabei eine Flasche Bier hin.

Thomas nickte lediglich und drückte den Bügel der Flasche zur Seite, die sich dann mit einem lauten Plopp öffnete.

„Ja und? Was sagte er?“, ließ Markus nicht locker und setzte sich auf den freien Stuhl neben ihm.

„Ich denk, das war ein Unfall. Dieser Kerl hat vergessen, das Gas abzustellen, hat dann das Licht angeschaltet und Rumms“, log Thomas. In Wahrheit war er von dieser offiziellen Theorie der örtlichen Polizei nicht mehr wirklich überzeugt.

Martin von Schlechtinger hatte Thomas die Gasflasche gezeigt, die er in den Trümmern gefunden haben wollte. Laut Trixi, dieser kleinen blonden Angestellten, hatte Frieder weder mit Gas gekocht noch geheizt. Hinter dem Kiosk gab es eine Küche mit einem Elektroherd, und die Heizung im Wohnwagen hatte aus einem elektrischen Radiator bestanden. Hinzu kam die Geschichte mit dieser Maklerin. Annemarie Hansen wäre beinahe ausgeflippt, als Martin eben davon berichtete. Die Gute hatte davon nämlich noch gar nichts gewusst. Dieser Frieder sollte den Platz angeblich an dem Tag, an dem der Unfall passierte, zu einem Spottpreis verkauft haben. Das Ganze stank zum Himmel. Nein, je mehr er über den Fall nachdachte, umso mehr kam er zu dem Schluss, dass Martin mit seinen Mordthesen recht haben könnte. Auf alle Fälle würde es nicht schaden, wenn Thomas sich das Ganze mal genauer ansah. Ein paar Tage würde er es hier schon noch aushalten. Und wenn er seine Gattin so betrachtete, die gerade wahrlich eine Menge Spaß zu haben schien, dann standen die Chancen, sie hier wieder wegzubekommen, wahrlich sehr schlecht.

„Ja, und was machen wir jetzt, wenn es hier gar keinen Mordfall gibt?", erkundigte sich Markus Büth.

„Urlaub und Bier trinken, mein Lieber", meinte Thomas, stieß mit Markus an und trank einen großen Schluck.

Kapitel 10

Sonntag, 25. Juni 2023
Pferdehof Schmilke / Langeoog

Kriminalhauptkommissar Willi Bogner saß auf der Terrasse hinter dem Haus seiner Lebensgefährtin Tilde Schmilke und ließ seinen Blick über die Wiesen und das dahinter liegende Wattenmeer gleiten. Obgleich der Himmel strahlend blau war, lag noch ein wenig Dunst über dem Watt, sodass er das Festland am Horizont heute nicht erkennen konnte. Das Meer verlor sich einfach im Nebel. Herrlich.

„Was denkst du gerade?", erkundigte sich Tilde, die ihm gegenübersaß, an ihrem Tee nippte und ihn zu beobachten schien.

„Ich versuche gerade nicht daran zu denken, dass ich morgen früh wieder hinüber ins Büro muss", seufzte er, und es war ihm wahrlich ernst damit.

Bei Willi war die Luft raus. Er hatte einfach keine Lust mehr auf seinen Job bei der Kripo. Dabei musste er noch genau zwei Jahre und dreiundzwanzig Tage durchhalten. Dann nämlich wäre er endlich Pensionär. Willi fühlte sich noch nicht alt. Nein, er war fit und gesund. Er hatte auch nicht vor, mit dem Renteneintritt die Füße hochzulegen und gar nichts mehr zu tun. Nein, da war er auch gar nicht der Typ dafür.

Sein Plan war es, ab dem Tag seines Ruhestandes komplett auf die Insel zu Tilde zu ziehen und ihr dann bei der Bewirtschaftung des Hofes zu helfen. Willi hatte kein Problem damit, noch ein paar Jährchen Pferde zu striegeln und die Ställe auszumisten. Er liebte die Arbeit mit den Tieren und bei der Heuernte auf den Wiesen. Auch Tilde war von diesen Plänen begeistert. Das Problem, der Haken an der Sache waren die zwei Jahre und dreiundzwanzig Tage. Die musste er halt noch irgendwie rumbekommen.

„Du wirst sehen, mein Lieber, diese zwei Jährchen werden vorbeigehen wie im Flug“, schien Tilde seine Gedanken zu erraten.

Willi wollte noch etwas erwidern, als just in dem Moment sein Mobiltelefon zu vibrieren begann.

„Herr, lass es nicht die Arbeit sein“, schickte er ein Stoßgebet zum Himmel, obgleich er persönlich noch nicht einmal gläubig war.

Er nahm das Gerät und sah auf das Display. Die angezeigte Mobilnummer war ihm unbekannt. Neugierig nahm er das Gespräch an und meldete sich mit seinem Namen und dem Dienstrang.

„Guten Morgen, Herr Kriminalhauptkommissar Bogner. Mein Name ist Kriminaloberkommissar Thomas Kübler von der Kripo in Betzdorf“, stellte sich der Mann am anderen Ende vor.

„Aus Betzdorf im Westerwald?“, staunte Willi nicht schlecht. Zugegeben, hätte dieser Oberkommissar Kübler vor ein paar Jahren bei ihm angerufen, dann hätte Willi noch nicht einmal gewusst, dass es einen Ort mit diesem

Namen gab. Da hatte er aber auch noch niemanden gekannt, der dort lebte und arbeitete.

„Sie kennen Betzdorf?", war sein Gesprächspartner nun auch überrascht.

„Ja … Nein. Ich war noch nie dort. Aber ich kenne eine Kollegin von Ihnen", gestand Willi.

„Sie sprechen sicher von KHK Nina Moretti", wusste Kübler direkt, wen Willi meinte.

„Genau, Herr Kübler. Aber sagen Sie, was beschert mir Ihren Anruf am frühen Sonntagmorgen?", war Willi nun doch sehr neugierig, was der Mann von ihm wollte.

„Ein gemeinsamer Freund, Herr von Schlechtinger, hat mir Ihre Nummer gegeben. Er befürchtet, dass der Vorbesitzer eines Campingplatzes, den seine Frau Annemarie geerbt hat, Opfer eines Tötungsdeliktes wurde", erklärte ihm der Kommissar aus dem Westerwald.

„Ach, diese Gasexplosion auf Frieders Camping achtern Diek", wusste Willi sofort, um was es ging. Sein Kollege Onno Feddersen hatte ihn auf diesen Fall bereits vor einigen Tagen angesprochen. Darum gekümmert hatte Willi sich allerdings noch nicht. Nicht, weil er dafür derzeit keine Zeit hätte. Nein, er hatte es schlichtweg vergessen. Vermutlich weil er der Sache eh keinen Glauben schenkte.

„Sie sind in diesem Fall im Bilde?", fragte Thomas Kübler.

„Jein. Nicht wirklich. Ich habe lediglich davon gehört. Allerdings würde mich interessieren, was Sie damit zu tun haben, Herr Kübler? Diese Angelegenheit fällt mit Sicherheit nicht in Ihre Zuständigkeit", drehte Willi jetzt einfach mal den Spieß um.

„Gar nichts, Herr Bogner. Ich bin lediglich ein Camper auf dem Campingplatz hinter dem Deich und wie Sie selbst ein Bekannter von Martin", erwiderte er.

„Ich vermute mal, Martin steht neben Ihnen", schlussfolgerte Willi.

„Ja", bestätigte Kübler.

„Dann würde ich sagen, Sie bestellen ihm einen schönen Gruß von mir. Ich werde mir morgen früh, wenn ich im Büro bin, die Akte einmal vornehmen und mich dann bei ihm melden", antwortete Willi.

Es raschelte nun in der Leitung.

„Willi, aber nit vergessen tun. Dat geht hier um Leben und Tod", hörte er mit einem Mal die Stimme von Martin und musste grinsen.

Ja, er mochte den Kölner. Der Kerl hatte das Herz am rechten Fleck und war immer für seine Freunde da. Schon zig Mal hatte er hier auf Tildes Hof irgendwelche Dinge repariert, ohne dafür etwas zu verlangen. Martin war da, wenn man ihn brauchte. Weshalb sich bei Willi gerade auch ein sehr schlechtes Gewissen einstellte.

„Ganz bestimmt, Martin. Und wenn du noch ein gekühltes Fläschlein von deinem leckeren Kölner Bier hast, würde ich morgen früh auch glatt mal vorbeikommen", schlug er dem Kölner deshalb nicht ganz ernst gemeint vor. Weil Bier am Morgen während des Dienstes ging überhaupt nicht.

„Aber sicher dat, Willi. Dann bis morgen", meinte Martin und lege auf, bevor Willi noch etwas sagen konnte.

Er ließ das Telefon sinken und dachte nach. Dass dieser Westerwälder Kommissar da auf dem Platz campierte, war bestimmt kein Zufall. Wenn Martin sich nun schon Hilfe aus dem Westerwald holte, dann musste der Kölner von seiner Mordthese ziemlich überzeugt sein. Vielleicht würde es tatsächlich nicht schaden, sich die Sache einmal anzusehen. Außerdem war er nun doch irgendwie neugierig. Dieser Oberkommissar Kübler hätte Willi bestimmt nicht angerufen, wenn an der Sache überhaupt nichts dran war. Er hätte ihn gerne noch nach seiner Sicht der Dinge gefragt, und ob es neue Erkenntnisse gab, die den Kollegen damals entgangen waren oder die sich erst später gezeigt hatten. Dummerweise hatte Martin so schnell aufgelegt, und zurückrufen würde er nicht. Nein, heute war Sonntag an seinem freien Wochenende.

Annemarie Hansen hatte gut geschlafen in der letzten Nacht, und das trotz des ungewohnten Wohnwagens und der vielen Gedanken, die sie derzeit beschäftigten. Sie musste gestehen, dass die neue Aufgabe sie schlauchte. Dieser Campingplatz und all die Sorgen und Arbeit, die er mit sich brachte, waren neu für sie.

Seit über dreißig Jahren hatte sie sich tagein, tagaus nur mit ihrer Ferienhausvermietung beschäftigt. Jeden Tag die gleichen Abläufe und Handgriffe. Nun gut, die Kundschaft wechselte ständig. Doch ob es nun der Herr

Müller, die Frau Meier oder sonst wer war, mit dem sie zu tun hatte, die Vorgänge mit den Menschen waren immer die gleichen, und das sieben Tage die Woche. Jahrein, jahraus.

Hier auf dem Platz war sie nicht in ihrem gewohnten Umfeld. Alles war anders. Nicht nur für sie, sondern auch für Martin. Es war also kein Wunder, dass er ihr nichts von dieser Maklerin und dem Herrn vom Ordnungsamt erzählt hatte. Nein, Martin hatte es bei all den andern Aufgaben, die er sonst noch bewältigen musste, schlichtweg vergessen. Wäre ihm das drüben auf der Insel passiert, hätte sie ihn vermutlich geschimpft. Doch hier waren sie gerade alle in einer Ausnahmesituation.

Nach dem Joggen war sie zuerst duschen gegangen. Dort hatte sie Alexandra Kübler und zwei von deren Freundinnen getroffen. Diese Leute mit den alten VW-Bussen waren ein recht lustiges Völkchen. Am Abend war sie noch kurz mit Martin an der Wiese neben dem Ententeich gewesen, um zu schauen, ob alles in Ordnung war. Es hatte ihr gefallen, was sie dort gesehen hatten. Eine wirklich sehr disziplinierte Truppe, die zwar zu feiern, sich aber dennoch auch zu benehmen wusste. Die hatten in lustiger Runde ums Feuer gesessen, sich unterhalten, gelacht und getrunken. Eine der jungen Frauen hatte auf ihrer Gitarre gespielt. Annemarie musste gestehen, dass sie sogar kurz mit dem Gedanken spielte, sich dazuzugesellen, es aber dann doch unterlassen hatte. Sie war es nicht gewohnt, mit Urlaubsgästen zu feiern. Das hatte sie in dreißig Jahren noch nie getan. Außer sie kannte die

Gäste auch privat, wie zum Beispiel Nina Moretti oder deren Mutter Inge mit ihrem Hans Peter Thiel.

Als sie nun zurück zum Wohnwagen kam, waren Martin und Lumpi immer noch nicht wieder zurück von ihrer morgendlichen Runde. Sicherlich hatte Martin sich beim Schwimmen am Ententeich festgequasselt. Das ging bei ihrem Liebsten immer sehr flott, besonders wo er nun an dem Lager der Bulli-Leute vorbeimusste. Vermutlich verweilte er gerade in geselliger Runde vor einem der Oldtimer und schwatzte. Es blieb nur zu hoffen, dass es dort nicht schon am frühen Morgen Bier gab.

Sie setzte Wasser für Kaffee und Tee auf und deckte erst einmal den Frühstückstisch. In Ermangelung eines Backofens würde es heute nur Brot geben. Wobei das Biobrot aus Paulinas Hofladen auch super lecker war.

„Moin Frau Hansen", grüßte Trixi freundlich, die mit einem Handtuch und ihrem Kulturbeutel unter dem Arm wohl auf dem Weg zu den Sanitärräumen war.

Der Umstand, mit seinen Mitarbeitern und Gästen so nah zu wohnen, war ebenfalls neu für Annemarie. Auf solch einem Campingplatz war man sich irgendwie näher. Sie hatte sogar schon überlegt, Trixi das Du anzubieten, was aber natürlich nicht ging, da es schon eine gewisse Distanz zwischen Angestellten und Chefin brauchte. Martin war da anders. Der quasselte fast jeden direkt mit Du an.

Annemarie sah Trixi hinterher, bis sie im Haus verschwunden war. Heute würde sie unbedingt einmal mit Lotta wegen des Mädchens telefonieren müssen. Es musste doch irgendeinen Weg geben, dem Kind Ausweispapiere zu besorgen, ohne dass ihr ehemaliger Zuhälter davon erfuhr. In der Not würde sie Trixi auch mal ein paar Wochen drüben auf der Insel verstecken. Da fand sie niemand. Eine Annemarie Hansen kuschte nicht vor kriminellen Strauchdieben. Die sollten nur kommen. Sie war schon mit ganz anderen Ganoven fertiggeworden.

„Guten Morgen, Frau Annemarie“, grüßten sie Jakup und Mojciech Wójcik wie aus einem Mund.

Hier ging es tatsächlich zu wie im Kasperletheater, kam es ihr in den Sinn. Fehlte nur noch, dass gleich das Krokodil und der Seppel vorbeikamen.

„Guten Morgen, ihr zwei. Ist eure Unterkunft in Ordnung?“, erkundigte sie sich bei den beiden Bauarbeitern.

„Alles bestens, Frau Annemarie. Haben sehr gut geschlafen. Viel frische Luft hier“, antwortete Mojciech Wójcik fröhlich und blieb dann stehen.

„Und? Wissen jetzt nach einmal schlafen, wie wir machen wollen Ausbau?“, erkundigte der Pole sich.

Annemarie zögerte und wählte dann eine eher diplomatische Antwort.

„Wir reden gleich nach dem Frühstück darüber, geht ihr beiden euch erst einmal frisch machen. Es eilt ja nicht. Heute ist eh Sonntag.“

Die beiden winken und watschelten von dannen.

Annemarie ließ sich auf den Campingstuhl sinken und goss sich eine Tasse Tee ein. Sie würde diese Entscheidung heute Morgen treffen müssen. Der Gedanke an ein Restaurant gefiel ihr immer mehr. Doch er lag außerhalb ihrer Komfortzone. Annemaries Leben bestand aus Ferienwohnungen, die sie bauen oder herrichten ließ, um sie zu vermieten. Von Gastronomie hatte sie keinerlei Ahnung, weshalb sie sich von Anfang an darüber gar keine Gedanken gemacht hatte. Für sie war es klar gewesen, dass sie das Haus wieder so herrichten lassen würde, wie sie es von früher her kannte. Mehrere schöne Wohnungen, die man vermieten konnte, und eine, in der später der Pächter des Platzes wohnte.

Andererseits hatten Mojciech und Martin schon recht. Die Gäste des Platzes wollten bestimmt auch einmal ein Stück Kuchen oder ein Schnitzel essen. Auf dem Radweg am Deich radelten täglich Hunderte von Touristen vorbei. Auch Wanderer gab es hier in Hülle und Fülle. Die würden bestimmt nicht Nein zu einem Glas Wasser, einem Tee oder einem kalten Bier sagen.

Andererseits musste so ein Restaurant ordentlich mit Sachverstand betrieben werden. Es brauchte Personal, Leute, die etwas davon verstanden. Ein Lokal wollte gründlich geplant werden. Es brauchte eine Küche und Toiletten. Da gab es behördliche Regeln, die eingehalten werden mussten. Wegen der Kosten hatte Annemarie keine Sorgen. Ihre Kriegskasse war gut gefüllt. Dennoch hatte sie Angst, dieses Projekt wegen mangelnder Kompetenz gegen die Wand zu fahren.

Sie lehnte sich zurück, schloss die Augen und hielt ihr Gesicht in die Sonne. Sie musste das noch einmal mit Martin besprechen. Der hatte zwar ebenfalls keine Ahnung, aber er würde ihr zuhören. Das half meist schon bei der Entscheidung. Wo der Kerl bloß blieb?

„Danke Thommi, da häst du mir jetzt schon mal einen Riesengefallen getan“, meinte Martin, reichte Thomas Kübler dessen Telefon und lehnte sich in dem alten Strandkorb zurück.

„Keine Ursache. Das hättest du ja im Grunde auch selbst gekonnt. Dieser Willi Bogner war doch gar nicht so abgeneigt, dir zu helfen“, fand Thomas.

Tatsächlich hätte Kübler mit mehr Gegenwehr des Kripomannes gerechnet. Würde im umgekehrten Falle ein norddeutscher Kollege bei ihm zu Hause auf der Arbeit anrufen, wüsste Thomas nicht, ob er so kooperativ reagiert hätte wie Willi Bogner gerade eben.

Martin erwiderte nichts, sondern sah hinaus auf das Wasser des Ententeiches. Überdeutlich war zu sehen, dass es in seinem Kopf zu arbeiten schien.

„Wie sagtest du noch, hieß diese Maklerin?“, erkundigte sich Thomas bei dem Kölner. Er würde, wie er es von seiner Arbeit zu Hause gewohnt war, erst einmal Informationen über die verschiedenen Spielfiguren in diesem Fall sammeln. Wer war diese Maklerin? Welche Ziele verfolgte sie? In welchen Kreisen bewegte sie sich. Und, und, und. Je mehr man über sein Gegenüber wusste, umso besser. Zum Glück war es im digitalen Zeitalter kein Problem, an solche Infos heranzukommen.

„Flott hieß die. Ilse Flott. Die flotte Ilse. Dat konnte ich mir sogar merken, obwohl ich mir sonst nit sujet gut Namen merken tun kann", grinste Martin.

„Okay, dann schau ich mir die mal an. Weißt du auch noch, wie der Mann vom Ordnungsamt hieß?", fiel Thomas noch ein, als er sich bereits aus dem Strandkorb erhoben hatte.

„Kleinlich. Den Fürnamen tu ich nit mehr wissen. Aber der hieß ganz bestimmt Kleinlich. Da hab ich nämlich noch gedacht, dat der Name wohl Programm ist", lachte Martin und erhob sich nun ebenfalls.

„Thommi, ich muss jetzt auch mal los. Dat Frau Annemarie tut bestimmt schon auf mich warten tun", meinte er, klopfte Thomas noch einmal auf die Schulter und trottete dann gefolgt von seinem Hund Lumpi davon. Thomas streifte sich sein T-Shirt über den Kopf, warf es zusammen mit seinem Mobiltelefon in den Strandkorb und betrat dann den Steg, wo er sich seiner Badelatschen entledigte. Er widerstand der Versuchung, einfach loszurennen und, wie Oemmi es gestern getan hatte, mit Anlauf in den Tümpel zu springen. Stattdessen ging er bis ans Ende des Stegs und stieg die Stufen der eindeutig neu gezimmerten Leiter hinunter. Das Wasser war kalt. Zumindest empfand er es so. Als die trübe Brühe bereits bis zu seinem Bauchnabel schwappte und es ihm nun noch kälter wurde, entschied er sich um und stieg die Leiter hastig wieder empor. Nein, das war ihm eindeutig zu frisch. Da würde er sich nur eine Erkältung holen. Dann doch lieber gemeinsam mit den anderen duschen gehen. Da gab es wenigstens warmes und sogar klares Wasser.

Es waren noch genau sieben Wochen und zwei Tage bis zum vom Arzt ausgerechneten Geburtstermin. Eine Zeitspanne, die Lotta noch irgendwie recht lange vorkam, da sie so überhaupt gar keine Lust mehr hatte, schwanger zu sein. Nein, wegen ihr könnte es ruhig etwas flotter gehen und das Baby schon da sein.

Vor dem Fenster der Wache nahm sie eine Bewegung wahr. Irgendwer war da gerade vorbeigegangen. Bestimmt Onno, dachte sie noch, als es klopfte und Kriminalhauptkommissar Willi Bogner eintrat.

„Moin Lotta“, grüßte er.

„Moin moin Willi“, grüßte sie zurück.

Es war nicht ungewöhnlich, dass der Kripomann vom Festland hier auf der Langeooger Wache vorbeischneite. Nein, seit der Kriminale mit Tilde Schmilke liiert war, stolperte man ständig über ihn auf der Insel.

„Sag mal, Lotta, ist Onno nicht da?“, erkundigte er sich und sah sich suchend in der Wache um.

„Nee, Willi. Der ist irgendwo auf der Insel unterwegs und zeigt Präsenz“, behauptete sie jetzt einfach mal, obgleich sie davon überzeugt war, dass Onno noch zu Hause am Frühstückstisch saß und Tee schlürfte.

„Ach so … meinst du, ich dürfte einmal seinen Computer benutzen? Ich müsste da mal dienstlich etwas nachsehen", fragte der Kripomann und deutete auf Onnos Schreibtisch.

Lotta rollte mit ihrem Bürostuhl zurück und zeigte auf ihren Computer.

„Du kannst meinen benutzen. Bis Onnos oller Kasten hochgefahren ist, is es bestimmt schon Mittag", schlug sie vor.

„Danke, das ist nett", fand er, griff sich Onnos Stuhl, zog ihn an Lottas Tisch und nahm Platz.

„Ist was passiert, dass du auf Sonntag Dienstliches erledigen musst?", erkundigte sie sich neugierig, während er sich an dem Rechner mit seinen Zugangsdaten in das Netzwerk der Polizei einloggte.

„Nein, ich benötige nur morgen früh bei einem Außendienstbesuch eine Akte, die ich mir eben schnell ausdrucken möchte", gestand er.

„Ahhh, du hast keine Lust, erst noch nach Wittmund ins Büro zu fahren", hatte sie das Problem gleich erkannt.

„Bingo, meine Liebe", antwortete er und grinste.

„Was ist das für ein Fall?", erkundigte sie sich mehr belanglos nach einer Weile des Schweigens.

Willi zögerte einen Moment und winkte dann ab.

„Vermutlich ist es gar kein Fall. Wir hatten vor einigen Wochen drüben einen Unfall mit Todesfolge. Laut den Kollegen eindeutig und wahrhaftig ein Unfall. Allerdings sind die Angehörigen des Opfers davon noch nicht ganz überzeugt. Ich fahre morgen nur eben schnell hin und werde den Leuten die Fakten noch einmal schwarz auf weiß darlegen", meinte er, und Lotta hatte sogleich das Gefühl, dass der Kollege sie gerade anschwindelte oder ihr zumindest nur die halbe Wahrheit mitteilte. Allein die Tatsache, dass Willi so lange hatte überlegen müssen, bis er ihr antwortete, sprach Bände.

„Wie läuft es denn mit deiner Schwangerschaft? Alles in Ordnung?“, wechselte er nun auch noch das Thema.

„Ja, ja. Alles gut. Es wächst und gedeiht“, seufzte sie.

Er lächelte.

„Kannst es kaum abwarten, bis du den Bauch wieder los bist“, lachte er und traf damit ins Schwarze.

„Ja, im Gegensatz zu dir werde ich meinen Bauch aber wieder los“, schoss sie spaßeshalber eine Breitseite zurück. Überhaupt hatte sie das Gefühl, dass Willi, seit er in festen Händen war, mächtig zugelegt hatte.

„Wie lange musst du noch arbeiten, bis du in Mutterschutz gehst?“, erkundigte sich der Kripomann, an dem der kleine Hieb einfach abzuprallen schien.

„Noch neun Tage und der Rest von heute“, antwortete sie.

Willi hielt inne und überlegte.

„Und wie lange bist du dann erst einmal zu Hause?“, hakte er dann nach.

Lotta hob die Schultern.

„Keine Ahnung. Nach Eike hab ich ja direkt nach dem Mutterschutz sofort wieder angefangen zu arbeiten. Aber mit zwei Kindern zu Hause überlege ich ernsthaft, ob ich nicht erst mal ein bisschen Elternzeit machen soll. Zustehen würde er mir ja“, ließ sie ihren Gedanken freien Lauf.

Tatsächlich war sie sich immer noch unschlüssig. Im Gegensatz zu ihrem Mann Krischan war es für Lotta kein Problem, ein oder auch zwei Jahre auszusetzen und sich nur um die Kinder zu kümmern. Krischan war selbstständiger Kapitän auf seinem eigenen Ausflugskutter, der konnte da nicht einfach einmal eine längere Pause machen. Wobei es bei ihm im Winter, außerhalb der Saison, ja auch kaum etwas zu tun gab.

„Wenn es dir zusteht, solltest du es auch machen. Kinder werden ja so schnell groß. Nachher bereust du es, dass du dir die Auszeit nicht gegönnt hast", meinte Willi und rollte nun mit seinem Stuhl zum Drucker.

„Das sagt einer, der sein Leben lang ein eingefleischter Junggeselle war", musste Lotta nun sogar lachen.

Willi antwortete nicht, sondern starrte auf den Drucker, bei dem sich augenscheinlich nichts tat.

„Der Kasten spinnt schon mal", meinte Lotta, trat zu ihm und schlug mit der flachen Hand auf das Gerät.

„Na, ob das was bringt", brummelte Willi und rollte zurück zum Computer.

„Gibt es denn schon eine Vertretung für dich?", erkundigte er sich, während er wohl einen neuen Druckversuch startete.

„Nee, da musst du ja erst einmal einen finden, der für ein paar Monate auf die Insel zieht. Das will ja nicht jeder machen", seufzte sie, da es tatsächlich ein Problem war, einen Kollegen zu finden, der diesen befristeten Job haben wollte.

„Ich könnte mich ja dafür bewerben", erwiderte Willi und klang, als sei ihm dies todernst.

„Ich denke, wir benötigen hier aber keinen Hauptkommissar der Kriminalpolizei. So viele Morde passieren auf der Insel nicht", winkte sie amüsiert ab.

Willi hielt in seiner erneuten Rollbewegung zum Drucker inne und sah sie sehr eindringlich an.

„Jetzt mal im Ernst, Lotta. Wenn du tatsächlich mit dem Gedanken spielst, dir die zwei Jahre Auszeit zu gönnen … dann lass es mich bitte wissen. Ich habe nämlich noch genau zwei Jahre und dreiundzwanzig Tage bis zu meiner Pensionierung. Das würde ziemlich genau passen", sagte er sehr bestimmt.

„Du würdest deinen Job als Kriminalhauptkommissar gegen einen bei der Inselpolizei aufgeben?", war sie nun doch sehr erstaunt.

„Ja, würde ich sofort", sagte er, rollte weiter zum Drucker und entnahm diesem die Ausdrucke, die gerade einer nach dem anderen in der Schütte landeten.

„Dieses Hin und Her zwischen Wittmund und Langeoog … außerdem ist bei mir irgendwie die Luft raus, Lotta. Seit fast vierzig Jahren jeden Tag nur Mord und Totschlag, das muss ich nicht mehr haben", antwortete er und klang nun sehr nachdenklich.

Lotta versprach, sich die Sache zu überlegen und ihm in den nächsten Tagen Bescheid zu geben. Er bedankte sich, loggte sich am Rechner aus, schob Onnos Stuhl zurück an dessen Platz und verabschiedete sich dann mit seinen Ausdrucken in der Hand.

Nur wenige Sekunden, nachdem Willi die Außentüre der Wache ins Schloss gezogen hatte, begann der Drucker erneut zu brummen. Was jetzt ebenfalls nicht ungewöhnlich war. Im Grunde streikte der Kasten nämlich nie. Nein, er gönnte sich halt nur schon mal gerne eine Pause. Man brauchte Geduld bei dem Gerät. Mal druckte das Teil innerhalb von Minuten, manchmal erst nach Stunden. Onno und Lotta hatten den Fehler anfangs öfter gemacht. Anstatt einmal hatten sie Aufträge mehrmals gestartet, die dann innerhalb von einigen Stunden genauso oft, wie sie den Druck gestartet hatten, in der Schütte des Druckers landeten. Sie rollte mit ihrem Stuhl zu dem Gerät, nahm den zweiten Stapel Ausdrucke von Willis Akte entgegen und studierte sie. Erneut musste sie lächeln. Es ging also um die Explosion des Campingwagens von Tante Annemaries ehemaligem Schwager Frieder Hansen. Das war ja nun sehr interessant. Da würde sie doch gleich mal bei Annemarie anrufen und hören, was da los war.

Es musste Gedankenübertragung sein. Gerade wollte Annemarie Lottas Telefonnummer wählen, als das Gerät klingelte. Im Display die Nummer der jungen Polizisten.

„Hallo Lotta Liebes", grüßte Annemarie die Frau ihres Ziehsohnes Krischan.

„Hallo Annemarie, ich wollte nur mal hören, wie es dir und Martin auf dem Festland so ergeht", meinte Lotta so betont lapidar, dass Annemarie direkt hellhörig wurde.

Nein, Lotta rief nicht nur mal so an. Die wollte irgendetwas von ihr.

„Bei uns ist so weit alles bestens. Und bei dir?", hakte sie deshalb direkt mal nach.

„Hier auch", antwortete Lotta.

„Na, dann is es ja gut", bestätigte Annemarie und hatte bereits das Gefühl, als würde das Gespräch dem Ende zugehen.

„Willi war eben auf der Wache und hat sich den Bericht zum Unfall von deinem ehemaligen Schwager Frieder Hansen ausgedruckt", meinte Lotta dann wie nebenbei.

„Ja und? Was sagte er dazu?", interessierte es Annemarie. Sie persönlich glaubte immer noch nicht, dass Frieder ermordet worden war. Nein, sie traute es dem alten Dösbaddel durchaus zu, sich im Suff selbst in die Luft gejagt zu haben.

„Nichts. Außer dass die Angehörigen Zweifel an der Unfallthese hätten", wusste Lotta.

„Also ich für meinen Teil habe die nicht. Der Einzige, der Zweifel hegt und hier die Flöhe husten hört, ist Martin", gestand Annemarie.

„Also ist da nichts dran an der Sache?", schien Lotta nun sogar enttäuscht.

„Nein, da ist vermutlich nichts dran. Aber wo ich dich gerade in der Leitung habe, Lotta. Es gibt da vielleicht eine andere Angelegenheit, bei der du mir helfen könntest", gestand sie und berichtete Lotta von Trixi und in welchem Schlamassel das Mädchen steckte.

„Hmmm. Ach du meine Güte", war alles, was Lotta sagte, nachdem Annemarie geendet hatte.

Kapitel 11

Montag, 26. Juni 2023
Frieders Camping achtern Diek

„Ja, dat is ja aber mal eine Überraschung", fand Martin, als mit einem Mal Willi Bogner in der Tür des ehemaligen Bauernhauses stand.

„Weshalb Überraschung? Ich hab' doch gesagt, dass ich vorbeischaue", erwiderte der Polizist und sah sich in dem entkernten Haus um.

„Guck nit zu genau, Willi, dat wird hier alles wieder wunderschön und wie neu", erriet Martin seine Gedanken.

„Ja, wenn du das sagst, wird es wohl so sein", schien Willi nicht wirklich überzeugt.

Martin ging nicht weiter darauf ein. Er hatte Wichtigeres mit Willi zu besprechen.

„Komm mit, Willi. Mir gehen mal den Thommi suchen tun", sagte er stattdessen, packte Willi am Ärmel und zog ihn mit sich ins Freie.

„Mit Thommi meinst du Kriminaloberkommissar Thomas Kübler?", erkundigte sich Willi, während er Martin hinüber zum Ententeich folgte.

„Jepp, dat is ein sehr feiner Kerl. Ein sehr kompetentes Jüngelchen. Stell dir für, der hät keine Minute gebraucht, um den Computer von der Frau Annemarie … also den von dem Frieder zu knacken. Und weißt du, wat da drauf war, Willi?", machte Martin es jetzt erst einmal spannend.

„Vermutlich jede Menge Dateien", antwortete der für Martins Geschmack etwas zu trocken.

„Dat natürlich auch. Aber da war auch so ein Dingens drauf. Wie säd man noch … su ein Pferd von den Griechen, wo sich immer einer drin verstecken tut …", fiel Martin wieder dieser Fachbegriff nicht mehr ein.

„Ein Trojaner", wusste Willi aber sofort Bescheid.

„Genau, Trojaner. Su säd man", bestätigte Martin.

„Der Computer von Frieder Hansen wurde also ausspioniert?", wunderte sich der Polizist.

„Jo, dat wurde der. Außerdem ist hier so eine Immobilientante angerauscht und hät behauptet, der Frieder hätte ihr den Campingplatz an dem Tag, wo der gestorben is, für einen Appel und ein Ei verkauft. Die hatte aber nur einen Vorvertrag ohne Notar. Da kann die sich ja höchstens ihr hübsches Popöchen mit … na du weißt schon, wat ich meinen tu", berichtete Martin weiter und erwähnte dann auch noch den Mann vom Ordnungsamt.

Die Sache mit Trixi und dass die den Ordnungsbeamten getreten hatte, verschwieg er. Das ging Willi nämlich gar nichts an. Am Ende wollte der auch noch wissen wer Trixi war, und begann in deren Leben herumzuschnüffeln.

Seit den Vorkommnissen letztes Jahr auf Langeoog, als Willi sogar ihn und Annemarie nicht als Verdächtige ausschließen wollte, war Martin bei dem Polizisten etwas vorsichtig geworden. Was jetzt nicht an Willis Person lag.

Nein, der musste ja auch nur das tun, was sein Job von ihm verlangte. Privat war der ansonsten auch ein feiner Kerl. Aber Dienst war nun mal Dienst.

Sie fanden Thomas Kübler im Vorzelt seines Bullis, wo er an einem Campingtisch vor einem Laptop hockte.

„Moin Thommi, dat is mein Fründ Willi von der Kriponalpolizei in Wittmund. Willi, dat ist der Thommi. Ein juter Fründ und der Kollege von der Nina Moretti", machte Martin die beiden Polizisten jetzt erst einmal miteinander bekannt.

Thomas Kübler erhob sich, gab Willi die Hand und bot ihnen beiden dann einen Platz am Tisch an.

„Schicken Bus haben Sie da, Herr Kübler. Darf man fragen, was der für ein Baujahr ist und wo man so einen heutzutage noch findet?", interessierte es Willi.

„Der Bus? Das ist ein Erbstück von meinem Schwiegervater. Baujahr 1969. Ein echter Veteran der Proteste in Wackersdorf und bei der Startbahn West", antwortete Kübler amüsiert.

„Ach, der Herr von der Kriminalpolizei ist da", hörte Martin die Stimme eines der anderen Camper, der nun das Zelt betrat und sich zu ihnen setzte.

„Juter Mann, wir hätten hier wat Wichtiges zu besprechen", erklärte Martin ihm.

„Kein Problem der Markus genießt mein vollstes Vertrauen", meinte allerdings Kübler.

„Sind Sie auch Polizist?", erkundigte sich Willi.

Markus Büth schüttelte den Kopf.

„Nein, ich assistiere dem Thomas nur ein wenig."

Willi runzelte die Stirn und winkte dann ab.

„Nun ja, ist ja auch egal. Ich hab mir den Unfallbericht gestern noch einmal durchgelesen und kann da nichts erkennen, was auf ein Tötungsdelikt deutet. Frieder Hansen wurde sogar auf Betreiben meiner Kollegen und des zuständigen Staatsanwaltes obduziert. Die Todesursache ist eindeutig auf die Explosion zurückzuführen. Herr Hansen hatte zum Zeitpunkt seines Todes einen Blutalkoholspiegel von sagenhaften zwei Komma drei Promille", begann Willi und deutete auf die Mappe vor sich auf dem Tisch.

„Und was sagt der Gutachter zu der Gasflasche, die in den Trümmern lag?", erkundigte sich Kübler.

„Das steht da gar nicht so im Detail. In dem Bericht steht lediglich, dass es sich um eine Gasexplosion handelt, da vermutlich der Druckminderer, der Kocher oder eine der Leitungen defekt war."

„Gibt es Fotos von der Flasche mit aufgeschraubtem Druckminderer?", blieb Kübler hartnäckig.

Willi schüttelte den Kopf.

„Nein, es gibt nur Fotos, die die verkokelten Überreste des Campers im Ganzen zeigen", meinte Willi und reichte dem Westerwälder Polizist die ausgedruckten Aufnahmen.

Dieser betrachtete sie kurz, schüttelte ziemlich fassungslos den Kopf und reichte Willi dann ein Tablet.

„Das ist die Flasche, die Martin in den Trümmern gefunden hat. Es gibt oder gab gar keinen Druckminderer. Das Gewinde an der Flasche ist unbeschädigt und nur ein wenig verrußt. Da war gar nichts angeschlossen, und das Ventil war dennoch aufgedreht", zählte Kübler die Fakten auf.

„Jemand hat die Flasche in den Wagen gestellt und einfach aufgedreht", flüsterte Willi leise und runzelte abermals die Stirn, worauf Kübler, sein Assistent und auch Martin grinsen mussten.

„Davon steht nichts im Bericht?", erkundigte sich Kübler.

Willi schüttelte den Kopf, lehnte sich zurück und dachte einen Moment nach.

„Wo sind denn die Überreste des Wagens jetzt?", wollte er dann wissen.

„Die hat der Kevin mit dem Radlader im Müllanhänger entsorgt und auf die Kippe gefahren", wusste Martin.

„Das ist schlecht", fand Willi.

„Die Frage ist doch, warum der Sachverständige das nicht in seinem Bericht notiert hat? Warum steht da nichts von der aufgedrehten Gasflasche?", mischte sich der Mann ein, der Markus hieß.

„Gute Frage, Markus. Entweder er hat nicht richtig hingesehen oder absichtlich weggesehen", mutmaßte Thomas Kübler und wandte sich dann an Willi.

„Darf ich den Bericht des Gutachters mal sehen?"

Willi gab ihm ein Blatt Papier aus seiner Mappe.

„Ist das alles?", fragte der Westerwälder Kriminalist erstaunt.

„Ja, mehr gibt es nicht", bestätigte Willi, dem das ganze nun sehr peinlich schien. Martin war sich sicher, dass es solch eine Schlamperei nicht gegeben hätte, wenn Willi oder einer seiner Kripoleute vor Ort gewesen wäre.

„Der Typ ist noch nicht einmal ein vereidigter Sachverständiger, sondern einfach nur ein Feuerwehrmann", bemerkte Kübler und blickte ungläubig in die Runde.

„Na, ja. Nobody is perfect“, meinte Markus und hob grinsend die Schultern. So wie es schien, war der vermutlich doch vom Fach. Martin würde es schon noch herausbekommen, was der für einen Beruf ausübte.

„Sag mal, Trixi, wie hast du das mit Frieder eigentlich mit der Bezahlung deiner Miete gemacht?“, erkundigte sich Annemarie, als gerade wieder einmal kein Gast im Kiosk war.

„Nur Bares is Wahres. Ick hab dem Frieder zu jedem Ersten zweihundert Euro bar in die Kralle gedrückt. Det war für Miete, Strom und Wasser. Gas für Heizung und Kocher musste ick mir selbst drum kümmern“, antwortete die junge Frau.

„Ich gehe mal davon aus, dass Frieder dir keine Quittung oder Rechnung ausgestellt hat“, seufzte Annemarie.

„Nein, so wat brauchte ick nücht“, meinte sie.

Annemarie könnte sich die Haare raufen. Dass Frieder schlampig war, hatte sie schon immer gewusst. Aber dass es so schlimm war, dann nun auch nicht.

„Dein Standplatz ist doch der mit der Nummer vierzehn?“, erkundigte sie sich.

Trixi kam näher und sah ihr über die Schultern auf den Monitor.

„Ja, zumindest steht das auf der Steckdose hinter dem Wagen", stimmt sie Annemarie zu.

„Den hat aber ein Herr Rütter gepachtet", meinte Annemarie und deutete auf den Eintrag.

„Kenn ick nüscht. Noch nie gehört. Aber vielleicht hat dem der Wagen, in dem ick jetzt wohne, früher mal gehört", gestand sie.

„Ach, der gehört dir … ich meine Ihnen gar nicht. Entschuldigen Sie, ich hab Sie jetzt die ganze Zeit geduzt", erschrak Annemarie. Sie war so in Gedanken gewesen, dass sie es gar nicht gemerkt hatte.

„Ick wes. Is nicht schlimm", grinste das Mädchen.

Annemarie drehte sich um und streckte ihr die Hand hin.

„Dann würde ich sagen, wir machen das jetzt auch offiziell. Ich bin die Annemarie", bot sie ihr nun doch einfach mal das Du an, obgleich dies normalerweise überhaupt nicht ihre Art bei Angestellten war.

„Ick bin die Trixi", erwidert die Blondine.

Annemarie dreht sich nun mit dem gesamten Stuhl zu ihr um.

„Mich würde aber schon auch mal dein richtiger Name interessieren. Du hast doch bestimmt einen?", fragte sie und lächelte.

Trixi schluckte und nickte dann.

„Michaela Kiebitz. Aber det wär mir lieber, wenn du mich weiter Trixi nennst", sagte sie leise.

Kein Problem, Trixi. Aber ich muss ja zumindest irgendetwas über dich wissen, damit ich dich dann irgendwann doch mal offiziell anmelden kann. Stell dir vor, morgen steht hier unangemeldet der Zoll und kontrolliert wegen Schwarzarbeit meine Unterlagen, und ich weiß weder deinen Namen noch dein Geburtsdatum", erklärte sie und merkte sogleich, wie das Mädchen wieder unruhig wurde.

„Keine Angst, Trixi, dich wird hier niemand finden. Ich hab schon ganz andere Fälle wie dich vor der Polizei und auch vor Gaunern versteckt", versuchte Annemarie sie zu beruhigen.

„Ick weß. Martin hat erwähnt, dass du seiner Tochter auch geholfen hast", war sie, wie es schien, bestens informiert.

„Genau, Gina Marie hatte damals ähnliche Probleme wie du", bestätigte Annemarie und erkundigte sich dann nach dem Geburtsdatum ihrer neuen Angestellten, welches sie, nachdem Trixi damit herausgerückt war, neben dem Namen auf einem Schreibblock notierte. Obgleich Annemarie noch tausend Fragen an Michaela alias Trixi hatte, würde sie es dennoch erst einmal dabei belassen. Ihr Gefühl sagte ihr, dass sie behutsam mit dem Mädchen umgehen musste. Dennoch interessierte es Annemarie zum Beispiel brennend, warum und wie sie auf diesem Campingplatz gestrandet war. Da musste es doch einen Grund dafür geben. Doch alles zu seiner Zeit. Annemarie würde schon noch Licht ins Dunkel des Mädchens bringen. Wenn sie wirklich von diesen Ganoven zu was auch immer gezwungen worden war, dann war dies bestimmt nicht spurlos an ihrer jungen Seele vorübergegangen. Andererseits, so ganz überzeugt war Annemarie von der Geschichte mit dem Zuhälter in Berlin noch nicht. Vielleicht gab es diesen Hassan gar nicht? Was, wenn Trixi etwas ausgefressen hatte und deshalb gesucht wurde? Annemarie musste zugeben, dass sie das Mädchen mochte. Doch Trixi wäre nicht die Erste, in der Annemarie sich getäuscht hätte.

Thomas Kübler sah Martin von Schlechtinger und Willi Bogner durch das geöffnete Vorzelt hinterher, bis sie aus seinem Blickfeld verschwunden waren. Dieser Willi war ein netter Kerl. Das hatte auch schon Nina erwähnt, mit der er gestern am Abend kurz telefoniert hatte.

Noch immer bestand die Möglichkeit, dass der Tod von Frieder Hansen nur ein Unfall gewesen sein konnte. Vielleicht hatte der Kerl die Gasflasche, so betrunken wie er war, selbst aufgedreht. Nach allem, was Thomas mittlerweile in Erfahrung gebracht hatte, war er sich jedoch beinahe sicher, dass auf diesem Campingplatz irgendetwas nicht mit rechten Dingen zuging. Zum Beispiel der Hackerangriff. Dieser Trojaner auf dem Rechner des verstorbenen Campingplatzbesitzers war keiner von denen, die man sich beim Surfen im Internet eher zufällig mal so einfing. Nein, den hatte jemand mit Absicht auf genau diesem Computer platziert. Der Virus diente auch nicht dazu, den Rechner einfach nur lahmzulegen, an Kontodaten zu kommen oder um den Computer zu sperren, um den Geschädigten dann zu erpressen. Nein, irgendwer hatte es ganz gezielt auf die Person Frieder Hansen abgesehen. Der Hacker hatte Hansen ausspioniert, seine Mails gelesen und ihn mit Ton und Bild beobachtet.

Es war ein Jammer, dass Frieder Hansens Mobiltelefon bei der Explosion zerstört wurde oder auch nur verschwunden war.

Thomas würde wetten, dass sich auf diesem ebenfalls ein Trojaner befunden hatte. Von dem Gerät fehlte jede Spur. Vermutlich hatte Martin es mit den verkohlten Überresten in dem Traktoranhänger entsorgt.

„Und was machen wir jetzt?“, erkundigte sich Markus Büth, der immer noch neben ihm am Tisch saß.

„Wir beide fahren jetzt nach Wittmund und schauen mal, was die hier so an Häusern zum Kauf anbieten. Vielleicht ist ja was in unserer Preisklasse dabei“, erwiderte Kübler. Markus sah ihn kurz entgeistert an, grinste aber dann.

„Genau, Herr Kommissar. Wir schauen uns jetzt mal diese Immobilientante genauer an“, hatte er begriffen, was Thomas plante.

„Die Frage ist nur, wie wir da hinkommen. Bis wir das Vorzelt abgebaut und den Bulli aus dieser Wagenburg rangiert haben, ist es Nachmittag“, überlegte Kübler laut und sah zu Markus' Kombi, auf dessen Dach noch immer das Zelt thronte.

„Och nee, nicht wieder alles zusammenpacken. Ich bin froh, dass das Zelt steht“, schien der Dachcamper erneut seine Gedanken zu erraten und deutete dann auf die Fahrräder der Familie Kübler, die sie auf einem Heckträger des Hühnerstalls aus dem Westerwald transportiert hatten und die nun an einem Birnbaum lehnten.

„Puuuuhhhhh … Nee! Ich habe keinen Bock, bei dem Wetter bis Wittmund zu strampeln. Hast du eine Ahnung, wie weit das ist? Vielleicht kann Martin uns ein Auto leihen? Die werden hier ja bestimmt irgendeinen fahrbaren Untersatz haben", schlug Thomas vor und erhob sich von seinem Stuhl. Nein, auf Radfahren hatte er irgendwie gar keine Lust. Wäre es nach ihm gegangen, hätten sie die Räder auch zu Hause gelassen. Andererseits waren sie, wenn das Vorzelt am Bus befestigt war, das einzige Fortbewegungsmittel, das der Familie zur Verfügung stand. Den Bulli würden sie ohne großen Aufwand erst wieder benutzen können, wenn es in Richtung Heimat oder auf einen anderen Campingplatz ging. Wobei er einen Umzug in Anbetracht von Alexandras derzeitiger Glückseligkeit eher ausschließen würde.

Keine zehn Minuten später bogen sie in einem knallroten Vehikel auf die Landstraße in Richtung Esens, welches den Namen Auto, in Küblers Augen, nicht wirklich verdiente.

„Sehr geiles Teil", fand allerdings Markus auf dem Beifahrersitz, während Kübler krampfhaft versuchte, den zweiten Gang einzulegen. Es krachte im Getriebe. Dann nahm das entenähnliche Vehikel wieder Gas an und Fahrt auf.

„Was wissen wir denn bisher über diese flotte Ilse?", erkundigte sich Markus, als sie Esens passierten.

„Ilse Flott, achtundvierzig Jahre alt, verwitwet, zwei erwachsene Kinder. Einen Jungen, ein Mädchen. Das Maklerbüro hat bis zu seinem Ableben vor drei Jahren der Ehemann geführt. Sie ist alleinige Inhaberin des Ladens. Es gibt eine Bürokraft“, zählte Kübler das auf, was er noch auswendig über die flotte Ilse wusste.

„Warum könnte sie so ein Interesse an dem Campingplatz haben, dass sie sogar dafür bereit wäre, einen Mord zu begehen oder zu beauftragen?“, stellte Markus eine nicht ganz uninteressante Frage, über die Thomas ebenfalls bereits gegrübelt hatte.

„Wir wissen ja noch gar nicht, ob sie überhaupt als Täterin infrage kommt. Vielleicht war es nur ein Zufall, dass Frieder Hansen gerade an dem Tag ins Gras gebissen hat, als die beiden einen Vorvertrag über den Kauf des Grundstückes unterzeichnet haben“, nahm Thomas ihm den Wind aus den Segeln, obgleich er ebenfalls nicht an einen solchen Zufall glauben wollte.

Den Rest der Fahrt bis zu dem Maklerbüro unterhielten sie sich dann über die Eindrücke, die sie beide von dem Platz und dem bisherigen Verlauf des Urlaubs hatten. Markus, das glaubte Thomas herauszuhören, war von dem Campingplatz begeistert.

„Also diese Bulli-Fahrer finde ich ja schon lustig. Nur die Busse von denen gehen mir ziemlich auf die Nerven“, fand er.

„Weshalb? Sind doch allesamt sehr coole und gepflegte Schätzchen“, erkundigte sich Kübler, da ihm Alexandras Hühnerstahl ebenfalls immer mehr und mehr gefiel. Das alte Vehikel hatte sie bis auf den Plattfuß, für den es nichts konnte, heil an die Küste gebracht. Und in Kombination mit dem Vorzelt war das Teil auch nicht viel kleiner als das Luxusmobil seines ehemaligen Kollegen Hans Peter Thiel. Nun gut, es gab weder ein Klo noch eine Dusche. Aber damit konnte er, solange es so etwas auf dem Platz gab, leben.

„Klar sind die Busse schick. Aber die Schiebetüren an den Karren gehen einem gehörig auf die Nerven. Jedes Mal, wenn einer von den Bulli-Leuten nachts zum Pinkeln schleicht und anschließend die Schiebetür wieder zuwirft, bin ich hellwach. Ratschbumrums, Ratschbumrums“, stöhnte er.

Thomas wusste genau, was er meinte. Weshalb die Schiebetüre bei ihnen in der letzten Nacht nur noch angelehnt gewesen war. Was wegen des Vorzelts aber auch kein Problem darstellte. Im Gegenteil, das Mehr an Atemluftvolumen war äußerst angenehm.

Willi stellte seinen Wagen auf dem Parkplatz vor der Dienststelle ab, stieg aus und warf die Türe zu. Er hatte eine Mordswut. Vorhin, bei dem Gespräch mit dem Kollegen aus dem Westerwald, war er sich vorgekommen wie ein Trottel. In all den Jahren bei der Polizei hatte er noch nie solch schlampige Ermittlungen erlebt wie in dem Fall Frieder Hansen. Dafür gab es, so glaubte er, nur zwei mögliche Erklärungen. Entweder waren die Kollegen vor Ort dumm und faul gewesen, oder sie hatten die Sache mit Absicht unter den Teppich kehren wollen. Wobei er inständig hoffte, dass es sich tatsächlich nur um Dummheit und nicht um Amtsmissbrauch oder Vorteilsnahme im Dienst handelte. Für Dummheit gab es in der Regel einen Anpfiff. Beim vorsätzlichen Fälschen oder Unterschlagen von Berichten hingegen rollten Köpfe.

Heute führte ihn sein Weg nicht direkt in sein Büro.

„Moin Franz", grüßte er Polizeirat Riegel, den Chef der Schutzpolizei, und warf ihm den Ausdruck der Akte hin.

„Was ist das?", erkundigte Riegel sich und griff nach den Unterlagen.

„Das, mein Freund, ist der Bericht, beziehungsweise die gesamte Akte, bezüglich der Explosion auf dem Campingplatz von Frieder Hansen von vor vier Wochen, in der Nacht von Donnerstag auf Freitag", erklärte er.

„Ach, dieser Betrunkene. Der, der sich selbst in die Luft gejagt hat", wusste Riegel und legte die Akte vor sich auf den Tisch.

„Da bin ich mir nicht wirklich sicher, ob der das selbst getan hat, oder ob da nicht doch jemand nachgeholfen hat", antwortete Willi.

Polizeirat Riegel kniff die Augen zusammen und straffte sich.

„Was willst du damit sagen, Willi?"

„Ich will damit sagen, dass ich einen Anruf von den Erben des Mannes hatte. Die Leute sind davon überzeugt, dass Hansen ermordet wurde. Das Gutachten des Brandsachverständigen ist ein nichtssagender Witz und stimmt vorne und hinten nicht mit den tatsächlichen Gegebenheiten vor Ort überein", schimpfte Willi.

Riegel winkte ab.

„Willi, Willi. Das muss ich dir doch nicht erklären, dass Angehörige die Wahrheit oft nicht wahrhaben wollen und sich aufspielen, als seien sie selbst vom Fach, nur weil sie einmal einen Krimi gelesen haben", tat Riegel ab.

„Der Kerl, der das Gutachten geschrieben hat, ist noch nicht einmal ein Gutachter. Der Kerl ist einfach nur ein Wehrmann bei der Freiwilligen Feuerwehr. Der Ehemann der neuen Besitzerin hingegen ist Gasinstallateur. Ein Meister und Sachverständiger", konterte Willi und trug gerade ziemlich dick auf. Ob Martin tatsächlich ein Sachverständiger war, wusste er gar nicht. Doch der Kölner besaß eindeutig mehr Sachverstand als der Feuerwehrmann, welcher das Gutachten verfasst hatte.

„Kalle und Tobias waren sich zu hundert Prozent sicher, dass es ein tragischer Unfall unter Alkoholeinfluss war", erwiderte Riegel.

„Das haben Kalle und Tobias aber gar nicht zu entscheiden. Für so etwas gibt es bei uns eine Abteilung, und die heißt Kriminalpolizei", redete sich Willi immer weiter in Rage.

„Okay, du hast recht. Sie hätten euch vielleicht informieren müssen", gab Riegel zu und fügte dann an: „Mensch Willi, das sind erfahrene Polizisten. Die wissen schon, was sie tun", raunte Riegel und reichte Willi die Akte zurück, ohne einmal hineingesehen zu haben.

„Gut, wenn du meinst. Dann bestell den beiden bitte, dass ich sie unverzüglich sprechen möchte. Wir ermitteln jetzt in dem Fall, und ich muss sie dazu als Zeugen befragen", sagte er, nahm die Akte und verließ das Büro. Jetzt musste er nur noch den Staatsanwalt davon überzeugen, dass es etwas zu ermitteln gab. Doch da machte Willi sich keine Sorgen darum. Der Jungspund fraß ihm aus der Hand.

„Ich glaub, da vorne ist es", entdeckte Thomas das Bürogebäude in dem Industriegelände am Wittmunder Stadtrand als Erster. Er fuhr an dem Gebäude vorbei, vor dessen Eingang ein feuerrotes BMW-Cabriolet parkte, und bog dann in eine Seitenstraße, wo er die Kastenente auf dem Parkplatz eines Supermarktes abstellte.

„Warum parken wir hier und nicht direkt vor dem Büro der flotten Ilse?", erkundigte sich Markus verwundert.

„Weil ich nicht möchte, dass sie das Auto sieht. Vielleicht kennt sie die Karre von Frieder Hansen ja", beschied Thomas ihn.

„Leuchtet mir ein", meinte Markus und schwang sich aus dem Vehikel. Thomas folgte ihm und schnappte sich seine beige Jacke vom Rücksitz, bei der es sich um haargenau das Modell handelte, das Götz George im „Tatort“ in seiner Rolle als Schimanski getragen hatte.

„Ist dir kalt?“, erkundigte sich Markus.

„Nein, aber ich hab meinen ganzen Kram in den Jackentaschen“, log er nur teilweise, da er tatsächlich sonst nicht wusste, wo er sein Mobiltelefon, Portemonnaie und das ganze andere Zeugs, was er immer gerne dabeihatte, hinstecken sollte. Diese Armeejacken waren ein reinstes Raumwunder. Außerdem fand er es doch auch noch etwas frisch am heutigen Morgen.

„Haben Sie einen Termin bei Frau Flott?“, fragte die Bürokraft im Vorzimmer der Maklerin, nachdem Thomas sie beide vorgestellt hatte und um ein Gespräch mit der Chefin gebeten hatte.

„Nein, das haben wir nicht. Wir wussten nicht, dass man bei Ihnen einen Termin benötigt, wenn man einen sechsstelligen Betrag investieren möchte“, log Kübler.

Die etwa zwanzigjährige Brünette mit der viel zu großen Brille sah sie abwechselnd an. Anscheinend dauert es bei ihr mit dem Denken etwas länger.

„Komm, Thomas, lass uns zu einem anderen Makler gehen. Hier scheint man als Kunde nicht erwünscht“, säuselte Markus und fasste Thomas am Arm.

„Was ist hier los?“, schaltete sich jedoch just in dem Moment die schneidende Stimme einer Frau ein.

„Frau Flott?“, fragte Thomas und trat auf die aufgebrezelte Dame mit den roten Pumucklhaaren zu.

„Ja, das bin ich. Was kann ich für die Herren tun?“, erkundigte sie sich überfreundlich und deutete auf die offen stehende Türe, durch die sie gerade den Raum betreten hatte.

„Kübler und Büth, wir interessieren uns für ein Häuschen an der Küste“, war Markus etwas schneller als Thomas.

„Mieten oder kaufen?“, hakte die flotte Ilse nach und ging vor ihnen her in ihr Büro. Thomas musterte sie von hinten. Die Dame hatte sich für ihre achtundvierzig Lenze verdammt gut gehalten. Das musste man neidlos anerkennen.

„Kaufen. Wir möchten kaufen“, bestätigte Markus derweil.

„Eher ein Feriendomizil oder etwas zum dauerhaft Bewohnen?“, fragte Frau Flott weiter und nahm hinter einem Schreibtisch Platz.

„Sowohl als auch. Erst einmal nur für die Ferien mit der Option, irgendwann nur noch hier zu leben“, war Markus nun total in seinem Element. Ja, der alte Kumpel konnte mit Leuten reden und umgehen. Das musste Thomas neidlos eingestehen. Er selbst war ja mehr so ein Schreibtischtäter der den Außendienst ansonsten mied. Klar musste er schon mal mit raus oder war bei Zeugenbefragungen zugegen. Doch da war es meist seine Partnerin Nina, die die Fragen stellte und quasselte.

„Verstehe, Sie sind ja bestimmt auch noch berufstätig. Darf ich fragen, in welcher Branche Sie tätig sind?“, wollte Ilse wissen.

Während Thomas noch nach einer möglichen Antwort suchte, antwortete Markus bereits.

„Wir sind Friseure. Damen und Herren“, antwortete er, und Kübler war wahrlich erleichtert, dass der jetzt nicht herausgeplaudert hatte, dass Thomas Polizist bei der Kripo war. Das ging Frau Flott nämlich gar nichts an und würde bei ihr, falls sie etwas mit der Tat zu tun hatte, nur schlafende Hunde wecken.

„Friseure?“, schien sie erstaunt und grinste dabei irgendwie doof.

Dann läutete mit einem Mal ihr Mobiltelefon. Sie nahm das Gerät, sah kurz auf das Display, wischte das Telefonat dann weg und legte das Gerät wieder vor sich auf den Tisch.

„Entschuldigen Sie, meine Herren ... das war nicht wichtig“, säuselte sie und lächelte.

„Kein Problem, Gnädigste“, schleimte Markus nun schon fast.

„Wo waren wir stehen geblieben ... Ach ja. Sie suchen also ein Haus zum Ausspannen und Wohnen. An was genau hatten sie denn da gedacht? Etwas in Stadtnähe oder eher ein kuscheliges Liebesnest auf dem platten Land ohne unmittelbare Nachbarn? Vielleicht sogar etwas auf den Inseln?“, säuselte sie und grinste immer noch so doof. Thomas fragte sich, was die gerade so amüsant fand. Doch dann begann es ihm langsam zu dämmern. Ein Liebesnest, die dachte, er und Markus wären ein homosexuelles Paar. Er musste sich nun beherrschen, nicht laut loszulachen.

Erneut klingelte das Telefon der flotten Ilse. Genervt verdrehte sie die Augen, sah wieder auf das Display, murmelte eine Entschuldigung und nahm das Gespräch dann an.

„Verdammt noch mal. Ich hoffe du hast einen guten Grund zu stören“, fauchte sie gar nicht mehr so nett in das Gerät und hörte dann eine Weile zu.

„Wie, die Polizei ermittelt wieder? Ich dachte die Sache wäre vom Tisch. Moment mal ...“, zischte sie in das Gerät, sah zu Thomas und Markus und erhob sich von ihrem Stuhl.

„Einen kleinen Augenblick, die Herren, ich bin sofort wieder bei Ihnen", säuselte sie, rannte dann mit dem Telefon am Ohr in einen Nebenraum und schloss die Türe hinter sich. Sofort war Markus ebenfalls auf den Beinen, folgte ihr und legte ganz dreist sein Ohr an die Tür.

Thomas sah sich derweil auf dem Schreibtisch um. Er hob Akten und Papiere, überflog sie und legte sie wieder zurück.

„Na, sieh mal einer an", flüsterte er, als er glaubte, fündig geworden zu sein. Kurz überlegte er, die Unterlagen abzufotografieren, entschied sich dann aber um und ließ den ganzen Kram kurzerhand unter seiner sandfarbenen Schimanski-Jacke verschwinden. Bei der Unordnung auf dem Schreibtisch würde Ilse Flott vermutlich davon ausgehen, die Unterlagen selbst verschlampt zu haben.

Es war keine Sekunde zu früh, da nun auch Markus von der Tür herangeflitzt kam und sich gerade noch hinsetzen konnte, bevor die flotte Ilse zurück ins Zimmer kam.

Kapitel 12

Montag, 26. Juni 2023
Frieders Campingplatz achtern Dieck

„Ja gibt dat sujet", schimpft Martin und sah an dem Fahnenmast von Hans Werner Paschulke empor, an dem eine nagelneue Fahne des FC Bayern München im Wind knatterte. Dass die Paschulkes gestern am Abend abgereist waren, hatte Martin mitbekommen. Laut Trixi hatte sie die beiden an den Wochentagen hier auch noch nie gesehen. Typische Wochenendcamper eben.

Überhaupt war der Platz nun am Montag nicht mehr so gut besucht wie in den letzten zwei Tagen. Die meisten Camper, das hatte Martin begriffen, nutzten ihre Wohnwagen ähnlich wie ein kleines Wochenendhaus oder einen Schrebergarten. Nur dass sie hier kein Gemüse und Obst anbauten.

Er blickte sich um. Zu sehen war niemand, der ihn dabei beobachten könnte, wenn er die Fahne abermals verschwinden ließ. Dennoch musste er vorsichtig sein.

Martin bemerkte eine Bewegung an einem der Fenster an Billy the Kids Camper. Der seltsame Vogel hatte sich das ganze Wochenende nicht blicken lassen. Am Samstag war Martin lediglich aufgefallen, dass das Mofa des Spinners nicht an dem Platz vor dem Wohnwagen stand. Jetzt war es allerdings wieder da. Vielleicht war Billy einkaufen gewesen. Hier im Kiosk schien er nicht zu verkehren. Zumindest hatte Martin ihn in den letzten Tagen nicht gesehen und konnte sich auch nicht entsinnen, dass er überhaupt einmal etwas gekauft hatte. Die besten Kunden waren auch nicht die Bewohner auf dem Platz, sondern Touristen, die sich hier nur eher zufällig hin verirrten. Die kamen zu Fuß oder mit ihren Rädern vorbei, kauften ein Eis oder etwas zu trinken und machten sich dann wieder vom Acker.

Martin hatte es zuerst gar nicht begriffen, woher diese Leute von dem Kiosk wussten. Erst als Trixi ihm das Hinweisschild an dem Weg, der am Deich entlangführte, zeigte, war ihm ein Licht aufgegangen. Kalte Getränke und Eis stand da nämlich auf einer großen handgemalten Tafel.

Seit dieser Entdeckung war Martin davon überzeugt, dass die Leute auch kämen, wenn dort stände, dass es ein Café oder Restaurant gäbe. Am besten mit einer Terrasse wo man draußen unter den großen Lindenbäumen sitzen konnte. Auch seine Annemarie konnte sich mittlerweile vorstellen, dass dieses Konzept funktionieren könnte. Nun galt es nur noch die Bude zu sanieren und einen geeigneten Pächter zu finden.

Etwas anderes war Martin ebenfalls noch eingefallen. Und zwar in Bezug auf den Trojaner, den sein Freund Thommi auf Frieders Computer gefunden hatte.

Hatte Trixi nicht behauptet, Billy wäre ein Computerhacker oder so etwas in der Art?

Ja, hatte sie. Vielleicht sollte er das nachher einmal mit Thommi bereden. Nicht dass dieser Billy hinter dem Computervirus steckte. Zutrauen würde Martin es ihm. Wer Drogen hinter dem Schuppen seines Platzwartes anbaute, war bestimmt zu allem fähig.

Noch einmal blickte er zu der Fahne und verwarf den Gedanken, sie am helllichten Tag zu konfiszieren. Er würde das am besten in der Nacht erledigen.

„Bitte sehr, Herr Koschinski, Ihr Tabak", hörte er Annemarie sagen, als er den Kiosk betrat. Seine Gattin stand hinter der Theke und überreichte Werner Koschinski gerade ein Päckchen des ausländischen Tabaks. Vor dem Tresen stand nun, genau wie vor sieben Tagen, ein gammeliger Müllsack aus dem einige leere Plastikflaschen herauslugten. So ein Päckchen mit Tabak hielt bei dem Alten also ganz genau eine Woche, kam es Martin in den Sinn. War er wahrhaftig schon eine Woche hier auf dem Platz? Ja, dem war tatsächlich so. Die Zeit verging wahrlich wie im Fluge, wenn man genug zu tun hatte.

„Moin Herr Koschinski", sagte er, als der alte Mann ihm auf dem Weg nach draußen zunickte. Dieser erwiderte den Gruß und schlurfte in Richtung seines Wohnwagens.

„Sag mal, Martin, hast du von dieser Tabaksorte schon einmal gehört? Dieses Päckchen sieht mir doch irgendwie merkwürdig aus", fragte Annemarie und drehte eines der Tabakpäckchen in den Händen.

„Vermutlich wird dat Zeug von dem Unkraut gemacht, dat bei uns in Köln am Bahndamm wachsen tut", machte er jetzt einmal einen Scherz, auf den Annemarie allerdings nicht einging.

„Da ist auch gar keine Aufkleber von der Steuer. Meinst du, das wäre illegal importierte Ware?“, hatte Annemarie auch diesen Umstand nun bemerkt.

„Jo, dat will ich wohl meinen tun. Keine Ahnung, wo der Frieder dat Zeug herhat. Aber im Lager drüben liegen noch drei Kartons voll davon. Da kann der Opa Koschinski noch Jahre von rauchen tun“, wusste er.

„Ich weiß nicht. Wir sollten so etwas nicht verkaufen. Vielleicht sollten wir das Zeug entsorgen, bevor sich da jemand die Gesundheit ruiniert“, grübelte sie.

„Papperlapapp. Dat Zeugs tut eh keiner kaufen tun außer dem Opa Koschinski. Und bei dem seiner Lunge kannst du vermutlich nit mehr sujet viel kaputt machen tun“, fand Martin und fing sich sogleich einen bösen Blick ein.

„Ja wat denn? Is doch wahr. Häst du den mal husten hören? Dat tut bestimmt nit mehr besser werden tun“, war er sich sicher, obgleich er kein Arzt war.

Annemarie seufzte, stellte den Tabak zurück ins Regal und deutete auf das Leergut.

„Würdest du das bitte wegbringen?“

„Eiei Frau Kapitän“, bellte er, grüßte militärisch und schnappte sich dann den Sack mit dem Leergut, um ihn ins Lager zu bringen.

„Ach, Martin, du hast nicht zufällig Trixi gesehen? Die ist vor über einer Stunde nur mal kurz zum Streichelzoo, um nach den Tieren zu sehen, und seitdem verschwunden“, schien Annemarie besorgt.

„Keine Panik, Chefin, die hab' ich vorhin zum Fegen eingeteilt. Die is nebenan im Haus und hilft dem Olek und dem Bolek, die Bude vom Schutt zu befreien. Morgen früh müssten die Kabel und dat andere Elektromaterial kommen, da muss die Baustelle tipptopp sein, damit man da anständig schaffen kann", belehrte er sie und machte sich dann aus dem Staub.

„Wie ich solche Leute hasse", stöhnte Markus Büth, als sie beide gemeinsam das Maklerbüro der flotten Ilse verließen.

„Was meinst du mit ‚solche Leute'?", erkundigte sich Thomas bei ihm.

„Ja, was wohl. Solche wie diese Frau Flott. Direkt immer Vorurteile. Kaum sag ich ihr, dass wir Friseure sind, schon denkt sie, dass wir schwul sind. Das ist echt immer wieder dasselbe und das absolut Letzte", schimpfte Markus, und Thomas musste nun tatsächlich lachen.

„Was du immer hast. Dabei sind wir zwei doch so ein hübsches Paar", gackerte er, da er das Ganze tatsächlich komisch fand. Seine Frau Alex würde das bestimmt ebenfalls lustig finden, wenn er ihr nachher davon erzählte.

Markus Büth blieb stehen und blickte ihn an.

„Meine Güte, Kübler, hast du einen Clown gefrühstückt? Wo ist denn mein alter spießiger Kumpel heute Morgen? So kennt man dich gar nicht“, grinste er.

„Ich spießig?“, glaubte Thomas sich verhört zu haben.

„Ja“, bestätigte Markus.

Thomas schüttelte den Kopf.

„Nö. Da wüsste ich aber was von“, entgegnete Thomas, da er bestimmt nicht spießig war. Besonnen und vernünftig – ja das schon. Aber bestimmt nicht spießig.

„Ist ja aber mal egal. Sag mir lieber, was du bei Ilse vom Schreibtisch geklaut hast“, wollte Markus wissen.

Thomas zog die Akte heraus und las laut vor.

„Projekt Wohlfühloase hinterm Deich.“

„Was soll das sein?“, hakte Markus nach.

Thomas schlug die Mappe auf und studierte sie, während sie weiter zu dem Parkplatz gingen, wo sie den alten Citroën abgestellt hatten.

„Die gute Ilse plant da, wo sich jetzt der Campingplatz befindet, so eine Ferienhaussiedlung mit Holzhäusern im skandinavischen Look“, umschrieb Thomas das Projekt und hielt Markus eine Zeichnung des Geländes hin.

„Wow. Sogar mit einem Golfplatz“, staunte der nicht schlecht.

„Die Frage ist allerdings, warum sie unbedingt das Grundstück von Frieder Hansen dazu braucht? Hier gibt es doch Gegend ohne Ende. Da würde sich doch bestimmt auch ein anderer Acker dafür finden“, kam es Thomas in den Sinn.

„Die Frage ist aber, ob du auf einem anderen Acker bauen darfst. Als der Campingplatz damals genehmigt wurde, war man bestimmt noch nicht so sensibel, was die

Natur angeht“, vermutete Markus, was Thomas bei näherer Betrachtung einleuchtete.

„Konntest du noch etwas von dem Telefonat verstehen“, interessierte es Thomas.

„Nein, nur das, dass die Ilse sich mächtig aufgeregt hat und sie den anderen gefragt hat, wofür sie ihn eigentlich bezahlen würde“, berichtete Markus und blieb dann abrupt stehen.

„Ist was?“, erkundigte Thomas sich, da sein alter Kumpel gerade guckte, als hätte er einen Geist gesehen.

„Ich hätte schwören können, dass wir die Ente eben genau auf diesem Parkplatz abgestellt haben“, stammelte er.

Thomas sah sich suchend um.

Ja, er war sich ebenfalls sicher, dass er vorhin genau an der Stelle, wo sie gerade standen, das hässliche rote Entlein geparkt hatte.

„Eh, das gibt es doch nicht. Wer klaut denn so eine Karre?“, stieß er aus und sah sich weiter suchend um. Doch von der markante alten Kastenente war nirgends etwas zu sehen.

„Vielleicht erlaubt sich da wer einen Spaß mit uns?“, meinte Markus.

„Wenn das ein Spaß ist, kann ich da nicht drüber lachen“, knurrte Thomas.

„Jepp, weil du tief in deinem Inneren doch ein Spießer bist“, philosophierte Markus und zog sein Mobiltelefon aus der Hosentasche.

Der Staub hing in der Luft wie der Herbstnebel über dem Watt.

„Meine Güte, meint ihr nicht, ihr solltet besser Schutzmasken tragen?“, fand Annemarie und riss ein weiteres der Fenster auf.

„Nee, Chefin, det mit den nassen Tüchern vor dem Mund klappt schon prima“, fand Trixi, die gemeinsam mit Jakup Dreck und Schutt in eine Schubkarre schaufelte und mit dem Tuch vor Mund und Nase aussah wie eine Gangsterbraut.

Zugegeben, Annemarie fehlte es schon ein wenig an Fantasie, sich vorzustellen, wie aus dieser Ruine ein schnuckeliges kleines Restaurant mit Biergarten werden sollte.

Den ganzen Sonntagnachmittag hatte sie mit Martin, Trixi und den beiden polnischen Arbeitern bei Tee und Torte Pläne geschmiedet und sogar aufgezeichnet.

Annemaries Vorschlag, am Montag einen Architekten zu bestellen, damit dieser das Ganze ins Reine zeichnen sollte, hatten die vier, allen voran Martin, kategorisch abgelehnt. Ihr Gatte vertrat die Ansicht, dass Architekten vollkommen überbewertet würden und von der Praxis und dem wahren Leben auf einer Baustelle eh keine Ahnung hätten.

„Det wird richtig geil. Ick seh mich schon hinter der Theke stehen“, war Trixi total begeistert bei der Sache.

Die Euphorie des Mädchens machte Annemarie irgendwie Angst. Vor allem nach dem, was Lotta ihr vorhin am Telefon über Trixi erzählt hatte. Als Annemarie ihr den richtigen Namen der jungen Frau gesagt hatte, war Lotta tatsächlich im Computer der Polizei fündig geworden. Das Mädchen wurde seit knapp anderthalb Jahren gesucht. Trixi alias Michaela Kiebitz galt offiziell als vermisst. Einer Straftat wurde sie nicht bezichtigt. Ein Umstand, der Annemarie ein wenig beruhigte. Dennoch gab es in Berlin eine Familie Kiebitz, die seit neunzehn Monaten nach ihrer verschwundenen Tochter suchte. Ein, wie Annemarie fand, unzumutbarer Umstand. Als Lotta ihr davon erzählte, hatte Annemarie nur gedacht, wie sie reagieren würde, wenn Krischan oder auch Gina Marie plötzlich und ohne ein Lebenszeichen verschwänden. Sie würde wahnsinnig vor Sorge werden, obgleich die beiden noch nicht einmal ihre leiblichen Kinder waren. Was aber auch vollkommen egal war.

Von einem gewissen Hassan stand im Polizeicomputer nichts, weshalb Annemarie nun davon ausging, dass der Mann vermutlich frei erfunden war. Sie beobachtete Trixi, die sich mit Jakup auf Polnisch unterhielt und lachte. Eine fröhliche junge Frau, die in den letzten Tagen irgendwie aufgeblüht war. Da Annemarie um die tatsächlichen finanziellen Verhältnisse der jungen Frau nicht im Bilde war, hatte sie Trixi gestern den Lohn für die erste Woche ausgehändigt. Entgegen ihren Prinzipien in bar in einem Umschlag.

Auf Dauer würde das aber so nicht laufen können und dürfen. Annemarie musste noch einmal mit ihr unter vier Augen über das reden, was in Berlin vorgefallen war. Grundlos war Trixi bestimmt nicht abgehauen, um sich dann in Ostfriesland zu prostituieren. Nein, da musste es einen Auslöser für gegeben haben.

„Das weiß doch jeder, dass der Frieder ständig einen im Tee hatte", bellte Roger Schurich und fuchtelte mit den Armen herum. Für Willis Geschmack war der Feuerwehrmann, seit er ihn mit dem von ihm angefertigten Brandgutachten konfrontiert hatte, reichlich aufgebracht und nervös geworden.

„Und wenn der Mann hundertmal ein Trinker war, gibt Ihnen das noch lange nicht das Recht, schlampig zu ermitteln", sagte Willi schroff.

Dieser Fall kostete ihm wahrlich Nerven. Er verabscheute Schlampigkeit, wie sie hier stattgefunden hatte, abgrundtief.

„Warum gibt es keine Detailfotos von der Gasflasche oder den Leitungen?", fragte Willi, nachdem er mehrfach tief ein- und ausgeatmet hatte.

„Na ja, wir hatten gedacht, wir brauchen das nicht. Das war ja eh ziemlich eindeutig, was da passiert ist. Warum sollte den Frieder auch einer abmurksen wollen. Bei dem war doch eh nichts zu holen. Der war ständig klamm und hat in fast jeder Kneipe im Umkreis von zehn Kilometern noch einen unbezahlten Deckel liegen. Der Zeuge, der Mann, der auch den Notruf gewählt hat, meinte, Frieder hätte unmittelbar vor der Explosion noch laut gegrölt. Der war total besoffen", verteidigte sich Roger Schurich.

„Es gab also einen Zeugen. Warum steht der weder im Bericht der Polizei noch in dem von Ihnen verfassten Bericht?", hakte Willi nach, da er gerade zum ersten Mal von diesem Zeugen hörte.

„Nun ja … der Mann war schon ein bisschen seltsam. Der hat auch fast nur unsinniges Zeugs gebrabbelt. Dass das bestimmt ‚die da oben' gewesen seien, die den Hansen in die Luft gejagt hätten", gab der Feuerwehrmann zu, verdrehte die Augen und machte eine kreisende Bewegung mit seinem Zeigefinger an seiner Schläfe.

„Wen meinte der Mann mit die da oben?", hakte Willi nach.

Roger sah nach oben zur Decke, und Willi folgte seinem Blick. Doch außer weißem Putz und einer Neonröhre war da nichts zu sehen.

„Ich glaub, der meinte die grünen Kerls vom Mars oder so … wie gesagt, der war ein bisschen merkwürdig. Deshalb haben wir, deine Kollegen und ich, beschlossen, den auch gar nicht zu erwähnen", faselte Roger.

„Du nimmst mich doch jetzt hier auf den Arm", fragte er barsch und ging nun einfach zum Du über. Es sagte sich nämlich tatsächlich leichter du Idiot als Sie Idiot.

„Nee, ich schwör. So war das", beteuerte Roger.

„Und es kann nicht zufällig sein, dass irgendwer Drittes dir was angeboten hat, damit der Bericht so ausgefallen ist, wie er nun ist?"

„Du meinst Bestechung? Nee, so was gibt das bei mir nicht. So was hab' ich nicht nötig", wehrte Roger ab und schien nun noch zappeliger zu werden.

„Haben du oder meine Kollegen sonst noch Zeugen befragt oder mit Anwesenden gesprochen?“, blieb Willi am Ball.

„Das musst du deine Kollegen fragen“, erwiderte der Feuerwehrmann.

„Ich frag aber dich“, knirschte Willi zurück.

„Ja, nee. Da waren gar nicht so viele Leute. Da war nur dieser Spinner und der Billy. Ach ja … am Fenster von der ihrem Wohnwagen war mal kurz die Trixi zu sehen.“

„Die Trixi? Hat die auch einen Nachnamen?“, hakte Willi sofort ein und notierte den Namen, der ihm bisher ebenfalls noch nicht in diesem Fall untergekommen war. Man musste eben nur lang genug bohren, wenn man an Informationen herankommen wollte.

„Klar hat die auch einen Nachnamen. So was hat doch jeder“, antwortete Roger.

„Und wie lautet der?“, knurrte Willi.

„Keine Ahnung. Den hat sie mir nicht gesagt. Ich war aber auch nur ein einziges Mal bei ihr. Aber das muss hier unter uns bleiben. Wenn meine Alte davon erfährt, dann is aber Holland in Not“, flüsterte Roger.

„Verdammt, Schurich. Muss man dir alles aus der Nase ziehen. Was hattest du mit dieser Trixi, warum warst du bei ihr? Und warum darf deine Frau das nicht erfahren?“, stöhnte Willi. Dieser Typ ging ihm gehörig auf den Zeiger.

Roger verdrehte die Augen.

„Die Trixi, das ist so eine Dame für gewisse Stunden, du weißt schon, was ich meine“, gab er zu.

„Sie ist eine Prostituierte“, glaubte Willi zu verstehen. Das Ganze wurde immer spektakulärer.

„Jo. Dat is sie. Und wenn meine Alte erfährt, dass ich bei der im Wohnwagen war … Das is ja wegen dem Geld. Meine Mutti regt sich ja immer so auf, wenn ich das unnötig ausgeben tu“, faselte er, und Willi konnte ihm erneut nicht folgen.

„Eben sagtest du, deine Frau dürfe das nicht erfahren“, erkundigte er sich daher noch einmal.

„Meine Frau … nee das hab’ ich nicht gesagt. Ich bin ja gar nicht verheiratet. So was kommt mir nicht ins Haus. Mutti sagt auch immer, dass Frauen einem nur die Kohle aus der Tasche ziehen wollen. Erst machen die dir schöne Augen, und dann machen sie dich arm“, behauptete Roger.

„Sagt deine Mutter?“, wiederholte Willi und hätte nun beinahe laut losgelacht.

„Sag jetzt nichts Falsches“, knurrte Thomas Kübler, als er und Markus sich auf die Beifahrersitzbank in Oemmis Bulli quetschten. Der Bär am Steuer sah ihn ganz ernst an und begann dann schallend und wie irre zu lachen.

„Ich kann da nicht darüber lachen“, bellte Thomas ihn an. Die ganze Sache war ihm mehr als unangenehm. Da lieh er sich bei Martin ein Auto und ließ sich die

Karre am helllichten Tag von einem Supermarktparkplatz klauen. Blöder konnte es echt nicht laufen.

„Sorry, Thommi. Aber ich kann nicht anders. Ihr zwei gurkt mit der hässlichsten Karre Ostfrieslands durch die Gegend und lasst euch den Hobel auch noch klauen", lachte Oemmi.

„Na ja. Irgendwie hat er ja schon recht", fand jetzt auch noch Markus.

Nein, Thomas konnte da nicht drüber lachen. Ob hässlich oder nicht. Die alte verbeulte Kastenente gehörte nicht ihm, sondern einem Freund. Da war es doppelter Mist, dass die Kiste weg war. Er würde Martin und Annemarie den Schaden ersetzen müssen. Hoffnungen, dass der alte Wagen eine Kaskoversicherung besaß, die den Diebstahl zumindest finanziell deckte, hatte er wenig. Kein Mensch versicherte so einen Wagen Kasko.

„Am besten fahren wir direkt zu meinen Kollegen und zeigen den Diebstahl an", knurrte er.

„Meinst du nicht, du solltest damit warten? Vielleicht hat sich nur irgendwer einen schlechten Scherz erlaubt", schlug Oemmi vor.

„Nein, so etwas meldet man unverzüglich, damit die Kollegen sofort reagieren können. Wenn so ein Wagen erst mal in Polen oder auf einem Schiff nach Afrika ist, dann kannst du es vergessen", belehrte Thomas ihn.

„Sorry, Thommi. Aber selbst die Polen und Afrikaner haben ihren Stolz. Die würden das Vehikel mit dem Hintern nicht angucken", lachte Oemmi.

„Meine Güte … das gibt es ja nicht! Diese alten Citroën 2CV mit Kastenaufbau werden richtig teuer gehandelt", mischte sich Markus Büth nun ein und hielt Thomas sein Mobiltelefon vor das Gesicht.

„Klar werden die teuer gehandelt. Für jegliches altes Blech gibt es einen Markt. So eine Ente hat absoluten Kultstatus. Noch dazu, wenn sie so einen Kastenaufbau besitzt. Die Teile sind richtig selten und daher vermutlich auch begehrt", erklärte Oemmi, der, das hatte Thomas bereits bemerkt, von altem Blech eine Menge Ahnung besaß.

„Ja, fahrbereit mit frisch TÜV geht das bei zehntausend los", meinte Markus.

Thomas wurde es noch flauer in der Magengegend. Damit hatte er nun nicht gerechnet. Da würde er sein derzeit nicht vorhandenes Erspartes ganz schön zusammenkratzen müssen, wenn der Wagen nicht wieder auftauchte.

„Um Gottes willen. Bitte nicht noch mehr Getier", stöhnte Annemarie und sah in den Viehanhänger hinter Kevin von Schlechtingers Traktor.

„Na, du bist ja ein feines Mädche", fand Martin beim Anblick der Eseldame.

„Mädchen ist gut. Die Dame ist schon ziemlich betagt. Die Leute von dem Zirkus meinten, sie sei mindestens zwanzig, wenn nicht gar fünfundzwanzig Jahre alt. Genau weiß das aber niemand", erklärte Kevin.

„Und wie alt wird so ein Esel?", wollte Annemarie wissen, da sie den Verdacht hegte, dass der alte Besitzer das Grauohr nur abgegeben hatte, weil so ein Tier im Alter auch eine Menge Tierarztkosten verursachte.

„Esel können locker vierzig Jahre alt werden. Außerdem würde ich vermuten, dass der Eselhengst in eurem Streichelzoo in etwa genauso alt ist wie Lieselotte", wusste Kevin.

„Lieselotte heißt du also", schien Martin von dem Tier sehr angetan.

„Auf alle Fälle ist sie sehr gut im Futter", fand Annemarie in Anbetracht des doch sehr dicken Bauches des Tieres.

„Ja, das ist mir ebenfalls aufgefallen. Wenn sie eine von meinen Kühen wäre, würde ich sogar sagen, sie sei trächtig. Aber es gab da, wo sie zuletzt war, weder einen anderen Esel noch einen zeugungsfähigen Pferdehengst. Eine Schwangerschaft können wir daher definitiv ausschließen", wusste Kevin, der als Jungbauer vermutlich mehr Ahnung von solchen Dingen besaß als Annemarie.

„Ich denke, mir tun dat Lieselotte jetzt erst mal dem Rudi vorstellen und gucken, ob die zwei sich auch vertragen tun."

„Nun gut. Macht, wie ihr meint", seufzte Annemarie und ging wieder zurück in den Kiosk. Sie hatte wahrlich schon genug Probleme. Da kam es auf einen Esel mehr oder weniger nicht mehr an.

Seit dem Morgen war sie damit beschäftigt, die Liste der Camper durchzugehen. Laut dem Computer war knapp die Hälfte aller Stellplätze unbelegt. Ein Blick aus dem Fenster verriet ihr allerdings etwas anderes. Da gab es derzeit nur fünf freie Stellplätze. Unter anderem den mit der Nummer dreizehn. Dies war der Platz, an dem Frieders Camper bis zu dem Unglück gestanden hatte. Obgleich Annemarie nicht abergläubisch war, würde sie diesen Platz nicht wieder belegen. Nein, ein Stellplatz mit der Nummer dreizehn, auf dem bereits ein Mensch ums Leben gekommen war, das war ihr eine Spur zu gruselig. Den konnte sie keinem Gast mit gutem Gewissen anbieten. Vielleicht könnte man dort eine Tischtennisplatte oder eine Schaukel für Kinder aufbauen. Wobei, nein. Das gäbe sicherlich nur Ärger mit den umliegenden Parzellenpächtern, die hierherkamen, um ihre Ruhe zu haben.

Das Vibrieren ihres Mobiltelefons ließ Annemarie aufmerken. Sie griff das Gerät und las die eingegangene Nachricht von Lotta. Auf dem Foto der Vermisstenanzeige war Michaela Kiebitz noch deutlich jünger, auch ihre Frisur und die Haarfarbe passten nicht zu der Trixi, die Annemarie hier auf dem Platz kennengelernt hatte. Erst auf den zweiten Blick gab es da eine gewisse Ähnlichkeit zwischen dem Kind Michaela und der nun sehr erwachsenen Trixi. Annemarie überflog die wenigen Daten unter dem Bild. Ein Grund, warum das Mädchen weggelaufen war, stand da nicht. Dafür gab es aber eine Adresse in Berlin Wedding sowie die Namen der Eltern und eine Telefonnummer.

Annemarie überlegte einen Moment, griff zum Hörer und wählte die Nummer. Es dauerte eine Weile, bis es tutete und sich eine Männerstimme mit dem Namen Kiebitz meldete.

„Hansen mein Name … entschuldigen Sie. Ich glaube, ich habe mich verwählt", log sie.

„Kein Problem, Frau Hansen, wen wollten Sie denn sprechen?", fragte Herr Kiebitz, den sie der Stimme nach auf ein bereits älteres Semester schätzen würde.

„Ich wollte meinen Schwager anrufen … aber ich sehe es gerade im Display, dass ich einen Nummerndreher habe. Entschuldigen Sie vielmals die Störung, Herr Kiebitz", säuselte Annemarie und legte dann einfach auf.

„Verdammt, Annemarie, du mischst dich schon wieder in Dinge ein, die dich nichts angehen", schimpfte sie sich leise. Sie musste mit Trixi reden, damit diese ihre Eltern anrief und ihnen zumindest mitteilte, dass es ihr gut ging. Diese Menschen so im Unklaren zu lassen war einfach nur schäbig. Der Mann gerade, bei dem es sich vermutlich um Trixis Vater handelte, hatte sich doch ganz nett angehört. Wobei das natürlich nichts bedeuten musste. Je mehr Annemarie über das Mädchen nachdachte, umso mehr kam sie zu der Erkenntnis, dass die Geschichte mit dem bösen Berliner Zuhälter erstunken und erlogen war. Es gab keinen Hassan, der Trixi nach dem Leben trachtete. Das Mädchen war von zu Hause ausgebüxt. Warum auch immer. Annemarie würde es herausfinden.

Kapitel 13

Montag, 26. Juni 2023
Vadi Café Lounge & Shishabar / Berlin Neukölln

Hassan Khalil legte das Mobiltelefon lächelnd vor sich auf den Tisch und nahm einen Zug aus der Shisha. Zugegeben, er hatte mit einer Nachricht wie dieser gerade in diesem Leben nicht mehr gerechnet.

„Was ist los, Bruder“, wollte sein Vetter Aadil wissen, der ihm gegenübersaß und den Rauch zur Decke blies.

„Weißt du, wo Ostfriesland liegt?“, stellte Hassan eine Gegenfrage.

„Vermutlich irgendwo im Osten“, meinte der Vetter.

„Nein, das liegt im Westen an der See irgendwo bei Holland oder so“, antwortete er, da er glaubte, dies so in Erinnerung zu haben.

„Und warum heißt es dann Ostfriesland? Dann müsste es doch Westfriesland heißen“, blaffte Aadil und schüttelte fassungslos den Kopf.

„Keine Ahnung. Aber Michaela ist in diesem Ostfriesland“, erklärte Hassan, griff wieder nach seinem Telefon und zeigte Aadil das Foto, welches ihm ein Informant eben zugesendet hatte.

Aadil beugte sich über den Tisch, kniff die Augen zusammen und besah sich die Aufnahme.

„Eh Alder, die sieht ja ganz anders aus, die Hure. Andere Haare und so", fand der Vetter und lehnte sich zurück in die Kissen.

„Ja, aber sie ist es", war Hassan sich ganz sicher und legte das Telefon wieder beiseite.

„Und was willst du jetzt tun?", fragte Aadil und paffte wieder an der Shisha.

„Ich fahre hin und hole das Miststück wieder zurück", knurrte Hassan.

Aadil verdrehte die Augen.

„Warum, Bruder? Die Schlampe hat nur Ärger gemacht. Da draußen gibt es Tausende andere Bitches, die keinen Ärger machen. Was willst du mit der?", zischte der Vetter.

„Es geht ums Prinzip und Ehre. Wenn die anderen Mädchen hören, dass ich mir von so einer auf dem Kopf tanzen lasse, ist mein Ruf kaputt", knurrte er. Nein, Hassan würde an Michaela oder Trixi, wie sie sich angeblich jetzt nannte, ein Exempel statuieren. Entweder die Hure spurte, oder er würde sie totschlagen. Das konnte sie sich dann aussuchen.

„Bruder, ich rate dir, lass es bleiben. Dieses Ostland ist weit weg. Vergiss sie, entspann dich und trink noch einen Tee", riet Aadil ihm ziemlich eindringlich. Doch Hassans Entschluss stand fest. Er würde Michaela eigenhändig zurückholen. Keines seiner Mädchen lief ungestraft davon. Wenn es die Runde machte, würden andere auch versuchen abzuhauen.

„Du wartest hier. Ich muss noch etwas erledigen. Ich hole dich in zwei Stunden ab. Nur du wirst mich nach Ostfriesland begleiten", sagte er entschlossen. Dass Aadil nicht begeistert war, konnte er ihm deutlich ansehen. Doch das war Hassan gleichgültig. Der Vetter lebte sehr gut von seinem und dem Geld der Familie. Da hatte er gefälligst zu tun, was ihm gesagt wurde.

„Wie, dat hässliche Entchen ist weg?", fragte Martin verdattert, nachdem Thomas Kübler ihm den Verlust des betagten Citroën gebeichtet hatte.

„Als wir von der Maklerin zurück zum Wagen kamen, war er nicht mehr da, wo wir ihn abgestellt haben. Aber natürlich werde ich, für den Fall, dass die Ente nicht mehr auftaucht, für den Schaden aufkommen", antwortete Kübler schwermütig. Den armen Kerl schien der Verlust des Autos schwer mitzunehmen.

„Thommi, jetzt tu mal keinen Unsinn schwätzen tun. Da kannst du doch nix dafür, dat einer den Haufen rostiges Wellblech geklaut hät", musste Martin jetzt erst einmal klarstellen. Und ja, wenn er es recht überlegte, war ihm im Gegensatz zu Kübler der Verlust der Kastenente ziemlich gleichgültig. Er hatte den Wagen eh nicht leiden können. Allerdings verstand er nicht, wer so eine Karre überhaupt stahl. Der Dieb musste doch an geistiger Umnachtung leiden.

„Als ich letztens in Bensersiel bei der Fähre war, um dat Frau Annemarie dahin zu bringen, hät sich da schon mal ein Kerl an dem Entchen zu schaffen gemacht. Wär ich nur ein paar Minütchen später zurückgekommen, hätte der Kerl dat Vehikel an dem Tag schon geklaut", berichtete er von dem Vorfall aus der letzten Woche, der ihm nun noch sonderbarer vorkam. Warum gab es solch ein Interesse an dem Wagen?

Thomas Kübler warf die Stirn in Falten.

„Das ist aber in der Tat seltsam. Vielleicht handelte es sich um den gleichen Täter. Weißt du noch, wie der Mann aussah?", erkundigte sich der Polizist.

Martin versuchte sich die Szenerie wieder ins Gedächtnis zu bringen.

„Der war ungefähr so alt wie der Kevin. Und auch so groß wie der Kevin. Aber der war mehr so blond und nit rasiert. Ein richtiger Bart war dat aber auch nit. Mehr so ungepflegt", versuchte er den Mann zu beschreiben. Martin war nicht gut darin, sich Gesichter zu merken. Nein, er glaubte noch nicht einmal, diesen jungen Mann wiederzuerkennen, wenn der direkt vor ihm stehen würde.

„Ich denke, ich hole eben schnell mein Notebook, und dann fertigen wir ein Phantombild an", schlug Kübler vor und war bereits nach draußen verschwunden.

Martin sah an sich herunter. Er war vor lauter Staub und Schmutz grau wie ein Kölner Innenstadtschneemann bei Tauwetter.

Seit dem Vormittag hatten Trixi, Olek, Bolek und er etliche Kubikmeter Schutt und Dreck in den am Morgen gelieferten Bauschuttcontainer gekarrt. Das Ergebnis konnte sich durchaus sehen lassen. Die ehemalige Wohnung von Frieders Tante war nun besenrein. Für den Schutt und das

Gerümpel in der ehemaligen Scheune würden sie allerdings noch mindestens einen weiteren Container benötigen, den er vorhin bereits telefonisch geordert hatte.

„Mensch, Maddin, geh ruhig. Ick pass schon auf, dat die Jungs kenen Unsinn machen", meinte Trixi und knuffte ihm in die Seite.

„Na gut. Aber dat ihr mir brav auf dat Fräulein Trixi hören tut, die is hier jetzt nämlich nun die Frau Polier", machte er noch einen Spaß an die beiden Polen und folgte Kübler dann nach draußen. Das Beste würde sein, sie suchten sich für die Anfertigung des Phantombildes ein ruhiges Plätzchen an der frischen Luft. Obgleich er nicht glaubte, dass ihm das helfen würde, sich besser zu erinnern.

„Moin Annemarie", grüßte Willi Bogner, als er den Kiosk betrat und sich neugierig umsah.

„Na, das ist ja eine Überraschung, mein lieber Willi. Was treibt dich denn hierher? Bist du dienstlich oder privat unterwegs?", war Annemarie nun tatsächlich erstaunt. Mit Willi hätte sie heute nicht mehr gerechnet. Vor allem nicht, weil Martin ihr vorhin erzählt hatte, dass der Kripomann am frühen Morgen schon einmal hier gewesen war.

„Eher dienstlich, Annemarie. Dieser vermeintliche Unfall deines Schwagers. Der lässt mir keine Ruhe", gestand

Willi, lehnte sich an die Anmeldungstheke zwischen dem Verkaufsraum und dem Bürobereich und besah sich die Postkarten in dem kleinen drehbaren Ständer.

„Nun ja, solange du nicht behauptest, dass ich oder Martin den Frieder in die Luft gejagt haben, um an das Erbe zu kommen, kannst du ermitteln, solange du dies für richtig hältst", machte sie einen Scherz, den sie aber sofort wieder bereute. Mit solchen Dingen machte man keine Späße. Schon einmal hatten sie im Fokus der Ermittlungen zu einem Mord gestanden. Da musste man Willi nicht auch noch auf dumme Ideen bringen. Nachher dachte der tatsächlich, sie hätte es auf Frieders Erbe abgesehen gehabt und bei dem Unfall nachgeholfen.

„Nein, Annemarie. Wenn du oder Martin etwas damit zu tun hättet, wäret ihr bestimmt nicht so dumm, mich anzurufen, damit ich Ermittlungen in einem Fall aufnehme, der längst zu den Akten gelegt wurde", meinte er, und Annemarie war sogleich wieder erleichtert.

„Aber du glaubst schon, dass an Martins Mordtheorien etwas dran sein könnte? Ansonsten wärest du bestimmt nicht hier", schlussfolgerte sie. Willi lachte und sah dann interessiert in die Kühlvitrine.

„Ihr seid hier ja gut bestückt", fand er.

„Nimm dir, was du magst. Es geht aufs Haus", forderte sie ihn auf.

„Okay Annemarie, das lass ich mir nicht zweimal sagen bei dem schwülen Wetter."

Willis Rechte schnellte zur Cola, hielt dann inne und machte schließlich einen Schlenker zum Kölsch.

„So ein kleines Bier darf man sich ja schon mal gönnen“, fand er und öffnete die Flasche mit dem Öffner, der an einer Kordel außen an der Vitrine baumelte.

„Genau. Außerdem ist dat ja Kölsch ...“, äffte Annemarie ihren Liebsten nach.

„... und dat hät noch keinem geschadet“, vollendete Willi einen von Martins Lieblingsslogans und lachte.

„Hast du denn schon bezüglich Frieders Ableben etwas Neues herausgefunden?“, war sie immer noch neugierig, warum Willi ein zweites Mal für den heutigen Tag den Weg zum Campingplatz auf sich genommen hatte.

„Nein, noch nicht so wirklich. Allerdings habe ich mit dem Feuerwehrmann gesprochen, der dieses angebliche Gutachten erstellt hat“, berichtete er und nahm einen Schluck aus der Flasche. „Ahhhhhhh ... An das Zeug kann man sich echt gewöhnen“, fand er wie schon beim letzten Mal, als Martin ihm beim Grillen in Annemaries Garten ein Kölsch angeboten hatte.

„Ja, und was sagt der Feuerwehrmann?“, wollte Annemarie aber nun unbedingt wissen.

„Ich glaube, er und die Kollegen von der Schutzpolizei haben die Sache einfach nicht ernst genug genommen. Die haben getreu dem Motto Papier ist geduldig einen Bericht geschrieben, um das Ganze schnell abzuschließen. Dein Schwager hat wohl gelegentlich schon einmal mächtig Unsinn angestellt, wenn er betrunken war. Was wohl öfter vorkam“, erzählte Willi ihr nichts Neues. Dass Frieder ein alter Trunkenbold gewesen war, hatte Annemarie schon immer gewusst. Dies war vermutlich auch der Grund für den desolaten Zustand des Campingplatzes. Hätte Frieder das Geld, das er für Alkohol ausgegeben hatte, mit klarem Kopf in seinen Hof investiert, dann wäre der Campingplatz nun ein Juwel an der Küste. Stattdessen hatte er mit Misswirtschaft und Trinkerei den Karren so richtig in den Dreck gefahren.

„Der Feuerwehrmann hat gemeint, es hätte in der Nacht zwei oder sogar drei Zeugen gegeben. Also zumindest hat er diese drei Zeugen wahrgenommen. Zum einen ein eher merkwürdiger Typ Namens Ewald Tappert und einer, der sich Billy the Kid nennt. Mit denen haben die Kollegen auch kurz gesprochen. Außerdem will er am Fenster ihres Wohnwagens eine gewisse Trixi gesehen haben. Als die Beamten später an den Wohnwagen klopften, war in diesem aber wohl niemand zugegen. Kannst du mir sagen, wo ich diese Zeugin und die beiden Herren finde?“, erkundigte sich Willi.

„Der Herr Tappert wohnt in dem silbernen Wohnanhänger“, steckte sie ihm nun erst einmal.

„Du meinst diesen Wagen, der mit Alufolie beklebt wurde?“, fragte Willi und musste grinsen.

„Ja, aber Genaueres kann ich dir über den gar nicht sagen. Den sieht man den ganzen Tag nicht. Der hockt von morgens bis abends in seinem Wohnwagen. Wenn es dunkel ist, kommt er dann wohl schon mal raus. Mir selbst ist er allerdings noch nicht über den Weg gelaufen“, flüsterte sie mit einem Blick zur Kiosktür. Nicht, dass da plötzlich jemand stand und mitanhörte, wie sie über Gäste sprach. Diskretion gehörte in Annemaries Branche zum guten Ton.

„Okay, dann werde ich mir den gleich mal vorknöpfen“, meinte Willi und folgte Annemaries Blick zur Türe.

„Der andere, dieser Billy, wohnt in dem Wagen schräg gegenüber. Zumeist steht da sein Mofa. Ist ein ziemlich ruhiger Zeitgenosse und meist eher für sich. So ein Einzelgänger“, berichtete sie weiter und überlegte fieberhaft, wie sie Trixi aus all dem raushalten könnte.

Willi nickte wissend.

„Und wo befindet sich diese Trixi?“, kam nun auch unweigerlich die Frage des Polizisten, mit der Annemarie gerechnet hatte.

„Keine Ahnung, Willi. Die muss schon vor Wochen abgereist sein“, log Annemarie.

„Ach so? Kannst du mir denn irgendetwas über sie berichten?“, schien Willi trotz Annemaries Behauptung, diese sei abgereist, noch nicht zufrieden.

„Keine Ahnung. Ich kenn sie ja nicht. Martin hat mir nur von ihr erzählt. Er war ja schon ein paar Tage vor mir hier und hat sie wohl noch kurz gesehen“, log sie, dass sich die Balken bogen.

„Der Feuerwehrmann hat ausgesagt, dass die Dame hier auf dem Platz wohl regelmäßigen Herrenbesuch empfangen hat und sich für gewisse Dienste hat entlohnen lassen“, schien Willi bestens informiert.

„Nein? Du meinst, die hat hier...?“, tat sie empört und sah erneut zu Türe, durch die nun ziemlich unpassend eine ziemlich verdreckte Trixi in den Kiosk polterte. Na super, die hatte jetzt gerade noch gefehlt.

„Olek und Bolek fragen, ob sie noch ein Bier haben können. Ist ja schon ziemlich stau…“, plapperte Trixi los und hielt dann inne, als sie Willi entdeckte.

„Ohh Moin, ick hatte Sie gar nicht gesehen. Tschuldigung, wenn ick so reinjeplatzt bin“, entschuldigte sie sich sehr höflich und starrte immer wieder zu der Pistole an Willis Gürtel, die er heute einmal nicht mit einer Jacke verdeckte.

„Kein Problem, Michaela. Nimm dir die Getränke einfach aus der Kühlung. Aber ruhig auch noch ein Wasser oder eine Cola. Nicht, dass mir die beiden zu viel Alkohol trinken“, beeilte Annemarie sich zu sagen und um die junge Frau schnell wieder loszuwerden.

Unter Willis wachsamen Augen schnappte sich Trixi zwei Kölsch und drei Cola, winkte kurz und war dann wieder verschwunden.

„Und wer war das jetzt?“, erkundigte der Polizist sich neugierig und hatte dabei diesen fragenden Blick aufgesetzt, der bestimmt nichts Gutes verhieß.

„Das war Martins Großnichte Michaela aus Brandenburg. Die macht hier Ferien und verdient sich ein bisschen was für ihr Studium“, meinte Annemarie und lächelte dabei, als habe sie nichts zu verbergen.

„Ach so, aus Brandenburg. Ja, das hört man, dass die aus dieser Gegend kommt“, bestätigte er und schien angestrengt nachzudenken.

„Heute hilft sie Jakup und Mojciech Wójcik, das Haus und die Scheune zu entkernen. Die beiden kennst du doch bereits? Oder nicht?“, versuchte Annemarie das Gespräch und somit auch Willis Gedanken in andere Bahnen zu leiten.

„Klar kenn ich Olek und Bolek. Die haben doch letztes Jahr bei Tilde den Hausflur und das Wohnzimmer neu verputzt. Sehr fleißige und geschickte Jungs, die du uns da empfohlen hast", meinte er und trank dann den Rest seines Bieres in einem Zug. „Danke, Annemarie. Ich werd' dann jetzt mal bei den Herren Tappert und Billy the Kid anklopfen und die beiden zu den Vorgängen in der Nacht befragen, als Frieder Hansen starb", meinte er, stellte die leere Flasche auf die Theke und verließ dann den Kiosk. Annemarie sah ihm hinterher. So ein Mist. Warum nur hatte sie Willi bezüglich Trixi angelogen. Spätestens Billy und E.T. würden dem Beamten doch brühwarm erzählen, wer Trixi war und wo er sie finden konnte. Kurz überlegte sie, ihm hinterherzulaufen, unterließ es dann aber doch. Willi würde vermutlich eh gleich wieder bei ihr auf der Matte stehen. Spätestens, wenn er hinter ihre kleine Lüge gekommen war.

Trixis Herz raste. Gerade noch rechtzeitig konnte sie sich hinter die Hausecke drücken, als der Polizist den Kiosk verließ. Verdammt, der hatte nach ihr gefragt, nachdem sie den Kiosk verlassen hatte. War der eventuell doch wegen ihr hier? Nein, bestimmt nicht. Warum sonst sollte der jetzt zu Billy und E.T. wollen und die wegen Frieder befragen. Der Bulle war wegen der Explosion des Campers hier. Sonst nichts.

„Michi, bleib ruhig. Es ist alles in Ordnung", sprach sie sich Mut zu.

Sie könnte sich in den Hintern beißen, dass sie Martin von ihren Bedenken bezüglich Frieders Tod erzählt hatte. Das war einfach nur doof gewesen. Sie hätte ihre Klappe halten sollen und fertig. Davon, dass die Bullen hier herumschnüffelten, wurde Frieder nicht mehr lebendig.

Deutlich hatte sie noch durch das gekippte Fenster gehört, wie ihre neue Chefin behauptete, sie sei eine Großnichte von Martin aus Brandenburg. Seltsamerweise hatte es gutgetan, dass Annemarie sie bei ihrem richtigen Namen genannt hatte. Ja, ab sofort war Schluss mit Trixi. Den Namen hatte sie sich eh nur zugelegt, weil sie sich geschämt hatte, ihren richtigen Namen auf dem Kontaktportal im Internet zu benutzen. In Berlin, als sie das erste Mal auf Hassans Anweisungen mit einem fremden Mann auf dessen Hotelzimmer gegangen war, war es der blanke Horror gewesen. Im Grunde jedes Mal. Hier in Ostfriesland auf eigene Rechnung, als sie keinen anderen Ausweg gefunden hatte, um an Kohle zu kommen, war es ihr nicht mehr so schwergefallen. Gerne hatte sie den Job dennoch nicht gemacht. Aber er hatte sie fast anderthalb Jahre überleben lassen und ihr Sparschwein für ein neues Leben stetig gefüllt.

Sie schaute um die Hausecke und beobachtete den Bullen, wie er an E.T.s Wohnwagen klopfte.

Na, da konnte der lange klopfen. Vermutlich versteckte der bekloppte Kerl sich gerade vor Angst in seinem

Schrank oder sonst wo. Im Grunde tat E.T. ihr leid. In klaren Momenten konnte man sich sogar richtig gut mit Ewald unterhalten. Leider waren die sehr selten. Sie hatte schon des Öfteren überlegt, ob es nicht besser wäre, wenn er sich in einer Klinik, die Erfahrungen mit solchen Krankheiten hatte, behandeln ließ. Mehr als einmal hatte sie ihm geraten, er solle sich Hilfe suchen. Doch Ewald wollte nicht. Er sei auch nicht krank. Die Bedrohungen, vor denen er Angst habe, wären real, hatte er ihr mehrfach versichert. Michaela sah das anders. Der Mann war psychisch ein Wrack. Aber solange er keine Gefahr für sich und andere darstellte, konnte man ihn ja auch nicht zwingen, sich helfen zu lassen. Zumindest glaubte sie das.

„Ach, hier du steckst", hörte sie Jakup hinter sich sagen und fuhr herum.

Der Pole, mit dem im Moment doch sehr verschmutzten Gesicht lächelte sie an. Michaela streckte ihm die kalte Flasche Bier hin und überlegte, ob sie selbst ebenfalls gerade so dreckig war. Vermutlich ja.

„Jo, Thommi, so in etwa könnte der tatsächlich ausgesehen haben", war Martin mit der Arbeit von Thomas Kübler sehr zufrieden.

„Dann sollten wir das jetzt noch den ostfriesischen Kollegen zukommen lassen. Vielleicht ist der Mann ja hier bekannt?“, fand Thomas.

„Genau su machen wir dat. Und ich tu da mal ein Foto von machen und dat dem Willi schicken tun“, beschloss Martin, zückte sein Telefon und fotografierte kurzerhand den Bildschirm ab.

„Ich schreibe dem Kollegen, der am Nachmittag die Anzeige aufgenommen hat, noch einen kleinen Bericht von dem Vorfall an der Fähre und was es genau mit dem Phantombild auf sich hat. Wir vermuten ja schließlich nur, dass dieser junge Kerl die Ente geklaut hat. Beweise dafür gibt es ja nicht“, meinte Kübler, drehte den Monitor des kleinen Computers weg und fing an, auf der Tastatur zu schreiben.

Martin verstand, was Kübler meinte, und rief, nachdem er Willi das Bild gesendet hatte, kurzerhand bei dem Polizisten an. In der Zeit, in der Thomas seinen Bericht schrieb, würde Martin das bereits mindestens dreimal telefonisch erledigt haben. Überhaupt schrieb Martin nicht gerne Nachrichten auf dem Telefon. Nein, das Teil war, wie es der Name sagte, schließlich zum Telefonieren da, und quasseln konnte er schon immer wesentlich schneller als schreiben.

Willi Bogner ging um den Wohnwagen herum und versuchte durch die Fenster einen Blick ins Innere zu erhaschen. Er war sich fast sicher, dass dieser Mann zu Hause war. Vorhin, direkt nach seinem ersten Anklopfen, hatte er es in dem Wagen poltern gehört. Doch trotz dreimaligem Anklopfen und Rufen wurde nicht geöffnet. Er ging zur Tür, drehte an dem Schloss und zog daran. Die Türe schien eindeutig von innen verriegelt.

Genervt trat er ein paar Schritte zurück. Wie viele Rollen Alufolie der Kerl wohl verbraucht hatte, um das Vehikel zu bekleben, kam es ihm in den Sinn. Wobei dies ein wirklich unnützer und schwachsinniger Gedanke war. Stattdessen sollte man sich lieber fragen, was er damit bezweckte.

Willi hatte von Leuten gehört, die sich ihre Köpfe mit Alufolie umwickelten, weil sie Angst vor Radiowellen oder sonstigen Strahlen hatten. Sollte dies auch hier der Grund sein? Doch warum hauste der Kerl dann auf einem Campingplatz und nicht in einem alten Bunker unter der Erdoberfläche?

Während er noch überlegte, wie er weiter vorgehen sollte, vibrierte sein Mobiltelefon. Eine Chance, die eingegangene Nachricht zu öffnen, hatte er nicht, da es auch just in diesem Moment klingelte.

„Hallo Martin“, begrüßte er den Anrufer und hörte dann geduldig zu, was dieser ihm zu sagen hatte.

„Und du bist in diesem Moment noch bei Kriminaloberkommissar Kübler in dessen Vorzelt?“, erkundigte er sich irgendwann.

„Jo, warum tust du fragen tun?“, antwortete der Kölner.

„Bleib bitte einfach da, wo du bist. Ich komme eben schnell vorbei“, gab er knapp Anweisung und legte dann einfach auf.

Bevor er sich auf den Weg zu dem Kölner machte, besah er sich noch die Wohnwagen gegenüber. Ein Mofa konnte er nirgends entdecken. Wenn er sich richtig entsann, war ihm aber vorhin eines auf dem Feldweg zum Hof entgegengekommen. Laut dem, was der Feuerwehrmann ihm berichtet hatte, hatte diese Trixi in dem rosaroten Camper ihre Kunden empfangen. Allerdings schien die Dame tatsächlich ihre Dienste eingestellt zu haben. Zumindest konnte man sie nicht mehr im Internet buchen.

Auf dem Weg zu der Obstwiese am Ententeich besah Willi sich das Phantombild, welches Martin ihm gesendet hatte. Nein, diesen Mann hatte er bisher, zumindest bewusst, noch nie gesehen.

„Na, dat nenn ich mal zügig. Sag mal, Willi, bist du geflogen, oder häst du dich wie bei Raumschiff Enterprise gebeamt?, war Martin total erstaunt, als Willi das Vorzelt betrat, in dem der Kölner mit Oberkommissar Kübler und dessen Freund Markus Bier trank.

„Weder noch, Martin. Ich war gerade vorne auf dem Platz, um Herrn Tappert, den Mann in dem silbernen Wagen, wegen Frieder Hansen zu befragen.“

„Lass mich raten, ming Fründ. Der hät nit aufgemacht“, wusste der Kölner.

„Ja, hat er tatsächlich nicht“, bestätigte Willi.

„Schlimme Sache, Willi. Ich glaub der arme Kerl, der ist krank im Kopp. Dat Fräulein Trixi tut dat auch meinen tun“, seufzte Martin.

„Du kennst dieses Fräulein Trixi ebenfalls?“, hakte Willi sofort einmal nach.

„Wieso, wer kennt die denn noch?“, erkundigte Martin sich stirnrunzelnd.

„Ein Zeuge, den ich befragt habe, war bei ihr und hat ihre Dienste in Anspruch genommen“, erklärte Willi, ohne den Namen des Zeugen preiszugeben.

„Wie Dienste? Wat dann für Dienste?“, tat Martin erstaunt.

Der Kölner war ein wahrlich schlechter Schauspieler. Der wusste ganz genau, um was es ging.

„Sie hat sich angeblich hier auf dem Platz prostituiert“, wurde Willi dennoch konkreter.

„Wie prostituliert? Du denkst jetzt aber nit, dat ich auch … Nä, Willi, sujet Schweinkram tu ich nit machen tun. Ich bin ein glücklich verheirateter Mann. Und hier bei mir auf dem Platz herrschen Zucht und Ordnung. Da gibt dat nix mit Unzucht“, stellte Martin klar.

„Ich hab' ja auch nur gefragt, ob du sie kennst“, versuchte Willi nun erst einmal den aufgebrachten Kölner zu beruhigen, der da irgendetwas in den falschen Hals bekommen hatte.

Für Willi stand aber eindeutig fest, dass Martin wusste, womit diese Dame ihr Geld verdient hatte oder es immer noch tat.

„Nä, die kenn ich nit. Mir ist die nur mal kurz begegnet. Aber wie gesagt, sujet von Diensten ist hier auf dem Platz auch nit erwünscht. Bei mir hier herrschen Zucht und Ordnung“, wiederholte Martin sich.

„Und du hast keine Ahnung, wo ich dieses Fräulein Trixi finden kann?“, blieb Willi am Ball.

„Nä, dat weiß ich nit. Und jetzt is auch mal gut mit dieser Person. Mir han schließlich ganz andere Probleme", schien für ihn das Thema beendet. Obwohl Willi sich sicher war, dass Martin etwas verheimlichte, würde er es erst einmal dabei belassen. Er bekam schon noch heraus, was es mit dieser Dame auf sich hatte. Einen Verdacht hegte er bereits. Am Ende der Befragung von Feuerwehrmann Roger hatte er diesen gebeten, ihm bitte ein Foto der Dame im Netz zu zeigen. Bereitwillig hatte Roger sein Mobiltelefon gezückt und die Seite im Internet öffnen wollen, über die man die Dame kontaktieren konnte. Leider erfolglos, da das Profil von Fräulein Trixi nicht mehr existierte. Feuerwehrmann Roger Schurich schien darüber sehr enttäuscht zu sein.

Aber nun gut, dann musste dieser wenigstens nicht mehr seine Mutter belügen, wenn er sein sauer verdientes Geld bei einer Prostituierten ausgab, war es Willi schelmisch in den Sinn gekommen.

Die Telefonnummer der Dame, die Roger sogar abgespeichert hatte, war nicht mehr erreichbar. Ein Check vonseiten der Kollegen hatte ergeben, dass es sich um eine alte Prepaidkarte von Aldi handelte, die eine gewisse Irma Müller bei einem Aldi in Berlin-Neukölln gekauft hatte. Laut dem, was Willis Kollege Dennis herausgefunden hatte, war die Dame Bewohnerin eines Pflegeheimes in unmittelbarer Nachbarschaft des Discounters und hochgradig dement. Weitere Nachforschungen in diese Richtung hatte Willi erst einmal gestoppt. Sie würden sie im Moment nicht weiterbringen und nur unnötige Ressourcen und somit Zeit vergeuden.

Außerdem hatte Willi den Verdacht, dem Fräulein Trixi vorhin bereits begegnet zu sein. Die Beschreibung von Feuerwehrmann Roger passte nämlich ziemlich genau auf die junge Dame, bei der es sich angeblich um Martins Großnichte Michaela handelte. Interessant wäre es nur zu wissen, warum sowohl Martin als auch Annemarie versuchten, ihn bezüglich der Identität der jungen Dame hinters Licht zu führen.

„Ihnen beiden haben sie also das Auto gestohlen, als Sie in Wittmund bei dieser Maklerin waren?", erkundigte sich Willi nun erst einmal bei den beiden Westerwäldern und konnte ein wenig Schadenfreude nicht verhehlen.

„Ja, aber es gibt bereits eine Spur", mischte sich der Freund von Kübler ein.

„Das Phantombild?", glaubte Willi zu wissen.

„Genau", bestätigte Kübler und erklärte Willi dann genau, wo und wann Martin den Mann gesehen haben wollte.

„Haben Sie beide denn etwas herausgefunden?", kam er dann zum Wesentlichen.

Thomas Kübler griff nach einer Mappe, reichte sie Willi und erklärte ihm kurz und bündig den Inhalt, der gar nicht so uninteressant war. Ilse Flott hatte große Pläne mit dem Campingplatz.

„Sogar mit einem Golfplatz?", stellte Willi anerkennend fest.

„Den wird dat hier nit geben tun, solange dat Frau Annemarie und ich noch wat zu sagen haben", murrte Martin.

„Na, ihr werdet den Platz doch aber nicht ewig führen wollen. Spätestens, wenn es hier wieder rund läuft, werdet ihr doch wieder zurück auf die Insel ziehen und das alles verscherbeln“, erwiderte Willi das, was er bisher so mitbekommen hatte.

„Klar gehen mir wieder zurück auf die Insel. Aber verscherbeln tun mir den Platz nit. Dat Frau Annemarie tut dann einen Pächter suchen, der dat weiter macht. Dat ist hier nämlich ein Investment, oder wie man dat nennen tut“, belehrte ihn Martin.

Willi nickte wissend. So oder ähnlich hatte er sich dies schon gedacht. Auch seine Freundin Tilde hatte gemeint, was Annemarie einmal besäße, würde sie so schnell nicht mehr verkaufen. Die sammelte Immobilien und Grundstücke wie andere Briefmarken.

Kapitel 14

Montag, 26. Juni 2023
Parkplatz am Hafen / Dornumersiel

„Was ist das für eine krasse Scheiße?", keuchte Aadil und starrte angewidert und zugleich verständnislos auf die schlammige Mondlandschaft.

„Ich glaube, es ist Ebbe. Das Meer geht hier schon mal weg und kommt irgendwann wieder", glaubte Hassan zu wissen. Er hatte so etwas schon einmal in einem Film im Fernsehen gesehen.

Aadil ließ den Blick über den angrenzenden Campingplatz gleiten.

„Eh Fuck … diese Leute machen Urlaub an einem fucking Meer aus Dreck und Matsch", war er wahrlich schockiert.

Wobei auch Hassan sich schönere Strände als diesen vorstellen konnte. Zu einem Strand gehörten Wasser, Sand, Palmen, Sonne und hübsche Mädchen. Okay, ein wenig Sand gab es hier auch. Aber mehr nicht.

Er zog sein Mobiltelefon aus der Tasche und betrachtete noch einmal das Bild von Michaela, das ihm der Informant gesendet hatte. Es war ihm ein Rätsel, wie der Typ ihn gefunden hatte und woher der überhaupt wusste, dass er Michaela suchte. Aber egal! Hauptsache, er wusste, wo sich die Bitch befand.

„Auf dem Foto sind im Hintergrund Wohnwagen", stellte er fest und sah zu dem Campingplatz unweit des Hafens.

„Vielleicht sollten wir uns auf dem Platz mal umschauen. Wir könnten vielleicht Zeit und Geld sparen", schlug Aadil vor und betrachte über Hassans Schulter das Foto auf dem Display.

„Nein, das sind doch gut einhundert Wohnwagen, wenn nicht mehr. Wir müssen genau wissen, in welchem der Wagen sie sich aufhält. Wenn wir jetzt nach ihr suchen, entdeckt sie uns am Ende und haut wieder ab", knurrte er. Zugegeben, die fünftausend Euro, die der Informant für Michaelas genauen Aufenthaltsort verlangte, ärgerten ihn. Doch sie taten ihm im Grunde auch nicht weh. Er konnte es sich leisten, da seine Einnahmen derzeit sprudelten wie lange nicht. Außerdem würde die Hure ihm das Geld schon wieder heranschaffen. Die fünftausend und noch einiges mehr.

Hassan versenkte sein Mobiltelefon in seiner Jackentasche und sah auf die Uhr. Es war nun punkt siebzehn Uhr. Hoffentlich tauchte dieser Typ auch tatsächlich hier auf und hatte ihn nicht nur verarscht. Ein Gedanke, der ihm auf der langen Fahrt von Berlin mehrfach gekommen war. Was, wenn Michaela selbst hinter den Nachrichten steckte oder es eine Falle war? Sein Kontakt von der Polizei wollte nichts von einer Aktion gegen ihn oder ein anderes Mitglied der Familie Khalil bemerkt haben. Allerdings war gestern am Sonntag seit Langem noch einmal von einer Polizeidienststelle auf Michaelas Akte zugegriffen worden. Von wo genau, konnte sein Mann an der Quelle nicht sehen. Doch es musste irgendwo im Einzugsgebiet des Polizeipräsidiums Wittmund sein. Irgendein ostfriesischer Bulle hatte sich die Akte angeschaut. Vielleicht war es auch der Informant gewesen. Der könnte auch ein Bulle sein. Wobei sich dann die Frage stellte, ob er einer von den Guten oder eher ein Bad Cop war, der sich etwas dazuverdienen wollte. Hassan war nicht bewaffnet. Er würde nicht so dumm sein, hier in aller Öffentlichkeit eine Waffe zu tragen. Nein, seine 9-mm-Automatik lag gut versteckt in einem Geheimfach im Kofferraum seines Wagens. Sollte die Polizei ihn durchsuchen, würde sie nichts finden. Für den Fall eines Hinterhaltes trug er eine dünne schusssichere Weste. Er war auf alle Eventualitäten vorbereitet.

„Könnte er das sein?", riss die Stimme des Vetters Hassan aus seinen Gedanken.

Er folgte dem Blick Aadils bis zu einer Gestalt, die über den Parkplatz genau auf sie zukam. Dem Gang und der Haltung nach würde er auf einen Mann tippen.

„Warum trägt der einen Motorradhelm?", fragte Aadil das, was Hassan sofort klar war. Der Typ trug einen Helm mit dunklem Visier, um nicht erkannt zu werden.

Der Motorradfahrer kam bis auf wenige Meter heran und blieb dann stehen.

„Hast du das Geld dabei?", fragte eine Stimme mit seltsamem Dialekt, die eindeutig zu einem Mann gehörte.

Hassan nickte, griff in die Innentasche seiner Jacke und zog ein Bündel Geldscheine heraus.

„Okay, wirf es mir rüber", wies der Fremde ihn an.

Obgleich an dieser Situation bestimmt nichts lustig war, musste Hassan grinsen. Der Kerl war so nervös, dass er sich beinahe in die Hosen machte. Der hatte so etwas bestimmt noch nie getan. Nein, der war sicher kein Bulle.

„Erst sagst du mir, wo ich Michaela finde", erwiderte er.

„Erst das Geld", zischte der andere.

„Okay, mein Freund, ich gebe dir die Hälfte. Wenn wir mit deiner Hilfe Michaela tatsächlich finden, bekommst du die andere. Sollten wir sie nicht finden … werden wir dich finden und uns das Geld wiederholen", stieß er vorsichtshalber direkt noch eine Drohung aus, halbierte das Bündel, ohne genau nachzuzählen, und warf es ihm zu.

Der Mann mit dem Helm fing es auf und begann es zu zählen.

„Das kannst du später machen. Ich will jetzt wissen, wo sie ist", bellte Hassan genervt. Er hasste es, wenn Typen seine Geduld überstrapazierten.

Der andere ließ die Scheine in seiner Motorradjacke verschwinden, entnahm dieser dafür aber nun ein Mobiltelefon und tippte darauf herum. Hassan bemerkte ein Vibrieren in seiner Jackentasche.

„Ich habe dir ihren Standort und alle weiteren Informationen auf dein Handy gesendet", sagte der andere, wandte sich dann ab und ging zurück in die Richtung, aus der er gekommen war.

„Wirst du ihm den Rest des Geldes geben, wenn wir sie gefunden haben?", raunte Aadil ihm zu.

Hassan schüttelte den Kopf.

„Nein, Bruder, aber ich werde ihn finden und kaltmachen, wenn er mich verarscht hat. Du folgst ihm unauffällig. Bestimmt hat er irgendwo ein Motorrad versteckt.

Wir brauchen das Kennzeichen, um ihn wiederzufinden", antwortete Hassan dem Vetter, der nickte und sich dann in Bewegung setzte.

Hassan hatte ein seltsames Gefühl bei der ganzen Sache. Er fühlte sich verunsichert wie lange nicht. Sein Instinkt schlug Alarm. Vielleicht hätten sie doch in Berlin bleiben sollen. Dies hier war nicht sein gewohntes Umfeld, nicht sein Revier. Hier hatte niemand Respekt vor ihm und der Familie Khalil. Warum hatte der Informant ihm nicht sein Gesicht zeigen wollen? Warum hatte der sich mit der Hälfte des Geldes abspeisen lassen? Ihm musste doch klar sein, dass Aadil und Hassan, wenn sie Michaela gefunden hatten, sofort abreisen würden. Und dies, ohne ihm die restlichen Scheine auszuhändigen. Warum verriet er sie also für die Hälfte des vereinbarten Betrages? Nein, das war nicht logisch. Dieser Informant handelte nicht logisch. Erneut kam ihm der Gedanke, dass es sich um irgendeine Art von Falle handeln könnte, in die Aadil und er da gerade hineintappten. Sie mussten vorsichtig sein.

Michaela stand auf das Waschbecken gestützt, schniefte und betrachtete die schmutzige Frau im Spiegel. Die Tränen, die von den Augen über die Wangen rollten, hinterließen ihre Spuren auf der staubigen Haut. Der Besuch des Polizisten auf dem Campingplatz hatte sie noch mehr verunsichert, als sie es sich im ersten Moment hatte eingestehen wollen. Das da in dem Spiegel war nicht sie, Michaela, sondern Trixi. Die Hure, die Dinge getan hatte, für die eine Michaela sich schämte. Der erste Schritt, Trixi ein für alle Mal von der Bildfläche verschwinden zu lassen, war bereits getan. Noch an dem Abend, an dem Martin ihr den Job angeboten hatte, hatte sie den Account auf der Kontaktseite im Netz gelöscht und die in Berlin gefundene Prepaidkarte aus ihrem Mobiltelefon entsorgt. Sie war derzeit für niemanden erreichbar. Was aber auch nicht weiter tragisch war, da es eh niemanden außer ihren ehemaligen Freiern gab, der sie anrufen würde. Im Gegenzug gab es aber auch niemanden, den sie anrufen könnte. An dem Tag, an dem sie aus Berlin verschwand, hatte sie alles hinter sich gelassen. Ihre Familie, ihre Freunde, einfach alles. Die letzten Tage waren ihr wie ein Traum vorgekommen. Die Arbeit auf dem Campingplatz mit Martin, Annemarie und auch den beiden polnischen Brüdern gefiel ihr. Die Frage war, ob sie bleiben könnte? Michaela war davon überzeugt, dass, wenn die Bullen ihren Namen und Aufenthaltsort in deren System eingaben, Hassan erfuhr, wo sie sich befand. Michaela wusste, wie der Libanese tickte und welche Kontakte er besaß. Der würde es nicht auf sich beruhen lassen, dass sie abgehauen war. In den wenigen Monaten, in denen sie für ihn anschaffte, hatte sie mehr als einmal mitbekommen, wie er reagierte, wenn eines der Mädchen nicht spurte. Auch sie hatte er zweimal übel zusammengeschlagen. So sehr, dass sie sich in diesen Momenten gewünscht hatte, einfach zu sterben. Ja, sie hatte in dieser Zeit mehrfach überlegt, ob es nicht besser wäre, ihrem Leben ein Ende zu setzen. Zum Glück war sie aber zu feige dafür gewesen. Nein, Michaela wollte noch nicht sterben. Sie hatte Pläne. Sie würde irgendwo ganz neu anfangen und sich eine eigene Existenz aufbauen. Vielleicht ein eigenes Café im Süden. In Spanien, oder in Italien. Irgendwo am Meer, weit weg von Hassan und dessen Clan.

Entschlossen wischte sie sich mit dem Handrücken die Tränen aus dem Gesicht. Nein, Michaela würde sich nicht mehr unterkriegen lassen. Doch dafür musste sie noch einmal Ballast abwerfen. Trixi, die Nutte musste endgültig aus ihrem Leben verschwinden. Entschlossen griff sie in ihren Kulturbeutel und entnahm ihm eine Schere und einen Rasierer.

Zuerst musste sie Trixis blond-bunte Mähne loswerden. Mit dieser auffälligen Frisur würde sie jeder ihrer ehemaligen Freier bereits auf einhundert Meter sofort erkennen. Ohne zu zögern, setzte sie die Schere an.

„Bist du dir sicher, dass das eine so gut Idee ist?", hörte sie dann eine Stimme direkt hinter sich sagen.

Michaela fuhr herum. Die Frau mit der platinblonden Frisur war eine von den Campern, die ihr Lager unten am Ententeich aufgeschlagen hatten. Wenn Michaela das richtig verstanden hatte, waren sie und ihre neue Chefin irgendwie befreundet.

„Ja, die bunten Zotteln müssen ab", entgegnete Michaela entschlossen, zog noch einmal den Rotz hoch und wischte sich durch das schmutzige Gesicht.

„Ich hab' mir früher auch mal die Haare selbst geschnitten. Das ist voll in die Hosen gegangen. Vielleicht solltest du da jemanden ranlassen, der sich auskennt", meinte die andere, trat neben Michaela und betrachtete sie im Spiegel. Die Frisur der Camperin gefiel Michaela. Wobei die aber bestimmt nur ein Profi so hinbekam.

„Aber, du bist nicht zufällig vom Fach?", erkundigte sich Michaela bei der anderen.

„Nee, Gott bewahre. Wenn ich dir die Haare mache, kannst du sie besser sofort komplett wegrasieren. Aber ich könnte dir einen super Friseur empfehlen", schlug die andere vor.

Michaela schüttelte den Kopf und setzte erneut die Schere an. „Nein, so ein Friseur kostet Geld und Zeit. Beides hab' ich nicht. Ich muss die Haare schnellstens loswerden, bevor ich es mir anders überlege", log sie nicht wirklich. Klar hätte sie die Kohle, um sich einen Friseur zu leisten. Doch sie hatte für dieses Geld hart geschuftet und Dinge getan, die sie eine Menge Überwindung gekostet hatten. Um neu anzufangen, brauchte sie jeden Cent. Es widerstrebte ihr, es für etwas auszugeben, das nicht unbedingt sein musste.

Blitzschnell griff die Fremde nun nach der Schere und entwand sie ihr.

„Quatsch mit Soße. Du kommst jetzt mit zu Markus und lässt ihn das machen", bestimmte die andere.

„Wer ist Markus?", fragte Michaela irritiert.

„Na, wer wohl. Mein Friseur", antwortete die Camperin.

„Und wo befindet sich der?", verstand Michaela immer noch nicht, was die Blonde nun vorhatte.

„Na … vorhin … also vor fünf Minuten saß der noch mit den anderen unten am Steg und hat Bier getrunken."

„Ach so. Du hast deinen eigenen Friseur mit dabei zum Campen?", fand Michaela dies nun sogar irgendwie lustig. Überhaupt hatte die Camperin eine sonnige Art an sich, die Michaela gefiel. Dass die auch leicht durchgeknallt war, hatte sie sich schon gedacht, als sie sie zum ersten Mal aus diesem bunten Hippiebus hatte steigen sehen.

„Klar, hab' ich meinen Friseur dabei, wenn ich campen fahre. Machst du das etwa nicht so?", fragte die Blonde kichernd und fasste Michaela am Arm, um sie mitzuziehen.

„Eigentlich wollte ick ja auch noch duschen. So staubig und verschwitzt kann ick doch nicht zum Friseur", wandte sie mit einem Blick auf ihr Handtuch und den Kulturbeutel ein.

„Papperlapapp. Duschen wird vollkommen überbewertet. Wir werfen dich einfach eben schnell in den Ententümpel, und gut is es", lachte die andere, während sie die Sanitärräume gemeinsam verließen.

„Wie heißt du denn eigentlich?", wollte Michaela auf dem Weg zum Teich dann noch wissen.

„Alexandra Kübler, aber du kannst ruhig Alex sagen", stellte die Camperin sich ihr vor.

„Michaela, aber du kannst gerne Michi zu mir sagen", erwiderte sie und bemerkte, wie das Tief von vor einigen Minuten plötzlich einem Hoch wich. Ja, es gab Menschen, die waren nett zu ihr.

Annemarie Hansen las die E-Mail, die sie in Frieder Hansens Postfach gefunden hatte, nun zum dritten Mal. Doch sooft sie sie las, der Inhalt änderte sich nicht. Es war Fakt. Frieder hatte den Hof tatsächlich an die Maklerin Ilse Flott verkaufen wollen. Der Vorvertrag, den die Maklerin Martin vor die Nase gehalten hatte, war echt, aber zum Glück nicht rechtsgültig. Das hatte ihr gerade eben am Telefon ihr Anwalt Doktor Brunnhuber bestätigt.

„Meinst du nit, et wäre langsam Zeit für Feierabend", fragte Martin, der nun frisch geduscht zur Tür hereinlugte.

„Komm bitte einmal her und schau dir das an", erwiderte sie und deutete auf den Monitor. Martin trat hinter sie, las und massierte dabei ihre Schultern, was außerordentlich guttat. Gegen Ende der E-Mail schienen sich seine Finger allerdings ein wenig zu verkrampfen.

„Ja gibt dat sujet!", schimpfte er, als er zum Ende gekommen war.

„Ja, so etwas gibt es. Frieder hatte wahrlich den Geschäftssinn eines Neandertalers", seufzte sie.

„Und wat machen wir jetzt?", fragte Martin und knetete weiter ihre Schulter bis zum Nacken hinauf.

„Nichts. Wir ignorieren das. Rechtlich hat diese Frau Flott keinerlei Handhabe. So wie ich das sehe, ist da auch noch kein Geld geflossen. Das hätte Frieder zumindest zum Teil erst bei dem Notartermin nach erfolgter Unterschrift bekommen", erklärte sie.

„Ja, dat hab' ich gelesen. Aber da stand auch noch wat von wegen einer Immobilie, in der er wohl nach dem Verkauf hätte wohnen dürfen", meinte Martin.

„Richtig! Aber diese hätte er nicht als Eigentum bekommen, sondern lediglich ein lebenslanges Wohnrecht darin. So wie ich das verstehe, handelte es sich um eines der skandinavischen Blockhäuser, von denen sie hier auf dem Gelände zweiundvierzig Stück bauen wollte", wusste Annemarie und klopfte auf die Kopie des Exposés, welches Thomas Kübler und sein Freund Markus Büth bei der Maklerin hatten mitgehen lassen.

„Ja, die Jungens kann man gebrauchen", fand Martin stolz, als sei er der Vater oder Lehrmeister der beiden.

„Allerdings sehe ich nun keinen Grund mehr, warum Frau Flott den Frieder in die Luft gejagt haben könnte", ließ Annemarie ihren weiteren Gedanken freien Lauf.

Martin hielt in seiner Bewegung inne und schien zu überlegen.

„Nicht aufhören", ermahnte sie ihn deshalb, worauf er wieder an ihr zu kneten begann.

„Du meinst, die hät nu kein Motiv mehr", flüsterte er leise.

„Genau. Im Gegenteil. Ihr hat das Ableben von Frieder sogar geschadet", erklärte Annemarie ihm und bemerkte, wie Martin nickte.

„Ich frag mich nur, warum die sich nicht noch mal gemeldet hät. Wenn der flotten Ilse dat Grundstück doch so wichtig ist. Warum ist die nit hartnäckiger dahinter her. Die taucht hier auf, wedelt mit dem Vertrag, bekommt eine Abfuhr und belässt es dabei", hatte Martin wohl wie so oft die gleichen Gedanken wie auch Annemarie.

Obgleich sie beide recht unterschiedlich waren, tickten sie in vielen Dingen doch ziemlich gleich. Martin wirkte auf Außenstehende oft plump und wenig strukturiert. Doch die wenigsten wussten, dass dies mitnichten so war. Martin hatte sich nach der Meisterschule aus dem Nichts eine Firma aufgebaut. Zu besten Zeiten beschäftige er sechs Gesellen und zwei Lehrlinge. Er besaß damals ein großes Haus, ein Firmengebäude mit Werkstatt und mehrere Firmenbusse. So etwas setzte schon einen gewissen Geschäftssinn voraus. Martins Manko war, dass er Menschen zu schnell zu sehr vertraute. Eine Eigenschaft an ihm, die Annemarie allerdings sehr schätzte. Martin war einer von den Guten.

„Ich könnte mir vorstellen, dass sie noch nicht aufgegeben hat, sondern auf eine günstige Gelegenheit wartet. Vermutlich wird sie sich über mich und meine finanziellen Möglichkeiten bereits eingehend kundig gemacht haben und weiß nun, dass sie mich nicht mit ein paar mickrigen Kröten überzeugen kann", sinnierte Annemarie mit geschlossenen Augen.

„Meinst du, die Ilse hat den Kerl vom Ordnungsamt geschickt?", fragte Martin.

Annemarie hob die Schultern.

„Keine Ahnung, Martin. Aber wenn, dann war dies ein sehr halbherziger Versuch, uns zu schaden. So etwas prallt an mir ab wie Regentropfen an einer Lotosblüte", sagte sie entschlossen und blickte dann auf die Uhr in der unteren Ecke des Bildschirmes.

„Ach du meine Güte, es ist schon kurz nach sieben“, stieß sie aus.

„Jepp. Dat sag ich doch, dat es langsam Zeit wird. Mein Magen tut auch schon die ganze Zeit knurren tun“, beschwerte sich Martin.

„Tja, mein Lieber. Jetzt ist es ein Jammer, dass unser Restaurant noch nicht eröffnet ist. Dann könnten wir einfach rübergehen und uns an einen wunderschön gedeckten Tisch setzen“, seufzte Annemarie.

Ja, der Gedanke an das Restaurant gefiel ihr immer mehr.

„Na, dat kann aber noch ein bisschen dauern, bis es da was zu essen gibt. Aber wat hältst du davon, wenn wir runter auf die Obstwiese am Ententümpel gehen. Die Bulli-Leute haben uns beide nämlich eingeladen. Der Olek und der Bolek tun auch kommen“, schlug Martin vor.

Annemarie überlegte einen Moment. Normalerweise nahm sie ja keine Einladungen von Gästen an. Wobei Thomas Kübler und die anderen ja mehr Freunde als Gäste waren. Außerdem war alles besser als die Dose mit den Fertigravioli, die sich als einzig Essbares noch in ihrem Wohnwagen befand und die man erst noch aufwärmen musste.

„In Ordnung“, antwortete sie daher und schaltete den Computer aus.

„Der Thommi hat gemeint, dat gibt heute Fleisch mit Gemüse aus dem … aus dem … wie hieß dat noch, wenn man den Kochpott in der Erd unter dem Feuer verbuddelt?“, suchte Martin wie so oft nach Worten.

Annemarie hatte keine Ahnung, was er meinte. Es war aber auch egal, Fleisch mit Gemüse aus egal welchem Topf war immer noch besser als Ravioli aus der Konservendose.

Ob so eine Ente auch solch große Sorgen und Nöte hatte, überlegte Michaela, während sie alleine in dem alten Strandkorb saß, über den Tümpel blickte und die darauf dümpelnden Wasservögel beobachtete. Vom Zeltplatz hinter ihr hörte sie die Stimmen ihrer neuen Bekannten und leises Gitarrenspiel. Diese Leute als ihre Freunde zu bezeichnen, wagte sie noch nicht. Obgleich sie sich in den letzten Stunden in deren Kreis sehr wohlgefühlt hatte.

Michaela war gerne unter Menschen. Zumindest eine Zeit lang. Der Abend mit den Campern, ihren neuen Chefs und den polnischen Kollegen war lustig gewesen. Doch es war ihr nun ein wenig zu viel geworden. So war das schon immer bei ihr. Sie konnte auf Partys Spaß haben, mit anderen quasseln und lachen, doch dann kam der Punkt, an dem ihr Kopf Ruhe brauchte. Sie musste dann weg. An einen Ort, an dem sie nur mit sich selbst sein konnte.

Zuerst hatte sie überlegt, noch zum Streichelzoo zu gehen, aber dann den Teich mit dem Strandkorb als einladender empfunden. Zum Ersten, weil sie schon ziemlich betrunken war und es zum Streichelzoo definitiv noch ein paar Meter mehr zu laufen wären. Des Weiteren war sie hier zwar alleine, aber doch nicht zu weit weg von den anderen. Die Stimmen und das Gelächter noch hinter sich auf der Obstwiese zu hören gab ihr ein Gefühl der Sicherheit.

In den ersten Nächten nach ihrer Flucht aus Berlin hatte sie kein Auge zugemacht. Die Angst, Hassan oder einer seiner Leute würde sie finden, war allgegenwärtig gewesen.

Damals war sie einfach in den erstbesten Zug gestiegen, der vor ihr an dem Bahnsteig gehalten hatte. Es war ihr egal gewesen, wohin der fuhr. Sie hatte einfach nur weggewollt. Weg von Hassan. Zuerst war sie in Hamburg gelandet. Doch die Großstadt machte ihr wieder Angst. Also musste sie weiter. Diesmal jedoch mit einem vagen Ziel. Sie war schon immer gerne am Meer gewesen, weshalb sie in einen Zug in Richtung Nordsee gestiegen war. In Wittmund hatte der Schaffner sie dann wegen Schwarzfahrens aus dem Zug geworfen. Nur knapp war es ihr gelungen, vor den am Bahnhof wartenden Polizisten zu flüchten. Doch sie hatte nun ein Ziel gehabt. Michaela wollte ans Meer. Ohne Kohle blieb da nur zu Fuß, zu trampen oder eine Mischung aus beiden Disziplinen.

Der erste Wagen, der anhielt, als sie mit erhobenem Daumen an der Straße in Richtung Norden latschte, war eine rote Kastenente mit Frieder Hansen am Steuer gewesen. Er hatte ihr auf seinem Campingplatz direkt hinter dem Deich einen Platz zum Schlafen und zu essen gegeben. Michaela hatte es als ein Zeichen gesehen.

„Ist da noch Platz?", schreckten die Worte Jakup Wójciks Michaela aus ihren Gedanken.

„Ja, klar ist hier noch Platz", antwortete sie auf Polnisch und war wieder selbst überrascht, wie fließend ihr die Sprache der Großmutter über die Lippen kam.

Als Kind war sie in den Ferien immer für mehrere Wochen zu ihrer Großmutter nach Polen gefahren. Oma Irina hatte nur wenig Deutsch gekonnt. Überhaupt schien sie die Deutschen nicht allzu sehr zu mögen. Vermutlich lag es daran, weil die Oma während des Krieges unter den Nazis sehr gelitten hatte. Was damals genau vorgefallen war, wusste Michaela nicht, da die alte Frau nie darüber hatte sprechen wollen. Dass ihre einzige Tochter einen Ingenieur aus dem verhassten Deutschland zum Mann nahm und mit diesem nach Berlin gegangen war, hatte die Sache nicht verbessert. Michaela hatte die Oma gemocht. Noch heute erinnerte sie sich gerne an die Sommer bei ihr. Leider war Oma Irina vor drei Jahren verstorben.

„Du sprichst sehr gut. Aber wir müssen reden Deutsch, damit ich auch besser lerne", erklärte Jakup ihr nun.

„Okay, reden wir ab sofort nur noch Deutsch", entschied sie und betastete zum gefühlt einhundertsten Mal ihre neue Frisur.

„Ist sehr schön. Passt dir sehr gut", erklärte Jakup.

„Es steht dir sehr gut … muss es heißen", verbesserte sie ihn und fügte dann noch schnell an: „Wenn es dich stört, dass ick dich verbessere, musst du es sagen. Ick … Ich denke nur, wenn du es wirklich lernen möchtest, sollte es auch richtig sein", bemühte sie sich nun, Hochdeutsch zu reden. Michaela konnte das, wenn sie es wollte, ganz gut.

„Nein, kein Problem. Verbesserst du mich, wenn etwas falsch ist, und nächstes Mal mache ich es besser", lachte er und trank einen Schluck Cola.

„Prost", sagte sie, stieß mit ihrer Bierflasche gegen seine Cola und nahm dann ebenfalls einen Schluck.

Eine Weile saßen sie da und beobachteten die Enten auf dem Teich. Die Sonne war nun zur Gänze verschwunden, dennoch war Michaela nicht kalt. Die Anwesenheit des polnischen Bauarbeiters gefiel ihr. Im Grunde auch seine Schweigsamkeit.

„Von wo in Polen kommst du?", fragte sie ihn irgendwann.

„Aus Sopot, das ist in Nähe von Danzig", beschied er sie.

„Liegt das nicht direkt an der Ostsee?", glaubte sie zu wissen.

Er nickte. Sagte aber nichts.

„Hast du Heimweh?", hegte sie einen Verdacht.

Jakup zuckte mit den Schultern und kratzte dabei an dem Etikett der Colaflasche herum.

„Nein, eigentlich nicht. Da ist nichts, was ich vermisse. Hier in Deutschland ist besser Geld zu verdienen. Arbeit in Sopot war nicht gut und sehr schlecht bezahlt."

„Dennoch vermisst du es?", sagte sie.

„Manchmal", gab er zu und lächelte.

„Was hast du denn in Polen gearbeitet? Warst du da auch Bauarbeiter?", interessierte es sie.

Er lachte und schüttelte den Kopf.

„Nein, habe ich gearbeitet in Restaurant. Kellner. Aber war wirklich nicht gut bezahlt. Auf Bau in Deutschland ist es besser", meinte er.

Michaela beugte sich vor, zog die Fußbank unter der Sitzfläche heraus, legte ihre Füße hoch und lehnte sich dann zurück.

Auch Jakup lehnte sich zurück.

„Da ist der Große Wagen", erklärte sie und deutete hinauf zum Himmel, an dem nun mit der einsetzenden Dunkelheit nach und nach die Sterne sichtbar wurden.

„Und da ist der Polarstern und der Kleine Wagen", wusste Jakup.

„Und moin früh müssen mir alle wieder aufstehen und arbeiten tun. Also macht nit mehr so lang, ihr Turteltauben", sagte plötzlich von irgendwo aus der Dunkelheit die Stimme von Martin.

„Okay, Chef", antwortete sie und musste kichern.

„Martin, du bist unmöglich", vernahm sie flüsternd Annemarie Hansen.

„Ja, wieso. Als Platzwart muss hier doch einer für Recht und Ordnung sorgen tun", schimpfte der Kölner leise. Was Annemarie erwiderte, konnte Michaela schon nicht mehr verstehen, da die beiden sich von ihnen entfernten.

„Vielleicht es ist besser zu gehen schlafen", fand nun auch Jakup.

„Och nee. Es ist doch gerade so schön", fand sie und schmiegte sich aus einer Laune heraus und ohne jeglichen Hintergedanken an ihn an. So, wie man es eben bei sehr guten Freunden schon einmal tat. Außerdem war sie gerade irgendwie doch viel zu betrunken und zu faul, um zu ihrem Campingwagen zu torkeln.

Kapitel 15

Dienstag, 27. Juni 2023
Frieders Camping achtern Diek

Martin war sich nicht sicher, ob er schon richtig geschlafen hatte oder ob er sich noch in der Phase des Einduselns befand, als ihn irgendetwas aufschreckte. Er war schlagartig wieder hellwach. Was es genau gewesen war, das seine Nachtruhe störte, konnte er nicht sagen. Von der Türe des Campers her hörte er Lumpi, die dort in ihrem Körbchen lag, leise knurren. Den Hund hatte also auch irgendetwas gestört. Martin tastete nach seiner Uhr auf der Ablage am Kopfende des doch sehr bequemen Camperbettes und betrachtete mit zusammengekniffenen Augen die Leuchtziffern. Es war kurz nach ein Uhr in der Früh. Er hatte also doch schon gut und gerne zwei Stunden geschlafen. Er legte die Uhr beiseite und lauschte in die Dunkelheit. Doch außer dem leisen Schnarchen von Annemarie und dem immer noch anhaltenden Knurren von Lumpi war nichts zu hören.

„Lumpi, da is nix. Tu mal schön weiterschlafen", beschied er den Hund und drehte sich wieder um. Doch Lumpi ließ sich nicht beirren und meckerte weiter, was das Zeug hielt. Irgendetwas störte den Vierbeiner. Und solange Martin nicht nachsah, würde der verrückte Köter auch nicht Ruh' geben.

„Na gut. Dann gucken wir eben mal schnell nach", stöhnte er, schwang sich aus dem Bett und tapste leise durch den Wagen zur Türe.

„Du bleibst aber schön hier und bist lieb", ermahnte er die Hündin und öffnete dann die Wohnwagentüre.

Sie war noch nicht ganz offen, als der Vierbeiner an ihm vorbei nach draußen stürmte und bösartig kläffend durch das Vorzelt auf den Kiesweg stürmte. So viel also zum Thema Gehorsam.

Martin folgte eilig und fluchend.

Das Ganze war so hastig abgelaufen, dass er weder Schuhe noch Kleidung hatte überstreifen können. Nur in Unterhose und barfuß rannte er dem Hund hinterher, der nun mitten auf dem Weg vor Trixis pinkem Wohnwagen stand und einen Mordsradau veranstaltete. Im Wagen brannte Licht. Es rumpelte. Was trieb das Fräulein denn da mitten in der Nacht?

„Lumpi, jetzt sei mal still. Du tust ja alle Leut' wecken tun", keuchte Martin und fasste den Vierbeiner am Halsband. Dann sah er sie. Zwei Schatten, die aus Trixis Wagen herausstürmten, an ihm vorbeiflitzten und in Richtung Parkplatz so schnell verschwanden, wie sie auf der Bildfläche aufgetaucht waren. Martin war total perplex, was natürlich auch daran liegen konnte, dass er sich noch vor einer Minute im Tiefschlaf befunden hatte. Lumpi zerrte wie eine Wilde, riss sich los und verschwand ebenfalls kläffend in der Dunkelheit.

Martin wurde es angst und bange. Nicht, dass ihm selbst etwas passieren könnte. Nein, das war es nicht.

Vielmehr hatte er Angst, dass diese Gauner seiner Lumpi etwas antaten.

Obgleich die Kieselsteine unter seinen Füßen unangenehm pikten, beeilte er sich, dem braven Tier zu folgen. Vom Parkplatz her hörte er Schreie. Dann ein Jaulen und das Schlagen von Autotüren. Lumpi kläffte erneut. Ein Motor wurde gestartet. Eindeutig ein schwerer Achtzylinder. Martin hastete weiter, so schnell es ihm seine schmerzenden Füße erlaubten. Hätte er sich doch wenigstens schnell die Badelatschen angezogen. Die Zeit, die er dafür benötigt hätte, hätte er bereits dreimal wieder aufgeholt, weil er damit sicherlich flotter unterwegs gewesen wäre.

Als er an der Schranke vor dem Parkplatz ankam, konnte er gerade noch sehen, wie ein schwerer Mercedes SUV über den Feldweg davonbrauste. Obwohl er sich anstrengte konnte er das Kennzeichen des Wagens nicht erkennen.

„Lumpi?", rief er fragend in die Dunkelheit. Hoffentlich war dem lieben Tier nichts passiert. Als das Motorengeräusch des flüchtenden SUV immer leiser wurde, vernahm er plötzlich das Trippeln von Hundepfoten auf dem Parkplatz. Dann erkannte er Lumpis schemenhafte Umrisse. Morgen würde er mit Annemarie über eine Beleuchtung für den Parkplatz sprechen müssen. So konnte das nicht bleiben. Nachher brach sich hier noch jemand die Knochen, weil er des Nachts nichts gesehen hatte.

„Ja, da is ja dat Lumpilein", begrüßte er den Vierbeiner, ging in die Hocke und streichelte die Hündin sanft über den Kopf. „Eine janz tolle Wachhund is unsere Lumpi. Eine janz tolle", lobte er das Tier. Ja, auf seine Lumpi war

Verlass, auch wenn sie manchmal lieber ihrem Dickkopf nachging, anstatt auf ihn zu hören.

Im Schein des Mondes glaubte er nun etwas zu erkennen, das der Hund in der Schnauze trug.

„Wat is dat dann?", erkundigte er sich deshalb und griff nach dem Gegenstand, bei dem es sich eindeutig um ein Stück Stoff handelte.

„Häst du dat von den Gaunern abgebissen?", fragte er, bekam aber keine Antwort. Stattdessen setzte Lumpi sich in Richtung des Campingplatzes in Bewegung. Martin folgte ihr. Als Erstes musste er nun nachsehen, was diese Leute in Trixis Wohnwagen gesucht hatten. Hoffentlich war mit dem Mädchen alles in Ordnung.

„Trixi?", fragte er vorsichtig nach und versuchte es, als er keine Antwort bekam, noch einmal mit ihrem richtigen Namen.

„Michaela ..., is alles paletti bei dir?"

Da auch diesmal keine Antwort kam, zog er die Türe des Wagens auf und sah hinein. Im Inneren sah es aus, als hätte eine Bombe eingeschlagen.

„Ja, dat gibt dat doch nit", schimpfte er und stieg die Stufe nach oben in den Camper. Alle Schränke waren aufgerissen. Trixis Kleidung lag überall verstreut. Die Matratze war aus dem Bettgestell gerissen worden. Was hatten diese Typen hier gesucht? Martin war sich sicher, dass der Schrei vom Parkplatz vorhin zu einem Mann gehört hatte. Vermutlich gehörte zu dem auch das Stück schwarzer Stoff, welches er nun im Lichtschein der Innenbeleuchtung erstmals richtig betrachten konnte. Es war ziemlich eindeutig, dass Lumpi den Mann gebissen hatte. Was nicht schadete. Nein, wer nachts in Wohnwagen einbrach, hatte es verdient, gebissen zu werden.

Noch dringlicher erschien Martin allerdings die Frage, wo Trixi steckte. Ein ungutes Gefühl breitete sich in ihm aus.

„Martin?“, hörte er leise die fragende Stimme Annemaries.

„Anne-Schatz, ich bin hier im Wagen von der Trixi“, beschied er sie. Nur Sekunden später streckte Annemarie den Kopf durch die Türe des Campers.

„Ach du meine Güte. Was ist denn hier passiert?“, stieß sie aus.

„Ja, dat tu ich mich auch fragen. Die Gauner scheinen hier irgendwat gesucht zu haben“, antwortete er und zeigte Annemarie dann das Stück Stoff, das Lumpi ihm gebracht hatte.

„Dat Lumpi hät einen von denen noch gebissen. Aber die konnten trotzdem abhauen“, erklärte er.

„Wo ist denn Michaela?“, interessierte es Annemarie jedoch viel mehr.

„Keine Ahnung. Vielleicht ist die noch bei den Bulli-Fahrern am feiern tun“, kam ihm ein Gedanke.

Annemarie schaute auf ihr Mobiltelefon, an dem die Taschenlampenfunktion eingeschaltet war.

„Es ist gleich halb zwei. Meinst du, die sitzen immer noch ums Lagerfeuer und klönen?“, überlegte sie laut.

„Am besten, ich geh mal gucken tun“, schlug er vor.

„Mach das, aber zieh dir bitte vorher etwas an“, fand sie.

Nachdem Martin sich Schuhe, ein T-Shirt und seine Latzhose angezogen hatte, machte er sich in Begleitung von Lumpi auf den Weg zum Strand am Ententümpel.

Das Erste, was er wahrnahm, war der Geruch nach kokelndem Holz. Da, wo am Abend noch das Lagerfeuer gebrannt hatte, stieg nun Rauch in den wolkenlosen, mit Sternen übersäten Himmel. Ansonsten lag das Lager in vollkommener Dunkelheit. Martin leuchtete mit der großen Taschenlampe, die er in seinem Camperdomizil in einem der Schränke gefunden hatte, die Wagenburg aus alten VW Bussen ab. Nein, die schienen hier tatsächlich alle zu schlafen. Lediglich aus dem Camper der Küblers hörte er leises Wuffen und Fiepen von Lumpis neuen Freunden Oscar und Alba. Er ging weiter zum Ententeich und leuchtete in den Strandkorb.

„Na, Gott sei Dank", stöhnte er leise, als er die beiden schlafenden Gestalten entdeckte, die einträchtig nebeneinander in dem nach hinten geklappten Korb lagen. Einen Augenblick überlegte er, Trixi und Jakup zu wecken, unterließ es dann aber. Die beiden hatten sich nach der anstrengenden Arbeit ihren Schlaf redlich verdient. Entschlossen machte er sich auf den Rückweg zu seinem eigenen Bett. Als er den Wohnwagen fast erreicht hatte, fiel ihm noch etwas ein. Ja, da gab es noch eine Sache, die er dringend erledigen musste. Er marschierte schnurgerade zu Hans Werner Paschulkes Fahnenmast, knotete das Seil los, holte die Bayern-Flagge ein, knuddelte sie zusammen und nahm sie mit. Es gab Dinge, die Mann einfach tun musste.

Wie von Sinnen schlug Hassan immer wieder wütend auf das Lenkrad seines Wagens ein. Dieses Miststück Michaela war nicht in dem Wagen gewesen, den sein Informant ihm beschrieben hatte. Dennoch glaubte er nicht, dass der Mann ihn belogen hatte. Nein, die Klamotten in den Schränken waren eindeutig die von Michaela gewesen. Alles roch nach ihr. Wie ein Wolf hatte er ihre Fährte gewittert.

„Au Fuck, du musst mich zu einem Arzt bringen", jammerte Aadil, der verkrümmt auf dem Beifahrersitz kauerte und beide Hände auf seine blutige Wade presste.

„Stell dich nicht so an, du Weib", knirschte Hassan.

„Eh Fuck. Ich verblute", kreischte der Vetter.

„Das hört gleich auf. Deshalb muss man nicht zum Arzt. Wir fahren jetzt zu dem Hotel, das ich für den Notfall gebucht habe, verbinden dein Bein und suchen morgen weiter. Michaela ist irgendwo auf diesem Platz. Ihre Sachen waren in dem Wagen. Sie muss dort sein", knirschte er und fuhr dann in Richtung Aurich. Dort hatte er am Nachmittag, obgleich er gehofft hatte, es nicht zu benötigen, ein Hotelzimmer gebucht und bereits online bezahlt. Er war nun seit fast zwanzig Stunden auf den Beinen. Um wieder richtig denken zu können, musste er ein wenig schlafen. Außerdem würde es tatsächlich nicht schaden,

Aadils Bein zu verbinden, bevor der ihm noch die ganze Karre vollblutete. Wie hätten sie aber auch damit rechnen können, dass der Platz von einem bissigen Hund bewacht wurde. So ein Köter war doch auch eine Gefahr für die Leute, die dort wohnten und ihren Urlaub verbrachten. Das nächste Mal würde er seine Knarre mitnehmen und den Köter einfach abknallen. Beim nächsten Mal würden sie auch nicht mehr nachts kommen. Nein, Michaela war sein Eigentum, und er würde sie sich holen, auch wenn es Zeugen gab. Er hatte es nicht nötig, sich nachts Zugang zu dem Wagen der Bitch zu verschaffen wie ein Dieb. Diese Idee war einfach nur dumm gewesen.

Michaela blinzelte verschlafen in die tief stehende Morgensonne. Es brauchte einen kleinen Moment, bis ihr Hirn erfasste, wo sie sich gerade befand. Sie richtete sich in dem Strandkorb auf und sah sich suchend um.

„Moin Michi", hörte sie Alexandra Kübler und eine der anderen Frauen sagen, die wohl gerade auf dem Weg zum Steg waren.

„Moin", krächzte sie heiser und blickte auf den leeren Platz neben sich. Jakup war nicht mehr da. Lediglich seine Jacke lag wie eine Decke über ihren Beinen und dem Unterkörper.

Das Letzte, an das sie sich erinnern konnte, waren die Sternbilder vom Großen und dem Kleinen Wagen.

„Moin Fräulein Trixi“, grüßte ihr Chef Martin von Schlechtinger sie. Dem musste sie gleich noch unbedingt erklären, dass es kein Fräulein Trixi mehr gab, sondern nur noch eine Michaela oder Michi.

Sie entdeckte eine weitere der Camper-Frauen, die sich zu den anderen gesellte.

Gute Güte, an diesem Tümpel war ja morgens mehr los als am Berliner Hauptbahnhof. Mit einem Satz hopste Lumpi neben Michaela in den Strandkorb.

„Guten Morgen, du kleines Knuddelbärchen“, begrüßte sie die Hündin und kraulte diese erst einmal hinter den Ohren.

„Los, Lumpi, tu mal Platz machen tun. Der Onkel Maddin muss mit dem Fräulein Trixi mal wat reden tun“, verscheuchte Martin die Hündin und zwängte sich dann neben sie in den Strandkorb.

„Würde es dir etwas ausmachen, wenn du mich in Zukunft einfach Michaela oder Michi nennst? Die Trixi ist nicht mehr“, fragte sie ihn erst einmal geradeheraus.

„Null Problemo, wie der Alf immer sagen tut“, antwortete Martin.

„Wer ist Alf?“, erkundigte sie sich neugierig.

„Dat is der Kerl mit dem Pelz. Der von Melmak, der immer die Katze fressen will“, erklärte Martin, und Michi war sich gerade nicht sicher, ob der irgendwie wirres Zeug plapperte.

„Dat is aber auch gar nit wichtig, wer dat is. Viel wichtiger is, wat hier heute Nacht passiert is“, fügte er an.

„Was ist denn passiert? Meinst du das mit Jakup? Da war nichts, wir haben uns nur unterhalten", glaubte sie zu wissen, was er meinte.

„Nä, dat meine ich nit. Wobei mir dat auch egal wäre, wenn ihr nit nur geschwätzt hättet. Der Olek, dat is ein sehr feiner Kerl", winkte Martin ab.

„Stimmt, der ist echt nett", bestätigte sie und beobachtete, wie die drei Camperinnen gerade die Hüllen fallen ließen, um dann vollkommen nackt vom Steg in den Teich zu springen. Nein, Michaela würde gleich lieber warm duschen gehen. Das war bestimmt angenehmer.

„Heute Nacht is hier bei uns eingebrochen worden", flüsterte Martin ihr nun zu.

„Wie bitte?", stieß sie jedoch lauter aus als gewollt. Zum Glück quiekten die drei Badehühner gerade so laut, dass man sein eigenes Wort kaum verstand.

„Heute Nacht waren hier zwei Kerle auf dem Platz und sind bei dir in den Wohnwagen eingebrochen", sagte Martin, als wäre dies das Normalste von der Welt.

„Die sind bei mir eingestiegen? Mist", sie sprang auf. Panik erfasste sie.

Martin packte ihren Arm und hielt sie fest.

„Lass mich. Ick muss nachschauen, ob was fehlt", schrie sie nun fast, riss sich los und rannte davon.

Ihr Geld, ihre gesamten Ersparnisse waren in dem Camper. Sie brauchte keine Minute bis zu ihrem Wohnwagen. Doch der Weg kam ihr beinahe endlos vor. Sie zog die Tür auf und überblickte rasch das allgegenwärtige Chaos in dem Wagen. Sie sank auf die Knie, zog an der Holzblende unterhalb des Minikühlschrankes, griff in den etwa fünf Zentimeter hohen Spalt und holte die flache Ledermappe heraus. Kraftlos sank sie mit dem Rücken an den Kühlschrank und drückte die Mappe fest an sich. Die Kohle war noch da. Die Diebe hatten sie nicht gefunden.

Sie nahm einen Schatten vor dem Wagen wahr, dann streckte Annemarie Hansen ihren Kopf durch die Türe ins Innere.

„Moin Michaela. Ist alles in Ordnung? Oh, entschuldige meine dumme Frage. Das hier ist natürlich ganz und gar nicht in Ordnung", verbesserte sich ihre Chefin.

Michaela schniefte und schüttelte den Kopf.

„Doch, doch, alles gut, es scheint nichts Wichtiges zu fehlen", log sie, da tatsächlich überhaupt nichts gut war. Ja, die Kohle war noch da. Aber hatten diese Einbrecher tatsächlich nach Geld gesucht, oder waren die nicht doch eher hinter ihr her?

„Was hast du da?", fragte Annemarie und deutete auf die Mappe mit dem Geld.

„Mein Erspartes. Alles, was ick hab", gab sie zu.

Ihr Gefühl sagte ihr, dass sie Annemarie Hansen vertrauen konnte. Ihre Chefin war vermutlich die Letzte, die sie bestehlen würde. So wie Michaela es mitbekommen hatte, besaß die selbst genug Knete und hatte es bestimmt nicht nötig zu klauen.

„Sieht sehr gut gefüllt aus, deine Geldmappe. Meinst du, das ist eine gute Idee, seine kompletten Ersparnisse in einem Wohnwagen zu bunkern? Bei einer Bank wäre es doch wesentlich sicherer aufgehoben", fand Annemarie und hatte damit natürlich recht.

„Aber ohne Personalausweis bekomme ick kein Konto", schniefte Michaela und wischte sich die Tränen aus dem Gesicht.

Annemarie überlegte einen Moment und lächelte dann. „Das stimmt natürlich. Aber ich habe da eine Idee. Nach dem Frühstück fahren wir beide nach Esens und besorgen dir erst einmal ein Bankschließfach, in dem du deine Wertsachen deponieren kannst", schlug sie vor.

„Und dazu brauche ick keinen Ausweis?", fragte Michaela, da sie nicht glaubte, dass man ihr einfach so ein Schließfach geben würde.

„Nein, wir machen das auf meinen Namen, und du bekommst einfach den Schlüssel und eine Vollmacht. Und wenn wir dir Papiere besorgt haben, ändern wir das einfach um", erklärte ihre Chefin.

„Moin Kübler. Na, mein Bester … wie ist die Lage?", trällerte Markus Büth, als er das Kübler'sche Vorzelt betrat, sich zu Thomas an den Tisch setzte und sich wie ganz selbstverständlich einen Kaffee eingoss.

„Wie die Lage ist? Na, außer dass wir auf einem Campingplatz am Arsch der Welt hocken, ich mies gepennt hab und die einzig warme Dusche ständig belegt ist – super", erwiderte er sarkastisch.

„Also ich find es hier klasse. Den Platz, das Wetter, die Leute. Kübler, ich habe mich im Urlaub lange nicht mehr so amüsiert. Ela hat es auch noch nicht bereut, dass wir mit euch gefahren sind", schwärmte Markus.

„Und das, obwohl du gestern arbeiten musstest?", konnte Thomas sich einen kleinen Seitenhieb nicht verkneifen. Es war schon irgendwie lustig gewesen, dem Freund ohne sein gewohntes Handwerkzeug mitten im Nirgendwo bei der Arbeit zuzusehen.

„Ach das … Nee das war keine Arbeit. Eher ein Experiment", antwortete Markus und winkte ab.

„Was für ein Experiment?", verstand Kübler nicht, was Markus meinte.

„Haare machen Leute! Hast du dir deine Frau und diese Michaela mal genauer angesehen? So vorher und nachher?", half er ihm auf die Sprünge, und Thomas verstand nun.

Es war wirklich verblüffend, wie diese Michi sich verändert hatte. Sie und seine Alexandra hatten im Grunde nichts gemeinsam gehabt. Zwei vollkommen verschiedenen Frauen. Beide ohne Frage auf ihre Art sehr, sehr hübsch.

Als Markus Michaela fragte, wie er ihre Haare denn schneiden solle, hatte diese, vermutlich mehr aus Spaß, gemeint: „Am liebsten so wie die von Alexandra." Das Ergebnis war, nicht nur für Thomas, eine Überraschung. Markus hatte Alexandras Haarschnitt eins zu eins auf Michaela übertragen können. Für einen Außenstehenden würden die beiden Frauen nun sogar als Schwestern durchgehen. Es war verblüffend, wie eine Frisur einen Menschen verändern konnte.

„Zum Glück hatte ich von meinem letzten Workshop noch den Koffer mit den Musterfarben dabei“, sinnierte Markus, der auf sein Werk sichtlich stolz zu sein schien. Selbst seiner Frau Alex hatte es gefallen, dass da jetzt eine andere mit der gleichen Frisur herumlief.

„Na, ihr Jungens, alles paletti?“, erschien nun auch Martin von Schlechtinger im Eingang des Kübler'schen Vorzelts.

„Ja, alles bestens. Außer dass unsere Hauptverdächtige, die flotte Ilse, kein Motiv mehr hat, Frieder Hansen umzubringen“, beantwortete Markus das, worüber sich Thomas schon seit gestern Abend Gedanken machte.

„Ich denke, wir müssen einfach andersherum denken“, ließ Thomas seine beiden Gäste an seinen Gedanken teilhaben.

„Und dat heißt?“, erkundigte sich Martin.

„Bisher waren wir ja davon ausgegangen, dass jemand Frieder Hansen getötet hat, weil der nicht verkaufen wollte. Frieder wollte aber verkaufen. Also sollten wir uns fragen, wer könnte etwas gegen diesen Verkauf gehabt haben?“, gab Thomas den beiden einen Denkanstoß.

„Wenn Frieder verkauft hätte, wäre der Platz geschlossen und planiert worden“, hatte Markus bereits verstanden, worauf Thomas hinauswollte.

„Ihr meint … einer von den Campern hät den Frieder in die Luft gejagt, weil der ansonsten sein Zuhause verloren hätte?“, flüsterte Martin, dem dies, so wie er nun aus der Wäsche schaute, gar nicht zu gefallen schien.

„Genau das meine ich“, sagte Thomas.

„Aber wer von denen soll dat denn gewesen sein? Ich tät dat keinem unserer Gäste zutrauen. Außer vielleicht dem Paschulke. Dem Kerl mit der Fahne vor dem Camper. Wer so wat aufhängt, tut auch kleine Kinder fressen", überlegte Martin laut.

„Ich denke, wir sollten alle Gäste, die in der entsprechenden Nacht auf dem Campingplatz waren, noch einmal befragen. So kreuzverhörmäßig", schlug Markus vor. Ein, wie Thomas fand, grundsätzlich guter Plan, der aber wegen mangelnder polizeilicher Autorität bestimmt nicht funktionieren würde. Sie konnten keinen der Platzbewohner vorladen oder zwingen, ihnen irgendetwas zu erzählen. Sie waren ja selbst nur Urlauber und keine Ermittlungsbeamten.

„Dat tät dem Frau Annemarie aber bestimmt nit gefallen tun, wenn mir die Gäste verhören", gab Martin zu bedenken, was auch Thomas sich gut vorstellen konnte. Er schätzte Annemarie Hansen als eine sehr korrekte, auf Höflichkeit bedachte Gastgeberin ein.

Einen Moment herrschte Stille am Campingtisch.

„Ach so … wat ich euch eigentlich noch verzählen wollte. Mir hatten heute Nacht ungebetenen Besuch auf dem Platz. In den Wagen von der Trixi … ähm der Michaela, ist eingebrochen worden. Zwei Kerle waren dat. Und den einen hät die Lumpi sogar noch erwischt", berichtete Martin und hielt einen durchsichtigen Butterbrotbeutel in die Höhe, in dem sich ein Stück schwarzer Stoff befand.

Kapitel 16

Mittwoch, 28. Juni 2023
Garten der Schlossresidenz Aurich

Die frische Luft tat ihm gut. Er lehnte sich auf der Parkbank zurück und sah in den klaren blauen Morgenhimmel. Hassan hatte schlecht geschlafen. Was zum einen an dem ungewohnten Bett lag und zum anderen an dem Gejammer Aadils. Wobei er ja selbst schuld war, dass er gerade diesen Trottel zu dieser Mission mitgenommen hatte. Zugegeben, er hatte tatsächlich geglaubt, sie würden nur eben in dieses Ostfriesland fahren, Michaela einladen und dann wieder zurück nach Berlin rasen. Doch die Sache gestaltete sich nun schwieriger als gedacht. Michaela war nicht in diesem Wohnwagen gewesen, obgleich sie extra die Nacht gewählt hatten, um sicherzugehen, sie in ihrem Bett vorzufinden. Doch dem war nicht so gewesen. Die Frage war nur, wo sie gesteckt hatte? Vielleicht hatte sie einen neuen Typen? Neunzehn Monate waren vergangen, seit sie aus Berlin abgehauen war. Er wählte die Mobilnummer des Informanten, bei der es sich nicht um eine deutsche, sondern eine niederländische Prepaidkarte handelte. Der Anschluss war nicht registriert. Noch nicht einmal sein Kontakt bei der Polizei hatte ohne Weiteres herausfinden können, wem er gehörte. Aadil, der dem Mann nachmittags am Hafen von Dornumersiel gefolgt war, kehrte nach zehn Minuten erfolglos zurück. Die Spur des Motorradfahrers hatte sich bereits kurz hinter dem Parkplatz verloren. Wobei Hassan davon ausging, dass der noch nicht einmal mit einem Motorrad dort gewesen war.

„Ja, bitte“, hörte er die Stimme des Mannes sagen.

„Michaela war nicht in dem Campingwagen“, knurrte Hassan ungehalten.

„Das war Pech“, fand der Unbekannte.

„Pech! Wegen deinen Fuck Informationen wurde einer meiner Männer von einem Köter gebissen“, keifte Hassan wütend in das Telefon.

„Ich sagte bereits. Das war Pech. Ich wusste nicht, dass der Hund nachts draußen ist“, stöhnte der Fremde, der den Ernst der Lage nicht zu verstehen schien.

„Hör zu, entweder du hilfst mir, Michaela zu finden, oder ich finde dich“, stieß er abermals eine Drohung aus.

„Ich kann jetzt nicht reden. Ich melde mich später, wenn ich neue Informationen habe, warum sie nicht in dem Wagen war. Ach … und Hassan … ich lasse mir nicht drohen! Drohst du mir noch einmal, ist unsere Geschäftsbeziehung beendet. Und finden wirst du mich niemals“, sagte der andere und legte auf.

Hassan blickte fassungslos auf das Telefon. Er spürte, wie die Adern an seinem Hals zu pochen begannen, dann explodierte er. Er sprang auf und schlug mit der Faust so lange auf den Stamm eines Baumes ein, bis seine Knöchel wund und blutig waren. Er würde Michaela finden und auch diesen Typen mit der Motorradkluft. So sprach niemand mit ihm. Schwer atmend stand er nun da und lehnte sich gegen den Baum. Er spürte, dass er nah an ihr dran war. Er hatte sie heute Nacht in dem Camper bereits riechen können. Wenn er sie in die Finger bekam und mit ihr fertig war, würde sie sich wünschen, niemals geboren worden zu sein. Das Mobiltelefon in seiner Linken vibrierte nun. Er sah auf das Display und öffnete das empfangene Foto. Es zeigte Michaela mit einer älteren Dame vor dem pinkfarbenen Campingwagen. Wieder sah sie anders aus als noch auf dem letzten Foto des Informanten. Ihre Haare waren nun nicht mehr bunt gefärbt, sondern hellblond, fast grau. Über dem linken Ohr war sie beinahe kahl geschoren. Ein, wie er zugeben musste, sehr eleganter und zugleich auch erwachsener Style, den er nicht an ihr vermutet hätte.

Erneut vibrierte das Mobiltelefon. Die Nachricht enthielt nur zwei Sätze: „Sie ist noch immer da, wo ich es gesagt habe. Vermutlich war sie nachts noch auf einer Party."

Hassan musste lächeln. Es wurde Zeit, sie zu holen.

Entschlossen ging er zurück in den Frühstücksraum, wo Aadil immer noch aß.

„Los, komm mit", befahl er ihm barsch, schritt dann schnurgerade zur Rezeption, warf den Zimmerschlüssel auf die Theke und verließ das Hotel. Es hatte auch Vorteile, ohne Gepäck zu reisen.

„Ich sehe etwas, was ihr nicht seht, und das ist hässlich", sprach Oemmi in Rätseln und wedelte mit seinem Mobiltelefon in der Hand.

„Also ich kann mir eine Menge Dinge vorstellen, die hässlich sind", sinnierte Markus Büth, der gerade, um neun Uhr morgens, mit Thomas' besserer Hälfte Alexandra mit einer Flasche Bier anstieß.

„Boah, wie kann man morgens direkt nach dem Frühstück schon Bier trinken", musste Thomas jetzt einfach mal loswerden. Auf Oemmis Spielchen „Ich sehe etwas, was du nicht siehst" würde er nicht reagieren, da er keine Lust auf solche Albernheiten hatte. Überhaupt ging es ihm auf die Nerven, den ganzen Tag irgendwelche Leute um sich zu haben. Ja, er sehnte sich regelrecht in sein ruhiges, hübsches Büro in der Kriminalinspektion. Gut, dies musste er sich mit der Kollegin Nina Moretti teilen. Da diese aber null Sitzfleisch besaß und ständig unterwegs war, war er die meiste Zeit des Tages mit sich, seiner Arbeit und seinen Gedanken alleine.

„Was hast du gegen ein eiskaltes Bier im Sommerurlaub", beschwerte Markus sich nun.

„Vor allem weil es ja auch noch alkoholfrei ist", pflichtete Alex ihm bei.

„Hallo, ich rede mit euch. Wollt ihr gar nicht wissen, was ich herausgefunden habe?", mischte Oemmi sich nun wieder ein.

Für Thomas Küblers Geschmack quatschten hier eindeutig zu viele Leute durcheinander.

„Ich schon", fand Alexandra, als er selbst keine Anstalten machte, begeistert zu sein. Sie erhob sich, trat zu dem bärengroßen Kerl und lugte auf das Mobiltelefon in dessen Pranken.

„Das gibt es ja nicht. Das ist ja das hässliche Entlein von Maddin", quiekte Alexandra begeistert.

„Was?", wurde Thomas hellhörig und erhob sich nun doch aus seinem Campingstuhl, um zu sehen, was Oemmi da auf dem Display hatte. Er schob Alexandra sachte beiseite und trat neben ihn.

Das Foto zeigte eindeutig die Kastenente, die man ihm und Markus gestern quasi unter dem Hinterteil weggeklaut hatte.

„Wo hast du das denn her?", musste er jetzt unbedingt wissen.

Oemmi grinste verschmitzt.

„Das hat mir ein Facebook-Nutzer aus Dornum gesendet", gab er preis.

„Warum schickt dir jemand über Facebook ein Bild der geklauten Ente?", verstand Kübler nun ganz und gar nicht.

„Ganz einfach. Als ihr euch gestern den Hobel habt klauen lassen, habe ich in einigen Oldtimer-Foren auf Facebook und Instagram einen Aufruf mit einem Foto des gestohlenen Citroën gepostet. Die Oldie-Szene hält zusammen. Das Bild wurde fast eintausend Mal geteilt. Mit Erfolg! Wie ihr nun sehen könnt", erklärte er und schien mächtig stolz auf seine Tat zu sein.

Ja, Thomas musste eingestehen, dass er auf so etwas nicht gekommen wäre. Er selbst hatte sich da mehr auf die Polizei verlassen.

„Wie oft wurde das Foto angeklickt?", erkundigte sich Alexandra.

Oemmi zuckte mit den Schultern. „Keine Ahnung. Weiß ich nicht, wie und wo man das sehen kann. Aber es werden schon einige Zehntausendmal sein", murmelte er und öffnete nun das besagte Bild.

„Nee ... du hast dieses Bild nicht wirklich öffentlich ins Netz gestellt", stöhnte Thomas, als er es sah. Das Foto zeigte den Moment, als Martin von Schlechtinger ihm die Schlüssel aushändigte. Thomas trug eine Sonnenbrille und seine Schimanski-Jacke. Markus Büth lehnte am vorderen Kotflügel des Citroëns und streckte dem Fotografen die Zunge heraus. Einfach nur peinlich.

„Ach, das ist ja süß. Kannst du mir das gleich mal senden?", fand Alexandra derweil und kicherte.

„Okay, Oemmi, wo steht die Ente denn jetzt?", wollte Thomas nun endlich wissen.

„Angeblich steht das Entlein seit gestern hinter einer Scheune bei Westerhold. Das ist keine fünfzehn Kilometer von hier", wusste Oemmi.

„Geht das auch genauer?", fragte er nun ungeduldig.

„Ja, wenn man freundlich fragt, geht das auch genauer", antwortete Oemmi nun etwas pampig. Thomas bemerkte auch den bösen Blick, den seine Gattin ihm gerade zuwarf.

„Okay sorry. Tut mir leid, wenn ich mich im Ton vergriffen habe", entschuldigte er sich daher. Und ja, es tat ihm tatsächlich leid.

„Der Oldie-Fahrer aus Westerhold hat uns den genauen Standort der Ente gesendet", klang nun auch Oemmi wieder um einiges versöhnlicher.

„Okay, dann tät ich sagen, wir fahren da jetzt mal hin und holen uns das Vehikel zurück", entschied Markus, trank sein alkoholfreies Bier in einem Zug aus und erhob sich.

„Jo, genau das machen wir", bestätigte Oemmi.

„Ich denke, wir sollten zuerst einmal die Polizei informieren", wandte Thomas ein. Er hielt nichts davon, solche Dinge ohne die Kollegen der örtlichen Wache und auf eigene Faust anzugehen. Solche Aktionen waren eine Angelegenheit für die Polizei und nicht für Hobbyschnüffler.

„Quatsch, wir schauen da erst einmal selbst und checken die Lage. Die Polente können wir immer noch verständigen", fand sein Lieblingsfriseur und erntete, sowohl von Alexandra als auch von Oemmi, dessen Frau und einem der anderen Bulli-Fahrer, von dem Kübler wusste, dass er Marko hieß, ein bestätigendes Kopfnicken. Na, wenn das mal gutging.

„Das ist lieb von dir, Paulina, dass du mit uns beiden in die Stadt fährst", lobte Annemarie Hansen die Lebensgefährtin ihres Schwiegersohnes Kevin.

„Kein Problem, mach ich doch gerne. Zuerst zur Bank oder lieber erst in den Supermarkt?", erkundigte sich Paulina, die am Steuer von Martins betagtem Ford Capri saß und diesen souverän über den Feldweg in Richtung der Landstraße steuerte.

„Ich hatte gedacht, wir fahren zuerst zu euch auf den Hof. Was ich im Hofladen bekomme, brauche ich schon nicht im Supermarkt einkaufen", erwiderte Annemarie. Sie empfand es als ein Unding, sich von der Besitzerin eines Hofladens zu einem Discounter chauffieren zu lassen, um dann dort Dinge zu erstehen, die es in dem Lädchen ebenfalls zu kaufen gab. Nein, so etwas ging gar nicht. Außerdem schmeckten ihr die Lebensmittel aus Paulinas Hofladen eh besser als die aus dem Supermarkt.

„Meine Güte, was eine fette Protzkarre", stöhnte Paulina, als ihnen kurz vor der Landstraße ein SUV mit Berliner Nummer entgegenkam.

„Die Typen sehen mir nicht aus, als kämen sie zum Zelten", fand Annemarie, als der dicke Wagen vor ihnen langsamer wurde und nun versuchte, sich mit einem Rad über die Wiese an ihnen vorbeizuschieben. Auch Paulina war nun so weit an den Rand gefahren wie möglich. Langsam schoben sich die beiden Wagen aneinander vorbei. Geistesgegenwärtig klappte Paulina sogar noch den Außenspiegel durch das geöffnete Fenster ein.

„Puh, das war knapp", fand Annemarie, als der schwere Mercedes sie passiert hatte. Noch einmal drehte sie sich über die Schulter um, um dem Geländewagen hinterherzusehen. Dabei fiel ihr Blick auf den Platz auf der Rückbank, wo bis vor wenigen Sekunden noch Michaela gesessen hatte. Die junge Frau klemmte nun im Fußraum hinter den Vordersitzen und hatte sich die karierte 70er-Jahre-Picknickdecke übergezogen, die Martin stets zum Schutz der Polster auf der Rückbank liegen hatte.

„Was ist denn mit dir los?", fragte Annemarie amüsiert, da sie das Ganze für einen Spaß hielt. Als sie jedoch Michaelas von Angst verzerrtes Gesicht unter der Decke hervorlugen sah, verging auch ihr schlagartig das Grinsen.

Zum zweiten Mal an diesem Tag fuhr Hassan über die Schotterpiste zu dem entlegenen Campingplatz. Der Weg war so schmal, dass, wenn einem ein anderer Wagen entgegenkam, man bis in die Wiese fahren musste, um diesen nicht zu touchieren.

Der Erste, dem er ausweichen musste, war ein alter gelber Sportwagen. Am Steuer eine rothaarige junge Frau. Neben ihr eine ältere Dame. Die Rothaarige hatte aus Angst, er könne sie rammen, sogar den Spiegel eingeklappt. Hassan war davon überzeugt, dass es auch ohne diese Geste gepasst hätte. Keine hundert Meter weiter kam ihm ein alter dunkelroter VW-Bus entgegen, der von einem großen bärtigen Mann gelenkt wurde. Dieser war weniger zimperlich. Der Typ machte einfach einen Schlenker zur Seite und bretterte, ohne seine Geschwindigkeit zu verringern, durch die Wiese an ihnen vorbei. Hassan musste grinsen. Diese alten Busse waren teilweise geländegängiger als moderne Geländewagen. Einer seiner Onkel im Libanon fuhr genau solch ein Modell.

„Das war sie", hörte er Aadil plötzlich sagen.

„Wer war was?", fragte er nach.

„Eine von den Frauen in dem Bus gerade. Die vorne ganz rechts auf der Beifahrerbank, war Michaela", wurde er konkreter.

Hassan trat auf die Bremse. Verdammt, er hatte auf die beiden Frauen auf der Beifahrerbank überhaupt nicht geachtet.

„Bist du dir sicher?", fragte er sehr eindringlich.

„Ja, die Schlampe sah genauso aus wie auf dem Foto, das du mir eben gezeigt hast. Graue lange Haare auf der einen Seite und kurz geschoren, wie bei einer Glatze, über dem Ohr auf der anderen", beschrieb Aadil tatsächlich ziemlich genau Michaelas neuen Look.

Hassan legte den Rückwärtsgang ein und trat aufs Gas. Der schwere Achtzylinder-AMG-Motor heulte auf und katapultierte den Wagen rückwärts über den Feldweg. Sie würde ihm nicht entkommen.

Thomas Kübler lag gemeinsam mit Markus Büth hinten auf dem Bett des Bullis, während Alexandra und Ela sich vorne zu Oemmi auf den Beifahrersitz gequetscht hatten. Thomas ärgerte sich darüber. Ihm fiel kein Grund außer krankhafter Neugierde ein, der die beiden Frauen dazu bewogen hatte, überhaupt mitzufahren. Sie fuhren vermutlich zu einem Autodieb. Was, wenn es dort zu Handgreiflichkeiten oder Schlimmerem kam?

Nein, ihm war ganz und gar nicht wohl bei der Sache. Als er sich vor der Abfahrt noch schnell in seinem Camper umzog, hatte er deshalb noch eine Nachricht an Hauptkommissar Willi Bogner gesendet.

„Ach Oemmi, würdest du mir bitte noch mal die Adresse sagen, zu der wir genau fahren?“, erkundigte er sich, da Willi nun per SMS danach fragte. Oemmi nannte ihm die Adresse, und Thomas tippte sie hastig in sein Mobiltelefon ein. Was jetzt gar nicht so einfach war bei dem Geschaukel. Nur Sekunden, nachdem er auf ‚Senden‘ gedrückt hatte, erreichte der Bulli die befestigte Landstraße, und es wurde nun deutlich ruhiger. Kurz darauf vibrierte das Telefon.

„Und was schreibt dein Kollege?“, erkundigte sich Markus Büth, der ihm die ganze Zeit wortlos beim Verfassen der Nachricht zugesehen hatte.

„Er wird ebenfalls zu der angegebenen Adresse kommen. Allerdings alleine“, gab Kübler die neuerliche Message von Willi weiter.

„Er kommt alleine, da er im Grunde denkt, wir wären bescheuert, und er keine Lust hat, sich wegen uns vor seinen Kollegen zu blamieren“, fasste Markus lächelnd zusammen, was Thomas ebenfalls dachte.

Während der Fahrt sah Thomas sich in dem betagten Camper um. Obgleich der wie der Kübler’sche Hühnerstall ein Volkswagen war, sah das Ding innen vollkommen anders aus. Was jetzt bestimmt nicht nur daran lag, dass die beiden Wagen beinahe zwanzig Jahre Altersunterschied trennten. Der Look der Achtziger war unverkennbar. Im Gegensatz zum Hühnerstall hatte dieser Bus hinten keine Seitenfenster. Dies und die eher selbstgebauten Möbel deuteten auf einen ehemaligen Gebrauch als Nutzfahrzeug. Vermutlich hatte früher einmal ein Handwerker sein Werkzeug mit dem Vehikel transportiert. Jetzt war es ein gemütliches Urlaubsdomizil für zwei Personen.

Nach etwa einer Viertelstunde Fahrt lenkte Oemmi den Bulli in einen Feldweg, blieb dort stehen und schaltete den Motor ab.

„Da vorne ist es", flüsterte er fast, als habe er Angst, jemand könne ihn hören. Thomas erhob sich, trat einen Schritt vor und schaute zwischen Oemmi und den beiden Frauen nach vorne durch die Windschutzscheibe. Wo er hinblickte, sah er nichts außer Gegend. Davon hatten sie hier in Ostfriesland wahrlich jede Menge.

„Wo, ich sehe nichts", erkundigte er sich bei Oemmi.

„Mensch, Mausbär. Dann mach doch mal die Augen auf. Da vorne zwischen den Bäumen", schimpfte Alex. Er hasste es, wenn sie ihn, wenn andere dabei waren, so nannte. Oemmi und Markus kicherten leise. Na super. Vermutlich hielten die ihn für einen Volldeppen und Pantoffelhelden. Er lehnte sich weiter nach vorne, damit er besser an Oemmi vorbei in die Richtung sehen konnte, in die Alex zeigte. Dort entdeckte er zwischen hohen Bäumen, die sanft im Wind wogten, ein Bauernhaus. Das Hofgebäude aus Backstein machte einen verlassenen Eindruck. Das Grundstück schien arg verwildert. Auf dem teilweise mit Reet eingedeckten Dach wuchs üppiges Grün.

„Na sorry, wie soll ich das sehen, wenn Oemmi das mit seinem Astralkörper verdeckt", musste er nun doch noch zu seiner Verteidigung einmal loswerden.

„Ich denke, wir schauen uns hier einfach mal um", fand Markus, zog die hintere Schiebetür auf und war, bevor Thomas etwas einwenden konnte, bereits hinausgesprungen.

„Ihr bleibt hier und wartet. Falls irgendetwas Unvorhergesehenes passiert, verständigt ihr die Polizei", zischte er den beiden Frauen und Oemmi zu und folgte dann Markus, der gebückt in Richtung des Resthofes rannte.

Thomas blickte noch einmal zu dem dunkelroten Bulli. Beide vorderen Türen waren geschlossen, und er hoffte inständig, dass dies auch so blieb. Dass Alexandra wenigstens einmal auf das hörte, was er ihr sagte.

„Bist du dir ganz sicher, dass es sich um diesen Hassan handelt?", fragte Annemarie Hansen nach.

Michaela nickte. Ja, sie war sich ganz sicher. Zwar fuhr Hassan anscheinend nun einen anderen Wagen als noch vor neunzehn Monaten. Doch es war das gleiche Modell wie der andere. Dazu das Berliner Kennzeichen mit seinen Initialen. Ob er selbst am Steuer saß, hatte sie nicht erkennen können, da zuerst die Sonne auf der Scheibe geblendet hatte und sie dann, als sich der Wagen auf gleicher Höhe neben ihnen befand, bereits auf Tauchstation gegangen war.

Sie warf die Decke beiseite, kroch zurück auf den Rücksitz und linste vorsichtig über die Lehne der Rückbank durch das hintere Fenster. Doch dort entdeckte sie lediglich einen der alten Bullis mit dem lustigen hünenhaften Kerl am Steuer. Neben ihm auf der Beifahrerbank ihre neue Freundin Alex und Ela, die Frau des Friseurs.

Was sich weiter hinten auf dem Weg, noch hinter dem Bulli tat, konnte sie wegen der gigantischen Staubwolke, die die Fahrzeuge hinter sich herzogen, nicht erkennen.

„Paulina, fahr uns bitte nach Bensersiel an den Fähranleger", hörte sie Annemarie Hansen ziemlich bestimmend sagen.

„Okay", meinte Paulina nur und trat ein wenig aufs Gas. Michaela zitterte, sie rang nach Atem. Panik machte sich in ihr breit. Der Einbruch in der letzten Nacht in ihren Wohnwagen – das war er gewesen. Wäre sie gestern am Abend nicht von der ungewohnten und harten Arbeit total erschöpft und zudem betrunken neben Jakup in dem Strandkorb eingeschlafen, hätte er sie bereits nachts in seine Gewalt gebracht.

Paulina setzte den Blinker und bog nach links auf die Landstraße in Richtung Esens und beschleunigte den alten Ford Capri rasant. Suchend starrte Michaela in die Staubwolke hinter Oemmis dunkelrotem Bulli. Dann entdeckte sie den schweren Mercedes SUV, der rückwärts aus der Staubwolke hervorkam. Der Bulli hatte nun ebenfalls die Landstraße erreicht und entfernte sich stetig von ihnen in die andere Richtung. Sie sah, wie Hassans SUV auf die Straße schleuderte und dann dem Bus folgte.

„Er fährt in die andere Richtung“, stieß sie erstaunt aus. Michaela hatte fest damit gerechnet, dass Hassan ihnen folgen, sie überholen und stoppen würde. Doch dem schien nun gar nicht so. Sie verfolgte das Schauspiel, bis die beiden anderen Wagen aus ihrem Blickfeld verschwunden waren, und wandte sich dann nach vorne, wo Annemarie Hansen sie fragend nach hinten gedreht zwischen den Sitzen hindurch ansah.

„Ich glaub, die folgen dem roten Bus“, sagte sie noch einmal und war nun beinahe ein wenig erleichtert.

„Warum sollten die Typen, die hinter dir her sind, jetzt dem roten Bulli folgen?“, fragte Paulina von vorne, die mittlerweile schon wesentlich freundlicher zu Michaela war als noch am Anfang nach ihrer ersten Begegnung. Ja, Michi hegte sogar den Verdacht, dass die schlanke Rothaarige ganz in Ordnung sein könnte. Mit ihrem Lebensgefährten Kevin wurde Michaela hingegen so gar nicht warm. Der Stachel, mit dem er sie gedemütigt hatte, saß verdammt tief.

„Das frage ich mich allerdings auch. Dennoch habe ich gerade ein ungutes Gefühl. Zuerst der Einbruch in Michaelas Campingwagen, nun diese zwei arabisch aussehenden Herren in dieser Protzkiste. Nein, Kinder. Wir ändern den Plan. Der Einkauf muss warten. Ich denke, wir fahren jetzt zum Hafen und bringen Michaela nach Langeoog. Da ist sie auf alle Fälle sicher“, sagte Annemarie Hansen, als sei dies ausgemachte Sache.

Michaela war sich hingegen gar nicht sicher, ob dies eine so gute Idee war. Auf einer Insel saß man doch, zumindest stellte sie sich dies so vor, fest. Da konnte man, jedenfalls ohne ein Schiff, nicht so einfach abhauen. Sie säße dort doch quasi wie in einer Falle.

„Keine Angst, Michaela, auf Langeoog habe ich Hunderte Möglichkeiten, dich zu verstecken. Da wird dich niemand finden", schien ihre Chefin Michaelas Sorgen und Gedanken zu erahnen.

Kapitel 17

Mittwoch, 28. Juni 2023
Frieders Camping achtern Diek

„Nä, wat wollen Sie denn schon wieder hier?“, stöhnte Martin, als die flotte Ilse sich vor dem Kiosk aus den Ledersitzen ihres roten Cabriolets schälte.

Als ob er nicht schon genug zu tun hatte. Musste die ihm jetzt auch noch auf die Nerven gehen?

„Moin Herr Hansen, ist Ihre Gattin zugegen?“, fragte die Flotte, trotz der barschen Begrüßung seinerseits, so schleimig freundlich, dass Martin sofort misstrauisch wurde.

„Jetzt passen Sie mal uff, Frau Flott. Erstens bin ich nit der Herr Hansen, sondern gehöre dem kölschen Adelsgeschlecht derer von Schlechtinger an. Zweitens ist meine bessere Hälfte nit zugegen. Und drittens, dat is dat Wichtigste überhaupt, wollen wir nit verkaufen tun. Sie können also ruckzuck wieder in Ihr hübsches Wägelchen steigen und dann fahren tun. Außerdem haben wir einen Parkplatz vor der Schranke. Das Befahren des Platzes ist nur den Campern zum Rangieren bei An- und Abreise gestattet“, sprach er nun erst einmal Klartext. Anders würde die Dame es vermutlich nicht verstehen. Martin besaß jahrelange Erfahrung im Umgang mit fahrendem Volk, wie er Vertreter und Hausierer gerne zu nennen pflegte. Die hatten ihm früher in Köln die Bude schon förmlich eingerannt und ständig versucht, ihm Dinge anzudrehen, die er nicht wollte und auch nicht brauchte. Außerdem stahlen diese Menschen einem Zeit. Zeit, die man für Wichtigeres verwenden konnte. Ähnlich verhielt es sich mit dieser Maklerin. Die brauchte hier nämlich auch niemand, und sie hielt ihn von der Arbeit ab.

„Glauben Sie mir, Herr von Schlechtingen. Das Geschäft, welches ich Ihrer Gattin vorschlagen möchte, wird sie als Geschäftsfrau nicht ausschlagen wollen. Also, wo ist Ihre Frau? Ich weiß, dass sie heute hier sein müsste", flötete die flotte Ilse und grinste doof. Martin kam in den Sinn, dass die Ilse vielleicht tatsächlich etwas dumm war. Vielleicht verstand die ihn aber auch einfach nicht. Dass sie sich noch nicht einmal seinen Namen hatte richtig merken können, sprach für eine dieser Thesen. Merkwürdig kam ihm allerdings vor, dass die Frau wissen wollte, dass Annemarie heute zugegen war. Woher?

Martin stemmte die Hände in die Seiten.

„Hürens …, Frau Flott. Seh' ich gerade aus, als hätte ich die Zick hier mit Ihnen zu schwätzen. Dat hab' ich nämlich nit. Dat Frau Annemarie is nit da. Ob Sie dat nu glauben tun oder nit. Wir haben hier Baustelle, und ich muss sehen, dat dat hier vorangehen tut. Zick is Jeld. Also steigen Sie nu bitte in Ihr Wägelchen und tun sehen, dat Sie Land gewinnen tun. Aber flott", wurde er noch einmal deutlicher. „Ach so. Wenn Sie Ihren Fründ, den Herrn Kleinlich vom Amt, treffen tun, dann bestellen Sie dem mal schöne Grüße vom Maddin", legte er noch eine Schippe oben drauf.

Der Name Kleinlich löste bei Ilse Flott etwas aus. Dies war ganz klar in ihrem Gesicht abzulesen. Das dumme Grinsen verschwand für einen Augenblick, und es war deutlich zu sehen, wie es in ihrem Kopf arbeitete. Dann plötzlich lächelte sie wieder.

„Kleinlich … wer soll das sein?", schauspielerte sie nun, für Martins Geschmack, sehr schlecht.

Er musste nun auch grinsen.

„Wer dat is. Dat is der Kerl vom Amt, dem Sie die Schnappschüsse von den Kakerlaken geschickt haben. Die Tierchen, die Sie hier bei uns in der Dusche ausgesetzt und fotografiert haben", wagte er einen Schuss ins Blaue. Als Ilse Flott nämlich letztens hier auf dem Platz gewesen war, hatte sie auf der Bank sitzend vor dem Kiosk auf ihn gewartet. Niemand wusste, wie lang sie dort gehockt oder was sie vorher getrieben hatte. Am nächsten Tag war dieser Kerl vom Ordnungsamt mit den Fotos aufgetaucht. Martin traute es keinem der Platzbewohner zu, dem Platz zu schaden. Die meisten von denen wüssten, wenn dieser geschlossen würde, ja auch gar nicht, wo sie hinsollten. Nein, die Einzige, die ihm einfiel, die ein Motiv und die Gelegenheit zu dieser schändlichen Tat hatte, war Ilse Flott.

„Was erlauben Sie sich! Für wie primitiv halten Sie mich?", tat die Dame nun empört.

„Glauben Sie mir, Gnädigste, dat wollen Sie gar nit wissen tun, für wie primitiv ich Sie halten tu. Fakt ist aber, dat et den possierlichen Tierchen bei uns nit gefallen hat. Bernstein-Waldschaben – die mögen nämlich gar keine deutschen Bäder. Die findet man normalerweise nur in Südeuropa im Wald! … Oder bei uns in der Zoohandlung. Die kann man da als Futtertiere kaufen tun. Wussten Sie, dat dat über viereinhalbtausend verschiedene Sorten von dem krabbelnden Viehzeug geben tut? Und dat nur die wenigstens von denen ein Interesse an menschlichen Behausungen haben?", erklärte er der flotten Ilse das, was einer der Bulli-Fahrer ihm gestern am Abend beigebracht hatte. Der Mann war, wie sich herausstellte, ein Biologe. Sogar ein richtiger Doktor. Überhaupt waren diese Bus-Leute am Ententeich ein ganz anderer Schlag Menschen als er sich das vorgestellt hatte. Martin hatte bisher immer geglaubt, dass es sich bei diesen Neuzeithippies um kiffende Studienabbrecher oder sonstiges arbeitsscheues Gesindel handelte. Aber dem war gar nicht so. Der eine war wie gesagt Biologe, seine Gattin eine Kinderärztin. Der Große, dieser Oemmi, war Sprachwissenschaftler mit einer eigenen Schule und hielt nebenher sogar Vorträge an Universitäten. Dessen Frau Alex arbeitete als Psychotherapeutin in einer großen Klinik. Dann gab es da noch einen Maschinenbauingenieur, dessen Gattin Sozialpädagogin war, und natürlich den Kriminaloberkommissar Kübler, dessen Frau Alex sich als Künstlerin bezeichnete. Die hatten alle was auf dem Kasten und waren, wie er fand, sehr feine Menschen. Ganz im Gegensatz zu dieser flotten Hexe.

Nachdem er dem Biologen namens Bernd die Fotos gezeigt hatte, die Herr Kleinlich bei seinem überstürzten Aufbruch vergessen hatte, hatte dieser ihm so einiges über die Tiere erzählen können. Bernd war sich ziemlich sicher, dass die Kakerlaken aus einem Zoo-Laden stammten und sich vermutlich längst irgendwo in die Botanik verkrümelt hatten. Spätestens im Winter würden sie dann dummerweise eingehen, da es ihnen in Deutschland viel zu kalt sei. Martins Mitleid mit den Tieren hielt sich in Grenzen.

„Nein, so etwas muss ich auch gar nicht wissen, da ich nichts mit solchem Getier zu schaffen habe", wurde sie nun ziemlich laut und ungehalten, drehte sich dann wortlos um, stieg in ihr Wägelchen und brauste davon. Martin folgte dem Wagen, oder vielmehr der Staubwolke, die dieser hinter sich herzog, bis zur Schranke und schloss sie. Nicht, dass gleich schon wieder jemand auf den Platz fuhr, der hier nichts zu suchen hatte.

Auf dem Weg zurück zu seiner Baustelle fragte er sich dann allerdings doch, was die flotte Ilse von seiner Annemarie gewollt hatte und woher sie gewusst haben wollte, dass diese heute hier anzutreffen war? Neugierig war er ja schon ein wenig. Er blieb stehen und betrachtete die Wohnwagen. Irgendeiner von denen quatschte zu viel, und er würde auch noch herausfinden wer. Er entdeckte Billy, der vor seinem Camper auf dem Boden kniete und an seinem alten Moped herumschraubte. Dem Vogel würde er alles zutrauen.

Thomas Kübler ging erhobenen Hauptes an Markus vorbei in Richtung des alten Bauernhauses. Nein, er würde nicht wie sein Kumpel durch das Gras robben oder hier wie ein Indianer auf dem Kriegspfad herumschleichen. Er war kein Dieb, der sich verstecken musste.

Nun gut, sie betraten hier gerade Privatbesitz. Aber da es weder einen Zaun noch Schilder gab, die dies verboten, wäre überhaupt nichts dabei, zumindest bis zu der Haustüre zu gehen, um dort an der Türklingel zu schellen. Wobei er dies nicht vorhatte. Zumindest nicht bevor er sich ein wenig umgesehen hatte. Dieser Tippgeber aus dem Internet wollte den Wagen bei seiner abendlichen Gassi-Runde mit dem Hund gesehen haben. Es war schon interessant, was manchen Leuten beim Spazierengehen alles auffiel, wovon sie dann ein Foto machten. Eine Sache, die es in der Vorhandyzeit nicht gegeben hatte, da damals nicht jeder immer und überall einen Fotoapparat mit sich herumschleppte. Heutzutage wurde alles geknipst, was nicht bei drei auf den Bäumen war.

„Markus, so wie du da herumkriechst, fällst du noch viel mehr auf, als wenn du ganz normal gehen würdest", belehrte er jetzt erst einmal seinen Freund, worauf dieser zu ihm aufschaute, kurz nachdachte und dann ebenfalls aufrecht weiterging.

Das Haus wirkte auf den ersten Blick verlassen. Auf dem Boden neben der Haustür lag ein ganzer Berg verschrumpelter Werbeflyer und kostenloser Zeitungen. Einige der Zeitungen waren noch mit Bändern zusammengebunden. Anscheinend hatte da jemand keine Lust gehabt, die Blättchen, für deren Austragen er bezahlt wurde, auch tatsächlich auszuliefern.

Der Briefkasten selbst war leer.

Ein Namensschild gab es genauso wenig wie eine Klingel. Vermutlich musste man hier noch anklopfen. Kübler widerstand der Versuchung, die Türklinke herunterzudrücken, um zu testen, ob abgeschlossen war.

„Ich links rum, du rechts?“, erkundigte sich Markus.

„Nein, wir gehen zurück auf den Weg und dann weiter am Gebäude vorbei zu der Scheune da drüben. Der Herr aus dem Internet hat den gestohlenen Wagen von außerhalb des Grundstücks während eines Spazierganges gesehen und fotografiert. Also müssen wir nicht zwingend direkt auf dem Grundbesitz herumrennen“, belehrte Thomas ihn. Er hatte keine Lust, hier noch einen wegen Hausfriedensbruch auf den Deckel zu bekommen. Zur Haustüre zu gehen war das eine. Im Garten herumzuschleichen etwas anderes. Wenn sie die gestohlene Ente ausfindig gemacht hatten, würde er handeln, das Grundstück betreten und den Wagen im Zweifelsfalle auch einfach mitnehmen. Die Schlüssel zu der Kastenente befanden sich in der Tasche seiner Bermudashorts. Allerdings hoffte er immer noch, dass Kriminalhauptkommissar Willi Bogner zu seinem Wort stand und bereits auf dem Weg zu ihnen war. Mit einer hier zuständigen Amtsperson im Rücken wäre es ihm wesentlich angenehmer zumute.

Der Feldweg führte in einem Bogen um das Haus mit der angebauten Scheune herum. Er entdeckte einen rostigen Traktor und landwirtschaftliche Geräte im hohen Gras und teilweise mit dornigem Gestrüpp überwuchert.

Ein ebenso trauriges Dasein fristeten ein alter Opel und ein Renault. So, wie die Wagen mit Moos und Dornen überwachsen waren, mussten die Karren dort schon seit Jahren stehen.

„Guck mal, Thomas. Da steht das Entlein“, bemerkte Markus den Citroën als Erster. Die Kastenente parkte in einem hölzernen Verschlag zwischen aufgetürmten Brennholzscheiten direkt an der Scheune.

Thomas überlegte kurz, warf dann sämtliche Bedenken über Bord und ging schnurgerade über die Schotterpiste bis zu dem abgestellten Wagen. Er entfernte ein Stück Wellblech, welches irgendwer an die vordere Stoßstange gelehnte hatte, warf dieses achtlos beiseite und betrachtete grinsend das Kfz-Kennzeichen. Es handelte sich tatsächlich um das Fahrzeug, das ihnen gestohlen worden war.

„Das ist wohl ziemlich eindeutig“, fand auch Markus, ging um den Wagen herum und wollte die Fahrertüre aufziehen.

„Abgeschlossen“, stellte er fest.

Thomas runzelte die Stirn. Wie schloss ein Dieb, der vermutlich noch nicht einmal den passenden Schlüssel besaß, den Wagen ab?

Er trat zu Markus, begutachtete das Schloss, den Türrahmen und die Dichtungen des Fensters. Doch da waren keinerlei Einbruchspuren. Er nahm den Schlüssel aus seiner Hosentasche und probierte ihn aus. Die Türe ließ sich ohne Komplikationen damit öffnen.

„Guck mal, ob sich die alte Kiste starten lässt“, drängelte Markus indes.

Thomas setzte sich auf den Fahrersitz und drehte den Schlüssel um. Nach etwas Georgel sprang die Ente an.

„Super, na dann nichts wie weg hier", schrie sein Freund und flitzte um den Wagen herum zur Beifahrerseite.

Thomas lehnte sich hinüber, um die Türverriegelung zu öffnen. Als er sich anschließend wieder gerade hinsetzte und nach dem Gurt greifen wollte, um sich anzuschnallen, wurde die Fahrertüre wieder aufgerissen und er blickte in die Mündung einer doppelläufigen Schrotflinte.

Hassan beobachtete aus sicherer Entfernung, wie der dunkelrote VW-Kastenwagen irgendwo im Nirgendwo stoppte. Nach einigen Sekunden öffnete sich die hintere Schiebetüre. Zwei Typen in kurzen Hosen und Freizeithemden schlüpften hinaus und entfernten sich gebückt in Richtung eines alten Hauses, welches er zwischen einigen Bäumen erkennen konnte.

„Eh, was machen die da?", fragte Aadil verwundert.

„Keine Ahnung", erwiderte Hassan, da er es auch nicht verstand.

Während der eine der Männer nun aufrecht ging, als würde er lediglich spazieren, schlich der andere wie ein Indianer durch das hohe Gras. Nach einigen Meter richtete dieser sich allerdings ebenfalls auf und folgte dem anderen betont lässig mit den Händen in den Taschen.

„Und was machen wir jetzt?", wollte Aadil wissen, nachdem die beiden Kerle außer Sichtweite waren.

„Jetzt holen wir uns die Bitch", knurrte Hassan zurück, stieg aus dem Wagen und ging zum Kofferraum. Er hob den Boden über dem Ersatzrad an, griff sich dort die Pistole, mehrere große Kabelbinder und einen Leinensack.

„Sie steigt aus", hörte er Aadil sagen. Hassan trat neben den Vetter und beobachtete, wie Michaela aus dem Bus stieg und dann hastig hinter einem der Büsche verschwand.

„Sie hat zugenommen", flüsterte er, da ihm Michaela verändert vorkam. Nun gut, er hatte sie über anderthalb Jahre nicht gesehen. Es war ein Glück, dass der Informant ihnen ein aktuelles Foto der Hure gesendet hatte. Von hinten hätte er sie ansonsten mit der neuen Frisur gar nicht erkannt.

Er beobachtete, wie Michaela hinter den Büschen verschwand. Vermutlich musste die mal pinkeln.

„Hier, du gehst sie holen. Ich passe auf, dass uns der Dicke in dem Bus und die anderen beiden nicht in die Quere kommen", gab er Anweisung und drückte Aadil die Kabelbinder und den Sack in die Hände.

Aadil schluckte und zögerte einen Moment, bevor er sich in Bewegung setzte.

Gelangweilt tippte Alexandra Kübler auf ihrem Smartphone herum. So hatte sie sich die Entenrückholaktion nicht vorgestellt. Aktion war definitiv anders. Anstatt nach dem geklauten Vehikel zu suchen und den Dieb dingfest zu machen, wartete sie nun hier bei Bruthitze im Wagen und gaffte aus dem Fenster. Außerdem rebellierte mittlerweile ihre Blase. Die drei Tassen Kaffee und das alkoholfreie Bier vom Morgen drückten ein wenig.

„Ich muss mal", stöhnte sie und schielte zu den Büschen keine fünf Meter vom Wagen entfernt.

„Es hält dich niemand ab", kicherte Ela, die ihrem Blick gefolgt schien.

„Nu mach hin. Ich guck auch weg", meinte Oemmi amüsiert und sah demonstrativ zur anderen Seite aus dem Fenster.

Alexandra überlegte nicht lange, sondern öffnete die Tür, rutschte von der Beifahrerbank, steckte das Handy in die hintere Tasche ihrer Hotpants und flitzte durch das kniehohe Gras um das Gestrüpp herum. Dort zog sie die ultrakurze Hose samt dem Schlüpfer herunter und hockte sich hin. Während sie da so hockte und den Dingen freien Lauf ließ, blickte sie sich um. Sie waren hier wahrlich mitten in der Pampa. Bis auf die blöde Warterei gefiel ihr das eigentlich. Überhaupt war dieser Urlaub bisher total lustig und entspannend gewesen. Sogar noch besser, als sie es sich im Vorfeld vorgestellt hatte. Es war ein totales Glück, dass sie bei ihrer Reifenpanne auf der Autobahn die anderen Bulli-Leute kennengelernt hatten. Den Hühnerstall würde Alex niemals wieder hergeben. Nein, im Grunde war der betagte Bulli auch das Einzige, was ihr von ihrem Papa geblieben war. Außer natürlich den unzähligen Fotos von ihm, die sie in Oma Finis Haus bei Münster gefunden hatte. Ja, Alex war davon überzeugt, dass es ihrem verstorbenen Papa gefallen hätte, dass sie und Thomas den Camper instandgesetzt hatten und nun damit unterwegs waren.

Sie erhob sich wieder und zog ihre Hose hoch. Als sie gerade den Bauch einzog um den vorderen Knopf zu schließen, hörte sie ein Geräusch hinter sich. Sie wollte herumfahren und sehen, was da war, als ihr bereits irgendetwas über den Kopf gestülpt wurde. Eindeutig ein Stück Stoff. Panisch griff sie danach. Doch zwei starke Hände packten die ihren, drehten sie ihr auf den Rücken und schubsten Alex dann so heftig nach vorne, dass sie der Länge nach und ziemlich unsanft ins Gras fiel. Sie spürte das Gewicht eines Mannes, der sich rücklings auf sie setzte.

„Halt still, du verdammte Bitch", vernahm sie seine ausländisch klingende Stimme sagen, während sich nur den Bruchteil einer Sekunde später Schlingen um ihre Hände legten. Sie hörte ein Ratschen. Das waren eindeutig Kabelbinder! Alex begann, nach Hilfe zu schreien.

Doch eine Hand drückte sich auf den Stoff vor ihrem Gesicht und erstickte ihr Rufen. Sie begann sich zu winden wie ein Fisch auf dem Trockenen. Doch es war zwecklos.

Der Angreifer packte sie, zog sie unsanft an ihren auf den Rücken gefesselten Armen auf die Beine und zerrte sie mit sich mit.

Oemmi, alias Thomas Küster, saß am Steuer seines zu einem Camper umgebauten VW-Transporters und erschrak, als er den Kerl im Seitenspiegel entdeckte, der mit einer schweren silbernen Pistole direkt auf ihn zukam. Bevor er reagieren konnte, war der Mann neben ihm und presste ihm die Waffe an den Kopf.

„Schnauze halten, sitzen bleiben und die Hände auf das Lenkrad. Dann passiert dir nichts", bellte der Gauner mit eindeutig arabischem Akzent.

„Sag mal, geht's noch", blaffte Oemmi zurück und merkte sogleich, wie die Mündung der Waffe noch fester an seine Schläfe gedrückt wurde. Von irgendwoher hörte er einen Hilfeschrei. Durch das Beifahrerfenster an Ela vorbei sah er, wie ein anderer Kerl Alexandra Kübler unsanft aus den Büschen zog. Ihr Kopf steckte in einem schwarzen Stoffsack.

„Pass auf, Dicker. Ich hole nur, was mir gehört. Ich werde jetzt zu meinem Wagen gehen und wegfahren. Wenn du dich bewegst …, wenn du aussteigst …, mach ich dich tot", zischte der Gangster grammatisch sehr bedenklich.

Oemmi nickte und überlegte nun krampfhaft, was er tun könnte. Sein Blick huschte durch die Windschutzscheibe in die Richtung, in der Thommi und Markus eben verschwunden waren. Wobei die beiden gegen einen Kerl mit Knarre vermutlich auch nichts ausrichten könnten.

Der Druck der Waffe gegen seinen Schädel ließ nun nach. Im Spiegel beobachtete er, wie der Mann zurückwich und dann zu rennen begann.

Der Kerl hatte gesagt, er solle sitzen bleiben. Obgleich Oemmi weder ein Held war noch unbedingt schon sterben wollte, entschied er sich dafür, die Türe langsam zu öffnen. Von so einem Dahergelaufenen würde er sich nicht sagen lassen, war er zu tun hatte. Außerdem war er noch nie jemand gewesen, der tatenlos zusehen konnte, wenn etwas aus dem Ruder lief. Wenn er schon nicht eingreifen konnte, musste er wenigstens wissen, wohin der andere Gauner Alexandra Kübler, die er immer noch entfernt kreischen hörte, schleppte.

Er rutschte aus seinem Bus, drückte sich an die warme Blechwand und tastete sich zur hinteren Ecke des Bullis, um einen Blick dahinter zu wagen. Er konnte beobachten, wie der Bewaffnete in einen fetten SUV stieg, während sein Kumpan eine wild zappelnde Alexandra gerade in den Kofferraum desselbigen wuchtete. ‚Was machen diese Kerle bloß? Warum entführen die Alexandra?' hämmerte es in seinem Kopf.

Willi hatte es, auch nachdem Thomas ihm die Adresse geschickt hatte, nicht sonderlich eilig. Nein, das Ganze nervte ihn eigentlich nur. Was hatte er damit zu tun, wenn diese Möchtegernermittler aus dem Westerwald sich ihr Auto klauen ließen? Nichts! Es ging ihn nichts an. Er war Leiter der Mordermittlung und für Autodiebstähle schlichtweg nicht zuständig. Dennoch war er auch irgendwie neugierig, was diese Burschen aus dem Westerwald da trieben. Irgendwer musste auch aufpassen, dass die keinen Unsinn anstellten. Da blieb ja nur er selbst!

Angeblich war der gestohlene Citroën 2CV Kastenwagen wieder aufgetaucht. Die genauen Umstände kannte er noch nicht. Doch es würde bestimmt amüsant sein, diese zu erfahren.

„Nach vierhundert Metern bitte rechts abbiegen. Danach befindet sich das Ziel auf der linken Seite", sagte die Computerstimme seines Navigationsgerätes.

Willi setzte den Blinker und verringerte die Geschwindigkeit. Von einem Haus war weit und breit noch nichts zu sehen. Er bog in einen geteerten Feldweg und entdeckte etwa hundert Meter vor sich einen dunklen Geländewagen, in dessen Kofferraum gerade, von einem Herrn im Trainingsanzug, ein zappelndes Bündel gepackt wurde. Der Person, die Willi nicht erkennen konnte, waren die Hände auf den Rücken gefesselt und ein Sack über den Kopf gestülpt worden. Willis Herz begann zu rasen. Alles sah aus, als würde da eine Frau entführt.

Er gab Gas, preschte mit dem Wagen bis etwa zehn Meter hinter den SUV und bremste dann abrupt ab. Während er aus dem Auto sprang, zog er seine Dienstwaffe aus dem Holster.

„Polizei, Hände hinter den Kopf!", schrie er den Mann mit dem teuer wirkenden Trainingsanzug und den unzähligen Goldketten um seinen Hals an. Der Kerl mit eindeutigem Migrationshintergrund starrte ihn erschrocken an, warf den Kofferraum noch zu, hob dann aber brav die Hände.

Mit der Pistole im Anschlag, den Finger am Abzug ging er langsam näher. Sein Blick war fest auf den Gauner fixiert, der eindeutig alle Klischees eines Gangsterrappers erfüllte. Dann bemerkte er, wie die Fahrertüre des Geländewagens aufflog. Willi registrierte den Mann im Anzug, der aus dem Wagen stieg. Er sah die Waffe in dessen Hand, doch es war bereits zu spät. Es knallte. Der Schlag, als die Kugel ihn traf, riss ihn von den Füßen. Im Fallen betätigte er selbst noch den Abzug seiner Pistole. Dann schlug er unsanft auf dem Boden auf. Sein Hinterkopf knallte auf den Schotter, und ihm wurde augenblicklich schwarz vor Augen.

„Motor aus und raus aus meinem Auto", knurrte der unrasierte junge Mann und trat mit seiner Schrotflinte einen Schritt zurück.

„Na, das halt ich aber nun für ein Gerücht, dass es sich hier um deinen Wagen handelt", schimpfte Markus Büth, während Thomas Kübler den Schlüssel umdrehte und den Motor abstellte.

Zu Küblers Erstaunen schien die Flinte in den Händen des Kerls seinen Kumpel Markus nicht zu beeindrucken. Entschlossen stapfte dieser nun um die Ente herum direkt auf den Kerl zu.

Der Fremde wich nun einige Schritte zurück und schwenkte die Waffe immer wieder zwischen Markus und Thomas hin und her. Schweiß stand auf der Stirn des Burschen. Seine Hände zitterten. Nein, das war gerade gar nicht gut.

„Hören Sie, guter Mann, lassen Sie bitte Ihre Waffe sinken. Wir können uns gerne unterhalten wie vernünftige Menschen“, versuchte Thomas es mit Deeskalation.

In einer Situation wie dieser galt es Ruhe zu bewahren.

„Raus aus meinem Auto“, schrie der Fremde allerdings nun noch panischer.

„Pah, dein Auto. Mach mal die Augen zu und sag, was du siehst. Das ist dann deins. Geklaut hast du die Karre“, bellte Markus höhnisch einen Spruch, den Thomas schon früher aus dem Munde seiner Oma gehasst hatte.

Thomas stieg langsam aus und hob beschwichtigend die Hände.

Als er gerade einen neuen Versuch starten wollte, dem nervösen Kerl gut zuzureden, hallte ein Schuss durch die Stille. Nur den Bruchteil einer Sekunde später ein zweiter. Der Fremde wirbelte herum und blickte sich suchend um. Noch bevor Thomas reagieren konnte, war Markus bei dem Kerl und entwand ihm die Flinte.

„So Freundchen. Und nun hebst du die Hände“, schrie der Friseur und richtete die Waffe auf den unrasierten jungen Mann. Der glotzte wie nicht recht von Sinnen und schüttelte dann den Kopf.

„Die ist eh nicht geladen“, stammelte er.

Markus grinste.

„Genau das hatte ich mir schon gedacht“, lachte er, hob die Waffe und legte sie sich mit dem Finger am Abzug in Cowboymanier auf die Schulter. In dem Moment, als die Schrotflinte das Hemd des Friseurs berührte, krachte es erneut. Über ihren Köpfen splitterte das Holz der Dachbalken. Ein einzelner Sonnenstrahl fiel durch das kreisrunde Loch im Dach des Verschlages. Markus' Augen weiteten sich. Er zitterte nun und war kreidebleich.

„Upps, da war wohl doch noch eine Patrone drinnen“, meinte der Fremde erstaunt und hob verlegen die Schultern.

Kapitel 18

Mittwoch, 28. Juni 2023
Fähre Langeoog III / Hafen Bensersiel

Michaela war noch nie zuvor mit einem so großen Schiff über das Meer gefahren. Die einzigen Wasserfahrzeuge, auf denen sie bisher mitgefahren war, waren die Ausflugsdampfer auf der Spree in Berlin und das Glasbodenboot vor Jahren bei einem Urlaub mit ihren Eltern in Ägypten gewesen. Sowohl auf der Spree als auch auf der Nussschale am Roten Meer war ihr speiübel geworden.

Michi war eben einfach nicht dazu gemacht, in See zu stechen.

„Keine Sorge. Drüben auf der Insel wird dich dieser Verbrecher nicht finden", sprach Annemarie Hansen ihr zum wiederholten Male gut zu und tätschelte dabei ihre Hand.

„Sag mal, Annemarie … warum machst du det eigentlich?", musste sie nun einfach einmal wissen, da sie es nicht verstand.

„Warum mache ich was?", fragte ihre neue Chefin.

„Na … mir helfen. Du kennst mich doch eigentlich gar nicht, und trotzdem bist du und Martin so nett zu mir", flüsterte sie und blickte, so wie Annemarie es ihr vorhin erklärt hatte, kaugummikauend auf den Horizont. Das sollte angeblich verhindern, dass einem auf See übel wurde. Bisher funktionierte es. Wobei sie auch gerade erst abgelegt hatten. Ob es wirklich etwas brachte, würde sich draußen auf dem Meer zeigen, das zum Glück heute ganz ruhig war.

Annemarie schien kurz zu überlegen, bevor sie antwortete.

„Weil ich es nicht ausstehen kann, dass Kerle wie dieser Hassan glauben, sie könnten mit anderen Menschen tun, lassen und anstellen, was sie wollen. Kerle wie dieser Verbrecher gehören weggesperrt", antwortete sie, womit Michi nun überhaupt nicht gerechnet hatte.

„Denne trotzdem mal Dankeschön für alles", flüsterte Michaela und meinte dies auch genauso.

„Nicht dafür, Michaela ... nicht dafür", erwiderte Annemarie und erhob sich. „Ich geh mal und besorg uns einen Tee. Oder magst du lieber einen Kaffee?", fragte sie.

Michaela entschied sich für den Kaffee. Dieser Tee, den die Friesen tranken, der war einfach nicht ihr Ding.

Während sie die Insel betrachtete, die am Horizont immer näher kam, dachte sie nach. Doch die Gedanken waren wirr und ungeordnet, da ihr einfach zu viel im Kopf herumging. Woher hatte Hassan gewusst, wo sie war? Sie war immer vorsichtig gewesen und hatte es tunlichst vermieden, irgendwem ihren richtigen Namen zu sagen. Auf dem Foto, auf der Seite der Begleitagentur, war sie stark geschminkt gewesen und hatte eine Perücke getragen. Nicht einmal ihre Mutter hätte sie darauf erkannt. Wer hatte sie also an Hassan verraten? Martin und Annemarie schon mal nicht. Das würde sie den beiden nie und nimmer zutrauen. Vielleicht hatte der Polizist, dieser Willi, sie gestern doch erkannt und sie wissentlich oder gar unwissentlich verraten. Es reichte doch ein unbedachter Anruf bei den Bullen in Berlin, um sich über sie zu erkundigen und Hassan damit auf den Plan zu rufen. Hassans Clan war gut vernetzt. Die hatten ihre Leute überall. Nicht nur bei der Polizei. Selbst einer der Staatsanwälte stand auf der Gehaltsliste des Clans. Dies wusste Michi ganz sicher, da sie sogar schon bei diesem zu Hause gewesen war. Der Herr Staatsanwalt hatte eine Party für einige Freunde geschmissen und Hassan ihm gleich einen ganzen Kleinbus seiner Mädchen vorbeigeschickt damit diese sich um die ausschließlich männlichen Gäste kümmerten. Wenn sie daran dachte wurde ihr heute noch schlecht.

Von Hassan wanderten ihre Gedanken zu Jakup. Der hatte die ganze Nacht neben ihr in dem Strandkorb gelegen, ohne auch nur einen Versuch zu starten, sie zu begrapschen oder anzumachen. Entweder war der tatsächlich total anständig oder schwul. So war es doch immer. Die wirklich guten Kerle waren entweder in festen Händen oder standen auf Jungs.

Was aber in ihrem Fall im Grunde auch egal war. Michaela hatte derzeit ganz andere Sorgen, als sich in irgendein Abenteuer mit einem Mann zu stürzen. In solchen Dingen hatte sie bisher auch immer nur Pech gehabt. Nein, das Beste würde sein, ein für allemal die Finger von Kerlen zu lassen. Ihr erster Freund hatte sie in dem Jahr, in dem sie mit ihm zusammen gewesen war, nur belogen und betrogen, und als er ihrer überdrüssig war, sie eiskalt abserviert. Während sie zu Hause mit Grippe im Bett lag, war der mit ihrer besten Freundin erst auf die Rolle und dann ins Bett gegangen.

Der zweite Mann, in den sie sich verliebte, war Hassan. Sie war gerade mal achtzehn, und er hatte ihr das Goldene vom Himmel versprochen. Teure Klamotten, fette Autos. Als sie merkte, was er tatsächlich von ihr wollte, war es bereits zu spät gewesen.

Obgleich sie nicht glaubte, dass Jakup solch eine Type war, würde sie es besser nicht darauf ankommen lassen. Nein. Michaela würde ab sofort nur noch ihr Ding durchziehen. Tun, was sie wollte, und nicht, was irgendwelche Kerle ihr sagten. In den letzten Tagen hatte sie Annemarie Hansen genau beobachtet und musste gestehen, dass sie sehr beeindruckt von ihr war. Annemarie war unangefochten die Chefin in ihrem kleinen Reich. Die Frau wusste, was sie wollte und wie sie es bekam. Was Annemarie sagte, wurde gemacht. Ja, Michi wollte irgendwann genauso sein wie Annemarie Hansen. Chefin in ihrem eigenen kleinen Café am Meer.

Hassan stand voll unter Strom.

„Fuck, fuck, fuck", schrie er und hieb wie ein Besessener auf das Lenkrad, während der SUV im Tiefflug über die norddeutschen Straßen fegte. Er hatte vor Zeugen einen Bullen umgelegt. Dieser Dicke mit dem Bus und die Frau, die neben ihm saß, hatten alles mit angesehen.

Als er direkt nach der Tat davonraste, hatte er im Rückspiegel gesehen, wie die beiden zu dem niedergeschossenen Mann eilten. Im Gegensatz zu Hassan hatte der andere keine Schutzweste getragen. Deutlich hatte er das Blut auf dessen Hemd gesehen. Viel Blut. Einen solchen Bauchschuss überlebte keiner lange. Bis dort in der Einöde ein Krankenwagen kam, war der Kerl längst verreckt. Selbst schuld! Was kam der ihm auch in die Quere.

Hassan blickte zu Aadil, der kreidebleich auf dem Beifahrersitz saß und seit ihrer Flucht kein Wort mehr gesprochen hatte. Ihre Blicke trafen sich. Angst stand im Gesicht des Vetters.

„Wir fahren nach Berlin, besorgen uns neue Papiere und fliegen mit der nächsten Maschine in den Libanon", erklärte er ihm die weitere Vorgehensweise.

„Und was ist mit der Bitch?", erkundigte sich Aadil und deutete nach hinten, wo noch immer unverständlich das Gekreische und Gezeter von Michaela zu hören war.

„Um die kümmern sich mein Bruder und die anderen. Für den Ärger, den sie gemacht hat, wird sie büßen, die Schlampe", zischte er wütend, biss die Zähne aufeinander und drehte die Musik lauter. Doch auch das half nichts. Trotz der zighundert Watt der Musikanlage konnte er sie noch immer weit entfernt hören.

„Halt deine verdammte Fresse, du Schlampe", schrie er, so laut er konnte. Doch Michaela gab keine Ruhe. Ob die Bullen bereits nach ihnen suchten? Vermutlich ja. Wenn der dicke Kerl aus dem Bulli und die Frau bei ihm nicht total blind waren, hatten die sich bestimmt sein Kennzeichen gemerkt.

„Wir brauchen ein anderes Auto oder zumindest andere Kennzeichen“, sagte er entschlossen zu Aadil und deutete auf den Parkplatz eines großen Supermarktes rechts voraus.

„Eh Bruder, wie stellst du dir das vor? Soll ich da am helllichten Tag ein Auto klauen und dann auch noch die Bitch umladen?“, ereiferte Aadil sich.

„Nein, ich lass dich da vorne raus und fahre eine Runde um den Block. Du schleichst dich auf den Parkplatz, klaust zwei Nummernschilder von irgendeiner Karre, und ich lese dich dann wieder auf. Dann fahren wir irgendwo hin und tauschen die Schilder aus“, gab er klare Anweisung.

Aadil nickte, schien aber nicht überzeugt.

„Pass auf, wenn ich an der Ampel da vorne halte, springst du raus“, wies er ihn noch einmal an.

Heute war ein wirklich ruhiger Tag, fand Onno, streifte seine Schuhe von den Füßen und legte die Beine auf die kleine Fußbank unter seinem Schreibtisch, die er sich extra dafür besorgt hatte. Man wurde auch nicht mehr jünger.

Während er dies tat, rührte er vorsichtig in seinem Tee, damit die Kluntje am Boden sich auch schön auflösten und ihm das Polizistenleben noch ein wenig mehr versüßten.

Hinter sich hörte er Lotta, deren Finger über die Tastatur des Computers flitzten. Ja, die Kollegin würde ihm in den nächsten Wochen und Monaten fehlen. Und dies nicht nur, weil sie den größten Teil der Schreibarbeit verrichtete, der in ihrer kleinen, aber schmucken Inselwache so anfiel. Nein, er und Lotta waren mittlerweile so etwas wie ein altes, eingespieltes Ehepaar. Es harmonierte zwischen ihnen beiden. Sie ergänzten sich wunderbar.

Gerade als Onno ein weiteres Mal an seiner heißen Teetasse nippen wollte, klingelte zum ersten Mal für diesen Tag das Telefon.

„Herr, lass es nicht schon wieder ein Fahrradunfall mit Personenschaden sein", schickte er schnell noch ein Stoßgebet zum Himmel und blickte dabei zu Lotta, die keinerlei Anstalten machte, das Telefonat entgegenzunehmen. Blieb die Arbeit also wieder einmal an ihm hängen.

„Inselpolizei Langeoog. Sie sprechen mit Polizeihauptmeister Onno Feddersen", meldete er sich förmlich und war erstaunt, als er am anderen Ende der Leitung die Stimme seines Vorgesetzten Polizeirat Franz Riegel aus Wittmund vernahm.

„Moin Onno", sprach der ihn nun ganz unförmlich mit Du an. Was aber auch kein Wunder war, da sie beide sich seit beinahe dreißig Jahren kannten.

„Moin moin Franz. Was verschafft mir die Ehre deines Anrufes?", wurde auch Onno daher nun persönlich, nahm aber jetzt doch die Füße von dem Fußbänkchen und Haltung an. Es ziemte sich einfach nicht, mit dem Vorgesetzten zu sprechen und sich dabei hinzulümmeln, als hocke man zu Hause vor der Glotze.

„Nichts Gutes, Onno … nichts Gutes“, seufzte sein alter Chef und klang dabei sehr schwer ums Herz. Onno wurde nervös. Wenn der so rumdruckste wie gerade, musste irgendetwas sehr Unangenehmes und Schlimmes vorgefallen sein. Ohne den Polizeirat zu unterbrechen, hörte Onno zu, was dieser zu sagen hatte. Und ja, die Nachrichten aus dem Präsidium waren wirklich nicht die besten. Im Gegenteil. Viel schlimmer konnte es eigentlich kaum noch werden.

„Ist gut, Franz. Ich kümmere mich um die Frau“, presste Onno am Ende hervor und knöpfte dabei den obersten Knopf seines Hemdes auf. Er hatte gerade das Gefühl zu ersticken.

Nachdem Franz Riegel aufgelegt hatte, sah er zu Lotta, die ihre Arbeit unterbrochen hatte und ihn erwartungsvoll ansah.

„Es hat eine Schießerei gegeben. Willi wurde schwer verletzt. Es sieht nicht gut aus. Bauchschuss. Die fliegen ihn gerade nach Aurich in die Klinik“, sagte er leise und merkte, wie er zitterte.

„Weiß Tilde schon, was passiert ist?“, reagierte Lotta, wie Onno fand, sehr besonnen und professionell. Und das, obgleich ihr die Sorgen um den Kollegen ebenfalls deutlich anzusehen waren.

„Nein, Polizeirat Franz Riegel hat uns gerade mit dieser Aufgabe betraut“, log er, da Riegel ausdrücklich ihn, Onno

Feddersen, damit betraut hatte, es Tilde zu sagen. Doch Onno wäre es wahrlich lieber, Lotta bei diesem schweren Gang an seiner Seite zu haben. Die konnte so etwas bestimmt besser als er. Im Überbringen schlechter Nachrichten war Onno noch nie gut gewesen.

Thomas Kübler war kurz davor durchzudrehen. Wobei dies nichts mit diesem Deppen Dennis Gussmann und dem Diebstahl der Kastenente zu tun hatte. Nein, der Wagen sowie der Herr Gussmann, der diesen als sein Eigentum betrachtete, waren ihm derzeit ziemlich egal.

Gerade war der absolute Supergau eingetreten. Irgendwelche Typen hatte seine Frau entführt und Kriminalhauptkommissar Willi Bogner niedergeschossen. Schlimmer ging nimmer.

„Jetzt beruhigen Sie sich doch bitte, Herr Kübler", forderte ihn zum wiederholten Male einer der ostfriesischen Beamten auf, von denen es hier, irgendwo im Nirgendwo, mittlerweile nur so wimmelte.

Warum entführten zwei Gangsterrapper, so hatte Oemmi die Kerle beschrieben, seine Frau? Das wollte Thomas nicht in den Schädel. Aber die Kollegen hatten recht, Thomas musste Ruhe bewahren und am besten in seinen dienstlichen Modus wechseln. Er hielt kurz inne, atmete mehrmals tief ein und aus und dachte dabei angestrengt nach.

„Sag mal, Oemmi? Liegt Alexandras Mobiltelefon noch vorne in deinem Bus?“, rief er dem Bären zu, der immer noch von zwei Beamten zu den Geschehnissen befragt wurde.

„Du, ich glaube, das hatte sie in der Hand gehabt, als sie zum Pinkeln in die Büsche ist“, wusste Ela, die ziemlich betrübt aus der Wäsche schaute und neben Markus in der offenen Schiebetür des VW-Bullis saß. Konnte das sein? Hatte seine Frau tatsächlich ihr Mobiltelefon zum Pinkeln mitgenommen? Zuzutrauen wäre es ihr. Alex war süchtig nach dem Teil, gab es aber nicht zu.

Thomas zog sein eigenes Mobiltelefon aus der Hosentasche und öffnete zitternd die Tracking-App.

„Ich hab' sie. Ich weiß, wo meine Frau steckt“, schrie er so laut er konnte, als er den roten Punkt auf der Landkarte entdeckte.

Hilfesuchend sah er sich um. Die uniformierten Kollegen starrten ihn gerade an, als käme er vom Mond oder sei total plemplem.

„Der Wagen mit meiner Frau im Kofferraum fährt gerade durch einen Kreisverkehr in Wittmund. Ortsentlastungsstraße ... jetzt in der Carolienensieler Straße“, wurde er deutlicher, hob sein Handy in die Höhe und deutete auf das Display.

Endlich kam Bewegung in die Schar der Uniformierten.

„Sie können das Mobiltelefon Ihrer Gattin orten?“, fragte eine junge Polizistin ungläubig, als sei dies etwas Besonderes oder gar Unanständiges, und griff bereits zu ihrem Funkgerät, noch bevor Kübler antworten konnte.

Zum dritten Mal stoppte Hassan den Wagen nun vor der Ampel an dem Einkaufsmarkt. Zwei Runden hatte er bereits durch den Ort gedreht, und von Aadil fehlte noch immer jede Spur. Angestrengt suchte er mit seinen Augen den Parkplatz vor dem Supermarkt ab. So schwer konnte es doch nicht sein, ein paar Fahrzeugkennzeichen zu stehlen. Die Teile waren doch heutzutage noch nicht einmal mehr geschraubt, sondern steckten nur noch in diesen Kunststoffrahmen.

Zum Glück war das Schreien im Kofferraum zwischenzeitlich in ein Wimmern und Weinen übergegangen. Michaela schien langsam, aber sicher die Puste auszugehen. Bevor sie nicht in Berlin waren, würde er sie nicht mehr rauslassen. Aber dann gnade ihr Gott.

Die Ampel schaltete auf grün. So ein Mist. Wo blieb dieser Nichtsnutz Aadil bloß? Hassan nahm den Fuß von der Bremse und gab vorsichtig Gas. Sein Blick wanderte zu den Außenspiegeln. Zwei Wagen hinter ihm fuhr ein Streifenwagen. Das war nicht gut. Ob die ihn bereits suchten? Er fuhr weiter über die Umgehungsstraße, bog dann in den Kreisverkehr und nahm nun zum dritten Mal die erste Abzweigung in Richtung Stadtmitte. Wieder schielte er in den Außenspiegel. Der Streifenwagen war nun direkt hinter ihm. Er musste jetzt wissen, ob die Bullen ihm folgten oder ob die nur zufällig auch in die Stadtmitte fuhren.

Vor ihm blinkte nun die Ampel des Bahnübergangs. Ein Wagen hielt bereits vor der Schranke, die sich nun zu senken begann. Sollte er es riskieren? Nein, er würde warten. Wenn er jetzt wie ein Irrer an dem wartenden Wagen vorbei und durch den Notdurchlass des geschlossenen Bahnübergangs bretterte, würden ihn die Bullen unweigerlich anhalten. Dann wäre er geliefert.

Seine schwitzigen Hände krallten sich um das lederne Lenkrad. Wenn Aadil bei seinem nächsten Stopp an der Ampel nicht auftauchte, würde er ihn hier zurücklassen. Dann musste der Trottel sehen, wie er hier wieder wegkam.

Aber vielleicht hatte der Vetter sich eh längst aus dem Staub gemacht. Ja, wenn Hassan recht überlegte, würde er es dem Feigling definitiv zutrauen.

Von links holperte nun ein Güterzug über den Übergang. An dem Streifenwagen wurde das Blaulicht angeschaltet. Also doch. Im Spiegel konnte er sehen, wie zwei weitere Polizeiwagen an den wartenden Wagen hinter ihm vorbeifuhren und auf der Gegenfahrbahn etwa dreißig Meter hinter ihm stoppten. Sein Herz begann schneller zu schlagen. Er saß in der Falle.

Hassan hatte vor Zeugen einen Bullen abgeknallt. In seinem Kofferraum befand sich eine Geisel. Nein, selbst seine Brüder und die Familie würden ihn nicht mehr vor dem Knast bewahren können. So viele Bullen und Zeugen, wie da gerade hinter ihm anrollten, würde man unmöglich alle mundtot machen können.

An dem Streifenwagen hinter ihm öffneten sich nun die Türen. Zwei Uniformierte mit gezogenen Waffen stiegen aus. Für den Mord und die Entführung würde er lebenslänglich bekommen. Wenn er die beiden Bullen da im Rückspiegel ebenfalls noch umlegte, würde sich das Strafmaß nicht wirklich erhöhen. Ob man einen, zwei, drei oder noch mehr Polizisten abknallte – es würde nicht mehr schlimmer für ihn kommen. Wenn sie ihn festnahmen, sperrten sie ihn weg. Wenn seine Flucht misslang, sperrten sie ihn ebenfalls weg. Wenn es ihm gelang zu fliehen und im Libanon unterzutauchen, war er ein freier Mann. Er würde die nächsten Jahre nicht mehr nach Deutschland kommen können, wäre aber frei. Alles war besser, als im Gefängnis zu verrotten.

Bei diesen drei möglichen Optionen musste Hassan nicht lange überlegen. Er entschied sich für die Flucht. Einen Versuch war es wert. Er startete den Motor, schlug das Lenkrad ein und trat das Gaspedal voll durch. Mit qualmenden Reifen schleuderte er über die Fahrbahn in die Einfahrt zum Klärwerk und wieder zurück auf die Straße. Er hielt direkt auf die beiden Polizisten zu, die sich mit Hechtsprüngen zur Seite warfen. Auch aus den anderen Polizeiwagen waren Beamte ausgestiegen und sprangen nun wie die Hasen zur Seite. Mit einem Affenzahn raste er über den Grünstreifen neben der Straße an den Streifenwagen vorbei, bog in den Kreisverkehr ein, um ihn direkt wieder an der nächsten Ausfahrt in Richtung Autobahn verlassen zu wollen. Doch dazu kam es nicht mehr, da ihm urplötzlich ein dunkelroter VW-Bus entgegen der angegebenen Fahrtrichtung in die Quere kam. Hassan versuchte, anstatt dass er einfach draufhielt, dem Transporter auszuweichen. Was aber eine Dummheit war. Sein SUV brach aus, kam ins Schleudern und verlor die Haftung zum Boden. Der Motor heulte auf, der Geländewagen flog durch Luft und schlug hart auf dem Boden auf. Blech knirschte, Glas splitterte, die Welt drehte sich um ihn herum. Der Wagen überschlug sich mehrfach. Dann war es plötzlich ganz still.

Thomas Kübler hatte keine Ahnung, was genau passiert war, da er just in dem Moment, als ihnen der Mercedes-Geländewagen entgegenkam, die Augen geschlossen hatte. Doch es hatte wider Erwarten keinen Aufprall gegeben. Niemals mehr würde er zu Oemmi in ein Auto steigen. Nie, nie mehr. Als er die Augen wieder aufschlug, lag der SUV von Alexandras Entführern mitten in dem Kreisverkehr neben einem weißen Gebilde aus verschiedenen geschwungenen Blechteilen. Wie durch ein Wunder hatte das Kunstgebilde keinen Schaden davongetragen. Anders der Mercedes. Die Karre war total hinüber und lag auf die Seite gekippt. Thomas hatte keine Ahnung, ob der Wagen sich nur einmal oder sogar mehrfach überschlagen hatte. Was im Grunde aber auch egal war. Eine Welle aus Panik erfasste ihn. Alexandra! Er schnallte sich ab, rannte zu dem Fahrzeugwrack, riss den Kofferraum auf, der zum Glück nicht verklemmt war.

Alexandra stöhnte und wimmerte, als er sie packte und einige Meter abseits im Gras wieder absetzte. Hastig zog er ihr den Sack vom Kopf.

„Mausbär, da bist du ja endlich", schluchzte sie schmerzerfüllt.

„Mach ihr erst einmal die Fesseln los", meinte Markus Büth, der nun ebenfalls den Bulli verlassen hatte und ihm eine Friseurschere reichte. Der Kerl war tatsächlich auf alles vorbereitet.

Thomas zerschnitt die Kabelbinder und befreite Alexandra, die ihm schluchzend mit einer Hand um den Hals sank, während sie die andere an ihren Bauch presste.

Dann sah er den Fahrer des SUVs, der blutüberströmt durch die vollkommen zerstörte Windschutzscheibe ins Freie kroch, sich aufrappelte und auf sie zutorkelte. Hass und Wut standen in seinem Gesicht. In seiner rechten Hand hielt er eine Pistole, mit der er nun auf Thomas, Markus und Alexandra zielte. Dann weiteten sich seine Augen. Ungläubig starrte er auf Alex, die sich ängstlich an Thomas drückte.

„Ey … du bist ja gar nicht Michaela", flüsterte der Ganove noch total verstört, bevor ihn von hinten ein Wagenheber am Kopf traf und ihn besinnungslos zu Boden schickte.

„Du nennst mich nicht mehr Dicker! Du nicht! Ist das klar?", keuchte ein ziemlich wütender Oemmi mit einem schweren Wagenheber in seiner großen Pranke.

Kapitel 19

Mittwoch, 28. Juni 2023
Ferienhausvermietung Hansen / Insel Langeoog

„Moin Marie", begrüßte Annemarie Hansen ihre Stieftochter Gina Marie Bechersheim. Diese glotzte Annemarie an, als käme sie gerade nicht vom Festland, sondern vom Mond.

„Moin Annemarie. Sag mal, wolltest du nicht ein paar Tage drüben bei Papa bleiben?", erkundigte Marie sich und beäugte dann neugierig Annemaries Begleiterin.

„Wollte ich, Liebes. Kleine Planänderung. Das ist übrigens Michaela, unsere Angestellte drüben vom Campingplatz. Michaela, das ist Gina Marie", machte Annemarie die beiden jungen Frauen jetzt erst einmal miteinander bekannt.

Michaela trat vor und reichte Marie die Hand.

„Moin Marie", sagte sie dabei leise.

„Moin Michaela. Herzlich willkommen auf der schönsten Insel im Wattenmeer", erwiderte Gina Marie und schlug ein.

Annemarie gefiel es, wie höflich die beiden Frauen miteinander umgingen. Das war doch schon mal eine Basis.

„Darf ich fragen, was euch beide auf die Insel treibt?", erkundigte sich Gina Marie, worauf Annemarie ihr mit kurzen Worten erklärte, was am Morgen vorgefallen war.

„Also, wenn Michaela mag, kann sie erst einmal bei Jan Martin und mir im Gästezimmer wohnen", schlug Gina Marie das vor, was Annemarie sich ebenfalls schon überlegt hatte.

Bevor Annemarie jedoch noch etwas dazu sagen konnte, unterbrach das Dudeln ihres Mobiltelefons wie so oft ihre Gedankenströme. Diese Dinger waren zugleich ein Segen und ein Fluch. Sie blickte auf das Display. Martin rief an. Kurz überlegte sie, ihn wegzudrücken, entschied sich dann aber doch um. Es war besser zu hören, was er wollte bevor er wieder eigenmächtige Entscheidungen traf, die sie dann später wieder bereute und ausbaden konnte. Außerdem musste sie ihm noch sagen, dass sie vorübergehend zur Insel gefahren war, um Michaela abzuliefern.

Sie selbst würde, nachdem sie hier einige Dinge erledigt hatte, heute noch zurück zu ihm aufs Festland fahren.

„Hallo Martin, was gibt es denn?", hielt sie sich nicht lange mit irgendwelchen Floskeln auf, sondern kam sofort zur Sache. Was ihr Liebster ihr allerdings dann zu erzählen hatte, brachte sie erst einmal heftig ins Wanken.

„Meine Güte. Das kann doch alles nicht wahr sein", stöhnte sie mehrmals und versprach ihm, schnellstmöglich zurück auf den Campingplatz zu kommen.

„Ist was passiert?", erkundigte sich Gina Marie, nachdem Annemarie aufgelegt hatte und das Telefon entsetzt sinken ließ.

Annemarie blickte zwischen den beiden Frauen hin und her und überlegte, was sie sagen könnte, ohne dass Michaela gleich panisch wurde.

„Willi Bogner wurde angeschossen und nach Aurich in die Klinik geflogen. Es scheint, als habe dieser Hassan Alexandra Kübler entführt und mit ihr einen schweren Verkehrsunfall verursacht. Die Polizei hat den Gangster festgenommen, und Alex befindet sich nun ebenfalls im Krankenhaus", fasste sie kurz zusammen, was sie wusste.

Dabei beobachtete sie Michaela, deren Gesicht nun aschfahl geworden war.

„Das ist alles meine Schuld. Hassan hat bestimmt geglaubt, Alex wäre icke. Deshalb ist er auch vorhin dem roten Bus gefolgt und nicht uns", stammelte das Mädchen und begann zu zittern.

Noch bevor Annemarie reagieren konnte, war Gina Marie bei Michaela, legte ihr eine Hand auf die Schulter und begann sie zu beruhigen.

„So ein Unsinn, Michaela. Du kannst doch nichts dafür, dass der Idiot durchdreht. Das hat ganz und gar dieser Hassan zu verantworten. Du bist ein Opfer und kein Täter", schimpfte Gina Marie sie nun beinahe. Nun gut. Annemaries Stieftochter wusste, wovon sie sprach.

„Ich denke, ihr beiden braucht mich erst einmal nicht. Ich lasse euch dann mal alleine und fahre zurück zum Campingplatz", entschied Annemarie. In Anbetracht der derzeitigen Umstände war es besser, sie würde Martin beistehen.

„Aber wenn Hassan verhaftet wurde, könnte ick doch eigentlich auch wieder zurück auf den Platz", wandte Michaela ein und schniefte.

Annemarie überlegte kurz.

„Ja, eigentlich hast du recht“, bestätigte sie, da sie nun ebenfalls keinen Grund mehr sah, warum sich das Mädchen auf der Insel verstecken sollte.

Gina Marie kicherte, schüttelte den Kopf und reichte Michaela die Hand.

„Nun dann … war schön, dich kennengelernt zu haben“, fand ihre Stieftochter.

Annemarie hingegen war das Lachen vergangen. Ihre Gedanken waren bei Alexandra, bei Willi und auch bei ihrer Freundin Tilde Schmilke. Ob diese schon wusste, was ihrem Willi widerfahren war?

„Meinst du nicht, du wärest besser doch noch wenigstens für eine Nacht in der Klinik geblieben?“, fand Thomas, als er gemeinsam mit Alexandra das Krankenhaus in Wittmund verließ.

„Nein, Mausbär, es ist alles in Ordnung“, stöhnte sie und verdrehte die Augen.

„Na, das sehe ich, dass alles in Ordnung ist“, stellte er sarkastisch fest und schielte auf Alexandras Arm, den sie geschient in einer Schlaufe vor dem Bauch trug.

„Die nette Frau Doktor hat gesagt, das ist nur angebrochen und ein bisschen geschwollen. Das wird schon wieder.

In ein paar Tagen kann die Schiene wieder ab", wiederholte sie den Wortlaut der jungen Ärztin ziemlich genau. Wobei Thomas sich gar nicht so sicher war, ob diese angebliche Frau Doktor tatsächlich schon eine fertige Ärztin war. Allerweil hörte man ja von der dünnen Personaldecke im Gesundheitswesen. Da wurde einem vermutlich schnell auch mal eine Studentin aus dem dritten Semester als Ärztin verkauft.

„Ich denke, wenn wir morgen wieder zu Hause sind, lässt du besser mal einen unserer Betzdorfer Ärzte drauf sehen", schlug er daher vor.

Alex bremste ab und starrte ihn mit weit aufgerissenen Augen an.

„Spinnst du? Wir fahren doch nicht wegen so einer Kleinigkeit nach Hause. Wir haben noch anderthalb Wochen Urlaub vor uns", ereiferte sie sich.

„Aber Bärchen. Du kannst doch in deinem Zustand so nicht zurück auf den Campingplatz", wagte er einen neuerlichen Versuch.

„Papperlapapp, Thomas. Dir geht es doch gar nicht um mich. Du willst doch nur nach Hause, weil du keinen Bock auf Camping hast. Du warst von Anfang an dagegen, dass wir mit dem Hühnerstall in Urlaub fahren. Mir gefällt es hier. Und wenn es dir nicht passt, dann nimm den nächsten Zug und fahr nach Hause. Die Kinder und ich bleiben hier und machen weiter Ferien", flippte Alex nun vollkommen aus und stapfte einfach weiter in Richtung des Parkplatzes.

Er beeilte sich, ihr zu folgen.

„Mensch Bärchen, jetzt warte doch. Das ist doch Quatsch. Mir gefällt es hier doch auch. Ich sorg mich halt um dich.

Aber wenn du magst und du dir das zutraust, können wir auch gerne bleiben", bemühte er sich nun um Schadensbegrenzung. Weil, obgleich sie schon recht hatte, würde er sie und die Kinder auf keinen Fall alleine hierlassen.

Alex blieb erneut stehen und sah sich suchend um.

„Sag mal, Mausbär. Wie kommen wir denn nun eigentlich zurück zu unserem Hühnerstall?", fragte sie und klang, nun nachdem er eingelenkt hatte, wieder handzahm.

Noch bevor er antworten konnte, krächzte eine ziemlich kränkelnde Hupe über den Parkplatz.

„Hey, da sind Markus und Ela mit Martins hässlichem Entlein", freute Alex sich und eilte zu dem feuerroten Vehikel, an dessen Steuer ihr Lieblingsfriseur saß und winkte.

Willis Kopf fühlte sich an, als hätte man ihn in Watte eingepackt. Die Welt um ihn herum wirkte irgendwie verschwommen. Er hörte Stimmen, ein Piepen und andere Geräusche, von den er keine Ahnung hatte, woher sie kamen.

Wo war er eigentlich? Was war passiert? Er schloss seine Augen wieder und versuchte darüber nachzudenken, was geschehen war. Doch das Denken fiel ihm so schwer. Er versuchte etwas zu sagen, doch sein Mund war so dermaßen trocken, dass er seine Lippen kaum bewegen konnte.

„Willi? Willi, bist du wach?“, hörte er nun eindeutig die Stimme von Tilde.

„Durst“, presste er hervor und spürte nur Sekunden später kaltes Nass an seinen Lippen. Gierig versuchte er, von dem Wasser zu trinken und sich dann aufzurichten.

„Liegen bleiben, Herr Bogner“, vernahm er die Stimme eines Fremden.

Willi schlug erneut die Augen auf. Diesmal wurde das Bild schon ein wenig klarer. Der Nebel, der ihn umgab, löste sich ganz langsam auf. Er sah Tilde, die weinte, und einen Mann in grüner OP-Kleidung.

Langsam fiel ihm auch wieder ein, was passiert war. Dieser Kerl war aus seinem Wagen ausgestiegen und hatte auf ihn geschossen.

„Tilde, was ist passiert? Wo bin ich? Sag mal, weinst du?“, erkundigte er sich dennoch, da er sich an alles, was nach dem Knall geschehen war, nicht mehr erinnern konnte.

„Du wurdest angeschossen und bist nun in der Ubbo Emmius Klinik in Aurich“, erklärte sie ihm.

Er versuchte zu nicken und sich dann erneut aufzurichten. Doch es misslang. Obwohl er schon neugierig war, was sie mit ihm angestellt hatten, während er weggetreten war, und wie es so um ihn stand, war er dennoch viel zu müde, weshalb er einfach die Augen schloss und wieder wegdämmerte.

„Nä Lumpi. Wat war dat für ein doofer Tag heute", stöhnte Martin, zog die Türe zum Kiosk zu und drehte den Schlüssel um. Zum Glück war nun Feierabend. Er vergrub die Hände in den Taschen und schlurfte gefolgt von Lumpi in Richtung seines Wohnwagens, wo Annemarie schon mit dem Abendessen auf ihn wartete.

Sein Blick fiel auf die Kastenente, deren Schlüssel ihm sein neuer Freund Thommi Kübler am Nachmittag ausgehändigt hatte. Der Wagen war frisch gewaschen und vollgetankt, aber dadurch nicht wirklich hübscher geworden.

Martin hatte für diese französischen Autos noch nie etwas übriggehabt. Nein, solange er denken konnte, war ihm nichts anderes ins Haus gekommen als ein Ford. Selbst seine Werkstattwagen damals waren von dieser Marke gewesen. Viele seiner damaligen Kunden hatten im Werk des Kölner Autobauers gearbeitet, weshalb er es als selbstverständlich angesehen hatte, dort auch seine Wagen zu kaufen.

Er blieb vor dem Entlein stehen und sah ihm in die runden Scheinwerferaugen. Der Wagen, das musste er zugeben, schaute irgendwie putzig und nett zu ihm herüber. Viele würden es als verrückt empfinden, doch Martin hatte bei fast allen Autos das Gefühl, als würden die ihn anschauen. Und jedes Auto guckte anders. Das war wie bei den Menschen. Denen sah man es, wenn man genau hinsah, auch oft schon an, wie sie tickten.

Der Mann, der die Ente gestohlen und tatsächlich sogar ein wenig Ähnlichkeit mit dem von Thommi nach Martins Angaben gefertigten Phantombild besaß, war geständig. Wobei geständig nicht das richtige Wort war. Nein, der Kerl gab zwar zu, die Ente genommen zu haben. Beteuerte aber, dass der Wagen sein Eigentum sei. Er habe den Citroën vor sechs Wochen ehrlich beim Pokern von Frieder Hansen gewonnen. Als Beweis hatte er Thommi und Markus den Zweitschlüssel präsentiert, den Frieder anstatt Geld in den Pott auf dem Pokertisch geworfen habe. Da er weder Zeugen für das illegale Glücksspiel benennen wollte, noch etwas Schriftliches über den Erwerb des Wagens vorzeigen konnte, hatte er die Schlüssel im Beisein der Polizei zähneknirschend wieder hergegeben. Die Anzeige gegen den Herrn, da hatte Thomas Kübler sich drum gekümmert, war zurückgezogen. Es war eben ein Missverständnis gewesen. Nicht mehr und nicht weniger. Solche Dinge passierten.

Vom Sanitärbereich her näherten sich nun, frisch geduscht und umgekleidet, Olek und Bolek. Die beiden Jungs waren wahrlich Gold wert. Es ging voran auf der Baustelle. In den letzten drei Tagen hatten sie drei richtig was geschafft bekommen.

„Habt ihr zwei Lust auf ein Feierabendbierchen bei mir und der Frau Annemarie? Mir hätten auch noch Grillwurst vom Bioschwein, lecker Nudelsalat und Paulinas Bio-Kartoffelbrot", lud er die beiden, so wie Annemarie es ihm vorhin aufgetragen hatte, zum Abendessen ein.

Olek, der Jüngere, schüttelte den Kopf, während Bolek nickte.

„Ja wat dann nu. Ja oder nein?", hakte Martin noch einmal nach.

„Ich ja. Mein Bruder Jakup nein. Er hat heute Abend noch etwas anderes vor", beschied Bolek ihn und grinste.

„Ach so. Dat is aber schade, dann haben mir ja viel zu viel Bioschweinwurst", war Martin nun doch etwas enttäuscht. „Aber gut. Dann frag ich eben dat Michi, ob sie Hunger hat und mit uns essen möchte", fiel ihm ein.

Diesmal schüttelten beide Brüder synchron den Kopf.

„Michi hat heute auch keine Zeit. Jakup hat sie in ein Restaurant in die Stadt eingeladen", erklärte Bolek lachend, während Olek nur verlegen grinste.

„Ach so ist dat. Ja … dann wünsch ich euch beiden einen schönen Abend", fand er ehrlich und klopfte dem schüchternen Jakup auf die Schulter.

Die Dunkelheit war über das Bulli-Camp hinter dem Deich hereingebrochen. Im hohen Gras unter den alten Obstbäumen zirpten die Grillen. Vom Meer her wehte eine kühle, aber angenehme Brise.

Irgendwie war Thomas froh, dass sie nicht nach Hause gefahren waren. Jetzt, so in der Runde am Lagerfeuer bei leisen Gitarrenklängen und Flaschenbier, gefiel es ihm doch ganz gut hier. Okay, er war kein Teamplayer und würde bestimmt auch keiner mehr werden. Aber diese

Truppe, die ihm anfangs ziemlich auf den Keks gegangen war, konnte doch ganz nett sein.

Zum Abendessen hatte es Spießbraten vom Holzkohlengrill gegeben. Marko, einer der Camper, hatte den Braten organisiert und ihn stundenlang von Hand mit einer Kurbel über der Glut gedreht.

Wahnsinnslecker, wie Thomas unumwunden zugeben musste. Er schielte zu dem kleinen Zelt neben dem Bulli, in dem die Kinder schliefen. Davor lagen die beiden Hunde und passten auf. Wobei er nicht die Hand dafür ins Feuer legen würde. Nein, als Wachhunde waren Alba und Oscar nicht wirklich zu gebrauchen. Die waren mehr so überdimensionale Schoßhunde.

Das Zelt für die Kinder hatte er am späten Nachmittag bei Annemarie Hansen und Michaela im Kiosk gekauft. Das Teil war neu, schien aber von der Machart her noch aus den Siebzigern zu sein. Er würde wetten, dass das Teil schon seit über dreißig Jahren unter dem Regal im Kiosk gelegen hatte. Aber egal, das Zelt erfüllte seinen Zweck. Der Familienfrieden war wiederhergestellt.

Nötig geworden war es, da Linus und Leah sich weigerten noch eine weitere Nacht mit ihm gemeinsam im Hühnerstall zu schlafen. Angeblich würde Thomas schnarchen wie ein Walross. Ja, genau so hatten sie ihren Vater tituliert – als ein schlafendes Walross. Anstatt ihn zu verteidigen, hatte Alexandra sich auf die Seite der Kinder geschlagen und ebenfalls behauptet, er schnarche. Sie würde es allerdings nicht stören, da sie es gewohnt sei, dass er des Nachts neben ihr die Bäume absägte.

„Männers. Ich sag es euch nicht gerne, aber wir sind in unserem eigentlichen Fall, dem Mord an Frieder Hansen, noch keinen Millimeter weiter“, meinte Markus Büth, der zwischen Thomas Kübler und Oemmi am Lagerfeuer hockte und an dem Papieraufkleber seiner Bierflasche herumknibbelte.

„Wir haben auch noch immer keine Ahnung, wer dem Opfer den Trojaner auf dessen Computer platziert hat“, bestätigte Thomas.

„Haben deine Kollegen eigentlich etwas gesagt, woher dieser Hassan wusste, wo sich Michi befand?“, erkundigte sich Oemmi und trank einen Schluck aus seiner Flasche.

„Nee. Vermutlich bin ich auch der Letzte, dem sie überhaupt etwas sagen werden. Die waren mir gegenüber ziemlich reserviert“, beschrieb Thomas seinen Eindruck von den Kollegen am heutigen Tag.

„Stimmt. Ist mir auch aufgefallen. Dabei würden sie ohne uns bestimmt immer noch nach diesem Hassan fahnden. Wenn Thomas seine Frau nicht auf Schritt und Tritt überwachen würde und du den Kerl nicht mit deinem Wagenheber umgehauen hättest, wäre der doch mit Alex im Kofferraum längst über alle Berge gewesen“, fand Markus und hatte damit natürlich vollkommen recht.

„Was laberst du da. Ich überwache doch nicht meine Frau“, musste Thomas da nun direkt einmal intervenieren.

„Also ich kann meine Frau nicht jederzeit orten. Will ich auch gar nicht“, erwiderte Markus.

„Nee, ich auch nicht“, bestätigte Oemmi.

„Quatsch, Jungs. Da ist doch nichts dabei! Ich kann jederzeit sehen, wo Alex und die Kinder gerade sind. Die drei können aber im Gegenzug auch immer sehen, wo ich bin. Wir vier haben keine Geheimnisse voreinander“, stellte Thomas klar. Er und seine Frau fanden es gut, immer zu wissen, wo der andere gerade war. Das musste aber auch niemand außer ihnen beiden verstehen.

„Als diese Kerle Alex entführten, waren sie zu zweit. Würde mich brennend interessieren, wo der Zweite abgeblieben ist“, überlegte Oemmi derweil laut.

Thomas nickte und trank einen Schluck Bier. Vielleicht sollte er besser zu Cola wechseln. Wohin zu viel Alkohol führte, konnte man gerade ziemlich eindrucksvoll bei seiner besseren Hälfte beobachten. Alex gackerte gerade wie ein Huhn über einen Witz von Kinderärztin Silvia, während Ela die nächste Runde von Vater Heins Birne-Schoko ausschenkte. Das Zeug brannte Martin von Schlechtinger mit seinem Kumpel Krischan angeblich drüben auf der Insel selbst. Bei seiner Kollegin Nina Moretti in Betzdorf gab es diesen Schnaps ständig. Suchtpotenzial hatte Alex es mal treffend ausgedrückt. Weshalb sie am Nachmittag, als sie die Flaschen im Kiosk entdeckte, auch gleich einen kompletten Karton davon erstanden hatte. Thomas hielt nichts von Schnaps. Nein, das war nicht sein Ding.

Er war froh, dass sowohl die Ente als auch seine Frau wieder unbeschadet aufgetaucht waren. Es hatte eine Weile gedauert, bis er begriff, warum diese Ganoven Alex entführt hatten. Die wollten gar nicht seine Frau. Die wollten Michaela. Wobei er ja natürlich nicht ahnen konnte, welch brisante Vergangenheit die junge Frau besaß. Nun gut, vor diesem Zuhälter musste sie vorerst keine Angst mehr haben. Der käme so schnell nicht mehr auf freien Fuß. Versuchter Mord an einem Polizisten, Geiselnahme, illegaler Waffenbesitz, Widerstand gegen Vollzugsbeamte und und und …

Thomas musste gähnen.

„Wisst ihr was? Morgen ist auch noch ein Tag. Der Onkel Kübler, der muss jetzt in die Heia", beschloss er und erhob sich.

„Ich komm mit", hörte er Alex von der anderen Seite des Lagerfeuers quieken. Damit hatte er nun nicht gerechnet, da seine Frau so überhaupt nicht müde wirkte, sondern eher noch ziemlich aufgedreht.

Markus und Oemmi neben ihm begannen zu kichern.

„Is was?", erkundigte er sich.

Markus schüttelte den Kopf.

„Denk dran, dass so ein Bulli ziemlich hellhörig ist", meinte Oemmi und grinste.

„Ach so, wegen des Schnarchens. Nee, nee, ich schnarch gar nicht. Die Kinder übertreiben da maßlos", stellte er klar, worauf die beiden lauthals und wie von Sinnen zu lachen begannen.

Alexandra war derweil bei ihm, packte ihn am Arm und zog ihn unter dem Gelächter der anderen mit zum Hühnerstall. Thomas begriff und war froh, dass es stockfinstere Nacht war. Ansonsten hätten sie auch noch alle gesehen, wie er krebsrot im Gesicht wurde. Gute Güte, war ihm das peinlich.

Aadil Khalil fuhr im Zug von Hamburg in Richtung Berlin und sah in die Nacht hinaus.

Ob die Bullen auch nach ihm suchen würden? Am Nachmittag hatte er mit seinem Vetter Ohman, Hassans Bruder, telefoniert.

Die Familie hatte bereits von Hassans Anwalt erfahren, was vorgefallen war. Es sah schlecht aus für Hassan. Es gab einfach viel zu viele Zeugen. Diesmal würden sie ihn verknacken. Die Beweislast war erdrückend. Die Familie konnte viel tun für den Einzelnen, doch Hassan hatte es einfach verkackt. Die Frau, die sie entführt hatten, war nicht Michaela gewesen, sondern die Ehefrau eines Kriminalpolizisten.

Eine dumme Verwechselung. Und ja, wenn er ehrlich war, hatte er bei der Bitch gleich so ein blödes Gefühl gehabt. Michaela war immer groß und sehr schlank gewesen. Die Frau, die er für Michaela gehalten hatte, war ein ganzes Stück kleiner und nicht ganz so dürr. Außerdem hatte ihre Stimme auch ganz anders geklungen.

Hassan war, nachdem er den Bullen abgeknallt hatte, so wütend gewesen, dass Aadil sich einfach nicht getraut hatte zuzugeben, dass er sich bezüglich der Frau eventuell geirrt haben könnte. Der Vetter wäre ausgeflippt und hätte seine Wut dann an ihm ausgelassen.

Dass Aadil bereits im Vorfeld Zweifel gehabt hatte, würde auch für immer sein Geheimnis bleiben müssen. Wenn Ohman oder Hassan je davon erfuhren, machten sie ihn tot. Nein, er würde immer behaupten, dass er nur Hassans Anweisungen befolgt und nichts von der Verwechslung bemerkt hätte.

Aadil war mittlerweile davon überzeugt, dass sie einem Phantom hinterhergerannt waren. Michaela war vermutlich nie in diesem Ostfriesland gewesen. Sie waren reingelegt worden. Der Kerl in der Motorradkluft hatte Hassan verarscht. Dem war es nur um die Kohle gegangen. Aadil hatte es Hassan mehrfach gesagt, dass er Michaela vergessen sollte. Die Bitch lebte vermutlich irgendwo am anderen Ende der Welt oder war bereits tot. Wer wusste das schon.

Als Hassan ihn schickte, um die Autokennzeichen zu stehlen, hatte er sich in die Büsche gekauert und überlegt, was zu tun sei. Mitten am Tag auf einem gut besuchten Parkplatz Nummernschilder zu entwenden war ihm eindeutig zu heiß gewesen. Er hatte gesehen, wie der Vetter zweimal an der Ampel stoppte und nach ihm Ausschau hielt. Dann waren die Bullen plötzlich hinter dem SUV aufgetaucht. Erst nur ein Auto, dann noch zwei weitere und schließlich auch der dunkelrote VW-Bus mit dem dicken Mann am Steuer. An diesem Punkt hatte er gewusst, dass es besser war, sich aus dem Staub zu machen.

Ohman hatte nachmittags befohlen, Aadil solle unverzüglich nach Berlin kommen und von dort morgen nach Beirut fliegen. Der Vetter hatte bereits den Flug und alles

Weitere organisiert. Aadil würde tun, was Ohman sagte. Hassan musste von nun an alleine klarkommen.

Kapitel 20

Donnerstag. 29. Juni 2023
Frieders Camping achtern Diek

Mit dem Wetter hatten sie in diesem Sommer wirklich ein Mordsglück. In den nun anderthalb Wochen, seit Martin auf dem Festland weilte, hatte es erst ein einziges Mal und da auch nur ganz kurz geregnet. Ansonsten war immer bestes Badewetter gewesen.

Sein Sohn Kevin, seines Zeichens Biobauer, fand dies im Gegensatz zu Martin nicht so toll.

„Papa, die Böden sind viel zu trocken. Das Korn und der Mais brauchen dringend Regen", hatte er gemeint, und Martin hatte ihm zustimmen müssen. Gutes Wetter hieß nicht. dass immer die Sonne schien, nur weil es Martin, der er ja in der Tourismusbranche tätig war, so in den Kram passte. Man musste in diesem Fall das große Ganze betrachten. Die Natur und auch der Mensch brauchten den Regen.

Als Martin an diesem Morgen zum Ententeich schlurfte, hingen bereits dicke, schwarze Wolken am Himmel. Am Horizont, da wo sein Langeoog sein musste, zuckten erste Blitze.

„Lumpi, ich glaube, mir zwei müssen uns heute beim Baden beeilen tun, sonst werden wir noch nass", erklärte er dem treuen Vierbeiner.

Auf dem Steg entdeckte er Thomas Kübler, der dort mit seinem Sohn saß und sich unterhielt. Na, die beiden waren aber früh wach heute. Im Wasser schwamm bereits einer der Kübler'schen Hunde, während der zweite bei seinem Herrn auf dem Steg lag und gekrault wurde.

Als Martin wie gewohnt seine Sachen in den Strandkorb legen wollte, musste er feststellen, dass dieser bereits besetzt war.

„Moin ihr zwei", begrüßte er das Paar, das dort lag und noch verschlafen in die Sonne blinzelte.

„Moin Chef", grüßte Michi, setzte sich auf, reckte die Hände zum Himmel und gähnte noch einmal herzhaft.

„Sagt mal, haben se euch zwei Turteltauben dat Bett verkauft, oder warum schlaft ihr hier am Teich?", erkundigte er sich und begann sich dabei zu entkleiden. Er konnte ja, nur weil heute einer zuguckte, schlecht in Klamotten baden gehen. Nein, das ging gar nicht.

„Ick glaub, ick geh dann mal lieber duschen", fand Michaela und machte sich, ohne auf seine Frage wegen des verkauften Bettes einzugehen, vom Acker.

Martin sah ihr hinterher.

„Und, mein Junge? Is alles paletti?", flüsterte er Olek alias Jakup verschwörerisch zu.

Dass da was zwischen ihm und Michi lief, oder sich zumindest etwas anbahnte, war selbst für einen Martin von Schlechtinger unübersehbar. Meistens bekam Martin so etwas nämlich gar nicht mit. Es interessierte ihn auch nicht, wer gerade mit wem was tat. Außer bei zwei Menschen, die er wirklich mochte.

„Ja, Chef. Alles paletti“, antwortete der Bursche verlegen und schob dann die beiden Fußteile des Korbes zurück unter die Sitzfläche.

„Na jut. Dann tu dat nit versauen tun. Dat Michi is nämlich eins von den joten Mädchen“, musste er seine Angestellte nun einfach einmal loben.

Als Annemarie Hansen nach dem Frühstück zum Kiosk kam, hatte dieser bereits geöffnet.

„Moin Frau Büth, moin Michi“, grüßte sie ihre Angestellte und die ebenfalls anwesende Gattin des Friseurs.

Die beiden grüßten, wie es sich gehörte, friesisch echt zurück.

„Das ist so toll, dass es jetzt auch morgens direkt im Kiosk frische Brötchen gibt“, fand Ela Büth, der Michi gerade eine Wahnsinnsmenge an Backwerk in einen Pappkarton abzählte.

„Ach, Sie holen für die ganze Mannschaft“, begriff Annemarie.

„Ja, heute sind wir mal dran. Deshalb bin ich ja auch so froh, dass der Bäcker die Brötchen seit heute bringt und ich nicht, wie die anderen vor mir, extra zum Laden nach Dornumersiel radeln muss“, amüsierte Ela sich und erstand dann auch noch Wurst, Käse und Butter aus

Paulinas Bioladen, welche sie nun ebenfalls im Sortiment führten.

„Der Kiosk läuft echt viel besser als früher“, fand Michaela, als die Kundin gegangen war.

„Wieso? Kennst du die Umsatzzahlen von Frieder?“, fragte Annemarie erstaunt.

„Ick? Nee. Aber ick hab Augen im Kopp. Erstens hatte Frieder die meiste Zeit eh zu. Zweitens hatte er, wenn denn mal auf war, nichts Ordentliches da. Und drittens war er meist selbst sein bester Kunde. Der hat von Bier, Schnaps, Kippen und Würstchen aus der Dose gelebt“, wusste Michaela tatsächlich ziemlich genau über Annemaries verstorbenen Schwager Bescheid.

„Ach nee, wat wollen denn die Paschulkes schon so früh am Morgen hier? Ist schon wieder Wochenende?“, wunderte sich Michaela nach einem flüchtigen Blick durch die offene Kiosktür.

Annemarie musste tatsächlich kurz überlegen, bevor sie antworten konnte. Wenn man wie sie 365 Tage im Jahr zur Arbeit ging, verlor man in Bezug auf die Wochentage schnell einmal den Überblick.

„Nein, ich glaube, heute ist erst Donnerstag“, fiel es ihr dann aber doch noch ein.

„Moin die Damen“, donnerte nun auch schon die Stimme von Hans Werner Paschulke durch den Verkaufsraum.

„Moin Heidi, moin Hans Werner, wat kann ick denn für euch beide tun?“, begrüßte Michi die Gäste freundlich.

Annemarie gefiel es, wie Michaela mit Menschen umging.

„Entschuldige, Trixi, aber du kannst leider gar nichts für uns tun. Wir müssen hier mit der Chefin ein ernstes Wort reden", erwiderte der dicke Mann mit dem zu engen Hawaiihemd und der rot-weißen Baseballkappe ziemlich unfreundlich.

„Was gibt es denn, Herr Paschulke?", schaltete sich Annemarie ein. Sie erhob sich von dem Schreibtischstuhl und trat an die Theke, die den Verkaufsraum vom Bürobereich trennte.

„Es geht um Ihren Mitarbeiter. Diesen Kölner Verbrecher. Der Gauner hat uns erneut bestohlen", bellte Paschulke zornig.

Annemarie hob die Augenbrauen und sah zwischen den beiden Eheleuten hin und her. Während er innerlich kochte, schien ihr das Ganze eher peinlich.

„Könnten Sie mir das einmal genauer erläutern?", hakte Annemarie nach, obwohl sie sich schon denken konnte, was passiert war. Es war ihr bereits gestern am Morgen aufgefallen, dass der Mast vor dem Wohnwagen der Paschulkes fahnenlos war.

„Das kann ich Ihnen nicht nur erläutern, sondern auch zeigen", klang er nun irgendwie triumphierend.

Unter den wachsamen Augen aller Anwesenden zog er sein Mobiltelefon aus seiner Hosentasche, klappte die Lederhülle des sehr großen Gerätes auf, wischte mehrmals mit dem Finger über das Display und legte das Gerät dann auf die Theke. Annemarie beugte sich vor und betrachtete den Bildschirm. Zu sehen war die sehr verpixelte Aufnahme einer Überwachungskamera. Der Film war in Schwarz-weiß und schien mit einer Art Infrarottechnik in der Nacht aufgenommen.

„Schauen Sie da, Frau Hansen. In der oberen Ecke ist unser Fahnenmast zu erkennen", meinte Paschulke und deutete auf die Stelle.

„Ja und?", verstand sie nicht.

„Passen Sie auf. Gleich kommt er – der Dieb", erwiderte Paschulke mit erhobenem Zeigefinger.

Annemarie schaute weiter auf das Display.

„Da … da … Da ist er", bellte Hans Werner Paschulke und deutete auf die Gestalt, die begleitet von einem Hund zu dem Fahnenmast ging, die Leine löste und die Fahne herunterholte.

„Ohhh", hörte sie Michi sagen, die hinter Paschulke stand und über dessen Schulter lugte.

Annemarie selbst war sprachlos. Mit offenem Mund verfolgte sie, wie Martin die Fahne an sich nahm und dann davonwatschelte. Bei ihm Lumpi.

„Herr Paschulke. Ich werde das klären. Könnten Sie mir das Beweisvideo auf mein Mobiltelefon senden? Ich hätte das gerne zur Hand, wenn ich den Herrn zur Rede stelle. Herr von Schlechtinger wird Ihnen den Schaden natürlich begleichen. Das versteht sich von selbst", erklärte Annemarie und nannte Paschulke dann ihre Mobilnummer.

„Am besten, Sie setzen den Mann direkt an die frische Luft. Auf solche Mitarbeiter kann man gut und gerne verzichten", schlug Paschulke vor.

„Danke für den Tipp. Ich werde es, sollte er nicht einsichtig sein, in Erwägung ziehen", log Annemarie, da sie ihren Martin wegen eines solchen Dummejungenstreichs bestimmt nicht feuern würde.

„Mein Mann meint das nicht so. Wir wollen ja nicht, dass jemand wegen einer Fahne seine Arbeit verliert", meldete sich nun Frau Paschulke erstmals zu Wort.

„Doch. Ich will das. Die Fahne ist vermutlich nur die Spitze des Eisbergs. Wer weiß, was dieser Gauner sonst noch auf dem Kerbholz hat", fand hingegen ihr Mann.

„Sagen Sie, Herr Paschulke. Woher haben Sie diese Aufnahme eigentlich? Ich hatte bisher noch gar nicht gewusst, dass es hier auf dem Platz eine Überwachungskamera gibt", interessierte es Annemarie brennend.

„Das Video wurde mir anonym von einem holländischen Mobiltelefon über WhatsApp zugesendet", antwortete Paschulke und grinste.

„Wir waren auch ganz erstaunt, als uns der Film gestern am Abend geschickt wurde", mischte sich Heidi Paschulke nun wieder ein.

Annemarie war mehr als verwundert. Sie war stinksauer. Zum einen auf Martin, weil der sich hatte erwischen lassen. Aber noch viel mehr war sie auf den Gauner sauer, der auf ihrem Platz eine Überwachungskamera installiert hatte.

Der Trojaner auf Frieders Computer fiel ihr wieder ein. Nein, das war kein Zufall. Sie würde wetten, dass hinter beidem der gleiche Spanner steckte. Außerdem war sie sich ziemlich sicher, dass da, wo sich eine Kamera befand, auch noch andere waren.

„Fahrt ihr beiden wieder heim, oder bleibt ihr direkt fürs Wochenende auf dem Platz?", erkundigte sich Michaela freundlich.

„Wenn wir schon mal hier sind, bleiben wir natürlich. Das macht ja keinen Sinn, jetzt wieder nach Hause zu fahren und morgen Abend dann wieder hierher zu gurken. Noch dazu bei den Spritpreisen", winkte Paschulke ab.

„Von wo kommt ihr eigentlich?", hakte Michaela nach.

„Wir wohnen in Wilhelmshaven", gab Frau Paschulke Auskunft.

„Bekommt Martin jetzt Ärger?", fragte Michaela, als die Paschulkes gegangen waren und ihre Chefin sich das Video noch einmal auf ihrem eigenen Handy ansah.

„Klar bekommt der Ärger", keifte Annemarie, die Michi zuvor noch nie so sauer gesehen hatte.

„Aber du schmeißt den doch nicht wegen so einer doofen Fußballflagge raus?", hakte sie nach, da sie dies nicht glauben wollte. Es tat ihr total weh, dass ihr Lieblingschef wegen dieser doofen Geschichte jetzt Ärger bekam.

Annemarie sah von dem kleinen Display auf.

„Nein, Michaela, natürlich nicht. Wegen so einem Unsinn zankt man sich doch nicht mit jemandem, den man lieb hat. Allerdings muss man den Männern auch schon mal Bescheid stoßen, sonst tanzen sie einem auf dem Kopf herum."

„Schlimmer find ich, dass Martin sich dabei auch noch hat filmen lassen", meinte Annemarie und winkte Michaela dann herbei.

„Michi Liebes, schau dir das bitte noch einmal an und sag mir, ob du eine Ahnung hast, wo diese Kamera stecken könnte", klang ihre Chefin nun auch schon wieder etwas versöhnlicher.

„Darf ick mal kurz", erkundigte sie sich und griff nach dem Telefon ihrer Chefin, nachdem das Video zum wiederholten Male geendet hatte.

„Natürlich", antwortete Annemarie, reichte Michaela das Telefon und folgte ihr dann nach draußen vor den Kiosk.

Michi startete den Film erneut und sah immer wieder zwischen dem kleinen Monitor und den Reihen Wohnwagen hin und her.

„Hier müsste es irgendwo sein", sagte sie und blickte sich suchend um. Am Himmel war nun ein böses Gewittergrollen zu hören.

Annemarie entwand Michaela das Mobiltelefon und starrte auf das Display.

„Das sieht mir aus, als wäre es von weiter oben aufgenommen worden", glaubte sie nach einer Weile zu wissen, worauf Michaela den Himmel absuchte.

„Die Kamera muss irgendwo da oben im Baum sein", flüsterte sie Annemarie zu und wunderte sich dabei über sich selbst, warum sie das tat. Sie machten hier ja nichts Verbotenes oder wurden gar belauscht. Weit und breit war niemand zu sehen. Sie traten in den Schatten der großen Pappel und sahen gemeinsam an dem Stamm hinauf in das Geäst.

In etwa vier Metern Höhe entdeckte sie einen verwitterten Vogelkasten. Der war ihr da noch nie aufgefallen. Wobei sie ja auch nicht durch die Gegend lief und nach oben in die Bäume und den Himmel kiekte. Nein, den Himmel besah sie sich nur nachts mit Jakup. Der Gedanke an die vergangene Nacht zauberte ihr ein Lächeln ins Gesicht. Michi war verknallt. Aber so richtig.

„Moin die Damen, suchen Sie da oben etwas Bestimmtes?“, ließ eine fremde Stimme Michaela und Annemarie herumfahren. Keine zwei Meter hinter ihnen standen urplötzlich zwei uniformierte Polizisten. Ein Mann um die vierzig und eine junge Beamtin in etwa in Michaelas Alter.

„Nein, wir schauen nur wegen des Vogelkastens. Im Internet schreiben sie, dass diese Brutkästen einmal im Jahr gereinigt werden sollen“, log Annemarie so gut, dass Michi, wenn sie es nicht besser wüsste, es glatt geglaubt hätte. Wieder einmal war sie von der Schlagfertigkeit ihrer Chefin begeistert.

„Mein Vater macht das immer im Frühjahr, bevor die Vögel beginnen, neue Nester zu bauen. Jetzt im Sommer sollte man da, glaube ich, nichts machen“, meinte die Beamtin, die einen recht netten Eindruck auf Michaela machte. Dennoch läuteten bei ihr gerade sämtliche Alarmglocken. Es taugte zumeist nicht, wenn die Polizei unangemeldet auf der Matte stand.

„Meine Herrschaften, was kann ich denn für Sie tun? Sie sind bestimmt nicht gekommen, um Tipps zum Vogel- und Artenschutz zu geben?“, brachte Annemarie es lächelnd auf den Punkt.

„Nein, das sind wir nicht. Wir möchten uns gerne mit Frau Michaela Kiebitz unterhalten“, sagte der ältere Beamte, und Michaela spürte bei seinen Worten, wie sich ihr Magen verkrampfte. Woher kannten die ihren Namen und wussten, wo sie zu finden war?

„Sie wollen mir Frau Kiebitz aber nicht von der Arbeit abhalten“, grätschte Annemarie dazwischen. Damit hatte ihre Chefin aber auch nun bereits zugegeben, dass Michi tatsächlich anwesend war. Es gab also kein Zurück. Dennoch war Michaela froh, dass Annemarie bei ihr war.

„Nein, wir hätten nur kurz einige Fragen und sind dann wieder weg“, meinte die Beamtin.

„Am liebsten würden wir mit Frau Kiebitz alleine reden“, fügte der Mann hinzu und musterte Michaela dabei. Die wussten genau, wer sie war.

„Sie werfen ihr aber nichts vor. Dann müsste ich nämlich erst einmal mit unserem Anwalt telefonieren“, schoss Annemarie zuckersüß, aber entschlossen zurück.

„Nein, ich denke, das ist nicht nötig“, antwortete der Mann wieder.

„Ick möchte aber, dass meine Chefin bei mir bleibt“, flüsterte Michaela mit einem Kloß im Hals und rieb dabei ihre Hände, die nun plötzlich zu schwitzen begannen.

„Okay, wenn Sie das wünschen“, seufzte der Beamte und hob einen durchsichtigen Beutel in die Höhe. „Kommt Ihnen das bekannt vor, Frau Kiebitz?“, fragte er.

Michaelas Herz begann zu rasen.

„Das sind ja meine Papiere“, stammelte sie erstaunt, während es mit einem Mal laut donnerte und dann in Strömen zu regnen begann.

Willi Bogner ging es den Umständen entsprechend gut. Zwar tat die Stelle, an der die Kugel ihn erwischt hatte, noch immer weh, doch dank der Medikamente, die man ihm intravenös verabreichte, war es durchaus auszuhalten. Er durfte sich halt nur nicht bewegen. Nein, Bewegung war gar nicht gut.

Er hatte noch einmal richtig Schwein gehabt. Das Projektil aus der Waffe dieses Berliner Clanmitglieds hatte die wichtigsten Blutgefäße, die irgendwo am oder um den Darm herumliefen, nur knapp verfehlt. Zumindest hatte die Ärztin ihm am Morgen so etwas erklärt. Willi hatte von dem Fachchinesisch nur die Hälfte verstanden und zugegebenermaßen auch gar nicht richtig zugehört. Ihn hatte nur ein einziger Satz aus dem Munde der hübschen Medizinerin interessiert.

„Das wird schon wieder alles wie früher, braucht aber seine Zeit", hatte sie gemeint.

Willi glaubte zu wissen, wie lange es dauern würde. Er tippte mal auf mindestens zwei Jahre und neunzehn Tage. Dies war das Aus seiner Polizeikarriere. So hatte er sich das zwar nie vorgestellt, aber man musste in Miseren wie diesen auch mal das Positive suchen.

„Guten Morgen, mein Sonnenschein", begrüßte er Tilde, die gerade ihren Kopf durch die Türe steckte.

„Na, Gott sei Dank. Du klingst ja schon wieder wesentlich besser als gestern“, atmete sie sichtlich auf, trat dann zu ihm und gab ihm einen Kuss.

Dabei lehnte sie sich so weit vor, dass sie mit ihrem Ellenbogen seinen Bauch berührte.

„Auuuu“, stöhnte er und biss die Zähne aufeinander.

„Entschuldige, Willi …, entschuldige …, das war dumm von mir“, erschrak sie und wich zurück.

„Nichts passiert“, fand er und winkte ab.

„Wie geht es dir denn ansonsten so? Was sagen die Ärzte?“, wollte sie wissen, worauf Willi sie kurz und knapp in Kenntnis setzte.

„Das klingt doch mal gut. Ich hab’ mir solche Sorgen gemacht“, schniefte sie und ließ sich auf einen Stuhl neben dem Bett sinken.

„Das musst du nicht, Tilde. Unkraut vergeht nicht. Aber sag mal … du bist ja schon früh wieder hier. Hast du die Pferde bereits heute Nacht versorgt?“, fand er, da er tatsächlich erst am Nachmittag mit ihr gerechnet hatte. Immerhin hatte Tilde auch noch jede Menge Viehzeug, um das es sich zu kümmern galt.

„Tine und Onno kümmern sich um den Hof. Ich bin heute Nacht auf dem Festland geblieben“, erklärte sie, und Willi war tatsächlich erstaunt.

„Tine und Onno?“, fragte er ungläubig, da er sich nicht sicher war, ob das gut gehen würde. Er konnte und wollte sich den uniformierten Beamten und die Lehrerin im Ruhestand nicht mit Mistgabeln im Stall vorstellen.

Sie nickte.

„Und du hast dir extra wegen mir ein Zimmer genommen?", war er nun tatsächlich gerührt. Bisher hatte er immer geglaubt, Tilde könne außerhalb ihrer Inselwelt gar nicht existieren. In der ganzen Zeit, in der sie beide zusammen waren, hatte sie nicht ein einziges Mal ihr geliebtes Eiland in der Nordsee verlassen.

„Nein, ich war so frei und habe mir gestern, als du eingeschlafen warst, deine Haustürschlüssel geborgt", gestand sie.

„Ohhh … das … Ähm … nun ja. Ich bin ja eigentlich auf Besuch so gar nicht eingerichtet", erschrak er, da seine kleine Wohnung in Wittmund nicht wirklich vorzeigbar war.

Tilde kicherte.

„Das habe ich gesehen. Wenn es dich nicht stört, putze ich da heute Nachmittag mal durch", schlug sie vor.

Willi winkte ab.

„Nein, Tilde, lass mal. Das lohnt nicht mehr. Ich werde die Wohnung, sobald sie mich hier rauslassen, aufgeben und, wenn du nichts dagegen hast, jetzt schon zu dir nach Langeoog ziehen", wagte er einen Vorstoß, über den er sich schon den ganzen Morgen Gedanken machte.

„Ja aber … und was ist mit deiner Arbeit?", fragte sie erstaunt.

Willi winkte erneut ab.

„Beim Bund haben sie früher immer gesagt, KZH bis DZE", antwortete er und musste lachen, was sein Bauch mit erneuten Schmerzen quittierte.

Tilde sah ihn fragend an.

„Krank zu Hause bis Dienst-Zeit-Ende", fasste er die Abkürzung in verständliche Worte.

Ihr Gesicht hellte sich auf. Dann nickte sie, sprang auf und drückte ihn an sich. Willi hätte vor Schmerzen unter die Decke gehen können. Ja, Liebe konnte schon mal verdammt wehtun.

„Was für ein blödes Wetter", stöhnte Thomas Kübler und sah hinaus in den Regen.

Seit fast zwei Stunden goss es nun wie aus Kübeln. Das Prasseln auf die Plane des Vorzeltes über ihm und auf das Dach des Bullis schlug ihm aufs Gemüt und aufs Gehör. So laut hätte er es sich nicht vorgestellt. Bei diesem Getöse konnte er sich auf nichts konzentrieren.

„Ach Mausbär, dann lies doch mal was", schlug Alex nun auch noch vor.

Sie lag hinter ihm im Hühnerstall auf dem Bett und las tatsächlich in einem Buch, während er an dem Campingtisch im Vorzelt saß und die Regentropfen zählte.

„Keinen Bock auf Lesen", antwortete er mürrisch.

Eigentlich hatten sie heute einen Ausflug mit einem der Ausflugsdampfer zu den Seehundbänken machen wollen. Doch da weder er noch Alex und die Kinder Lust hatten, mit den Rädern im Regen bis zum Hafen zu strampeln, fiel der Ausflug im wahrsten Sinne des Wortes ins Wasser.

Die Kinder lagen in ihrem neuen Zelt und spielten Monopoly. Aber auch darauf hatte er keine Lust gehabt. Thomas hasste diese Brett- und Gesellschaftsspiele und drückte sich davor, so gut es ging. Die Hunde unter dem Tisch hoben nun ihre Köpfe und sahen nach draußen. Er folgte ihrem Blick und entdeckte eine Gestalt, die, dick eingepackt in Regenkleidung, die Bulli-Wagenburg betrat und schnurgerade auf sein Vorzelt zusteuerte. Erst als sie eintrat, erkannte er Annemarie Hansen unter der gelben Kapuze.

„Moin Thomas", grüßte sie freundlich, streifte ihre Kopfbedeckung nach hinten und setzte sich schräg neben ihn an den Tisch.

„Moin Annemarie", grüßte er zurück und war gespannt, was die Besitzerin des Campingplatzes von ihm wollte.

„Ich muss dir dringend etwas zeigen", flüsterte sie, kramte ihr Mobiltelefon unter dem Ölzeug hervor, wischte darauf herum und hielt es ihm dann hin.

„Ihr habt Überwachungskameras auf dem Platz installiert?", fragte er ungläubig und beobachtete die Geschehnisse auf dem kleinen Display. Annemarie antwortete nicht, sondern deutete nur stumm auf den kleinen Bildschirm.

„Ist das Martin?", glaubte er den Mann zu erkennen, der mit einer Latzhose bekleidet zu einem Fahnenmast ging.

„Ja", sagt sie nur knapp.

Thomas schaute den Film bis zum Schluss und musste dabei grinsen. Dieser Martin war ein lustiger Typ. Dass der Kölner diesem anderen Camper angeblich eine Fahne geklaut hatte, war Thomas allerdings bereits zu Ohren gekommen. Doch könnte er nicht mehr sagen, wer dies an welchem Abend am Lagerfeuer erzählt hatte. Es könnte sogar Martin selbst gewesen sein. Sicher war er sich jedoch nicht.

„Wenn ihr den Platz mit Kameras überwacht, müsst ihr die Camper darüber informieren. Das ist strafrechtlich nicht ganz ohne“, wies er Annemarie jetzt erst einmal auf die Konsequenzen einer solchen Überwachung hin.

„Das ist nicht unsere Kamera. Ich habe keine Ahnung, wer dieses Ding in einer der großen Pappeln versteckt hat. Aber ich befürchte, dass sie nicht die einzige ihrer Art ist. Erst dieser Computervirus und nun auch noch so etwas“, schimpfte Annemarie.

„Und wie kommst du an dieses Video?“, wollte er wissen.

„Das wurde dem Herrn Paschulke, dem Besitzer des Fahnenmasts, von einer holländischen Telefonnummer anonym zugesendet“, beschied sie ihn.

Thomas sah nach draußen in den Regen und überlegte kurz.

„Dann sollten wir uns wohl einmal auf die Socken machen und schauen, ob wir noch mehr dieser kleinen Spione finden“, fand er.

„Und wie soll das vonstattengehen?“, fragte Annemarie.

„Das ist heutzutage ganz einfach. Diese Kameras funktionieren zumeist über W-Lan. Die kannst du ganz einfach mit deinem Mobiltelefon und einer passenden App aufspüren“, beschied er sie.

Annemarie blickte ihn mit großen Augen an.

Thomas wandte sich derweil an Alexandra, die das Lesen eingestellt hatte und nun auf der Bettkante weilte, um auch ja nichts von dem zu verpassen, was im Vorzelt gesprochen wurde. Noch immer trommelte der Regen unerträglich laut auf die Kübler'sche Campingbehausung.

„Bärchen, kannst du mir bitte mal meine Regenjacke und einen Schirm reichen?“, wies er sie an.

Nur Minuten später stapften sie, dick eingepackt und natürlich zu dritt, hinüber zum Kiosk. Es hätte ihm klar sein müssen, dass seine Frau nicht tatenlos im Camper blieb und auf ihn warten würde. Nein, dafür war Alexandra viel zu neugierig.

Kapitel 21

Donnerstag, 29. Juni 2023
Frieders Camping achtern Diek

Michaela weinte. Nicht weil sie traurig war. Nein, sie hatte eine Mordswut. Wenn sie den Kerl, der das getan hatte, in die Finger bekäme, könnte sie für nichts garantieren.

„Hey, Michi, jetzt beruhig dich. Das ist zwar echt Kacke, dass dich da jemand bespitzelt hat, aber nun mal auch nicht mehr zu ändern. Du musst doch nicht weinen, nur weil dieses arme perversere Würstchen ansonsten keinen hoch bekommt. Thomas findet schon heraus, wer dahintersteckt“, versuchte ihre neue Freundin Alexandra Kübler sie wieder aufzumuntern.

„Weißt du, wie erniedrigend das ist?“, fauchte Michaela und entschuldigte sich dann sogleich bei Alex, da ihre Wut sich bestimmt nicht gegen eine oder einen der hier Anwesenden bezog.

„Überleg mal, Michaela, hast du eine Ahnung, wer hinter der Überwachung stecken könnte?“, fragte Annemarie Hansen, die gemeinsam mit ihr und den beiden Küblers um den Campingtisch im Vorzelt vor dem Kübler'schen Hippiebus saß.

Michaela stierte auf die sechs kleinen Kameras, die zwischen ihnen auf dem Tisch lagen. Die Dinger waren auf dem gesamten Platz verstreut gewesen. In dem Vogelhaus am Baum. Am Dach des Hauses gleich zwei Stück. Eine mit Blick auf den Parkplatz, die zweite in Richtung Norden. Des Weiteren eine in der Deckenlampe des Kiosks und eine in der Lampe im Damenwaschraum.

Doch die schlimmste von allen war die in ihrem Wohnwagen. Wie hatte sie nur so blind sein und den kleinen Spion in der Verkleidung über dem Schrank übersehen können? Vor allem … wie lange filmte das Teil dort schon?

„Billy. Det war hundertprozentig der Billy", zischte sie, da ihr ansonsten niemand einfiel, der zu einer solchen Tat fähig war.

Am Anfang hatte sie es noch lustig gefunden, wie der Typ sie umgarnte und wie er ihr ständig Komplimente machte. Sie hatte gedacht, Billy wäre so ein richtiger Kumpel. Als sie merkte, dass er mehr wollte, hatte Michaela ihm klipp und klar gesagt, dass sie gerne mit ihm befreundet wäre, aber dass da ansonsten nichts liefe. Als er ihr dann Geld bot, damit sie mit ihm ins Bett ging, hatte sie ihm eine geschallert und ihn achtkantig aus ihrem Wohnwagen geworfen. Mit einem fremden Mann, jemandem, den man nicht kannte, für Geld intim zu werden war das eine. Augen zu, an die Kohle denken und durch. Sich von einem Bekannten für Sex bezahlen zu lassen, in ihren Augen ein No-Go!

„Du meinst, dieser Billy the Kid könnte dahinterstecken?", hakte Annemarie noch einmal nach.

„Klar! Wer sonst? Der kleine Spanner stalkte mich doch auf Schritt und Tritt. Der hat mich sogar gefragt, ob ich ihn nicht heiraten könnte. Als ich nicht wollte, hat er mir dann Geld geboten, um mit mir ins Bett zu gehen", schimpfte sie.

„Da bist du aber doch nicht drauf eingegangen?", erkundigte sich Annemarie sichtlich empört.

„Natürlich nicht", keifte sie so zornig in Richtung ihrer Chefin, dass es ihr, noch bevor sie es ausgesprochen hatte, schon wieder leidtat.

„Die Frage ist … wie können wir es diesem Billy nachweisen? Fakt ist, dass der Empfänger der Kameras irgendwo im Umkreis von maximal einhundert Metern sein muss", gab Thomas Kübler zu bedenken.

„Ist doch ganz einfach. Wir schauen in seinem Wohnwagen nach oder verhauen ihn so lange, bis er es zugibt", schlug ihre Freundin Alexandra vor.

Ihr Mann Thomas sah seine Frau entsetzt an und schüttelte den Kopf.

„Ohne einen handfesten Beweis können wir dem Kerl gar nichts. Der muss noch nicht einmal mit uns reden. Und ohne Anfangsverdacht bekommt man da keinen richterlichen Beschluss für eine Durchsuchung."

„Ihr Bullen könnt dem nichts ohne Beweise. Ich schon!", sagte Michaela entschlossen, erhob sich und verließ das Vorzelt.

Der Regen hatte aufgehört. Es roch herrlich nach feuchter Erde.

„Michaela, warte", rief Annemarie ihr hinterher. Sie hörte hinter sich das Geklapper von Stühlen. Nein, sie würde sich nicht aufhalten lassen. Es war Schluss mit lustig. Sie ließ sich von niemandem mehr etwas sagen.

Es war ein tolles Gefühl, nicht mehr nur ein Schatten zu sein. Der Besuch der Polizisten am Morgen war im Nachhinein gar nicht so schlimm gewesen wie befürchtet. Endlich, nach zwei Jahren, besaß sie nun wieder Papiere. Hassan saß hinter schwedischen Gardinen. Sie konnte endlich gehen, wohin sie wollte, und ein neues Leben anfangen. Doch bevor sie dies wirklich sorglos konnte, musste sie alles vernichten, was an das, was sie getan hatte, erinnerte. Nicht auszudenken, wenn irgendwann einmal Aufnahmen auftauchten, die sie mit einem Freier in ihrem Wohnwagen zeigten. Nein, bevor sie wirklich ein neues Leben beginnen konnte, musste alles, was noch an Trixi erinnerte, eliminiert werden.

Im Laufschritt flitzte sie zu Billys großem Wohnwagen. Das Ding war bestimmt doppelt so lang wie der ihre und bot vermutlich auch Platz für eine ganze Kegelbahn.

Kurz sah sie sich um. Sein Mofa war nicht da und er somit vermutlich nicht zu Hause. Glück für ihn.

Sie trat vor und rüttelte am Türgriff. Es war wie erwartet abgeschlossen. Entschlossen ging sie um den Wagen herum und kontrollierte die Fenster. Auf der Rückseite wurde sie fündig. Das Kunststofffenster ließ sich einfach aufziehen und rastete dann wie ein kleines Dach über ihrem Kopf oben ein.

„Michaela, das ist Einbruch", hörte sie Thomas Kübler sagen, als sie versuchte, sich an dem Fensterrahmen in die Höhe zu ziehen und ihren Fuß über die untere Fensterkante zu wuchten. Verdammt, das Fenster war eindeutig zu weit oben. Sie brauchte etwas, wo sie draufklettern konnte.

„Mensch, Mausbär. Steh nicht rum, sondern hilf Michi lieber mal hoch", meinte seine Frau Alex.

„Genau, hilf mir mal", forderte auch sie ihn auf. Ihr Blick fiel auf Annemarie Hansen, die zwei Meter neben ihr stand, die Arme vor der Brust verschränkt hatte und dabei wohlwollend nickte. Wie es aussah, war ihre Chefin gar nicht sauer darüber, dass Michaela in den Wohnwagen einbrechen wollte. Im Gegenteil.

Martin von Schlechtinger war gerade damit beschäftigt, auf der Baustelle ein Starkstromkabel zu verlegen, als er vor dem Fenster draußen die vier Gestalten bemerkte, die am Haus vorbei in Richtung der Wohnwagen rannten. Das Ganze machte den Eindruck, als sei Michaela auf der Flucht vor Thomas, Alexandra und Annemarie. Was war denn da schon wieder los?

Vorhin erst hatte er beobachtet, wie die vier auf dem Platz herumschlichen und nach irgendetwas suchten. Dabei guckten sie ständig auf Thomas Küblers Mobiltelefon und waren sogar mit einer Leiter in einen der Bäume geklettert.

„Ich bin gleich wieder da", beschied er seine beiden polnischen Kollegen, verließ das Haus und folgte den vieren bis zu Billy the Kids Wohnwagen.

Die Hände hinter dem Latz seiner Arbeitshose vergraben, beobachtete er amüsiert, wie Thomas Kübler Michaela durch das Fenster an der hinteren Stirnseite schob.

Nur Sekunden später flog die Türe des Wohnwagens auf. Michaela schien mit so viel Schwung von innen dagegengetreten zu haben, dass sie nun beinahe kopfüber nach draußen gestürzt wäre. Holz und Kunststoff splitterten, während die kesse Berlinerin gerade noch Halt am Türrahmen fand.

Also, sehr stabil waren diese Wohnwagen nicht, kam es Martin in den Sinn.

„Was ist denn hier los?", hörte er hinter sich eine Stimme sagen und fuhr herum.

„Moin Herr Paschulke", begrüßte er den Dicken, der über das, was sich an Billys Wohnwagen tat, sehr empört schien.

„Dat hat alles seine Ordnung. Der Herr Kübler ist von der Kriponalpolizei und tut hier verdeckt ermitteln tun", beschied er den Bayernfan, obgleich Martin keine Ahnung hatte, ob das, was die vier da trieben, tatsächlich etwas mit den Ermittlungen im Mordfall Frieder Hansen zu tun hatte.

Thommi Kübler betrat nun, gefolgt von seiner Gattin Alexandra, den Wagen, während Annemarie sich draußen verstohlen umsah.

„Ohhh … Hallo Martin. Hallo Herr Paschulke", meinte sie erschrocken, als sie Martin und Paschulke entdeckte.

„Was gibt das denn hier, wenn das fertig ist? Sind jetzt alle von Sinnen?", bellte der Dicke, der heute ein wirklich sehr hässliches Hawaiihemd zu seinen kurzen Hosen trug.

„Wie gesagt. Dat hät hier alles seine Ordnung. Der Herr da fürn, dat ist der Herr Kriminaloberkommissar Kübler. Der Mann weiß, wat er tut", beschied Martin ihn noch einmal.

„Wenn dieser Herr bei der Polizei ist, sollte er gefälligst Sie endlich festnehmen, Sie … Sie … Sie Hooligan, Sie", wurde der jetzt auch noch unverschämt.

„Jetzt pass mal uff, du Knalltüte. Am besten tust du dich mal ganz flott in deinen Wohnwagen verkrümeln tun, bevor dat hier Veilchen regnen tut", schoss Martin zurück.

„Martin, es reicht. Wir beruhigen uns jetzt alle wieder und benehmen uns wie vernünftige Menschen", ging Annemarie dazwischen.

„Frau Hansen, ich habe Ihnen gesagt, dass dieses kriminelle Subjekt nichts taugt und Sie ihn am besten sofort rauswerfen sollten", ließ Paschulke sich jedoch nicht von Annemaries Worten beeindrucken.

„Wen tust du hier kriminell nennen tun?", wurde Martin nun lauter. Er hatte diesen Kerl gefressen. Leute wie diesen Paschulke brauchten sie hier nicht. Das Beste würde es sein, wenn er ihm auf der Stelle Platzverbot erteilte.

Paschulke, der bereits Luft holte, um etwas zurückzubrüllen, hielt inne, da der Kerl mit dem Mofa, der wie aus dem Nichts plötzlich auftauchte, ihm beinahe über die Füße bretterte und dann mit quietschenden Bremsen vor dem Wohnwagen zum Stehen kam.

Billy sprang von seiner Zündapp, riss sich den Helm von seinem Schädel und stolperte auf die geöffnete Tür seines Wohnwagens zu. Der dürre Kerl hatte es so eilig, dass er noch nicht einmal sein Moped abstellte.

„Was is denn hier los? Seid ihr denn alle bekloppt geworden?", schrie er aufgebracht und hüpfte die zwei Stufen empor.

Im Wagen rumpelte und polterte es. Michi kreischte wie eine wild gewordene Furie. Billy tauchte wieder in der Türe auf und stürzte nach draußen. Auf seinem Rücken, den dünnen Hals des Kerls im Würgegriff, hing eine wütende Michaela.

„Entschuldigung, da muss der Onkel Maddin wohl mal eingreifen tun", erklärte er und ging dann dazwischen. Wenn ihm doch nur mal einer erklären könnte, was hier eigentlich los war. Weshalb waren Michi und die Küblers in Billys Camper eingestiegen? Warum war Michi so sauer auf den kleinen Spinner? Ja, da musste wahrlich etwas sehr Unangenehmes vorgefallen sein.

„So, und nu is hier Ruhe", sagte er, riss Michaela von Billy los und legte sie sich der Einfachheit halber über die Schulter.

„Lass mich los, Martin. Ick bring den Spanner um", kreischte sie und trommelte mit ihren Fäusten dabei auf seinen Rücken.

Billy rappelte sich derweil auf, sprang auf sein Mofa und brauste davon.

Michaelas Strampeln und Fluchen wurde weniger, weshalb er sie wieder zurück auf den Boden setzte.

„So! Und jetzt will ich hier endlich wissen, wat los ist", sagte er entschlossen.

Müde ließ Annemarie Hansen sich auf den Campingstuhl vor ihrem und Martins Wohnwagen sinken. Was für ein turbulenter und ereignisreicher Tag.

Sie beobachtete, wie Martin mit einem Handtuch und seinem Kulturbeutel unter dem Arm aus den Sanitäranlagen trat und auf sie zugewatschelt kam. Bei seinem Anblick musste sie lächeln. Die Szene, als er sich die ausgeflippte Michaela über die Schultern warf, war einfach zu köstlich gewesen.

Annemarie war nicht böse auf Michaela. Nein, vermutlich wäre sie selbst ebenfalls so ausgerastet, wenn ihr widerfahren wäre, was dem Mädchen passiert war. Dieser Billy war, das hatte Michi vollkommen richtig formuliert, ein kleiner Spanner gewesen. In seinem Wohnwagen hatte Thomas einen Computer sowie mehrere Festplatten gefunden.

Für den Beamten war es ein Leichtes gewesen, Billys Computer zu knacken. Wohl war dem Polizisten im Urlaub dabei nicht gewesen.

Michaela hatte gemeint, Billy sei angeblich ein Hacker. Dies hatte Thomas mit Kopfschütteln und einem Lacher quittiert. Der Kerl lebte, das wurde schnell klar, von kleinen Gaunereien, Erpressungen und dem Verkauf von selbst angebauten Drogen. Wobei sie dies ja schon wussten, seit sie die Plantage hinter dem Schuppen gefunden hatten.

Billy hatte tatsächlich über Monate alles aufgezeichnet, was sich auf dem Platz tat. Michaelas Befürchtungen, er habe sie und ihre Freier beim Sex aufgenommen, hatten sich bewahrheitet. Mehr noch. Er hatte sich sogar die Mühe gemacht und die Autokennzeichen der Freier aufgeschrieben. Vermutlich ebenfalls mit dem Ziel, diese zu erpressen.

Am Nachmittag hatte Annemarie mit ihrem Anwalt telefoniert. Wie befürchtet war der Einbruch in den Wagen rechtlich nicht in Ordnung gewesen. Wenn sie damit zur Polizei gingen, könnte der Schuss nach hinten losgehen. Das wollte sie nicht. Sie musste das Ganze anderweitig klären.

Das Gespräch mit dem Anwalt hatte sie aber zumindest auch beruhigt. Das, was für Annemarie galt, galt nämlich im Umkehrschluss auch für Billy. Sollte er Annemarie und die anderen anzeigen, wäre er selbst dran.

Zwar hielt sie den jungen Mann nicht für die hellste Kerze auf der Torte, konnte sich aber auch nicht vorstellen, dass der so dumm sein könnte, sich selbst ans Messer zu liefern.

„Hallo Anneschatz", stöhnte Martin, ließ sich müde auf den Stuhl neben dem ihren sinken und fasste ihre linke Hand.

„Martin, ich bin froh, wenn wir hier fertig sind und wieder nach Hause auf unsere schöne Insel können", seufzte sie und kraulte Lumpi, die zu ihrer Rechten saß, hinter den Ohren.

„Ich auch, Anneschatz. Ich auch", erwiderte Martin.

Eine Weile beobachteten sie die Sonne, wie sie hinter einem der alten Campingwagen verschwand.

„Meinst du, dat Michi bleibt hier? Jetzt wo die ihre Papiere hat, wird die bestimmt fortgehen", meinte Martin irgendwann.

„Die Polizisten haben sie gebeten, erst einmal noch zu bleiben, falls es noch Fragen bezüglich diesem Hassan gibt", wusste Annemarie.

Martin nickte. Deutlich konnte sie sehen, wie es in seinem Kopf arbeitete.

„Woher haben die Polizisten eigentlich gewusst, dat die Michi hier bei uns ist?", fragte er nach einer Weile.

„Das ist eine seltsame Geschichte. Angeblich haben sie in dem Wagen des Gauners Michis Papiere und das Mobiltelefon dieses Mannes gefunden. Darauf waren die Adresse vom Campingplatz und aktuelle Fotos von Michaela. Irgendwer hier auf dem Platz hat sie an Hassan verraten und ihm ihren genauen Standort gesendet. Laut dem, was in der Nachricht stand, hat der Kerl für seine Informationen fünftausend Euro verlangt", gab Annemarie wieder, was die beiden Polizisten ihnen am Morgen erzählt hatten.

„Nä wat is der Billy ein kleiner Drecksack. Da hät der dat Michi einfach su an die Lumpen verkauft", zischte Martin.

„Michaela glaubt auch, dass er es war. Der Bursche hat sich wohl Hoffnungen gemacht, es könne was aus ihm und Michaela werden. Als diese ihm eine Abfuhr gab, hat er sie, vermutlich im Zorn, an ihren ehemaligen Zuhälter verraten. Ich bin mir sicher, dass er es auch umsonst getan hätte. Die fünftausend waren vermutlich nur das Sahnehäubchen obendrauf", erklärte sie.

„Und dat weißt du jetzt woher?", hakte Martin nach.

„Ich bitte dich, Martin. Das kann man sich doch zusammenreimen", erwiderte sie. Ihr Liebster hatte in solchen Dingen einfach keinerlei Fantasie.

„Dann wollen mir hoffen, dat dat Fräulein Michaela dem Olek nit genauso einen Korb wie dem Billy gibt. Der würde der zwar nix Böses tun, aber dat wär sehr schlecht für unser Baustellenklima. Der Bursche ist nämlich total in dat Mädchen verschossen. Aber sujet von", kicherte Martin.

„Ich glaube, sie mag ihn auch sehr. Du musst mal beobachten, wie sie lächelt, wenn der Name Jakup fällt. Die Frage wird nur sein, was geschieht, wenn die Baustelle fertig ist und die Brüder wieder abreisen", sinnierte Annemarie.

„Jo, dat werden wir dann wohl sehen. Auf alle Fälle glaub ich, dat uns dat Fräulein Michi zumindest so lange noch erhalten bleiben wird", fand Martin. Davon ging auch Annemarie aus. Was nach der Baustelle kam, stand noch in den Sternen. Schön wäre es allemal, wenn Michaela ihnen bis dahin noch als Arbeitskraft erhalten blieb.

„Denkst du auch, was ich denke?", fragte Thomas und blickte zu Markus, mit dem er seit Stunden die Aufnahmen der Überwachungskameras sichtete, während die anderen draußen am Lagerfeuer klönten, musizierten und sangen.

Es hatte eine Zeit gedauert, bis sie unter den unzähligen Dateien die Aufnahmen von dem Tag fanden, an dem Frieder Hansen starb.

Markus lehnte sich zurück und grinste.

„Jo, ich denke, wir haben des Rätsels Lösung. Jetzt stellt sich nur die Frage, warum dieser Kerl dem Frieder die Gasbuddel in den Wagen gestellt hat", fand Markus.

Thomas startete die Szene erneut und beugte sich ein wenig vor, um besser sehen zu können. Mitten im Bild war der Wohnwagen von Frieder Hansen zu erkennen. In der oberen Ecke des Monitors wurde die Uhrzeit angezeigt. Um Punkt dreiundzwanzig Uhr und vierzehn Minuten war eine Gestalt zu sehen, die sich dem Wohnwagen näherte. In der einen Hand eine Campinggasflasche, in der anderen Hand einen kleineren Gegenstand.

„Halt mal an", sagte Markus und deutete auf das Gebilde in der Hand des Herrn.

Thomas stoppte die Aufnahme, vergrößerte den Bildausschnitt und versuchte das Bild ein wenig zu schärfen.

„Was ist das?", fragte Markus.

„Könnte der untere Teil einer Glühbirne sein", antwortete Thomas.

„Stimmt, das ist eine Glühbirne, bei der das Glas fehlt", freute Markus sich.

Gemeinsam sahen sie noch einmal zu, wie der Mann in Frieders Wohnwagen verschwand. Im Inneren flackerte mehrfach der Kegel einer Taschenlampe über die Fensterscheiben. Nach zwei Minuten kam der Mann dann wieder aus Frieders Wagen heraus und ging schnellen Schrittes zu einem der anderen Camper.

„Mach mal Schnellvorlauf. Nicht, dass da noch jemand anderes zu dem Wagen geht, bevor er explodiert."

Gespannt sahen sie auf den Bildschirm des Laptops, während die Minutenanzeige am oberen Bildschirmrand raste.

„Stopp", sagte Markus irgendwann, als sich erneut etwas tat. Thomas ließ den Film kurz rückwärts laufen und dann wieder in normaler Geschwindigkeit vor. Die Uhr zeigte nun kurz vor halb eins in der Nacht.

„Das ist Frieder Hansen", flüsterte Thomas mehr zu sich selbst.

„Ja, die Frage ist nur, wer da bei ihm ist", meinte Markus.

Gespannt klebten ihre Augen förmlich an den Geschehnissen auf dem Monitor. Irgendwann wurde das Bild für einen Moment plötzlich schneeweiß. Die Explosion. Einige Sekunden später, als das Bild wieder deutlich wurde, war der Wohnwagen verschwunden. Lediglich Flammen züngelten noch an den Trümmerteilen.

„Na, das ist ja ein Ding", fand Thomas und klappte den Laptop zusammen.

„Ja, Herr Kollege. Dann würde ich mal meinen: Prost. Fall gelöst", freute sich Markus und stieß mit ihm an.

Und ja, Thomas war irgendwie stolz darauf, dass sie beide gerade den Mord an Frieder Hansen aufgeklärt hatten. Okay, es war auch schon ein wenig Glück gewesen, dass der Spanner alles, was sich auf dem Platz tat, aufgezeichnet hatte. Aber Glück gehörte nun einmal bei solchen Ermittlungen auch dazu.

„Vielleicht sollten wir uns auch noch die Aufnahmen aus dem Wohnwagen von Michi anschauen. Nicht, dass da noch was drauf ist, was relevant in dem Fall sein könnte", flüsterte Markus jetzt.

Thomas fuhr herum.

„Spinnst du. Ich musste Alex und Michaela hoch und heilig versprechen, mir das nicht anzusehen", zischte er und verstand gar nicht, was in Markus gefahren war, dass der auf so eine Idee kam.

„Und da ist er wieder, unser Spießer", lachte Markus und schüttelte dann den Kopf. „Nee, Kübler. Hast du jetzt echt gedacht, ich will mir diese Pornos für Arme anschauen", er winkte ab, wurde dann ernst und beugte sich zu ihm herüber.

„Aber vielleicht könntest du trotzdem mal nachsehen, um welche Dateien es sich handelt, und diese dann unwiederbringlich ins Nirwana schicken. Nicht, dass die Videos noch in die Hände deiner ostfriesischen Kollegen fallen. Wäre doch blöd für Michi, wenn die Aufnahmen bei der Polizei landen", schlug Markus vor.

Thomas musste ihm recht geben.

„Aber das wäre Vernichten von Beweismitteln", erwiderte er dennoch.

„Quatsch. Die Aufnahmen aus dem Wohnwagen haben null mit dem Fall zu tun. Wenn da keine Kamera gewesen wäre, dann gäbe es die doch gar nicht", ereiferte Markus sich. Thomas überlegte einen Moment.

„Also, wenn ich mich recht entsinne, war da auch gar keine Kamera in dem Wagen“, überlegte er laut und klappte den Computer wieder auf.

Es gab Dinge, die gehörten einfach nicht an die Öffentlichkeit.

„Lösch das aber auch so, dass man das nicht wiederherstellen kann“, glaubte Markus noch erwähnen zu müssen.

„Sag mal, hältst du mich für einen Anfänger? Was ich lösche, mein lieber Herr Büth … das verschwindet spurlos und für immer“, sagte er nur und schickte die Aufnahmen aus Michis Wohnwagen restlos in die ewigen Jagdgründe.

Wilhelm, alias Billy the Kid, ließ sich auf das Bett in seinem ehemaligen Jugendzimmer sinken.

Zum Glück hatte er immer noch seine Bleibe bei Muttern. Auf den Campingplatz konnte er nicht mehr zurück. Und das alles wegen Trixi, dieser doofen Kuh.

Ja, Billy war echt verknallt in sie gewesen, und das, obwohl die ständig mit anderen Kerls rumgemacht hatte.

Er zog das Bündel mit den Geldscheinen aus der Tasche und zählte die Scheine zum wiederholten Male durch. Zweitausendsechshundert Euro waren eine Menge Kohle. Doch weit würde er damit nicht kommen. Wobei das Mofa ja eigentlich recht sparsam war. Nee, er würde erst mal bei Muttern bleiben und in Ruhe überlegen, was zu tun war. Vielleicht könnte er in den nächsten Nächten ein paar Sachen aus seinem Wohnwagen holen. Wobei da nachts ja schon mal Martins Köter herumschlich. Mit dem war nicht gut Kirschen essen. Irgendwie hatte sich die ganze Welt gerade gegen ihn verschworen. Seine Tante Ilse, die ihm gelegentlich finanziell ein wenig unter die Arme gegriffen hatte, war stinksauer und wollte wie es schien nichts mehr mit ihm zu tun haben. Er sei eine Enttäuschung auf der ganzen Linie, hatte sie gesagt. Dabei war er stets bemüht gewesen, jeden von Frieders Schritten zu überwachen und sie mit Infos zu versorgen. Selbst als sie von ihm verlangte, die Kakerlaken in der Dusche auszusetzen und zu fotografieren, hatte er dies getan. Wobei die Viecher, die er eigens dazu im Internet bestellt hatte, total ekelig gewesen waren.

Als er Tante Ilse von Frieders Tod erzählt hatte, war sie beinahe ausgeflippt. Ausgerechnet an dem Tag, wo der Trunkenbold endlich den Vertrag unterschrieben hatte, war der in die Luft geflogen. Dass er den Mord auf Video aufgezeichnet hatte, hatte er ihr nicht erzählt. Nein, sein Plan war es gewesen, aus den Aufnahmen später noch ein wenig Profit zu schlagen. Doch die waren nun ebenso futsch wie sein Computer. Wenn er jetzt zu den Bullen ging und erzählte, was da auf dem Platz passiert war, würden die ihm vermutlich wegen der Kameras noch einen Strick daraus drehen.

Nein, Billy musste jetzt die Füße stillhalten. Alles, was er jetzt unternahm, würde es nur schlimmer machen. Als er Paschulke das Video schickte, hatte er eigentlich nur

Martin von Schlechtinger eins auswischen wollen. Immerhin hatten dieser und seine Frau ihm sämtliche seiner Hanfpflanzen entsorgt. Dafür hätte er locker ein paar Tausender kassiert und ein paar weitere Monate in Ruhe und sorgenfrei leben können.

„Wilhelm. Essen ist fertig", hörte er seine Mama von unten rufen. Er hob die Nase in die Luft und sog den Geruch auf. Labskaus von Muttern, stellte er zufrieden fest.

„Ich komm", beschied er sie und machte sich auf den Weg nach unten in die Küche. Trixi und die anderen Bekloppten konnten ihm gestohlen bleiben.

Kapitel 22

Freitag, 30. Juni 2023
Frieders Camping achtern Diek

„Kevin, wir haben ein Problem“, fiel Martin quasi direkt mit der Tür ins Haus, als sein Sohn Kevin das Telefonat entgegennahm.

„Ach, Moin Papa. Du bist es. Wo drückt denn der Schuh?“, erkundigte sich der Bursche und klang dabei überhaupt nicht genervt.

Zugegeben, Martin hatte schon irgendwie ein schlechtes Gewissen, dass er, seit er das ehemalige Hofgebäude auf dem Campingplatz instand setzte, ständig bei seinem Junior anrufen musste, um diesen um Hilfe zu bitten. Doch der Junge schien ihm wirklich gerne mit Rat und Tat zur Seite zu stehen.

„Et is wegen dem Zebra“, wurde Martin nun erst einmal konkreter.

„Welchem Zebra?“, hakte Kevin nach.

Deutlich hörte Martin das Grunzen der Bioschweine im Hintergrund.

„Ja, dem Zebra, dat hier heute Morgen auf der Weide stehen tut. Weißt du nit, wat ene Zebra is? Dat is su ne Pferd mit Streifen drauf wie bei dem Zebrastreifen auf der Straße“, wurde Martin deutlicher.

„Ein Zebra? Ein richtiges echtes Zebra?“, fragte der Bengel noch einmal nach.

„Dat sag ich doch“, bellte Martin in den Hörer. Zugegeben, er war gerade etwas aufgebracht und neben der Spur, da er mit diesem possierlichen Tierchen, das er gerade eben bei seinem morgendlichen Kontrollgang zum Streichelzoo entdeckt hatte, niemals gerechnet hätte.

„Okay, Papa. Wo bist du jetzt gerade?“, hakte Kevin nach.

„Ja, wo wohl? Ich bin am Streichelzoo. Wie jeden Moin nach dem Baden im Ententümpel. Und als ich hier eben hinkomme, um zu gucken, ob alles in Ordnung ist, steht hier auf einmal ein Zebra auf der Weide“, verlor er nun langsam die Geduld mit seinem Junior. Warum nur hörte der ihm nicht ordentlich zu?

„Ja, und wo kommt das Tier her?“, wollte Kevin wissen.

„Ja, wat weiß ich. Vermutlich häst du dat zusammen mit der Eseldame Lieselotte angeschleppt. Die is nämlich auf einmal wieder rank und schlank. Also … zumindest fast. Wat tun mir denn jetzt machen tun?“, fragte er. Eine andere Erklärung als die, die er gerade seinem Junior gegeben hatte, fiel ihm nicht ein.

Martin verstand nicht, wie es sein konnte, dass aus dem Bauch einer Eselmama ein kleines Zebra herauskam. Hunde bekamen ja auch keine Katzen.

„Ähm … Papa … ich bin in zehn Minuten bei dir auf dem Campingplatz“, meinte Kevin jedoch nur und legte auf.

Martin ließ sich auf einem der kleinen eckigen Strohballen nieder, die der Junge die Tage mitgebracht hatte, kramte seine Pfeife hervor und begann sie zu stopfen. Dabei beobachtete er den kleinen neuen Erdenbewohner, der gerade von Lumpi eifrig beschnuppert wurde. Eselfrau Lieselotte stand daneben und graste friedlich.

Eselmann Rudi tat selbiges ein wenig abseits der anderen. Martin hatte schon das Gefühl, dass der Esel bei Weitem nicht mehr so depressiv daherkam wie noch vor ein paar Tagen. Wobei man die beiden Esel auch nicht wirklich oft beieinander sah. Die standen halt einfach nur immer auf der Weide und fraßen jeder für sich Gras. Sonst taten die rein gar nichts.

Aber das war bei Tieren vermutlich nicht anders als bei Menschen. Keiner war gerne für immer allein. Sich ständig auf der Pelle hocken konnte dann allerdings auch nervig sein. Die Hauptsache war doch, jemand war da, der zu einem stand, wenn man ihn dann mal brauchte. So, wie seine Annemarie gestern zu ihm stand, als dieser Paschulke mit dem Video dahergekommen war. Martin hatte ihr versprechen müssen, dem Herrn Paschulke seine Fahne zurückzubringen und sich bei ihm zu entschuldigen. Er würde das tun. Auch wenn es ihm widerstrebte.

Kevin ließ auf sich warten und kam dann, als er endlich auftauchte, nicht alleine.

„Jo, Lumpi, jetzt is et aus mit der morgendlichen Ruhe", flüsterte er dem Hund zu, erhob sich von dem Strohballen und steckte seine Pfeife zurück in die Latztasche seiner Arbeitshose.

Bei Kevin waren dessen Lebensgefährtin Paulina, die beiden Praktikantinnen, Annemarie, Michaela, Olek, Bolek und sogar der Opa Werner Koschinski.

„Martin, sag mal, warum muss ich von Kevin erfahren, dass wir Nachwuchs bekommen haben?", plapperte seine Annemarie los.

„Schätzelein ..., immer mit der Ruhe. Ich hätte euch dat schon auch noch verzählt. Außerdem haben mir keinen Nachwuchs bekommen, sondern dat Lieselotte und der Rudi. Dat scheint aber ein Kuckuckskind zu sein", erwiderte er und deutete auf das Tier.

„Das gibt es ja nicht. Das ist tatsächlich ein Zesel. Halb Zebra, halb Esel", stieß Praktikantin Mika erfreut aus.

So langsam konnte Martin sich die Namen der jungen Frau merken.

„Gibt dat für sujet tatsächlich einen eigenen Fachbegriff dafür?", war er allerdings nun mehr erstaunt über Mikas Aussage.

„Klar, Papa. Aber diese Viecher sind wirklich ziemlich selten. Es gibt da nur eine Handvoll von auf der Welt. Das ist gar nicht so einfach, einen Esel mit einem Zebra zu kreuzen. Vermutlich ist in dem Zirkus, aus dem ich Lieselotte habe, deshalb auch niemand auf die Idee gekommen, dass sie von einem Zebrahengst gedeckt worden sein könnte", erklärte Kevin ihm.

„Selten heißt doch dann bestimmt auch teuer. Wat tät man denn für so einen Zesel kriegen tun?", schaltete Martin sofort und fing sich sogleich die bösen Blicke der Umstehenden ein.

„Ich mein ja nur so ... nit dat uns dat Tierchen einer klauen tut. Ich tät doch nie und nimmer der Lieselotte ihr Kleines verkaufen wollen", wehrte er hastig ab.

„Moin ihr zwei“, grüßte Willi überrascht die beiden Schnüffler Thomas Kübler und Markus Büth, die just in diesem Moment das Krankenhauszimmer betraten.

„Moin moin Willi“, erwiderten die den Gruß wie aus einem Mund zurück.

„Das ist aber fein, dass ihr mich besuchen kommt“, fand er ganz ehrlich, da er mit den beiden Westerwäldern so gar nicht gerechnet hätte.

Er hoffte nur inständig, dass die ihm nicht wieder mit dienstlichen Belangen auf die Nerven gehen wollten. Er war raus aus allem, was die Polizei anging, und würde sich in Zukunft nur noch um Privates kümmern. Das war dann auch wesentlich sicherer.

„Na ja … wir haben ja schon ein schlechtes Gewissen. Wir rufen dich an, bitten dich, uns zu helfen, du kommst vorbei und wirst dabei angeschossen. Das macht mir schon ein wenig zu schaffen“, gestand Kübler und reichte ihm eine Riesenschachtel Pralinen.

„Wir dachten, damit kannst du eher was anfangen als mit Blumen“, unkte Markus Büth.

„Stimmt, da habt ihr sogar voll meinen Geschmack getroffen“, freute er sich, da ihm das Essen hier in der Klinik so überhaupt nicht schmecken wollte. Von Schokolade allerdings könnte Willi sich den ganzen Tag ernähren.

„Setzt euch", bat er die beiden und schielte auf die Tragetasche in Küblers Händen, auf der das Bild eines Seehundes abgedruckt war. Was da wohl drin war? Die beiden waren doch nicht nur gekommen, um ihm Schokolade zu bringen. Die wollten doch etwas von ihm. Oder war er einfach nur zu misstrauisch? Bestimmt! Diese Berufskrankheit würde er schnellstens ablegen müssen.

„Wie man hört, ist der alte Citroën wieder aufgetaucht", begann er eine Unterhaltung, nun doch indirekt mit etwas Halbdienstlichem. Er hatte keinen Schimmer, worüber er mit den beiden ansonsten reden sollte. Nur so rumhocken und sich anschweigen war dann ja auch blöd.

„Ja … war ein doofes Missverständnis. Der Kerl wollte den nicht wirklich klauen", winkte Kübler ab und berichtete ihm dann, was vorgefallen war.

Der Bericht des Westerwälder Kollegen amüsierte ihn prächtig.

„Und was ist mit eurem Mordfall?", erkundigte er sich im Anschluss eher belustigt, da er immer noch nicht wirklich an einen Mord glauben wollte. Nun gut, Willi hatte sich schon irgendwie von Martins Paranoia anstecken lassen. Doch nachdem er hier im Krankenhaus endlich die Zeit gefunden hatte, in Ruhe darüber nachzudenken, hatte er das Ganze als Hirngespinst von seiner Agenda gestrichen.

„Der Mord ist aufgeklärt. Einer von den Campern hat Frieder Hansen die Gasflasche in den Wohnanhänger gestellt und die Glühbirne manipuliert", erklärte Markus, von dem Willi mittlerweile wusste, dass er im Alltag Friseur war.

„Tatsächlich? Aber wie ich vermute, könnt ihr es nicht beweisen", amüsierte ihn diese erneute Spekulation.

„Doch, können wir. Wir haben alles auf Video. Du und deine Jungs müsst nur noch hinfahren und den Täter festnehmen“, antwortete Thomas Kübler und schien sich dabei seiner Sache sehr sicher.

Willi starrte die beiden mit offenem Mund an.

„Du machst Witze?“, erkundigte er sich bei dem Westerwälder.

Thomas zog sein Mobiltelefon aus der Tasche, tippte darauf herum und reichte es Willi.

„Ich hab' das mal in Kurzform zusammengeschnitten. In der Tasche hier befindet sich die Festplatte mit den Originaldateien der Überwachungskamera“, meinte Kübler und klopfte auf den Beutel mit dem Seehund darauf, wie man ihn überall an der Küste kaufen konnte.

Willi nahm das Mobiltelefon entgegen und sah sich den Film an. Oben in der rechten Ecke waren eine Uhrzeit und das Datum eingeblendet.

Um dreiundzwanzig Uhr vierzehn erschien ein Mann mit einer Gasflasche auf der Bildfläche.

„Auf dem großen Monitor kannst du genau sehen, dass er eine Glühbirne ohne Glas in der anderen Hand hält“, meinte Kübler.

Willi beobachtete, wie der Mann im Wohnwagen verschwand und kurz darauf ohne die Flasche wieder ins Freie trat. Dann machte die Uhr in der oberen Ecke einen Sprung auf halb eins in der Nacht. Diesmal waren da zwei Personen zu sehen. Eindeutig ein Mann und eine Frau. Die beiden knutschen am unteren Bildrand aufs Heftigste herum. Dann trennten sie sich. Der Mann torkelte mit mächtig Schlagseite zu dem Wohnwagen, während die

Frau zu dem Wagen flitzte, in dem zuvor der andere bereits verschwunden war. Der Betrunkene, Willi vermutete, dass es sich um Frieder Hansen handelte, wedelte mit den Armen in der Luft.

„Was macht der da?“, fragt Willi verwundert.

„Er singt“, beschied Thomas ihn, fasste nach dem Telefon und betätigte einen der Knöpfe seitlich des Bildschirms.

„Seemann lass das Träumen …“, schepperte es fürchterlich aus dem Gerät, worauf nun Willi den andern Knopf betätigte und den Ton wieder leiser drehte. Das konnte ja niemand aushalten.

„Da ist noch einer aufgetaucht“, sagte er und deutete auf einen Mann im Morgenmantel, der aus einem dritten Wohnwagen hopste.

„Das ist Billy. Der will, dass Frieder aufhört zu singen“, wusste Markus Büth.

Willi beobachtete, wie Frieder in seinen Camper stieg. Er zuckte förmlich zusammen als der Bildschirm taghell wurde.

„Das gibt's ja nicht“, stammelte er, schaute nacheinander zu seinen beiden Besuchern und dann auf die Tasche, die neben seinem Bett auf dem Rollschrank lag.

„Wie gesagt, Willi. Alles Weitere liegt bei euch“, meinte Kübler, grinste und nahm ihm das Mobiltelefon aus den Händen.

Michaelas Laune war, im Gegensatz zu gestern, bestens. Jakup tat ihr gut. Da war sie sich ganz sicher. Mit ihm konnte sie stundenlang reden oder einfach nur daliegen und die Sterne betrachten. Okay … in der letzten Nacht hatten sie nicht nur geredet, sondern auch andere Dinge getan. Aber mal egal.

Als sie am Morgen das kleine gestreifte Eselchen sah, hatte ihr Herz einen weiteren Sprung gemacht. Das war echt ein Ding.

„Sag mal, Michaela, du besitzt doch bestimmt auch einen Schulabschluss?“, erkundigte sich Annemarie Hansen bei ihr.

Michi ließ die Konservendose sinken, die sie gerade etikettiert hatte und nun ins Regal stellen wollte.

„Ja, nee schon … Ähm … wozu willst du det denn wissen?“, druckste sie herum.

„Das möchte ich wissen, weil ich gerade deinen Arbeitsvertrag schreibe und dafür auch eine Personalakte anlege. Bei mir hat alles seine Ordnung“, beschied Annemarie sie.

„Ach so. Verstehe. Ja … ick sollte ja eigentlich Abi machen. Aber da hatte ick keine Lust dazu. Ick bin dann nach der Zehn abgegangen. Deshalb hab ick nur mittlere Reife“, gab sie zu und fügte dann noch an, „da könnte ick mir heute allerdings für in den Hintern beißen.“

„Na, wenn du an deinen Popo rankommst, tu dir keinen Zwang an“, lachte Annemarie, die heute ebenfalls bester Laune schien, und tippte dann wieder auf der Tastatur herum.

„Wie sieht es mit einer Ausbildung aus?“, kam Sekunden später unweigerlich die Frage, die Michi befürchtet hatte.

„Hab ick blöde Kuh nach anderthalb Jahren abgebrochen. Da hatte ich dann Hassan kennengelernt und gedacht …“, sie winkte ab. „Nee du, det war auch kacke und verdammt blöd von mir“, seufzte sie.

„Und was war das für eine Ausbildung?“, hakte Annemarie nach.

„Köchin. Meine Tante hat in Berlin ein Bistro, da hab ick schon während der Schule malocht und mir meine eigene Kohle verdient“, erzählte sie frei heraus und musste wieder einmal an das kleine Bistro von Tante Elke an der Spree denken. Irgendwann würde auch sie so einen Laden besitzen. Aber halt eben am Meer. Meer war schon ein Muss, fand Michi. In der letzten Nacht hatte sie mit Jakup gesponnen, dass sie beide doch ein Café an der polnischen Ostsee eröffnen könnten. Abgeneigt war er nicht gewesen. Jakup war gelernter Hotelfachmann, hatte nach der Ausbildung noch ein Jahr gekellnert und war dann zu seinem Bruder auf den Bau gewechselt. Sie beide wären bestimmt ein Superteam.

„Warum musstest du dein eigenes Geld verdienen? Haben deine Eltern dich nicht unterstützt?“, traf Annemarie einen wunden Punkt bei ihr.

„Doch … aber nur mit Taschengeld, war bisschen wenig“, log sie. Michaelas Eltern hatte ihr die Kohle quasi hinterhergeworfen. Vermutlich als Ausgleich, weil sie sich ansonsten nicht viel um Michi gekümmert hatten. Die beiden waren von morgens bis abends immer nur in ihrer Firma gewesen.

Der Bruch mit ihren Eltern war schleichend gekommen. Angefangen hatte es, als sie die Schule vorzeitig beendet und beschlossen hatte, bei Elke, der Schwester ihres Vaters, eine Ausbildung zu machen. Ihre Mama und ihr Papa besaßen ein Ingenieurbüro, und die beiden hatten für sie ein anderes Leben geplant als sie selbst. Michi sollte Architektin werden und irgendwann in den elterlichen Betrieb einsteigen.

Papa hatte getobt, als sie die Schule verließ, und ihr prognostiziert, dass sie unweigerlich auf der Straße landen würde. Als Reaktion hatte sie ihre Tasche gepackt und war zu Elke gezogen.

Seitdem hatte sie mit den beiden kein Wort mehr gewechselt. Zuerst aus Trotz und dann aus Scham.

Die Tatsache, dass Papa am Ende recht gehabt hatte, wurmte sie. Bestimmt wussten ihre Eltern von Trixi und was diese getan hatte. Bestimmt sogar.

Ja, sie schämte sich heute dafür, dass sie nicht auf die beiden gehört hatte. Nach der Nummer war es besser, ihnen nicht mehr gegenüberzutreten. Für alle Beteiligten. Wer wollte schon eine Tochter haben, die auf den Strich gegangen war.

Sie verdrängte den Gedanken an ihre Eltern und versuchte, an etwas Gutes zu denken. Da fiel ihr spontan nur Jakup ein. Jakup war gut für sie.

Verträumt räumte sie weiter die Konserven in das Regal.

„So, jetzt musst du nur noch unterschreiben", sagte Annemarie irgendwann und nahm einige Blätter aus der Schütte des Druckers.

„Ähm … was ist das?", fragte sie verwundert.

Annemarie verdrehte die Augen.

„Sagte ich doch bereits. Dein Arbeitsvertrag. Michi, wo bist du bloß mit deinen Gedanken?“, stöhnte ihre Chefin und legte die Unterlagen auf den Tresen.

Michi schnappte sich den Kugelschreiber, doch Annemarie hielt ihre Hand fest.

„Immer erst lesen, meine Liebe. Lass dir das von einer alten Geschäftsfrau sagen. Immer erst ganz genau alles durchlesen, bevor du irgendetwas unterschreibst. Egal bei wem. Traue niemandem, der dir einen Vertrag vorlegt“, ermahnte Annemarie sie, worauf Michi den Vertrag durchlas. Wort für Wort.

„Scheint alles in Ordnung“, stellte sie am Ende fest, unterschrieb und sah zu Annemarie, die am Fenster stand und mit gerunzelter Stirn hinaussah.

Michaela ließ den Kugelschreiber sinken, trat zu Annemarie und blickte hinaus.

„Wat machen denn die Bullen schon wieder hier?“, entfuhr es ihr beim Anblick der Streifenwagen.

„Keine Ahnung. Aber Thomas und Markus sind bei ihnen“, flüsterte Annemarie, schob sich an Michaela vorbei und ging nach draußen.

Michaela folgte ihr und konnte dann beobachten, wie einer der Beamten an Heidis und Hans Werner Paschulkes Wohnwagen klopfte. Heidi öffnete. Dann trat Hans Werner an ihr vorbei ins Freie. Eine Weile sprachen sie alle miteinander. Was sie sagten, konnte Michaela nicht verstehen, da sie einfach zu weit weg standen. Irgendwann zog einer der Beamten seine Handschellen heraus und legte sie Hans Werner an, während ein weiterer auf ihn einsprach. Sie sah Heidi, die kraftlos zu Boden sank, während

Hans Werner Paschulke mit gesenktem Kopf abgeführt wurde.

„Dat hab ich gleich jewusst, dat mit dem Vogel wat nit in Ordnung ist", hörte sie Martin hinter sich sagen.

Michaela spürte, wie eine Hand sich über ihre Schulter legte und ihr sanft über den Nacken streichelte. Sie wusste sofort, dass es Jakup war.

Thomas Kübler kam, nun die Hände in den Hosentaschen versenkt, zu ihnen herübergeschlendert.

„Thomas, was ist denn los?", erkundigte sich Annemarie.

„Fall gelöst. Der Paschulke war es, der dem Frieder die Gasflasche in den Wagen gestellt hat. Er hat die Tat gestanden", erklärte der Kommissar.

Michaela konnte es nicht glauben. Das hätte sie Hans Werner nicht zugetraut. Nein, wenn sie ehrlich war, hatte sie zwischenzeitlich befürchtet, E.T. würde hinter dem Anschlag stecken, da er vielleicht geglaubt hatte, Frieder gehöre zu denen da oben. Wer immer die auch waren.

„Aber … aber warum? Weshalb hat er das gemacht?", stammelte Annemarie.

„So wie es scheint, hat dein Schwager Frieder ein Verhältnis mit Frau Paschulke gehabt. An dem Tag, an dem Frieder den Platz an die flotte Ilse verkauft hat, hat sie ihrem Mann verkündet, dass sie ihn verlassen würde, um mit Frieder in das noch neu zu bauende Haus in der Feriensiedlung zu ziehen", wusste Thomas.

Michaela war sprachlos. An Jakup gelehnt beobachtete sie, wie die Polizisten in ihre Autos stiegen und wie dann ein Streifenwagen nach dem anderen vom Platz rollte. Heidi hockte in der Tür ihres Campers und weinte.

„Hätte ick doch bloß meine Schnauze gehalten", rutschte es ihr heraus. Michi schob Jakup sachte zur Seite und ging zu Heidi. Dass die den Frieder gemocht hatte, war Michaela nicht entgangen. Auch dass die beiden oft gemeinsam vor dem Kiosk auf der Bank saßen und sprachen, während Paschulke in seinem Wohnwagen hockte und Fußball glotzte, hatte sie mitbekommen. Dem aber auch angesichts ihrer eigenen Probleme keine Bedeutung zugemessen.

Heidi tat ihr gerade total leid. Die war jetzt ganz alleine. Ein Gefühl, das Michaela nur allzu gut kannte.

Epilog

Montag, 10. Juli 2023
Kriminalinspektion Betzdorf, Westerwald

„Moin Tom", begrüßte seine Kollegin Nina Moretti ihn, als er an diesem Montag um kurz vor acht das gemeinsame Büro in der Kriminalinspektion Betzdorf betrat.

„Moin moin Nina", grüßte er zurück, so wie er es sich in den Ferien angewöhnt hatte.

„Und, wie lief es bei deinen Undercover-Ermittlungen im Camper-Milieu?", erkundigte sie sich amüsiert.

„Hervorragend, Nina. Markus und ich konnten den Fall lösen. Frieder Hansen wurde tatsächlich von einem Bewohner des Campingplatzes in die Luft gejagt. Der Täter ist geständig", gab er stolz preis.

Nina sah ihn mit offenem Mund an.

„Also war an dieser Mordgeschichte von Martin tatsächlich etwas dran", war sie nun sichtlich erstaunt.

„Jepp. War es", bestätigte er und öffnete den Lederranzen, in dem sich außer seinem Notebook auch die Dose mit den von Alexandra geschmierten Broten und seine Zeitung befanden.

„Und was war das Motiv?", ließ Nina nicht locker.

„Na, was wohl. Es ist doch immer wieder dieselbe Leier. Dieser Frieder hatte ein Verhältnis mit der Ehefrau von einem seiner Dauercamper. Sie wollte ihn verlassen. Er hat es rausbekommen und den guten Frieder Hansen eiskalt, oder vielmehr eher heiß, entsorgt", beschied er sie, fuhr dann den Rechner hoch und begann damit, die eingegangenen Mails der letzten beiden Wochen zu lesen.

Dabei schweiften seine Gedanken immer wieder an die Nordsee ab. Nächsten Sommer, da waren er und Alex sich einig, würden sie ihre Klamotten packen, den Hühnerstall betanken und wieder auf große Fahrt gehen. Erst einmal an die Nordsee und dann am liebsten der Küste entlang bis nach Skandinavien. Der Urlaub mit dem Bulli und die Leute, die man dabei so traf, hatten ihm sehr gut gefallen. Nur die Kinder, die wollten nicht mehr mit. Angeblich wegen seines Schnarchens.

Die machten dann so lange Ferien bei Tante Annemarie und Onkel Martin auf Langeoog. Zumindest hatten sie es so besprochen. Der Vorschlag war von Annemarie gekommen. Quasi als kleines Dankeschön dafür, dass Thomas den Fall gelöst hatte. Er war sich aber ziemlich sicher, dass Annemarie die Kinder auch eingeladen hätte, wenn es gar keinen Fall gegeben hätte.

Die Kids waren begeistert von der Idee und freuten sich jetzt bereits auf die nächsten Sommerferien.

„Thomas, jetzt komm in Wallung. Wir müssen los", hörte er irgendwann Nina sagen, die bis gerade telefoniert hatte. Um was es bei dem Gespräch gegangen war, hatte er vor lauter Tagträumerei überhaupt nicht mitbekommen.

„Ähm … wieso … was ist denn los?", fragte er daher verdattert.

„Auf dieser großen Ruhebank im Rainchen liegt ein Toter. Jürgen meint, der Mann sähe aus, als habe man ihn gefoltert", erklärte sie.

Thomas erhob sich schwerfällig und griff nach seiner Jacke. Der Alltag hatte ihn wieder. Und zwar mit voller Wucht.

Wie hieß es so schön, gut Ding will Weile haben.

Martin war stolz auf das, was er und seine polnischen Freunde über den Sommer geschafft hatten. Der alte Gulfhof hinter dem Deich strahlte und stand da wie vermutlich noch nie zuvor in seiner über einhundertjährigen Geschichte.

Aus den geplanten maximal sechs Wochen Renovierung waren vier Monate geworden, die er, Annemarie, die Brüder Olek und Bolek und auch Michaela von frühmorgens bis spätabends malocht hatten. In den letzten Tagen vor der Eröffnung war es dann auch mehrmals bis nach Mitternacht geworden.

Obwohl laut Annemarie die tatsächlichen Kosten das geplante Budget bei Weitem überstiegen, war Martins bessere Hälfte mit dem Ergebnis der Baumaßnahmen ebenfalls mehr als zufrieden.

Heute war endlich die Eröffnung des neuen Restaurants und somit auch ihr letzter Abend auf dem Campingplatz.

Morgen würden sie beide die Fähre nach Langeoog besteigen.

„Na komm, Anneschatz, heute lassen mir zwei uns hier mal richtig verwöhnen. Dat haben wir uns verdient", fand er und hielt Annemarie seinen rechten Arm hin, damit diese sich bei ihm unterhaken konnte. Links neben ihm lief Lumpi, mit der Annemarie extra wegen des feierlichen Anlasses bei einem Hundefriseur gewesen war. Lumpi war nicht wirklich begeistert und schmollte nun gegenüber Annemarie. Doch das würde sich schon wieder legen.

„Guten Abend, Frau Annemarie, guten Abend, Chef", begrüßte Oberkellner Olek alias Jakup sie am Eingang zur Gaststube. Der urige Gastraum erstreckte sich über zwei Etagen. Unten in der ehemaligen Scheune und auch auf dem darüberliegenden Heuboden. Das große hölzerne Scheunentor war einem riesigen Rundbogenfenster gewichen, durch welches man bei schönem Wetter den Biergarten unter den großen Pappeln betrat.

„Schick siehst du aus, mein lieber Olek. Aber ich bin hier nit der Chef. Der Chef bist du und dat Fräulein Michi", verbesserte Martin ihn und folgte ihm dann zu einem großen Tisch in der Mitte des Raumes, an dem bereits Kevin, Paulina, Käpt'n Piet, Krischan, Lotta und noch viele weitere Freunde von der Insel saßen und schwatzten. Sie alle waren der Einladung zur Eröffnung gefolgt.

Martin und Annemarie nahmen gegenüber von Gina Marie und deren Gatten Jan Martin Bechersheim Platz.

„Wahnsinn … das ist ja ein richtig uriger Nobelschuppen geworden", flüsterte Gina Marie ihnen über den Tisch zu.

„Also, wenn das Essen so gut ist wie das Ambiente, könnte dies hier mein Lieblingsrestaurant werden", amüsierte sich Jan Martin Bechersheim.

„Da kannst du vollkommen beruhigt sein. Dat Fräulein Michi hät da ein Superteam in der Küch. Dat sind alles Profis", übertrieb Martin, da die Küchentruppe in Wahrheit ein noch ziemlich frisch zusammengewürfelter Haufen war.

Das Konzept des Restaurants war simpel und, wie Martin fand, genial. In der Küche wurden saisonale Produkte aus der Region verarbeitet. Die Karte passte sich stets der Jahreszeit an und beinhaltete typische ostfriesische Speisen, nach Rezepten von Heidi Paschulkes Oma. Da die Frau nach der Verhaftung und der Trennung von ihrem Mann Hans Werner ziemlich mittellos und alleine dastand, hatte Michaela sie der Einfachheit halber eingestellt. Auch Opa Koschinski arbeitete stundenweise als Spül- und Reinigungskraft. „Immer noch besser als Flaschen sammeln", hatte er Martin erklärt.

„Ja, hier könnte man öfter speisen …, wenn das Restaurant nur nicht auf dem Festland wäre. Hier kommt man als Insulaner ja so selten hin", fand Onno wieder ein Haar in der Suppe.

Martin bemerkte Annemaries Blick, der immer wieder zum Eingang huschte.

„Tust du auf jemand Bestimmten warten?", erkundigte sich Martin irgendwann.

Annemarie nickte.

„In der Tat … ich warte noch auf zwei ganz bestimmte Gäste, von denen ich hoffe, dass sie meiner Einladung gefolgt sind", beschied sie ihn.

Michaela sah durch das kleine runde Fenster nach draußen in den Gastraum. Beim Anblick der vielen Leute wurde ihr nun doch ein wenig flau im Magen. Hoffentlich hatten sie und Jakup sich nicht übernommen.

Ein kleines Café oder Bistro am Meer war immer schon ihr Traum gewesen. Mit „klein" hatte das da, hinter der runden Glasscheibe, aber so gar nichts mehr zu tun. Alles in allem, inklusive des Außenbereichs und der Empore, gab es einhundertachtzehn Sitzplätze. Groß genug, um auch einmal eine Hochzeitsgesellschaft zu bewirten. Das Bistro von Tante Elke im Berlin hatte noch nicht einmal ein Viertel der Kapazität von „Frieders Scheune achtern Diek", wie sie das Restaurant genannt hatten.

Als der Hof Anfang August langsam Formen annahm, hatte Annemarie Hansen sich auf die Suche nach einem Pächter gemacht. Der Campingplatz lief besser als jemals zuvor. Irgendwie schien es sich über die sozialen Medien unter den Bulli-Fahrern aus der gesamten Republik herumgesprochen zu haben, dass man hier willkommen war.

Wobei diese Leute am liebsten auf der Obstwiese unten am Ententümpel unter sich waren. Ein zumeist lustiges Völkchen, mit denen es fast nie irgendwelche Probleme gab.

Die Standplätze auf dem eigentlichen Platz waren ohne Ausnahme alle an Dauercamper vermietet. Viele Leute kamen auch einfach nur mal vorbei, um Karlchen, das kleine Eselzebra, zu bestaunen. Wenn die in Zukunft alle auch noch etwas trinken oder essen wollten, würden sie ordentlich zu tun haben.

Es gab einige Bewerbungen um die Pacht des Platzes. Doch Annemarie hatte auch ziemlich hohe Ansprüche, was den neuen Betreiber betraf. Ihre Chefin war eine Perfektionistin. Was Annemarie Hansen anpackte, musste Hand und Fuß haben.

„Sag, Frau Annemarie. Würdest du den Campingplatz und das Restaurant auch an Michaela und mich verpachten?“, hatte Jakup irgendwann einmal Ende August beim gemeinsamen Abendessen vor Michis Wohnwagen gefragt und damit sie und auch Annemarie total überfahren. Annemarie hatte nach einigem Zögern zu lachen begonnen, als habe Jakup einen dummen Scherz gemacht. Doch man hatte es ihr deutlich angesehen, wie es in ihrem Kopf arbeitete. Auch Michi hatte den ganzen weiteren Abend gegrübelt, aber nichts mehr dazu gesagt. Jakup hingegen war von Annemaries Reaktion sichtlich enttäuscht und hatte den restlichen Abend noch weniger gesprochen als sonst.

„Ein Restaurant in dieser Größe mit Campingplatz und Streichelzoo ist kein Zuckerschlecken. Würdest du und Jakup es euch denn tatsächlich zutrauen, eine solche Bürde auf euch zu nehmen?“, hatte Annemarie sie am nächsten Morgen im Kiosk wie beiläufig gefragt, und Michi hatte zu ihrem eigenen Erstaunen mit „Ja“ geantwortet.

Annemarie hatte genickt und ihr dann den Pachtvertrag über den Tisch geschoben. Den hatte Michi allerdings mindestens zehn Mal durchgelesen, bevor sie ihn unterschrieb.

Michaela beobachtete, wie die Eingangstüre aufschwang und Jakup zwei neu eintreffende Gäste begrüßte. Annemarie Hansen schien das ältere Paar ebenfalls bemerkt zu haben und trat ihnen entgegen. In dem Moment, als die beiden Neuankömmlinge sich umdrehten und Michi die Gesichter erkannte, erschrak sie und wich vom Fenster zurück. Sie drückte sich an die gekachelte Küchenwand, begann zu schluchzen und zu zittern. Dann schloss sie die Augen und atmete mehrmals tief ein und aus.

„Verdammt, Michi, jetzt reiß dich gefälligst zusammen", schimpfte sie sich selbst, straffte sich, strich ihre Kochjacke glatt und trat in den Gastraum. Zielsicher, aber mit weichen Knien ging sie auf das Paar zu, welches ihr seltsam fremd, aber doch so vertraut war wie niemand sonst.

„Hallo Mama, hallo Papa", stammelte sie und begann dann doch wieder zu flennen.

Danksagung

Ein Campingkrimi… öfter mal was Neues. Obgleich dieser Krimi sich nahtlos in die Reihe meiner Ostfrieslandkrimis einfügt, ist er doch etwas ganz Außergewöhnliches. Nicht nur, weil er zum größten Teil auf dem Festland spielt. Schon oft habe ich real existierende Personen in meine Geschichten eingebunden. Dies waren zumeist eher kleine Auftritte in der Nebenhandlung. Umso mehr hat es mich gefreut, dass ich dieses Mal meinen Lieblingsfriseur Markus Büth als Hilfsermittler an die Nordsee schicken durfte. Danke Markus, für deine Freundschaft, den besten Bartschnitt der Welt, deinen unermüdlichen Einsatz bei meinen Lesungen und den Filmprojekten.

Auch meinem Freund Thomas Küster, alias Oemmi, einen ganz herzlichen Dank. Wer Oemmi in der Käfer- und Bulliszene nicht kennt, hat tatsächlich etwas verpasst. Der Mann hat neben seinem Fachwissen als Sprachwissenschaftler dermaßen viel Wissen über luftgekühlte Volkswagen aufgesogen, dass es einem schier den Atem nimmt.

Danke auch an die besseren Hälften der beiden, Ela und Alexandra, deren Rollen zwar nicht ganz so groß waren, aber die auch im wahren Leben tatsächlich genauso lieb und nett sind wie im Buch beschrieben.

Danke an die Mitglieder des Betzdorfer Literatur- und Kulturvereins Die Wäller Rumkugeln e.V. für die tollen Veranstaltungen und die wunderbare Zusammenarbeit.

So! Und nun muss ich weiterschreiben. Es ist ja gerade wieder so spannend mit Nina und Kübler…

Leseprobe

Heimlich, still und Leiche

(erscheint im September 2023)

Prolog

Einer muss es tun. Wenn nicht ich, wer sonst? Das Maul aufreißen, klagen und jammern. Das können sie alle. Doch niemand außer mir hat den Willen und den Mumm, es auch zu tun. Auge um Auge, Zahn um Zahn. So stand es schon in der Bibel geschrieben. Jedem das, was er verdient.

Ruhig stehe ich in der Mitte des abgedunkelten Raumes und betrachte die wimmernde, blutende Kreatur vor meinen Füßen. Es wundert mich, dass ich so gar kein Mitleid mit ihm haben kann, obgleich ich weiß, dass er sterben wird. Dass er sterben muss!

Ich könnte es, wenn ich es wollte, nun beenden. So oder so. Ich könnte ihn retten, indem ich einen Notarzt verständige oder ihn vor einer Klinik ablege.

Ich könnte ihn aber auch einfach wie ein räudiges Tier totschlagen.

Doch ich werde nichts dergleichen unternehmen. Ich werde ihn weder retten noch töten, weil er weder das eine noch das andere verdient hat. Ihm wird keine Gnade erteilt, so wie er anderen nicht gnädig war.

Er ist es nicht wert, dass ich mir die Finger an ihm schmutzig mache, oder dass er den anderen Geschöpfen auf dieser Erde weiterhin die Luft wegatmen darf.

Er soll seinen Schmerz und das Leid noch auskosten dürfen, bis sein Herz nicht mehr schlagen will. Dann darf er sterben.

„Bitte… nein… bleib hier“, höre ich ihn wimmern, als ich die Türe von außen hinter mir zuziehe und verriegele.

Morgen werde ich wiederkommen, um nach ihm zu sehen. Wenn er verreckt ist, ist es gut. Wenn er noch lebt, komm ich auch übermorgen wieder. Jeden Tag, so lange wie es eben dauert.

Kapitel 1

Montag, 10. Juli 2023, 7:34 Uhr
Wohngebiet Alsberg, Betzdorf Westerwald

„Ja, so geht Sommer", stellte Hauptkommissarin Nina Moretti zufrieden fest, als sie an diesem Morgen das Haus verließ, um zur Arbeit zu fahren. Es war weder zu warm noch zu kalt. Die Vögel im Wald hinter dem Haus zwitscherten um die Wette und über den Wipfeln der umstehenden Bäume lugte die Sonne von einem strahlend blauen Himmel.

Mit einer Tasse Kaffee in der Hand ging sie über den Platz vor der Villa bis zum dem Carport, entriegelte die Tür und warf ihre Jeansjacke zusammen mit der Handtasche auf den Beifahrersitz von Maggiolino.

Ihr Blick fiel zum Küchenfenster, von wo die Zwillinge ihr hinterher winkten.

Sähe sie eine Szene wie diese gerade im Fernsehen, würde sie den kitschigen Mist sofort abschalten. Rosamunde Pilcher und Herzschmerz waren noch nie ihr Ding gewesen. Doch so wie es gerade im wahren Leben lief, gefiel es Nina dann doch ganz gut. Es war alles in bester Ordnung.

Sie warf den beiden eine Kusshand zu, zog die Wagentür zu und startete dann den Motor des marinablauen VW Käfers. Wie ein Uhrwerk schnurrte der betagte

Volkswagen, den ihr Papa vor neunundvierzig Jahren als Neuwagen gekauft und bis zu seinem Lebensende gefahren und gepflegt hatte.

Mit offenem Fenster fuhr sie in Richtung Stadtmitte. Zum Glück waren derzeit Ferien und der Verkehr auf den Straßen daher eher mäßig.

Keine fünf Minuten später stoppte sie den Wagen auf dem Parkplatz am Hellerufer direkt hinter der Wache und sah sich erst einmal suchend um.

Von Kübler, oder vielmehr dessen doch eher markantem Dienstwagen, war noch nichts zu sehen. Der Kollege sollte heute eigentlich wieder aus dem Urlaub zurück sein. Nun gut, es war ja noch früh am Morgen. Sie trank den letzten Schluck aus ihrer Kaffeetasse und stellte das leere Behältnis dann zu den anderen hinter den Beifahrersitz. Sie würde dringend daran denken müssen, die Tassen abends nach der Arbeit mal wieder mit ins Haus zu nehmen, bevor der Küchenschrank gänzlich leer war. Klaus, ihr Mann, konnte es überhaupt nicht leiden, wenn sich die Kaffeepötte im Auto stapelten. Überhaupt hatte er ein Problem damit, wenn sie ihren ersten Kaffee morgens im Auto trank, anstatt sich die Zeit zu nehmen dies zu Hause in der Küche zu tun.

„Moin Tom", begrüßte sie den Kollegen Thomas Kübler, als dieser um kurz vor acht das gemeinsame Büro in der Kriminalinspektion Betzdorf betrat.

„Moin moin Nina", erwiderte er friesisch echt und bestens gelaunt zurück. Da merkte man doch sofort, wo der im Urlaub gewesen war. Was sie aber natürlich auch sowieso wusste, da sie ihm den Aufenthalt auf dem Campingplatz an der Nordsee selbst vermittelt hatte.

„Und wie lief es bei deinen Undercover-Ermittlungen im Campermilieu?“, erkundigte sie sich amüsiert.

Martin, ein sehr guter Freund von ihr, arbeitete derzeit als Platzwart auf besagtem Campingareal und hatte gegenüber Nina behauptet, sein Vorgänger sei ermordet worden. Da sie selbst keinen Urlaub hatte nehmen können, um sich um den Fall zu kümmern, und Kübler samt Familie noch nach einem Reiseziel suchten, hatte sie die beiden zusammengebracht. Kostenloser Urlaub für die Ermittlungen in einem Fall, der vermutlich gar keiner war. Ein, wie Nina fand, fairer Deal.

„Hervorragend, Nina. Markus und ich konnten den Fall lösen“, berichtete Kübler nun aber und erzählte ihr brühwarm, was alles in den letzten beiden Wochen an der Küste vorgefallen war.

Nina hörte mit Erstaunen zu und stellte auch einige Fragen zu Motiv und Hintergründen. Das war ja ein Ding! Dass an Martins Mordtheorien tatsächlich etwas dran sein könnte, hätte sie nie und nimmer für möglich gehalten.

„Und ja, sie war schon ein wenig neidisch, dass sie Thomas hatte schicken müssen und nicht selbst fahren konnte. Nina und auch ihr Mann Klaus liebten die Nordsee und ihr zuweilen raues Klima. Es war ihr allemal lieber als die Sommerhitze in der Heimat ihres Vaters. Wobei sie sich auch schon auf den Herbsturlaub am Golf von Neapel freute. Vor allem auf das Wiedersehen mit ihrer Familie – aber natürlich auch auf den herrlichen Strand und das blaue Meer. Nur bis dahin würde noch einiges an Wasser die Sieg hinunterfließen.

Irgendwann klingelte ihr Telefon und unterbrach die Konversation mit dem Kollegen Kübler.

Während Nina das Gespräch annahm, widmete Thomas sich seinem Computer.

„Moin Jürgen", grüßte sie den Kollegen von der Schutzpolizei und hörte dann zu, was er zu sagen hatte. Zugegeben dämpfte Jürgens Bericht ihre gute Laune ein wenig.

„Du bist dir sicher, dass es Mord ist?", fragte sie erstaunt, da die Kollegen sich selten zu solch klaren Aussagen hinreißen ließen.

„Ganz sicher, Nina. Der Mann scheint vor seinem Tod gequält oder gefoltert worden zu sein. Außerdem fehlt ihm die rechte Hand", erwiderte der Polizeihauptmeister.

„Okay, wir sind unterwegs", beschied sie ihm und erhob sich. Ihr Blick fiel auf Kübler, der verträumt lächelnd irgendetwas auf seinem Bildschirm las. So, wie der gerade guckte, war der vermutlich in seinem Kopf immer noch an der Küste, oder er hatte von der selbstangebauten Medizin seiner Frau genascht.

„Thomas, jetzt komm in Wallung. Wir müssen los", weckte sie ihn aus seinen Tagträumereien.

„Ähm… wieso… was ist denn los?", fragte er verdattert.

„Auf dieser großen Ruhebank im Rainchen liegt ein Toter. Jürgen meint, der Mann sähe aus, als habe man ihn gefoltert", erklärte sie.

Thomas erhob sich schwerfällig und griff nach seiner Jacke. Ninas Blick fiel durch das Fenster auf den strahlend blauen Himmel. Nein, eine Jacke würde sie nicht benötigen.

„Wir nehmen den Dienstwagen", informierte sie ihn auf dem Weg nach unten, da dieser im Gegensatz zu ihrem alten Käfer eine Klimaanlage besaß.

„Du willst mit dem Auto ins Rainchen fahren?", fragte Kübler entsetzt.

„Ja, klar. Womit denn sonst? Dienstfahrräder haben wir keine", erwiderte sie, da sie seine Frage ziemlich albern fand.

„Nina, es sind gerade einmal dreihundert Meter bis zu dieser Bank. Einen Parkplatz gibt es da auch nicht direkt daneben. Bis du jetzt am Wagen bist, bin ich dreimal zu Fuß vor Ort."

Nina blieb abrupt stehen.

„Okay. Dann geh du zu Fuß", fand sie und hielt ihm die Hand hin.

Er blickte sie fragend an.

„Die Wagenschlüssel. Ich fahre mit dem Dienstporsche und du gehst zu Fuß", entschied sie, worauf er die Augen verdrehte und einfach weiterging.

*

Gerichtsmedizinerin Kim Kunze sah sich um. In diesem Rainchen, wie die Betzdorfer den kleinen Park mit dem Bachlauf nannten, war sie zuvor noch niemals gewesen.

Aber doch, es gab wahrlich hässlichere Orte um zu sterben. Überall links und rechts des Bachlaufes blühten Blumen und summten Bienen. Ein Paradies für Insekten, die sich aber auch bereits an dem leblosen Körper zu schaffen machten, der auf der breiten Liegebank lag und so wie sie das sah, schnellstens aus der Sonne musste.

Kim stammte nicht aus dem Westerwald. Die Gegend, in der sie seit nun einem Jahr versuchte heimisch zu werden, war ihr, bevor sie herzog, gänzlich unbekannt. Sie hatte sich nach dem Studium auf so einige Stellen beworben, eine Menge Absagen kassiert und war dann schlussendlich in der Pathologie des Uniklinikums Bonn gelandet.

Derzeit wohnte sie immer noch in einer WG in Altenkirchen. Das Haus mit Garten gehörte einer Studienfreundin. Der Plan, oder vielmehr der Wunsch, einen Partner zu finden und mit diesem eine wie auch immer geartete Zukunft aufzubauen, wollte nicht wirklich aufgehen. Kim war nicht kontaktscheu. Nein, ganz bestimmt nicht. Sie hatte gelegentlich sogar Dates. Den einen oder anderen Typen hatte sie auch bereits mit nach Hause genommen. Dummerweise war aber noch niemand dabei gewesen, der ihr wirklich zusagte und mit dem sie es sich hätte vorstellen können, eine feste Bindung einzugehen.

Die meisten Kerle nahmen im Übrigen schon Reißaus, wenn sie hörten, was Kim beruflich trieb. Frauen, die täglich mit Leichen hantierten, standen, so zumindest ihre Erfahrung, nicht eben hoch im Kurs bei den Männern. Warum auch immer!

Hinter der Hecke auf der an den Park angrenzenden Straße hielt, dem Motorgeräusch nach zu urteilen, nun ein hubraumstarker Wagen. Durch das Blattwerk erspähte sie den roten Porsche der Kriminalinspektion. Als sie den Wagen im letzten Jahr zum ersten Mal sah, hatte sie noch geglaubt, dass bei den Kripoleuten in Betzdorf wohl der Wohlstand ausgesprochen sei, dass die so eine Nobelkarre als Dienstwagen fuhren. Doch der Wagen war ein Blender. Ein Unfallwagen, der zuvor einem Zuhälter gehörte, der darin im Streit und bei voller Fahrt einen anderen Mann abgestochen hatte. Bei näherem Hinsehen rundum verbeult und zerkratzt. Ganz zu schweigen von den heftigen Blutflecken, die sich in das hellbeige Leder förmlich eingebrannt hatten und nun von zwei Lammfellbezügen verdeckt wurden.

Sie entdeckte Oberkommissar Thomas Kübler und Kriminalhauptkommissarin Nina Moretti, die aus dem 911er stiegen und ihr nun zuwinkten.

Kim winkte zurück.

Kim war schon irgendwie enttäuscht, dass Kriminalhauptkommissarin Moretti mit ihrem Kollegen Kübler aufschlug. Mit dem wurde sie überhaupt nicht warm. Ein Wiedersehen mit dem jungen Kriminalkommissar Marcello Berlutschi wäre ihr doch lieber gewesen. Ja, Kim war schon ein wenig verschossen in den gutaussehenden italienischen Commissario. Er nur leider nicht in sie. Der hübsche Italiener war in festen Händen und würde, so wie sie es mitbekommen hatte, im Herbst heiraten. Es war wahrlich ein Jammer, dass die guten Kerle entweder bereits vergeben oder schwul waren. Eine Erfahrung, die sie bereits mehrfach gemacht hatte.

„Moin Kim“, grüßte Nina, als sie das Rainchen durch eine Lücke in der Hecke betrat.

„Moin Nina, lange nicht gesehen“, stellte Kim fest und grüßte dann auch Oberkommissar Kübler, der trotz des warmen Wetters seine beige Armeejacke trug. Wahrlich ein seltsamer Kauz.

„Wie kommts denn, dass du heute schon vor uns hier bist?“, fragte Nina, während sie interessiert den Toten betrachtete, ohne näherzukommen.

„Ich hätte eigentlich einen Termin im Seniorenzentrum – aber das hat Zeit bis später. Ich denke es ist wichtig, dass wir diesen Kunden möglichst schnell in die Kühlung bekommen“, beschied sie und näherte sich erneut dem Leichnam.

„Kannst du uns schon etwas zu Todesursache und dem Zeitpunkt des Ablebens sagen?“, erkundigte sich Nina.

Obgleich die Frage sie wie immer nervte, blieb sie gelassen. Diese Polizisten lernten es nicht mehr. Die waren in dieser Beziehung alle gleich. Denen konnte man hundert Mal antworten, dass es gescheiter wäre, doch erst einmal die Obduktion abzuwarten. Beim nächsten Mal würden sie wieder mit den gleichen Fragen nerven. Außerdem war Kim selbst erst vor nicht einmal fünf Minuten angekommen. Der Tote war komplett bekleidet. Wie sollte sie da Genaueres sagen? Bisher hatte sie lediglich ein wenig das halb offenstehende Hemd beiseitegeschoben. Wie der sehr übergewichtige Herr, es war eindeutig einer, von hinten aussah, wusste sie nicht. Da könnte, rein theoretisch, noch ein Messer stecken und sie würde es so nicht sehen können.

„Schwierig“, antwortete Kim daher nur und wusste, dass Nina Moretti nicht lockerlassen würde.

„Was heißt schwierig?“, kam auch prompt die nächste Frage.

„Schwierig heißt, dass ich es nicht sagen kann. Die Bestimmung des Todeszeitpunkts hängt, wie du weißt, von den Orten ab, an denen der Körper nach dem Eintritt des Todes aufbewahrt wurde. War es da warm, kalt, feucht… Sicher ist, dass er seit wenigstens vierundzwanzig, wenn nicht gar bereits seit achtundvierzig Stunden tot ist. Die Totenstarre hat sich bereits wieder gelöst. Der Körper scheint stark dehydriert. Er könnte verdurstet sein, verblutet oder, oder, oder. Wie gesagt, eher schwierig zu bestimmen.“

„Du gehst also davon aus, dass er nicht hier zu Tode gekommen ist, sondern nach Eintritt des Todes hierher gebracht wurde?“, mischte Thomas Kübler sich ein.

Kim wollte schon mit ja antworteten, entschied sich dann aber um.

„Keine Ahnung. Der kann auch schon zwei Tage hier liegen. Allerdings müsste er dann mindestens einmal gedreht worden sein, da er wohl zuerst auf dem Bauch gelegen haben muss und dann, so wie er jetzt immer noch liegt, auf den Rücken gedreht wurde. Zumindest deuten die Flecken auf der Vorderseite und im Brustbereich darauf“, mutmaßte sie, obgleich sie sich ganz sicher war, dass der Mann nicht hier verstorben war. Dass seine Lage zumindest einmal verändert worden war, stand fest.

„Das wäre doch bestimmt bereits gestern jemandem aufgefallen, wenn hier ein Toter liegt“, schoss Kübler ins Schwarze und entlockte ihr ein Lächeln.

„Was ist mit seiner linken Hand… fehlt die?“, erkundigte sich Nina Moretti stirnrunzelnd.

„Ja, die wurde ziemlich unprofessionell abgetrennt, aber wie es aussieht, nicht hier. Es gibt kaum Blut“, erwiderte Kim und deutete auf den Erdboden unterhalb des Arms.

Sie blickte zu Kübler, der unaufhörlich Fotos schoss, während Nina Moretti nun telefonierte.

*

Nachdem Nina sich ein erstes Bild von der Leiche gemacht hatte, rief sie Hauptkommissar Torsten Liebig und die Kollegen von der Spurensicherung an. Das hätte sie zwar auch bereits tun können, als der Kollege Wacker von der Schutzpolizei sie verständigte, doch es war ihr lieber, sich immer erst selbst ein Bild zu machen, bevor sie die ganze Mannschaft verständigte. Es wurde auch schnell mal aus einer Mücke ein Elefant gemacht, der den Steuerzahler dann unnötig eine Menge Geld kostete. Außerdem waren auch die Ressourcen der Polizei begrenzt. Die Kollegen saßen nicht herum, drehten Däumchen und warteten darauf, dass mal jemand anrief. Nein, Arbeit hatten sie niemals zu wenig.

Nina war von Haus aus neugierig. Dennoch widerstand sie dem Drang, sich der Leiche zu nähern. Es reichte schon, dass die Gerichtsmedizinerin an dem Opfer herumhantierte bevor die Kollegen der Spurensicherung vor Ort waren. Zumindest trug Kim Kunze, wie es sich gehörte, Schutzkleidung, um den Tat- oder Fundort nicht noch mehr zu kontaminieren. Nina mochte die „Neue". Kim war gescheit und unkompliziert.

Nina sah sich um. Das Rainchen, der kleine Park, lag in einem Tal. Rechts und links an den Hängen schimmerten Gebäude durch das dichte Grün der Bäume. Eine Oase mitten in der Stadt. Obwohl es fast rundum Häuser gab, war der Ort von diesen kaum einsehbar. Ob sich eine Befragung der angrenzenden Anwohner lohnen würde? Könnte einer von denen etwas gesehen haben?

„Kim, würdest du bitte einmal nachsehen, ob es irgendwelche Papiere in den Taschen gibt?", bat Nina die Gerichtsmedizinerin.

Kim nickte und wollte gerade damit beginnen, als sie stutzte, um den Toten herumging und dann einen braunen Umschlag aufhob, der links unter der Leiche hervorlugte. Während sie auf Nina zuging, sah sie hinein.

„Hier, der scheint für euch zu sein."

*

Die Nudelbox mit Hühnchen vom Asia Bistro Kim Thin, gehörte eindeutig zu Thomas Küblers Favoriten der Mittagspause. Doch heute wollte ihm einfach nicht munden, was sein Lieblingsasiate da in seinem Wok fabriziert hatte. An dem Essen an sich lag es nicht. Nein, es war eher der Fall, an dem sie gerade arbeiteten. Tötungsdelikte wie der am heutigen Morgen im Rainchen schlugen Thomas immer gehörig auf den Magen. Warum nur taten Menschen anderen Menschen so etwas an? Klar, verstand er, dass es Situationen geben konnte, in denen Menschen ausflippten und aufeinander losgingen. Es gab Morde aus Habgier, Eifersucht und und und. Dass Menschen sich aus den verschiedensten Gründen an die Gurgel gingen und sich im schlimmsten Fall sogar umbrachten, war menschlich. Der Homo sapiens war und blieb in seinem tiefsten Inneren ein gefährliches, unberechenbares Raubtier. Doch was Thomas überhaupt nicht in den Kopf gehen wollte, waren Taten, die über das normale Maß an Gewalt hinausgingen. Wenn aus Raubtieren blutrünstige Bestien wurden, deren Handeln er einfach nicht mehr nachvollziehen konnte.

Der verstorbene Mann aus dem Park musste unvorstellbare Qualen erlitten haben. So, wie sich die Sache auf den ersten Blick darstellte, hatte man ihm die Hand bei lebendigem Leibe abgetrennt. Der Mann musste, dies hatte Kim Kunze auch ohne die vollständige Obduktion abzuwarten, bereits verlauten lassen, über einen längeren Zeitraum gequält worden sein.

„Auge um Auge. Zahn um Zahn. Jedem das, was er verdient", hatte jemand mit Filzstift auf ein Stück Zeitung geschrieben, welches sich in dem Umschlag befand, den Kim bei dem Toten gefunden hatte. In dem Zeitungsartikel ging es um eine Mordserie im Sauerland, die vor einigen Jahren für Schlagzeilen gesorgt hatte. Ein Paar hatte in ihrem Haus, welches sich in einem kleinen Dorf bei Attendorn befand, mehrere Frauen missbraucht und zu Tode gequält. Wobei ihnen, bis auf zwei, die meisten der Taten nicht zweifelsfrei nachgewiesen werden konnten.

„Das ist echt das Letzte", schimpfte Nina, und Thomas hatte für einen Moment die Befürchtung, die Kollegin würde ihr Mobiltelefon vor lauter Zorn gegen die Wand pfeffern.

„Was gibt es nicht?", erkundigte er sich und stocherte mit der Gabel in seinen Nudeln herum.

„Die haben diesen Peter Bosskop tatsächlich nach nicht mal zwölf Jahren wieder laufen lassen. Der quält nachweislich zwei Frauen bis zum Tode und die lassen ihn wieder laufen", ereiferte sie sich.

„Na ja, wirklich weit ist er ja nicht gekommen", erwiderte Thomas das, was ihm spontan durch den Kopf ging.

Nina nickte und blickte dabei aus dem Fenster auf die um diese Uhrzeit viel befahrene Wilhelmstraße.

„Was überlegst du?", fragte er nach einer gefühlten Ewigkeit der Stille.

„Ich überlege, wie wir an die Sache herangehen. Wo wir anfangen, nach dem Täter zu suchen?", antwortete sie.

„Na ja, ich würde sagen, wir suchen im Umfeld der damaligen Opfer. Eltern, Geschwister, Freunde. Da gibt es bestimmt einige, die nicht damit klarkamen, dass Bosskop nach zwölf Jahren die Klapse als freier Mann verlassen durfte", war die Sache für Thomas ziemlich klar.

„Aber genau da liegt das Problem, Kübler. Diese Leute waren im weitesten Sinne alle Opfer. Dreizehn Jahre später kommen wir jetzt an und müssen sie behandeln, als seien sie potenzielle Täter", erklärte sie ihre Bedenken und Thomas verstand auf Anhieb, was Nina damit ausdrücken wollte.

Es gab wahrlich Schöneres, als bei Opfern und deren Angehörigen alte Wunde wieder aufzureißen. Im Grunde war es um Peter Bosskop ja noch nicht einmal schade. Wer immer diesen sadistischen Mörder umgebracht und auf dieser Bank platziert hatte, hatte damit der Menschheit einen Gefallen getan. So etwas durfte man sogar als Polizist denken. Nur laut sagen durfte man es nicht.

„Auge um Auge, Zahn um Zahn. Jedem das, was er verdient", wiederholte er noch einmal die handgeschriebenen Worte auf dem Zeitungsartikel, legte die Gabel beiseite und schob die noch fast volle Nudelbox von sich weg.

Im Verlag CW Niemeyer bereits erschienen ...

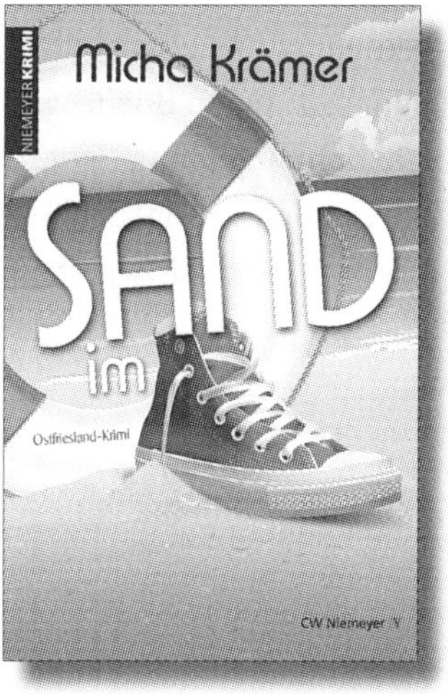

Wo zum Kuckuck ist Harald von Friedwitz bloß abgeblieben? Nach einem feuchtfröhlichen Abend stehen am nächsten Morgen nur noch seine herrenlosen Schuhe am Strand der Nordseeinsel Langeoog. Ein Unglück? Oder könnte er sich etwas angetan haben? Vielleicht ist ihm auch lediglich der giftige Kugelfisch nicht bekommen, den der japanische Koch ihnen zum Abendessen servierte. Für Oberkommissarin Nina Moretti, die sich so auf ihren erholsamen Nordseeurlaub gefreut hatte, beginnt ein Wettlauf mit der Zeit.

Micha Krämer. Sand im Schuh
320 Seiten. Paperback. ISBN 978-3-8271-9527-2
E-Book 978-3-8271-9894-5 (Epub)

Im Verlag CW Niemeyer bereits erschienen ...

Der vierte Fall auf Langeoog

Wer ist bloß die Frau in der Ferienwohnung im Süderdünenring? Martin von Schlechtinger könnte schwören, dass es sich um seine Tochter Gina Marie handelt. Hat sie etwas mit dem jungen Burschen zu tun, der morgens tot am Strand liegt? Als Inselpolizist Onno Federsen auch noch herausfindet, dass Gina Marie von der Polizei gesucht wird, muss Martin handeln. Gemeinsam mit Inselpolizistin Lotta Dönges und Nina Moretti will er der Sache auf den Grund gehen. Zwielichtige Gestalten tauchen auf der Insel auf.

Micha Krämer. Mordsbrandung
384 Seiten. Klappenbroschur. ISBN 978-3-8271-9496-1
E-Book 978-3-8271-8355-2 (Epub)

Im Verlag CW Niemeyer bereits erschienen ...

Käpt'n Krischan kann es nicht fassen. Der Motor seines geliebten Krabbenkutters ANNE II wurde mutwillig zerstört. Die Diagnose „Sand im Getriebe". Der Schuldige ist schnell gefunden, da dessen ölverschmierte und erschlagene Leiche noch immer im Maschinenraum des betagten Kutters liegt. Oder war etwa alles ganz anders, als es auf den ersten Blick scheint? Ein verzwickter Fall für Kriminalhauptkommissarin Nina Moretti und Inselpolizistin Lotta Dönges.

Micha Krämer. Mordskutter
432 Seiten. Klappenbroschur. ISBN 978-3-8271-9378-0
E-Book 978-3-8271-8421-4 (Epub)

#niemeyerbuch

Jetzt kein Buch mehr verpassen

Im Verlag CW Niemeyer bereits erschienen ...

Nina Morettis zweiter Fall

Der scheinbar natürliche Tod eines Betzdorfer Rentners wirft Fragen auf. Was hat die tote Krähe an der Volierentür im Garten des Mannes zu bedeuten? Ist es doch Mord? Nur Stunden später verschwindet ein Freund des Toten aus einem Altenheim. Eine Entführung?
Welches dunkle Geheimnis hüteten die beiden alten Männer?

Micha Krämer. Krähenblut
304 Seiten. Paperback. ISBN 978-3-8271-9521-0
E-Book 978-3-8271-9841-9 (Epub)

Im Verlag CW Niemeyer bereits erschienen ...

Starb der Mann in dem roten Weihnachtsmannkostüm eines natürlichen Todes? Bereits einen Tag nach Einäscherung der Leiche bekommt Oberkommissarin Nina Moretti ein anonym verschicktes Paket. Der Inhalt: ein Finger und ein Büschel Haare des Verstorbenen. War der nette ältere Herr aus der Hippiekommune wirklich der, für den er sich ausgab? War er in den Siebzigern gar ein V-Mann des Verfassungsschutzes?

Micha Krämer. Tod in Rot
384 Seiten. Paperback. ISBN 978-3-8271-9526-5
E-Book 978-3-8271-9876-1 (Epub)

Im Verlag CW Niemeyer bereits erschienen ...

Recht und Unrecht sind oft nur eine Frage der Sichtweise. Was dem einen Recht, ist dem anderen Unrecht. Dies scheint auch der Heckenschütze so zu sehen, der einen gerade erst freigesprochenen Schwerkriminellen vor dem Betzdorfer Amtsgericht eiskalt hinrichtet. Bereits am nächsten Tag fallen erneut Schüsse. Ein Rächer geht in der kleinen Siegstadt um, der zurechtrückt, was der Justiz misslingt. Er kennt nur eine Strafe – den Tod!

Micha Krämer. Das Unrecht des Stärkeren
384 Seiten. Taschenbuch. ISBN 978-3-8271-9573-9
E-Book 978-3-8271-8387-3 (Epub)
